空院残月

Kongyuan Canyue

APGTIME 时代出版
时代出版传媒股份有限公司
安徽文艺出版社

韩少功，男，1953年1月出生于湖南省。1968年赴湖南省汨罗县插队务农，1974年调该县文化馆工作，1978年就读于湖南师范大学中文系。先后任《主人翁》杂志编辑、副主编（1982），湖南省作家协会专业作家（1985），《海南纪实》杂志主编（1988），《天涯》杂志社社长（1995），海南省作协主席（1996），海南省文联主席（2000）等职。

主要文学作品有《韩少功系列作品》（九卷，人民文学出版社，2008），《韩少功作品系列》（十卷，上海文艺出版社，2012），含短篇小说《西望茅草地》《归去来》等、中篇小说《爸爸爸》《鞋癖》等、散文《完美的假定》等、长篇作品《马桥词典》《暗示》《山南水北》《日夜书》。另有译作《生命中不能承受之轻》《惶然录》等。曾获全国优秀短篇小说奖（1980/1981）、上海中长篇小说大奖（1997）、法国文艺骑士奖章（2002）、全国鲁迅文学奖（2007）、华语传媒文学大奖（2007）、美国纽曼华语文学奖（2010）等。作品有三十多种外文译本在境外出版。

韩少功作品典藏

空院残月

韩少功 著　何立伟 绘

Han Shaogong Zuopin Diancang

Kongyuan Canyue

时代出版传媒股份有限公司
安徽文艺出版社

图书在版编目(CIP)数据

空院残月/韩少功著;何立伟绘. —合肥:安徽文艺出版社,2014.3
(韩少功作品典藏)
ISBN 978-7-5396-4144-7

Ⅰ. ①空… Ⅱ. ①韩… ②何… Ⅲ. ①散文集-中国-当代
②随笔-作品集-中国-当代 Ⅳ. ①I267

中国版本图书馆CIP数据核字(2013)第316710号

出 版 人:朱寒冬　　出版策划:朱寒冬　刘景琳
责任编辑:朱寒冬　刘冬梅　　装帧设计:丁　明

出版发行:时代出版传媒股份有限公司　www.press-mart.com
安徽文艺出版社　www.awpub.com
地　　址:合肥市翡翠路1118号　邮政编码:230071
营 销 部:(0551)63533889
印　　制:安徽新华印刷股份有限公司　(0551)65859551

开本:880×1230　1/32　印张:13.875　字数:320千字
版次:2014年3月第1版　2014年3月第1次印刷
定价:35.80元(精装)

(如发现印装质量问题,影响阅读,请与出版社联系调换)

版权所有,侵权必究

自　序

应安徽文艺出版社邀约，去年我的两部长篇作品由他们盛装再版，现在又有中短篇小说集《怒目金刚》、散文随笔集《空院残月》两部经他们编辑加工再版，其中有些篇什是我近年来的新作，余下的《山南水北》《日夜书》等，也拟在今后适当时机纳入。

这些作品的体裁定位多少有些模糊。有的更靠近小说，但小说里有散文；有的更靠近散文，但散文里有小说。多年来，我对俄国文学中只区分“散文”与“韵文”的传统饶有兴趣，也相信以四大古典名著为代表的中国小说传统来自散文，与欧洲小说传统来自戏剧形成了触目的差异。既如此，作为一个现代中国写作人，接续本土文学的审美源流，在全球化多元竞放的格局之下，寻求某些异类的体裁特点和表现形式，哪怕写得不三不四非驴非马，哪怕碰个头破血流，是否也值得一试？

这就是上述作品的缘起，也是我有时候更愿意用“写作”“叙事”一类概念来取代“小说”的缘由。另一番考虑是，长篇与短篇不仅有长度区别，还有效能的不同侧重。作为一种大容量，长篇作品理应承担一种体系性的感知和立言，不能只是短篇的拉长；理应是对世道人心的多角度和多层次剖示，相当于一次对记忆和想象的“大体检”。在这一过程中，尿检、血检、胸透、B超、CT、MR等手段全方位地启动，并非黑心医院宰客的虚招滥套，一般情况下是因为医生遇到了疑难，遇到了大问题。

长篇就是处理大问题的常用工具。优秀的长篇作品一般都具有内在的大结构，以回应时代和社会中重大而艰难的挑战。所谓“重大”，是指作品必涉及大多数人充满痛感的境遇和感受，不能止于太太的减肥之忧或书生的闷骚之苦，不宜游戏于一地鸡毛——哪怕这些东西在短篇作品里具有一定的合法性。所谓“艰难”，是指作者通常纠缠于两难的纠结，甚至是自我对抗的苦斗，承担着精神前沿的巨大风险，大多时候很难用对或错、黑或白、yes 或 no 的举牌表态来及时裁决——哪怕这种裁决的简单明快，在不少短篇作品里在所难免不必苛责。中外文学史上的托尔斯泰、曹雪芹等前辈，就是这种为难自己的行家、敢于在深水区远航的高手，使长篇的体裁能量得到了一次次最好的释放。我对这种伟大的文学虽不能至，但心向往之。

感谢好友何立伟先生为我的作品配图。

感谢读者们的阅读与批评。

韩少功

2014 年元月于海口

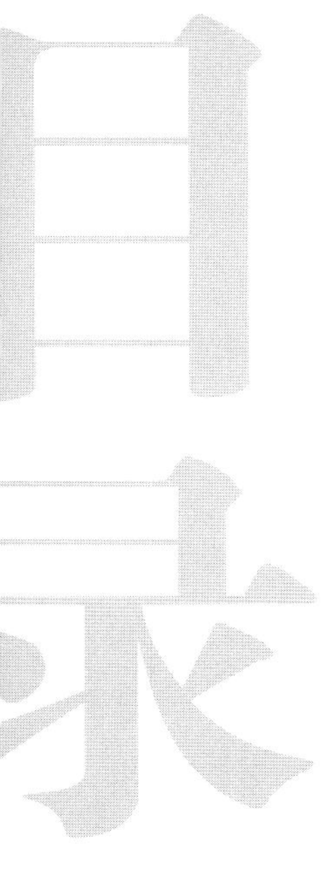

远方

流痕

背影

冥想

远方

你好，加藤

一

加藤四岁的时候就到了北京，进了一所幼儿园，是班上唯一的日本孩子。他与同学们一同学习毛主席语录，一同唱《大海航行靠舵手》，一同看电影《地道战》、《地雷战》以及《小兵张嘎》。孩子们玩战斗游戏的时候，他的日本身份似乎使他最适合扮装日本鬼子，但他决不接受这种可耻的角色，吵闹着一定要当地下武工队员，当八路军的政委。

有的人可能觉得这很有趣：八路军里怎么冒出一个日本政委？母亲遇到了幼儿园的阿姨，说你看这孩子就是要强，老师，拜托了，你就给同学们做做工作，让他当上八路军政委吧。

其实，日本母亲用不着拜托中国阿姨。小伙伴们都喜欢加藤，一再把战斗的指挥权优先交给政委加藤。

加藤的父母是在中日正式建交之前来到中国的。当时居住北京的外国人很少，也少有专门招收外国小孩的幼儿园。但加藤的父母很乐意让小孩与中国娃娃打成一片，加藤一口纯正的京片子普通话就是在这个时候学会的。有一次，一位瑞典朋友假日里来加藤家做客，顺便给加藤带来一点礼物，包括一面小小的日本国旗。没料到八路军小政委在家里也坚守抗日阵地，一见太阳旗便怒从心头起，将小旗摔在地上，跳上去跺了两脚。

瑞典朋友大惊失色，不知道一个日本孩子怎么可以这样。

直到加藤的父母解释了孩子的幼儿园和孩子看过的电影，客人才惊魂稍定地坐下来，理解了一个孩子反常的粗野和激愤，理解了一面日本国旗在当时纯正北京腔里的含义。要知道，这个国家的国歌就是抗日动员，是一首战争年代里燃烧着悲愤和仇恨的出征之歌。

二

现在，加藤即将获得东京大学的博士学位，开着德国汽车出没于东京的车水马龙之中。他不会再那样粗暴地对待日本国旗了，不会再那样简单地理解日本了。但他仍然在继续学习中文，专业研究中国穆斯林的历史，希望成为中国人民的朋友。

这种愿望也许是他父母的心理遗传，甚至是他外祖父和外祖母人生经历的延伸。外祖父很早就踏上了中国的土地，像他的几位青年朋友一样，离开那个显得较为狭小的九州岛，来到新大陆传播知识和技术，也希望在这里寻找和建设自己的理想。他们没有想到的是，此时的日本政权高层也移目西望，看上了中国东北乃至华北丰饶的矿产、森林、大豆以及黑土地。为了争强于世界民族之林，也为了抗拒西洋大国的挤压，大和民族的生存空间必须扩展——这成为了那个时代启蒙维新逻辑的自然结论，不会让任何新派人士惊诧。民主几乎与殖民两位一体。“大东亚主义”等说辞就是这个时候涌现在日本报纸上的。日本议会民主运动主将和早稻田大学的创始者大隈重信，同时成为了当时挟“二十一条”以强取中国山东的著名辩家。人们在诸多说辞下即便伏有不同的情感倾向和利益指向，却基本上共享着一种踌躇满志的向外远眺和帝国理想。

理想主义青年自发的援外扶贫，最终被纳入了官方的体制化安排，纳入了日本军部对伪满洲国的政治策划。加藤的母亲后来说，加藤的外祖父当时受蒙蔽了，终于同意出任伪满洲国的公职，成了一名副县长，位居中国人出任的傀儡县长之下，却是实际上的县长。他忙碌于繁杂政务废寝忘食，真心以为东亚共荣能在他的治下成为现实。为了抵制无理的强征重赋以保护地方权益，他甚至常常与日本关东军发生冲突，好几次面对武夫们气势汹汹的枪口。他没料到中日战争的爆发，而且在战争现实面前对日本疑虑渐多，但他无法摆脱历史大势给他的定位，差不多是一片随风飘荡的落叶。

悲剧结局终于在这一天匆匆到来：苏联红军翻过大兴安岭后势如破竹横扫东北全境。覆巢之下岂有完卵？他理所当然地被捕入狱，接着被枪决，踉踉跄跄栽倒在一片雪地里。他是一个敌伪县长，似乎死得活该。没有人会对这种判决说半个不字。也没有人在战争非常时期苛求胜利者的审慎：那些俄国军人没有足够的时间和耐心来细细辨察官职之下的不同人生，也不习惯啰唆的审判程序。

这是新政权的判决。与旧政权一样，中国人此时仍然只是黑土地形式上的主人。一些以前流窜到西伯利亚的中国流民乃至盗匪穿上苏式红军军装，跟随苏联人的坦克回来了，被宣布为临时的执政者。但这种宣布是用俄语完成的。

很多年以后，日本天皇为一切在境外因公殉职的日本官员授勋，抚慰死者的亲属。加藤的外祖母拒绝了丈夫应得的勋章。她曾经带着三个年幼的女儿在中国的战俘营里苦熬多年，她回国后一直以低级职员的微薄薪金拉扯大孩子，以一个女人的非凡力量扛住了生活的全部重压，有太多的理由获得政府的奖赏和补偿，但她还是坚决地拒绝了勋章。在中国的经历使她的眼光常常能够超越大海，能够对“国家”和“民族”这类神圣大话下的一切热闹保持敏感的戒意。她说她永远也忘不了一家四口从中国回到日本的时候，她们日夜企盼日夜思念的祖国竟是一些粗暴的日本小吏，在码头上命令一切乘客脱下身上的衣服，劈头盖脑给他们一把滴滴涕药粉，防止他们带来国外的肮脏和病菌。她护住三个吓得哇哇大哭的孩子，在冷冽的寒风中突然觉得，她真真切切地回来了，但一片呛人的药粉迎面扑来之际，她心目中的故国反而成了一个遥远而模糊的概念。

她热爱日本但拒绝了日本天皇的授勋，而且让女儿从师于鲁迅研究专家竹内好先生，学习中国的语言和文化。她希望女儿们继承父亲的遗志，将来再返中国续写父亲在黑土地上中断了的故事。

三

拒绝天皇授勋的并非加藤的外祖母一人。在整个五十年代和六十年代,中国和日本处于冷战时期的对峙,还没有建立外交关系,在法律意义上甚至还未结束战争状态。但日本的社会各界形成了一股反省战争和亲善中国的潮流。各种党派和民间团体组团到中国去访问,毛泽东的著作和周恩来的画像在日本的书店和大学里流行,甚至成了不少知识分子争相拥有的前卫标志。“打破美帝国主义对中国的包围圈!”“坚决捍卫社会主义中国!”“无产阶级文化大革命万岁!”很多日本热血青年头缠布条,手挽着手,在美国驻军基地前抗议“安保条约”时高喊这一类口号,履行着自己神圣的职责。

加藤的父母亲就是在这股潮流中重返中国的。他们如愿以偿地发现了一个新中国:妇女真正获得了解放并且在各个社会领域意气风发,往日最为卑贱的工人农民成为了文艺舞台的主人,留洋归国的教授随着医疗小分队深入到了穷乡僻壤,政府官员满身泥巴为人民服务并且累死在盐碱地上,奇迹般的两弹一星在日新月异的广阔大地上陆续腾空……对比日本社会那些令人窒息的等级森严和金钱崇拜,中国确实能够让他们兴奋不已。毛泽东思想哺育出来的针刺麻醉法甚至使加藤的父亲亲身受益,他在北京亲历针麻的外科手术过程,既无痛苦又价格低廉,由他撰文在《读卖新闻》介绍,引起了日本读者一片惊讶和轰动。中国政府放弃日军侵华的战争索赔,相对于日本政府在甲午战争后从中国狠狠刮走的整整三年全部国库收入巨款,红色大国的国际主义慷慨情怀更使他们倍觉温暖。

在当时的很多日本知识分子看来,新中国是一个神话,实施了刚好是日本所缺位的社会结构大变革。虽然这个国家还较为清贫，但它代表着最优越的制度和最崇高的精神，是一片燃烧着人类希望的社会主义圣土。不难理解，当庆祝“四人帮”下台的锣鼓鞭炮在北京爆响，当中国革命中的诸多罪恶和人权灾难随后在媒体上曝光，海峡那边很多日本友人与其说是震惊，不如说更多一些绝望和迷茫。他们无话可说。他们再一次与中国失之交臂。如果说几十年前中国众多知识分子曾经把日本视为模范和老师，一批批漂洋过海去求取启蒙和维新的救国之道，后来却被日本的大炮隆隆迎头痛击，那么现在，众多日本的知识分子也曾经把中国视为模范和老师，一批批漂洋过海来寻找独立和革命的救国之道，最终却被中国突然亮出来的累累伤痕吓得浑身冰凉。

历史再一次在这两个民族之间开了个玩笑：继中国误解“先进”的日本以后，日本也误解了“先进”的中国。一个维新梦，一个革命梦，先后在很多人那里一一破灭。双方不得不从头开始，不得不开始重新相互认识的漫长过程。

误解难以避免。但一个世纪以来的中日关系，不同于英、美之间的关系，不同于印、巴或者希、土之间的关系，相互之间除了正常的利益摩擦，同为一度经济落后的亚洲国家，其交往动机中更暗伏着一种发展道路及其社会制度的寻优和竞比，意识形态的制幻剂常常带来更多一厢情愿的浪漫幻想；一旦幻想破灭，意识形态的放大器也就会大大膨胀怨恨或者轻蔑，加剧两国关系的震荡。从“停滞落后的支那”（津田左右吉氏语）到“一无是处的日本”（竹内好语），资本主义的价值尺度可以更换成社会主义的价值尺度，“先进”模式的光环下穷人革命可以取代富人维新。但这种取代,只是使“先进/落后”的视轴来了一个上下倒置,源自欧洲的单元直线历史观却一如既往,一心追赶先进文明的亚洲式焦虑和亚洲式迫切一如既往。

向西方工业化看齐的意识和潜意识是如此深入人心,自卑的亚洲人免不了有点慌不择路,也就免不了一次次心理高热以及随之而来的骤冷酷寒。

加藤的父母亲向我讲述他们在北京目睹江青等人被捕时的中国,目睹北京市民和学生连夜庆祝游行时眼中激动的泪水,他们当时的感受十分复杂。他们既无意拥护日本一些左派朋友对江青的崇拜和声援,也无法认同一些右派朋友对中国革命的幸灾乐祸,还有对中国文化的顺手诛杀。他们几乎再一次听到了当年中日战争爆发的炮声,颇有些一时的手足无措。

中国革命的这次重挫和转向,不能不启动思想和情感上的地壳运动,中日之间再一次山重水复。几年或十几年以后就可以看得明白,“进步/落后”的标尺在本世纪两度失效之后仍然没有废弃,而且在东欧和苏联崩溃之后更增神威,正在迅速比量出各种冷漠和歧视的最新根据。很多日本人的“侵略有功”论和很多中国人的“殖民不够”论重新获得了活力。日本政府可以就殖民和战争问题向韩国正式道歉而至今不向中国正式道歉,厚此薄彼的反常一直受到日本国内舆论主流暧昧的纵容,这里的潜台词十分清楚:赤色支那无权受此大礼。

有意思的是,被轻蔑者有时也能熟练运用轻蔑的逻辑。很多中国人此时虽无制度的优越感，虽处十年动乱后的贫困，但即使在全中国风行和泛滥着丰田汽车、索尼电视、本田摩托、尼康相机、富士胶卷、东芝电脑以及卡拉 OK 的时候，即便是那些热烈向往资本主义的新派精英，对“小日本”的轻蔑也暗中储备，常常一触即发，与他们对欧美的全心爱慕大有区别。他们崇美而贬日，厚西洋而薄东洋，能忍美国之强霸，却难容日本之错失。他们似有模糊的历史记忆和地缘政治的直觉，其中不便明言的潜台词更是微妙而且耐人寻味。他们不过是流露出一种日本人同样熟悉的区别法则，不过是觉得自家邻居的黄皮肤和黑头发不足为奇，也不足为尊，无法代表最先进的文明和最先进的人种，因此必须扣分降级。“小日本”不就是有几个臭钱么？日本人炫目的现代化虽然让人眼红，但仍不足以改变“假洋鬼子”的二等身份，他们有什么资格在我们面前牛皮哄哄？

这样，自以为已经“脱亚入欧”的一些日本人觉得无须再高看中国，而渴求“全盘西化”的一些中国人从另一个层面上把轻蔑目光奉还给日本，不能接受日本的高人一等，就像他们不能接受某个同村老乡突然抢先得到了城市户口和高级职称。歧视“落后”的飞去来器伤人最终伤己。两个文化相近经济相依的邻国，两个地理上仅仅一水相隔的邻国，反而面临着越来越遥远的心理距离。

加藤的父母无法改变历史，他们复杂的感受看来只能深埋内心而被人遗忘。他们拥抱中国的努力，包括他们翻译的毛泽东著作和其他中国革命作品，还有对中国技工赴日培训等各项友好事业的全身心投入，无法不承受着越来越多的讥嘲。这些傻书生，他们当时不是可以享受日本现代化的富足繁荣吗？他们当时不是可以吃香喝辣披金戴玉条条大路有“丰田”吗？他们为什么放着好日子不过而跑到中国来瞎折腾？

何况他们对于中国似乎无恩可报，倒是有伤难愈。加藤母亲的童年是在中国监狱里开始的。加藤外祖父是在中国被处决的。中国东北的档案馆里至今还保存着他的罪案卷宗，其中指控他聚敛民财和三妻六妾之类均属不实之辞。这些历史旧账是不可能得到重审甄别的——档案馆的中国官员这样冷冷地告诉他们。

哈尔滨，外祖父屈辱的葬身之地，加藤一家从今以后是不再去那个地方的。那么中国呢，外祖父没有写完的故事在这里再一次面临今后的无限空白，加藤一家在北京打点行装，是不是应该再一次告别这片广阔的大陆？

四

我没有见过面的一位姐姐和一位哥哥，因为缺医少药而死在日机轰炸下的难民人流里。我岳父的堂兄也是在日军的湖南南县大屠杀时饮弹身亡，尸骨无存。这使我在东京成田机场听到日本话和看到日本国旗时心绪复杂。

新千年的第一天竟在日出之国度过，这是我没想到的。由于汉文化的农历新年已经退出日本国民习俗，更得不到日本法律的承认，西历亦即公历的新年便成了这个国家最重要而且最隆重的节日。政府、公司以及学校都放了一周左右的长假，人们纷纷归家与亲人团聚。街上到处都挂起了红色或白色的灯笼，还有各种有关"初诣(新年)"的贺辞或敬语。但一个中国人也许会感触到隆重喜庆之中的几分清寂,比如这里的新年没有中国那种喧闹而多一些安静,没有中国那种奢华而多一些俭约,连国家电视台里的新年晚会也没有中国那种常见的金碧辉煌流光溢彩花团锦簇,只有一些歌手未免寻常的年度歌赛。如果说中国的除夕之夜像一桌豪华大宴,那么此地的除夕之夜则如一杯清茶,似乎更适合人们在榻榻米上正襟危坐地静静品尝。

我在沉沉夜幕中找到加藤一家,献上了我的一束鲜花,意在表达一个中国人对他们无言的感激。我知道我们之间横亘着将近一个世纪的纷乱历史,纷乱得实在让人无法言说唯有长叹,但人们毕竟可以用一束鲜花,用一瞬间会意的对视,重新开始相互的理解。

让我们重新开始。

加藤的母亲请我吃年糕,是按照加藤外祖母的吩咐做成的,白萝卜和红萝卜都切成了花。用中国人的标准来看,这种米粑煮萝卜的年饭别具一格,堪称素雅甚至简朴。其实日本传统的饮食虽有精致的形式,但大多有清淡的底蕴。生鱼、大酱汤、米饭团子,即使再加上荷兰人或者葡萄牙人传来的油炸什锦(天福罗),也依然形不成什么菜系,不足以满足富豪们的饕餮味觉。这大概也就是日本菜不能像中国菜和法国菜那样风行世界的原因。

同样是用中国人的标准来看,日本传统的服饰也相当简朴。在博物馆的图片资料里,女人们足下的木屐,不过是两横一竖的三块木板,还缺乏鞋子的成熟概念。男人们身上的裤子,常常就是相扑选手们挂着的那两条布带，也缺乏裤子的成熟形态。被称作“和服”或者“吴服”的长袍当然是服饰经典，但在十八世纪的设计师们将其改造之前，这种长袍甚至尚无衣扣，只能靠腰带一束而就，多少有一些临时和草率的意味。

日本传统的家居陈设仍然简朴。法国历史学家费尔南·布罗代尔曾经指出，家具的高位化和低位化是文明成熟与否的标志，这一标准使日本的榻榻米只能低就，无法与中国民间多见的太师椅、八仙桌以及明式龙凤雕床比肩。也许是地域窄逼的原因，日本传统民宅里似乎不可能陈设太多的家具，人们习惯于席地而坐，席地而卧，也习惯于四壁之内的空空如也。门窗栋梁也多为木质原色，透出一种似有似无的山林清香，少见浓色重彩花哨富丽的油漆覆盖。

我们还可以谈到简朴的神教，简朴的歌舞伎，简朴的宫廷仪规，简朴得充满泥土气息的各种日本姓氏……由此不难理解，在日本大阪泉北丘陵一次史无前例的大规模遗址发掘中，覆盖数平方公里的搜寻，只发现了一些相当原始的石器和陶器，未能找到什么有艺术色彩的加工品或者稍稍精细巧妙一些的器具。对比意大利的庞贝遗址，对比中国的汉墓、秦俑以及殷墟，一片白茫茫的干净大地不能不让人扫兴，也不能不让人心惊。正是在这一个个暴露出历史荒芜的遗址面前，一个多次往地下偷偷埋设假文物的日本教授最近被揭露，成为了轰动媒体的奇闻。其实，从某种意义上来说，这位考古学家也许是对日本的过去于心不甘，荒唐中杂有一种殊可理解的隐痛。

从西汉之雄钟巨鼎旁走来的中国人，从盛唐之金宫玉殿下走来的中国人，从南宋之画舫笙歌花影粉雾中走来的中国人，遥望九州岛往日的简朴岁月，难免有一种面对化外之地的不以为然。这当然是一种轻薄。成熟常常通向腐烂，粗粝可能更具强大生力，历史的辩证法就是如此。在人类漫长的历史上，山姆挫败英伦，蛮族征服罗马，满人亡了大明，都是所谓成熟不敌粗粝和中心不敌边缘的例证。在这里，我不知道是日本的清苦逼出了日本的崛起，还是日本的崛起反过来要求国民们节衣缩食习惯清苦。但日本在二十世纪成为全球经济巨人，原因方方面面，我们面前一件件传统器物至少能提供部分可供侦破的密码。这一个岛国昔日确实没有大唐的繁荣乃至奢靡，古代的日本很可能清贫乃至清苦，但苦能生忍耐之力，苦能生奋发之志，苦能生尚智勤学之风，苦能生守纪抱团之习，大和民族在世界的东方最先强大起来，最先交出了亚洲人跨入现代经济的高分答卷，如果不是发端于一个粗粝的、边缘的、清苦的过去，倒会成了一件不合常理的事情。

明治维新之后，日本内有粮荒外有敌患，但教育法规已严厉推行：孩子不读书，父母必须入狱服刑。如此严刑峻法显然透出了一个民族卧薪尝胆的决绝之心。直到今天，日本这一教育神圣的传统仍在惯性延续，体现为对教育的巨额投入，教师的优厚待遇，每位读书人的浩繁藏书，还有全社会不分男女老幼的读书风尚：一天上下班坐车时间内读完一本书司空见惯，一个少女用七八个进修项目把自己的休息时间全部填满纯属正常，一个退休者不常常花点钱去学点什么，可能就会被邻人和友人侧目和白眼——即便这种学习有时既无明确目的也派不上什么用场。日本人似有一种与生俱来的生存危机感，恨不得把一分钟掰成两分钟过，恨不得把全世界的知识一股脑地学完，永远不落人后。

这种日本的清苦成就了一个武士传统。“士农工商”，日本的“士”为武士而非文士，所奉道统为王道而非儒学，与中国的文儒传统迥然有别。日本的武士集团拥天皇以除灭德川幕府，成功实现明治维新，一直是举足轻重的政治力量，并且主导着武士道的精神文化，包括在尊王攘夷的前提下有限汲收“汉才”以及“荷兰学”，即当时的西学，在很多人眼里几乎就是大和魂的象征。这个传统几乎不可避免地导致了日本现代的军人政治和军国主义，导致了“神风敢死队”之类重死轻生的战争疯狂行为，直到第二次世界大战的结束才在“和平宪法”下被迫退出了历史舞台。然而这一武士传统的影响源远流长，在后来的日子里，修宪强军的心理暗潮起伏不止，无论是日本的极左派还是极右派，丢炸弹搞暗杀的政治恐怖行为也层出不绝，连著名作家三岛由纪夫也在和平的七十年代初切腹自裁，采取了当年皇军官兵常见的参政方式。他们的政治立场和意识形态可以各不相同，但共通的激烈和急迫，共通的争强好斗勇武刚毅甚至冷酷无情，却显现出武士传统的一线遗脉。

日本的清苦还成就了一个职人传统。职人就是工匠。君子不器，重道轻术，这些中国儒生的饱暖之议在日本语境中影响甚微。基于生存的实用需要，日本的各业职人一直是广受尊重的阶层，在江户时代已成为社会的活跃细胞和坚实基础。行规严密，品牌稳定，师承有序，职责分明，立德敬业，学深艺精，使各种手工业作坊逐渐形成规模，一旦嫁接西方的贸易和技术，立刻顺理成章地蛹化为成批的工程师和产业技工，甚至一直延伸为日本在六十年代以后的经济起飞。直到今天，日本企业的终身制和家族氛围，日本企业的森严等级和人脉网络，还有日本座座高楼中员工们下班后习惯性义务加班的灯火通明，都留下了封建行帮时代职人的遗迹。日本不一定能够被人认为是世界上的思想大国或者文化大国，但它完全具有成为技术强国的传统依托和习俗资源。造出比法国艾菲尔铁塔更高的铁塔，造出比美国通用汽车更好的汽车，造出当今世界首屈一指的新干线、机器人、高清晰度电视等等，对于职人的后代来说无足称奇。从这个角度来说，与其说资本主义给日本换了血，不如说日本特定的人文土壤里使资本主义工业化得以扎根，并且发生了变异性的开花结果。

有趣的比较是：中国自古以来没有武士传统，却有庞大的儒生阶层；中国在近代没有职人传统，却有浩如海洋的小农大众。因此，中国少见武士化的职人和职人化的武士，日本也少见儒生化的农民和农民化的儒生。中国有儒生加农民的革命，日本有武士加职人的维新。也许，撇开其他条件不说，光是这两条就足以使中日两国的现代形态生出大差别。与其说这种差别是政治角力的偶然结果，不如说这种差别更像是受到了传统势能的暗中制约，还受到地理、人口、发展机遇、人文传统等一系列因素的综合作用。

事情似乎是这样，种子在土地里发芽而不能在石块上发芽，在不同的土壤里也不可能得到同样的收成。人们在差不多一个世纪以来的制度崇拜，人们关于左转姓“社”还是右转姓“资”的简单化纠缠,常常都遮蔽了一个民族在选择发展道路和社会制度后面更多重要的因缘。

整个九十年代,日本的经济在徘徊萧条中度过,让很多中国人也困惑生疑。我在日本访问期间问过很多日本朋友:这是怎么一回事? 我看到一脸脸的茫然,没有听到特别详细和明确的回答。也许是以前投资过热了,也许是美国不再忍受贸易赤字了,也许是日本没有赶上新经济这一趟车,也许是金融和行政改革不力,也许外务省和大银行能知道个中原委吧,也许……我相信这些"也许"都有道理,能给我思考的启发。但我挥之不去的一个问题是:是不是日本的武士传统和职人传统在百年之间已经能量耗尽? 或者说,是不是这两大传统已经不再够用?

情况已经在变化。科学正在被自己孕育出来的物质主义所畸变,民主正在被自己催养出来的个人主义所腐蚀,市场正在被自己呼唤出来的资本主义和消费主义巨魔所动摇和残害。情况还在继续变化。绿色食品的原始和电子网络的锐进并行不悖,全球化和民族主义交织如麻。进入一个技术、文化、政治以及社会都在深刻变化和重组的新世纪,日本是不是需要新的生存视野和人文动力?

比方说,日本是不是需要在武士的激烈急迫之外多一点从容和持守? 是不是需要在职人的精密勤勉之外多一点想象和玄思?

还比方说,日本是不是需要在追逐"先进"文明的狂跑中冷静片刻,重新确定一下自己真正应该去而且可能去的目标?

五

加藤说，东京各路地铁每天早上万头攒动，很多车站不得不雇一些短工大汉把乘客往车门里硬塞，使每个车厢都像沙丁鱼罐头一样挤得密不透风，西装革履的上班族鼻子对鼻子地几乎都压成了人干。但无论怎样挤，密密的人海居然可以一声不响，静得连绣花针落地好像都能听见，完全是一支令行禁止的经济十字军。这就是日本。

我说，中国各个城市每天早上是老人的世界，扭大秧歌的，唱京戏的，跳国标舞的，打太极拳的，下棋打牌的，无所不有。这些自娱自乐的活动均无商业化收费，更不产生什么GDP，但让很多老人活得舒筋活络，心安体泰，鹤发童颜。当年繁华金陵或者火热长安里市民们的尽兴逍遥想必也不过如此。这就是中国。

加藤说，很多日本人自我压抑，妻子不敢冒犯丈夫，学生不敢顶撞老师，下属更不敢违抗上司，委屈和烦恼只能自己一个人吞咽。因此日本男人爱喝酒，有时下班后要坐几个酒店喝几种酒，喝得领带倒挂眼斜嘴歪胡言乱语，完全是一种不可少的发泄。提供更多舒解郁闷的商业服务也就出现了，你出钱就可以去砸东西，出钱就可以去骂人，客人一定可以在那里购得短时的尊严和痛快。这就是日本。

我说，很多中国人圆滑处世，包括日本军队侵略中国的时候，中国伪军数量之多和易帜之快一定创世界之最。这些伪军中当然有附强欺弱的人渣，但也有相当部分是所谓脆卵避石，屈辱降敌并

不妨碍他们后来明从暗拒阳奉阴违，甚至给皇军使阴招下绊子，私通八路见机举义。这些人可说是见风使舵投机自保，也可诩之为借力用力以柔克刚。他们毫无原则但也不拘泥教条，当不成烈士却也不一定全无心肝，常常在多种人格之间随机变幻直到最后投靠安全的真理。这也是中国。

加藤还说了很多。他说到加藤家先父是德川幕府的重臣因而是明治维新中的反动派，说到东京禁用廉价汽油名为加强环保实则是欺侮穷人，还说到东大学生发明了一种软件可以把任何文章都转换成校长大人可笑的文体……说得我哈哈大笑。但他和我都知道，无论我们怎样说下去，我们也无法把中国或者日本说清楚。何况我们说的中国甚至很可能也是日本的隐面，我们说的日本也可能就是中国的隐面——语言总是很容易引人陷入思想泥沼。

加藤还是操一口纯正的京片子普通话。他带我去参观东京都博物馆。我们在这里遇到一群日本少男少女，像中国的很多同时代人一样，他们中也有好些人把头发染成了黄色，以此宣示新人类或新新人类离经叛道的美学，更宣示他们对欧美文明的向往。有意思的是，这些化学造就的黄头发，走到博物馆最后一个展区时，突然看到了美军飞机在第二次世界大战后期对东京都等日本城市的轰炸。这里没有解说员，简略的几张图片下也没有详尽的说明文字，博物馆似乎对那一段历史既无法回避，又须尽量保持沉默，至少也要对当年十几个城市的遍地废墟闪烁其词——美国毕竟是当今日本最重要的盟国。但馆内的扬声器里持续不断地传出当年的实况录音，有警报器的尖啸，有战机的俯冲和射击，有炸弹的爆炸，隐约可闻楼房的坍塌和日语形成的哭喊，然后又是连绵不绝的嘈杂音响。这种令人惊恐的战场录音在这里已经回响了多年，看来还将永远地在东京的这一角展馆飞绕盘旋下去，成为很多日本人偷偷咽入内心的记忆。

我不知道设计者当时为什么安排了这样循环不断的录音播放。设计者是要让人们记住什么？而眼前这些黄发少年，对这种现代化的轰炸有何感受？今后能记住什么？

我们就要分手了。

我对青年加藤说，海南三亚也有穆斯林居住，欢迎他以后来海南岛做调查研究。我希望他能在海南岛或者别的地方留下加藤家第三代人的中国故事。来日方长，这个故事还刚刚开始。

2001 年 2 月[①]

① 最初发表于 2001 年《天涯》杂志，后收入散文集《然后》，已译成日文。

岁末恒河

出访印度之前，新德里烧了一次机场，又爆发登革热，几天之内病死者已经过百，入院抢救的人则数以千计，当局不得不腾出一些学校和机关来当临时的医院。电视里好几次出现印度军警紧急出动在市区喷洒药物的镜头，有如临大敌的气氛。

我被这些镜头弄得有些紧张，急忙打听对登什么热的预防办法。好在我居住的海南岛以前也流行过这种病，只到近十来年才差不多绝迹，但对这种病较有经验的医生还算不少。一位姓凌的医生在电话里告诉我，登革热至今没有疫苗，因此既不可能打预防针，也没有什么预防口服药品可言。考虑到这种病主要是靠一种蚊虫传染的，那么唯一的预防之法，就是长衣长裤长袜，另外多带点防蚊油。

新德里的深秋，早晚气温转凉，长衣长裤长袜已可以接受。但我没有料到，紧紧包裹全身再加上随身携带的各种防蚊药剂，用来对付印度蚊子仍是防不胜防。星级宾馆里一切都很干净，只要多给点小费，男性侍者的微笑也应有尽有。但不管有多少笑脸，嗡嗡蚊声仍然不时耳闻，令人心惊肉跳，令人心里“登革”。有时，几位同行者正在谈笑，一些可疑的尖声不知从何处飘忽而近，众人免不了脸色骤变手忙脚乱地四下里招架，好端端的一个话题不得不中止和失散。

出于一种中国式的习惯，我对眼前的飞蚊当然决不放过。有意思的是，我出手的动作总是引来身旁印度人惊讶和疑惑的目光，似乎我做错了什么。

中国大使馆的官员给我们准备了防蚊油，并且告诉我们，印度是一个宗教国度，大多数人都持守戒杀的教规，而且将大慈大悲惠及蚊子。蚊子也是生命，故可以驱赶，但断断不可打杀。对于我两手拍出巨响的血腥暴行，他们当然很不习惯。

我这才明白了他们一次次惊讶和疑惑的回头。

也明白了登革热的流行。

生活在印度的蚊子真是幸福。但是，蚊子们幸福了，那一百多条死于登革热的人命怎么说呢？人类当然可以悲怀，悲怀一切植物、动物乃至动物中的蚊子，但人类有什么理由不悲怀自己的同类？为什么可以把自己积善的纪录看得比同类的生命更为重要？

在印度，不仅蚊子，人类以外的其他各种活物也很幸福。新德里街头常有呼啦啦的猴群跳踉而过，爬到树上或墙上悠闲嬉耍。每一片绿荫里也必有松鼠到处奔蹿，有时居然大摇大摆爬上你伸出的手掌。还有潮水般的雀鸣鸦噪，似乎从泰戈尔透明而梦幻的散文里传来，一浪又一浪拍打着落霞，与你的惊喜相遇。你无论走到哪里，都似乎置身于一个天然的动物园，置身于童话。不必奇怪，你周围的众多公共服务机构也常有一些童话式的公告牌："本展览馆日出开门，日落关门。"这种时间表达方式与钟表无关，只与太阳有关，早已与新闻、法律、教材以及商务文件久违，大有一种童话里牧羊人或者王子的口吻。

地球本来是各种动物杂处的乐园，后来人类独尊，人类独强，很多地方的景观才日渐单调。我在中国已经很少听到鸟叫。那些儿时的啁啁啾啾一一息灭，当然是流失到食客们的肠胃里去了，流失到中国人花样百出的冷盘或火锅、蒸笼或烤炉里去了，流失到遍布城乡灯红酒绿热火朝天的各色餐馆里去了。中国人真是能吃。除了人肉不吃，什么都敢吃，什么都要吃。一个宗教薄弱的世俗国家，一个没有素食传统的嗜肉性大众，红光满面大快朵颐成了人际交往的普遍表情。人们正在吃得一个又一个物种几近绝迹，随着食文化的发达繁荣，眼看着连泥鳅、青蛙一类也难于幸免。我一位亲戚的女儿，长到八岁，至今也只能在画册上认识蝌蚪。

印度也是一个人口大国，但绝无中国这么多对于动物来说恐怖万分的餐馆。这当然让刚到此地的中国人不大习惯，有时候搜寻了几条街，好容易饥肠辘辘地找到了一家有烟火味的去处，菜谱也总是简单得让中国食客们颇不甘心。牛是印度教中的圣物，不论野外有多少无主的老牛或肥牛，牛肉是不可能入厨的。由于受伊斯兰教的影响，猪肉也是绝大多数餐馆的禁忌。菜谱上甚至极少见到鱼类，这使我想起了西藏人也不大吃鱼，两地的习俗不知是否有些关联？可以想见，光是有了这几条，餐桌上就已经风光顿失，乏善可陈，更不可能奢望其他什么珍奇荤腥了。在这样一个斋食和节食几乎成为日常习惯的国家，我和朋友们不得不忍受着千篇一律的面饼和面饼和面饼，再加上日复一日拿来聊塞枯肠的鸡肉。半个月下来，我们一直处在半饥饿状态，减肥的状态，眼球也叭哒叭哒似乎扩张了几分。

咽下面饼的时候,不得不生出一个疑问:印度的军队是不是也素食?如果是,他们冲锋陷阵的时候是否有点力不从心?印度的运动员们是不是也素食?如果是,如何能保证他们必要的营养和热量?如何能保证他们的体能,足以抗衡其他国家那些牛排和猪排喂养出来的虎狼之师?难怪,就在最近的一次世界奥运会上,偌大一个印度,居然只得了一块奖牌。这一可悲的纪录原来让我百思不得其解,现在倒让我觉得顺理成章。

也许,素食者比较容易素心——相当多数的印度人与竞技场上的各种争夺和搏杀,一开始就没有缘分。

他们看来更合适走进印度教、伊斯兰教、佛教的寺庙,在那里平心静气,无欲无念,从神主那里接受关切和家园。当他们年迈的时候,大概就会像我所见到的很多印度老人,成为一座座哲学家的雕像,散布在城乡各地的檐下或路口。无论他们多么贫穷,无论他们的身体多么枯瘦衣着多么褴褛,无论他们在乞讨还是在访问邻居,他们都有自尊、从容、仁慈、睿智、深思,而且十分了解熟悉你的表情。他们的目光里有一种对世界洞悉无余的明亮。

一块奥运奖牌的结局在印度引起了争论,引起了一些印度人对体育政策、管理体制、文化传统的分析和批评。果然,也有一位印度朋友对我不无自豪地说:“我们不需要金牌。”

“为什么?”

“你不觉得金牌是体育堕落的表现?你不觉得奥运会已充满铜臭?这样的体育,以巨额奖金为动力,以很多运动员的伤残为代价,越来越新闻化和商业化了,不是堕落是什么?”他再一次强调,“我们不需要金牌,只需要健康和谐的生活。”

说这些话的时候,我们正在班加罗尔一个剧院门口,等待着一个地方传统剧目的演出开始。由于一九九六年度的世界小姐选美正在这个城市举行,他们也七嘴八舌抗议着这种庸俗的西方闹剧。

我们用英语交谈。说实话,英语在这里已经印度化,对于中国人来说很不好懂,其清辅音都硬邦邦地浊化,与英美式英语的差别,大概不会小于普通话与湖南话的差别。我们代表团的译员姓纽,英语科班出身,又在西北边陲与巴基斯坦人和印度人交道多年,听这种英语也有些紧张,脸上不时有茫然之态。我比起小纽来说当然更加等而下之。幸好印度人听我们的英语毫无障碍,收支失衡的语言交流大体还可以进行下去。更大的问题是,我们没有印地语译员,很难深入这里的社会底层,很难用手势知道得更多。

英语在这里仅仅是官方语言之一,只属于上流人士以及高学历者,普通百姓则多是讲印地语或其他本土民族的语言——这样的“普通话”在印度竟多达二十几种。换句话说,这个国家一直处在语言的四分五裂之中,既有民族的语言分裂,也有阶级的语言分裂。他们历史上没有一个秦始皇,主体社会至今人不同种,书不同文。他们也没有诸如一九四九年的革命大手术,贵族与贱民的分离制度至今存留如旧。这就是说,他们没有经历过文化的大破坏,也没有文化的大一统。我没法知道的,是社会的裂痕阻碍了他们语言的统一,还是语言的裂痕阻碍着他们阶级的铲除和民族的融合?

循着英语的引导，你当然只能进入某种英国化的印度：议会、报馆、博物馆、公务员的美满家庭、世界一流的科研基地和大学，还有独立、博学、优雅并且每天都在直接收看英国电视和阅读美国报纸的知识阶层。但就在这些英语岛屿的周围，就在这些精英们的大门之外，却是残破不堪的更广阔现实。街道衰老了，汽车衰老了，栅栏和港口衰老了，阳光和落叶也衰老了，连警察也大多衰老了。这些白发苍苍的老人抄着木棍，活得没什么脾气，看见哪一辆汽车大胆违章，只是照着车屁股打一棍就算完事。很多时候，他们搂着木棍或老掉牙的套筒枪，在树影下昏昏大睡，任街面上汽车乱窜，任尘土蔽天日月无光。所有的公共汽车居然干脆拆掉了门，里面的乘客们挤不下了，便一堆堆挤在车厢顶上去，迎风远眺，心花怒放。乘着这样自由甚至是太自由的汽车驶入加尔各答市恒河大桥广场，你可能会有世界轰的一声塌下来的感觉。你可以想象眼前的任何房子都是废墟，任何汽车都是破铜烂铁，还可以想象街上涌动着的不是市民，是百万游牧部落正在浩浩荡荡开进城市并且到处安营扎寨。这些部落成员在路旁搭棚而居，垒石而炊，借雨而浴，黑黝黝的背脊上沉积着太多的阳光。他们似乎用不着穿什么，用不着吃什么，随便塞一点面渣子入口，就可以混过一天的时光，就可以照样长出身上的皮肉。他们当然乞讨，而且一般来说总是成功地乞讨。他们的成功不是因为印度有很多餐馆，而是因为印度有很多寺庙。他们以印度人习惯施舍的道德传统为生存前提，以宗教的慈悲心为自己衣食的稳定来源。

面对着这些惊心动魄的景象，老警察们不睡觉又能怎么样？

再多几倍或几十倍的警力又能怎么样?

幸好,这里的一切还没有理由让人们绝望。交通虽混乱,但乱中有序;街市虽破旧,但破中无险。他们的门窗都没有铁笼子一般的防盗网,足以成为治安状况良好的标志并且足以让中国人惭愧。外人来到这里,不仅不会见到三五成群贼眉鼠眼的人在街头滋事,不仅不会遭遇割包和抢项链,不仅不会看到公开的色情业和强买强卖,甚至连争吵的高声也殊为罕见。印度人眼里有出奇的平和与安详,待人谦谦有礼。最后,人们几乎可以相信,这里的老警察们睡一睡甚至也无关紧要。

一个不需要防盗网的民族,是一个深藏着尊严和自信的民族。也许,印度教的和平传统,还有甘地的非暴力主义,最可能在这个民族的清洁和温和里生长。我曾看过一部名为《甘地传》的电影,一直将甘地视为我心中谜一般的人物。这个干瘦的老头,总是光头和赤脚,自己纺纱,自己种粮,为了抗议不合理的盐税,他还曾经带领男女老少拒食英国盐,一直步行到海边,自己动手晒盐和滤盐。说来也有趣,他推翻英帝国殖民统治的历史性壮举,不需要军队,不需要巨资,一旦拿定主意,剩下的事就是默默走出家门就行。和平大进军——他从一个村子走到另一个村子,从一片平原走向另一片平原,于是他身后的队伍滚雪球一样越来越壮大,直至覆盖在整个地平线上,几乎是整整一个民族。碰到军队的封锁线,碰到刺刀和大棒,他们宁愿牺牲决不反抗,只是默默地迎上前去,让自己在刺刀和大棒下鲜血淋淋地倒下。第一排倒下了,第二排再上;第二排倒下了,第三排再上……直至所有在场的新闻记者都闭上了眼睛，直至所有镇压者的目光和双手都在发抖，直至他们惊恐万状地逃离这些手无寸铁的人并且最终交出政权。

甘地最终死于同胞的暗杀。他的一些亲人和后继者也死于暗杀。从某种意义上来说，这些频频得手的暗杀并不能说明别的什么，倒是恰恰证明了这个民族缺乏防止暴力的经验和能力。他们既然不曾反抗军警，那么也就不大知道如何对付暗杀。

作为印度之魂，甘地不似俄国的列宁、中国的毛泽东、南斯拉夫的铁托以及拉丁美洲的格瓦拉，他一弹不发地完成了印度的独立，堪称二十世纪的政治奇迹和政治神话之一。也许，这种政治的最不可理解之处，恰恰是印度人最可理解之处：一种印度教的政治，一种素食者和流浪者的政治，来自甘地对印度的深切了解。这种“非暴力不合作”运动的理论与实践，不过是政治天才给一个贫困和散弱到极致的民族，找到了一种最可能强大的存在形式，找到了一种最切合民情也最容易操作的斗争方法——比方在军警面前一片片地坐下来或躺下来就行。

在尚武习兵的其他民族看来，这简直不是什么斗争，不过是丐群的日常习惯。但正是这种日常习惯迫使英国政府和议会低头，使西方世界很多男女对天才的甘地夹道欢迎崇敬有加。

现在，很多印度人还坐在或躺在街头，抗议危及民族工业的外国资本进入，抗议旧城区的拆迁，抗议水灾和风灾以及任何让人不高兴的事，或者他们也无所谓抗议，并没有什么意思，只是不知道要如何把自己打发，坐着或躺着已成了习惯。时过境迁，他们面对的已不再是英国军警，而是一项项举步艰难的现代化计划。这些缺衣少食者被一个伟大的目标所点燃的时候,他们个个都成了赤脚长衫的圣雄,个个都强大无比。但这种坐着或躺着的姿态一旦继续向未来延伸,也许便成为一份历史的沉重负担,甚至会令每一届印度政府头痛不已。二十世纪末的全球一体化经济正在铁壁合围,没有一个大陆可以逃避挑战。那么,哪一个政府能把眼前这个非暴力不合作的黑压压人海组织进来、管理起来,向他们提供足够的住房、食品,以及受教育和工作的机会?从更基本的一点来说,哪一个政府能使素食者投入竞逐而让流浪者都服从纪律?如果不能的话,即便甘地还能活到现在,他能否像创造当年的政治神话一样,再一次创造出经济神话?

换句话说,他能否找到一种印度教的经济,一种素食者和流浪者的物质繁荣,并且再一次让全世界大吃一惊?

我们将要离开印度的时候,正赶上加尔各答地区某个民族的新年日,即这个国家很多新年日中的一个。一排排点亮的小油灯排列台阶,零星礼花不时在远方的空中闪烁。节日的女人很漂亮,裹身的纱丽五彩缤纷,一朵朵在节日的暗香中游移和绽放。只是这种纱丽长于遮盖,缠结繁复,是一种女神而非女色的装束,有一种便于远观而拒绝亲近的意味,不似某些西式女装那样求薄求露求透甚至以"易拉罐"的风格来引诱冲动。

这里的节日也同中国的不一样:街上并无车水马龙,倒有点出奇的灯火阑珊和人迹寥落;也没有觥筹交错,倒是所有的餐馆和各家各户的厨房一律关闭——人们以禁食一天的传统习俗来迎接新的岁月。他们不是以感官的放纵而是以欲望的止息来表示欢庆。

可以想象,他们的饥饿是神圣,是幸福,也是缅怀。这种来自漫长历史的饥饿,来自漫长历史中父亲为女儿的饥饿、兄长为妹妹的饥饿、儿子为母亲的饥饿、妻子为丈夫的饥饿、主人为客人的饥饿、朋友为朋友的饥饿、人们为树木和土地的饥饿,成为他们世世代代的神秘仪礼,成为他们隆重的节日。

母亲,你回来吧,回来吧,
你从恒河的滚滚波涛里回来吧,
你从树上的每一片叶子里回来吧,
你从路上的每一个脚印里回来吧,
你从我的睡梦里和眼泪里回来吧。
……

河岸上歌潮迭起。这就是恒河,在印地语里发音“刚嘎”,浩浩荡荡地流经加尔各答。

这使我联想起西藏的“贡嘎”机场,与之声音相近,依傍恒河的上游,即雅鲁藏布江。“刚嘎”与“贡嘎”是否有什么联系?是否就是一回事?司机给我翻译着歌词的大意,引我来到这里观看人们送别嘉丽——恒河两岸亿万人民的母亲,他们在每一个新年都必须供奉的女神。她差不多裸着身子,年轻而秀丽,在神位上的标准造型倒有点怪:惊讶地张嘴悬舌,一手举剑,另一只手提着血淋淋的人头。由于语言的障碍,我没法弄明白关于这位女神的全部故事,只知道在一次为人间扫除魔鬼的著名战斗中,她杀掉了二十几个敌手,也最终误杀了自己的丈夫——她手中那颗人头。

直到这个时候,她才如梦初醒地伸长了舌头。

从那一刻起,她便凝固成永远的惊讶和孤独。

已经是新年的第二天了,民间庆典即将结束。人们拍着鼓,吹着号,从城市的各个角落载歌载舞结队而来,在恒河岸边汇成人海,把各自制作的嘉丽送入河水,让大小不等色彩纷呈的惊讶和孤独随水而下一一漂逝在夜的深处。这是他们与恒河年复一年的约定。

看得出来,这些送神者都是穷人,衣衫不整,尘土仆仆,头发大多结成了团,或者胡乱披散。他们紧张甚至恐慌得两眼圆睁手忙脚乱大喊大叫,一旦乱了脚步,抬在肩上的女神就摇摇晃晃。他们发出呼啸,深一脚浅一脚踩得水花四溅,从河里返回时便成了一个个癫狂的水鬼,浑身水滴如注,在火光下闪耀着亮珠。但他们仍然迷醉在鼓声中,和着整齐或不够整齐的声浪大唱,混在认识或不太认识的同胞身旁狂舞——与其说这是跳舞,倒不如说他们正折磨自己的每一个骨节,一心把自己粉碎和融化于鼓声。

一个撑着拐杖的跛子也在跳跃,拐杖在地下戳出密密的泥眼。

你从路上的每一个脚印里回来吧,母亲;

你从我的睡梦里和眼泪里回来吧,母亲。

恒河的对岸那边,几柱雪亮的射灯正照亮巨大的可口可乐广告牌,照亮了那个风靡全球的红色大瓶子。在那一刻,我突然觉得,远去的嘉丽高扬血刃回眸一瞥,她永远伸长舌头所惊讶的,也许不是丈夫的人头落地,而是一个我们完全无法预知的新世纪正悄悄来临。

我抬起头来看彼岸急速地远退,留给我无限宽阔的河面。

1997 年 2 月[①]

① 最初发表于 1997 年《作家》,后收入散文集《精神的白天与黑夜》。

草原长调

天边最后一抹火烧云熄灭，浓浓夜幕低压四野，长夜便开始在热气骤退的草原上流动。天地间只剩下黑暗里点点流萤，一撮篝火。牧民们披上御寒的大皮袄，端起盛满马奶酒的大碗，看铁皮罐下跳动的火苗，一股暖流自然从肺腑升起涌向喉头，化为一种孤独的声音，缓缓的，沉沉的，滔滔而来。

这种声音是不需要聆听的。草原上地广人稀，极目茫茫，游牧者寻居各自的草场，使最近的邻居也可能在几十公里之外，因此歌唱永远指向虚空，是对高山、河流、草地、天穹的一种精神依偎，从不需要他人的理解。相比之下，中国江南民歌的戏谑，西北民歌的倾诉，北方戏曲的叙说，以农耕社会的群居为背景，都是唱给人听的歌，太具有文字属性和世俗气味，不适合在这样的寂静中生长。

这种声音又是期待聆听的。歌声总是悠长，才能随风飘送很远；音域总是自由而宽广，乐符才能腾升云端以便翻山越岭。这些歌声隐藏着一种飞向地平线那边的冲动，如同一种呼号，因此只能是慢板而不可能是快板，只能是长调而不可能是短调，只能是旋律的回肠荡气而不可能是节奏的复杂多变。在一个无须登高就可以望尽天涯的草原，在一个阔大得几乎没有真实感的空间，一个人的灵魂不可能不喷发声流，不可能不用这种呼号来寻找遥不可及的耳膜。

也许，蒙古长调就这样产生了。

洁白的毡房炊烟升起
我出生在牧人家里
辽阔无际的草原
是哺育我成长的摇篮
……

一轮红月亮悄悄地升起来。长调潮涌，缅怀着故乡，表达着爱情，也记录着历史和知识——哪怕对一匹马的生长过程，也可以用一岁一曲的方式，把马从小唱到大，循环反复的套曲，配合着歌者相互递让的一个酒碗，既是育马的课程温习，也是怜马的悲情倾吐。

这使蒙古人成了一个最长于歌唱的民族，精神几乎全部融解在歌声里，远古“乐”教传统比汉民族延绵得更为长久。人人都是天才的歌手，不论是酋长，还是僧侣或者牧人。以至于他们的善饮，似乎只是为了使他们有更多放歌的豪兴；他们的嗜肉，似乎只是为了使他们体魄更为健壮厚重，更容易在胸腔内灼烤出西方式的美声和共鸣。他们放牧时骑在马背上的悠闲，或者躺在草地上的散漫，则为他们的歌唱提供了充足时光，为一切辛劳的农耕民族所缺少。歌唱，加上接近歌唱的朗诵，加上接近朗诵的诗化日常口语，构成了他们的语言，构成了他们历史上最主要的信息传播方式。在公元十二世纪以前的漫长岁月里，他们甚至没有文字，不觉得有什么书写的必要。

俄国诗人普希金端详过这个粗心于文字的民族，说蒙古人是“没有亚里士多德和代数学的阿拉伯人”。但这并不妨碍蒙古深刻地改变过俄国，在很多西欧人的眼里，粗犷强壮的俄国人已经眼生，只是蒙古化或半蒙古化了的欧洲人。这也不妨碍蒙古深刻改变过中国，在很多南方人眼里，雄武朴拙的北方人同样眼生，不过是蒙古化或半蒙古化了的中国人。蒙古的武艺甚至越过了日本海，成为了相扑（摔跤）和武士道传统的源头；甚至越过了白令海峡，融入了美洲印地安人的生存方式以及后来美国人的“牛仔风格”。他们的长调一度深深烙印在其他民族的记忆中和乐谱上。俄国音乐中的悲怆，中东音乐中的忧伤，中国西部信天游（陕甘）、花儿（青海）、木卡姆（新疆）等音乐素材中的凄婉，很难说没有染上色楞格流域和克鲁伦流域的寒冷。从英吉利海峡一直到西伯利亚流行的 sonnet（商籁体诗歌），深深藏在蒙语词汇中，很难说没有注入过蒙古牧人滚烫的血温。

北半球这种泛蒙古的大片遗迹，源头十分遥远而模糊，其中最易辨认的，只是公元 1206 年的“库里尔台”，即蒙古各部落统一后的酋长会议。成吉思汗登基，热血在歌潮中燃烧，腰刀在歌潮中勃勃跳动，骏马在歌潮中扬蹄咆哮，突然聚合起来的生命力无法遏止，只能任其爆炸，化为一片失控的风暴。后世史学家们的笔尖每到此处也为之哆嗦。马背上的成吉思汗宣布：“人类最大的幸福在胜利之中：征服你的敌人，追逐他们，剥夺他们，使他们的爱人流泪，骑上他们的马，拥抱他们的妻子和女儿！”于是一个散弱的民族从漫长的沉默历史中崛起，以区区不过百万的总人口，区区不过十二万的有限兵力，竟势如破竹横扫东西南北，先后击溃了西夏、南宋、喀拉汗、花剌子模、俄罗斯、波斯、日耳曼以及阿拔斯王朝，铁骑践踏在莫斯科、基辅、萨格勒布、杭州、广州、德里、巴格达、大马士革，直到穿越冰封的多瑙河，西抵亚得里亚海岸。人类史上一个领域最为辽阔的国家，随着他们似乎永不停止的马蹄和永不回头的尘浪，突然闪现在世人眼前，几乎没收了全部视野。

巴格达城破之时，除了极少数熟练工匠留下来，八十万居民被屠杀殆尽。征服者比虎豹还要凶猛和顽强，可以举家从军，在缺吃少眠的情况下日夜兼程，三天就扫荡匈牙利平原；可以枕冰卧雪，仅靠一点马血、泥水甚至人肉，就精神抖擞地跨越高加索山脉。他们的皮袋既可以储水，又可以充气后用来过河，再加上炼铁技术提供的一点马蹄掌、弓弩、钩矛和钉头锤，这一类简易粗陋的用具就足以助他们永远地向前，“像成群的蝗虫扑向地面”，“不屈不挠，战无不胜”，“与其说是人，不如说是鬼”（见《马修帕里斯的英国史》，1852）。他们是一支歌手组成的军队，因此习惯于激情的喷发而不是思想的深入，因此不在乎法律，不关心学问和教化，不拘泥于任何作战规程，包括不需要什么后勤辎重。相反，他们的后勤永远在前方，在敌人的防线那边，是等待他们去劫掠的一切粮草、牲畜、财宝以及俘虏，是全世界这个取之不尽的大库房。

这些身披兽皮盔甲面色粗黑的武士，说着异族人谁也听不懂的话，对于世界来说是一群不知来历莫知底细的征服者。但武可立国,治国则不可无文。一个厚武而薄文的帝国,体积庞大得口耳难以相随,首尾难以相应,恐怕一时有些手足无措。成吉思汗的战略是首先联合“所有住在毡篷里的人”,从而将部分突厥人纳入自己的营垒,但知识与人才还是远远不够。于是阿拉伯人被用来管理贸易和税收,中原人被用来操作火炮和医药,擅长交际的欧洲人则被遣去处理一些外交事务——其中意大利人马可·波罗就给忽必烈大汗当了多年使臣,还在扬州当上地方官。蒙古大汗们并不认为这有什么危险,对美物奇器酒香肉肥以外的一切甚至无所用心。元朝一道刻在寺院石碑上的圣旨这样写着:“长生天帝力里,皇帝圣旨里:和尚、也里可温、先生、达识蛮每:不拣什么差发休当者,告天祝寿者么道有来……”这一段汉文读来如同天书。其实“和尚”是指佛教徒,“也里可温”是指基督教徒,“先生”是指道教徒,“达识蛮”是指伊斯兰教徒。“每”相当于“们”。全句的意思是:圣上对各种宗教一视同仁,不论你们念的是什么经,只要是告天祝寿的就统统念起来吧。

这里的多元共存态度,作为一种官方文化政策足可垂范后世;但粗野杂乱的行文,愣头愣脑的口吻,如同街头巷尾的大白话,驱牛逐马时的吆喝,透出一股醺醺的酒气,完全暴露了帝国在文化上的粗放,哪有堂堂朝廷圣旨的体统和气象?事实上,帝国在文化上一开始就无法设防而且比比破绽,以弓矛开拓的疆土,最终难逃来自异族文化的肢解和吞食。公元十三世纪后期,经过了一百多年多少有些短暂的强盛,一个不擅长文字的民族,一个缺少思想家和学术典籍的民族,从而也就缺乏成熟国家制度和成熟文化控制的民族，迅速被占领区的其他族群同化，在习俗、语言以及人种上皆有消泯之虞。

依稀尚存的帝国也大体上一分为三：旭烈兀的伊尔汗国尊奉伊斯兰教，定都北京的忽必烈在中国接受了佛教（喇嘛教）和儒家思想，别尔克的俄罗斯金帐汗国则部分引入了东正教。各大汗国之间争权内战，腥风血雨，最终耗竭了帝国的生命，一只军事恐龙在文化四面合围之下终于倒毙。

像一道闪电，帝国兴也匆匆亡也匆匆，结束得太快，连当事人也来不及想清楚这是怎么回事。除了后世少数学人，对于大多数牧人来说，这一段历史如真如幻，似有似无，扑朔迷离，支离破碎，只是草原长调中增加了一则血色的传说。

他们的历史总是传说，更准确地说是传唱，是神奇和浪漫的歌声，却不一定是真实，于是大多成为闪烁其词的"秘史"，充斥着各种"秘旨"和"秘址"，欲言又止，语之不详，是一堆虚虚实实的谜团。他们是要忘记这一段历史吗？是从来就不需要历史吗？

对于他们来说，最真实的一份历史，也许总是潜藏在和声四起时歌手们肃穆持重的目光里，潜藏在音浪高旋时歌手们额上暴突的青筋里，是他们长调中一个音符的战栗或一个节拍的陡转：

一只狼在仰天长啸
一条腿被猎夹紧咬
它最后咬断了自己的骨头

带着三条腿继续寻找故乡

……

歌手的眼里有了泪光，也有了历史。他们的历史只易被感觉而不易被理解，等待着人们的心而不是脑。

他们的先民重新回到了本土草原，几乎一无所有。先民对世界的摧毁差不多是一种无意识的冲动，正像他们大规模改进过世界文明差不多也是一种无意识的任性而为。东方的火药、丝绸、机械、印刷术以及炼铁高炉，曾随着他们的背影向西方传播。还有宗教的跨大陆交流，勇武精神的跨血缘渗入，曾沿着他们的泥泞车辙延伸远方。他们并不完全清楚自己做过了什么，直至自己再一次在世界史中悄然退场。这样，当大陆西端的另一些游牧者从草原扑向海洋，目光瞄准了美洲和亚洲的海岸，以远航船队拉动了贸易和工业，东端的这一些弟兄却没有听到汽笛的余音，草原上一片宁静。

欧亚大陆的游牧文明至此东西两分。作为东方的这一支，他们不仅与“亚里士多德和代数学”擦肩而过，而且被工业化、民主制度、基督教改革的现代快车弃之而去。直到二十世纪末，他们还只有两百多万人口，书写着一种俄国蒙古族和中国蒙古族都不懂的新蒙文，是一个特别小的语种。以至人们观察四周的目光，常常会从他们的头顶越过，忽略他们的存在，而一般蒙古人也不易窥探到外部世界。

应该说，语种并无优劣高下之分，但知识生产与经济生产一样，都有规模效益的问题。小语种无法支撑完备的翻译体系、出版体系、研究体系，对思想文化的引进难免力不从心。一个十三亿人口的中国尚且常有出书之难，蒙古出版市场不及中国的百分之一，也就是四五个县的市场，委实有些太小，难以咽下全世界那么多文化经典。这使我走入乌兰巴托闹市区的书店时，感受到草原文化的缤纷炫目，也感受到起码有学术译介的明显不足。没有笛卡尔全集，没有尼采全集，更没有福柯和普鲁斯特全集，这当然很正常。架上书大多是诗歌（他们主要的写作体裁），大多是配了图画的少儿诗歌（少儿是这里最能形成规模的购书群体），同样也很自然。这使我突然间理解了一切小语种国家知识生产之难——如果不是考虑到这一点，新加坡多年前可能就不会果断恢复中文的地位，韩国知识界近年大概也不会展开讨论：是否需要回归汉文或者索性改用英文？这些深谙洋务的民族终于明白，知识竞争是比资本竞争更为根本性的竞争，丢掉老语种（如中文或拉丁文）就难以充分利用历史资源，没有大语种（如英文、中文或西班牙文）就难以充分利用域外资源。他们选择国语不仅需要捍卫民族尊严，而且须有利于整个国民知识素质的优化，有利于在整个世界知识生产格局中抢占要津——这不是送一些学子出国留学就能奏效的。

蒙古人不是新加坡、韩国那些单瘦文弱的君子，也不大瞧得起南边那种牛马吃草般的素食习俗，还有那种对数字的精明，对器物制作的机巧。他们从内心深处是不是想成为下一条经济小龙，也并非不是一个疑问。经济就那么重要吗？技术就那么重要吗？是的，他们使用着很小的语种，在周边各大文化板块的夹缝中几乎孤立自闭,因此他们在接受日本汽车、韩国商场、德国移动电话、美国宾馆和芯片、中国食品和饮水机的时候,可能在人文和科学方面留下诸多巨大的空白。但那又怎么样?他们因此而变化得暂时缺乏深度,可能没有自己的完善工业、强势外交、巨额金元以及足够多的世界级思想领袖,更没有称霸世界的导弹和反导弹系统,但那样的日子就一定黯淡无光?就一天也过不下去?

不,与很多人的想象相反,在我看来,蒙古算不上世界上的富强之地,却一定是世界上的欢乐之乡,比如说是歌声、酒香以及笑脸最多的地方。走进这里的任何一扇家门,来人都是贵客。只要席地坐成一圈,大家就成了兄弟姐妹。只要端起一碗奶酒,优美而且不胜其唱的长调便会油然而起。牧人不太喜欢也不太信任没有醉倒的朋友,哪怕是对一个乞丐,也得让你醉成一团烂泥方才满意地罢手。牧人也不太相信自然资源有什么权属,一只鹰或者一只兔子,反正是天地间的东西,只是撞到枪口上了,任何一个过路人都可以入门分享。

一个蒙古诗人对我说:"你要知道,蒙古人的天是最干净的天,蒙古人的血是最干净的血。"这种强烈的民族自豪感,还有支撑这种自豪感的习俗传统和心智特点,穿越一个又一个世纪的风霜,居然从未被外来的文化摧毁。苏联式的革命浪潮,在这里留下了很多马克思的画像和列宁的语录墙;美国式的市场浪潮,使这里都市人的穿戴已从头到脚与东京人或汉城(注:2005 年更名为首尔)人无异。但这些都像是一种表面涂刷和覆盖,并未动摇蒙古文化纵深的岩层,比如从未动摇过他们对成吉思汗一类前辈英雄的崇敬,

绝没有中国式的大挖文化祖坟，一次次狂热地“倒孔”和“批孔”。

构成这种文化恒定的很多原因中，当然包括了语种。坚守在一个小语种之内，没有完备的翻译体系、出版体系、研究体系，恰好形成了一种死角屏蔽，一种抗震性能最好的微型坚壳，使任何文化冲击都在这里被减弱为余波，任何文化淹没都在这里被过滤为点滴——他们因此而可能无缘于现代变革的迅疾和彻底，但也很大程度上避免了现代变革带来的种种心智内伤，比方说避免了一窝蜂“斗私批修”或者一窝蜂“斗公批社”的痛苦震荡。弗洛伊德、霍布斯、尼采、斯密等等，当九十年代的中国人被这些思想体系折腾得心事重重和浮躁不宁的时候，陌生的西洋人名与草原照例没有太大的关系。

蒙古同样在进行改革和发展，但他们必然走上自己独特的旅途，其体制仿造不免要打下诸多折扣，比如有了私有制，也只是变形走样的凑合，至少没有普遍的焦虑、轻薄、冷漠以及阴狠为之打底，或者说很难得到深层文化的支持。相反，除了一些生冷怪异的外国资本进入，这里的所谓市场经济比世界任何地方都可能更多一些温暖，常常让位于豪爽慷慨的天性，让位于你我不分公私相济的部落遗风：账不一定算得很清楚，骑手之间传统的礼仪和风采却断不可少。这使他们仍然有一份淳朴和豪放，有一种从容放歌的心胸。

他们是真的想歌唱，真的想用歌声来抚摸遥远的高山和天空。一位副省长，一位司机，一位乡村教师，一位牧羊少年，我所见到的这些人一旦放开歌喉就都成了歌手，卸下了一切社会身份，回归蒙古人两眼中清澈的目光，并透过这种清澈来读解世界和生命。他们似乎以歌立命，以歌托生，总是沿着歌声去寻找自己的生活，寻找一种只能属于蒙古人的今天和明天。当乌兰巴托街头已经车水马龙，他们也只是把高楼当作新的毡包，把汽车当作新的骏马，把汽油和煤当作新的草料，甚至把多党制的国会当作多部落联合议事的金顶大帐，血管里仍然奔流着牧人们火一样的乐句。

当我身躯一样爱惜
沐浴我的江河水
母亲的乳汁一样甘甜
这就是蒙古人
热爱故乡的人
……

我在毡包里学会了这首《蒙古人》。我得承认，我在这里度过了一辈子中唱歌最多的时光，实现了我似梦非梦的天堂之旅。

2002 年 9 月[①]

---

① 最初发表于 2002 年《天涯》杂志，后收入散文集《然后》。

笛鸣香港

进入香港后的第一印象，就是不少高楼瘦长如棍，一根根戳在那里顶着天，让观望者悬心。

在全世界都少见这种棍子，这种用房屋叠出来的高空杂技。它们扛得住地震和狂风吗？那棍子里的灯火万家，那些蛀入了棍子的微小生物，就不曾惊恐于自己的四面临虚和飘飘欲坠？

我这次住九楼，想一想，才爬到棍子的膝部以下，似乎还有几分安稳。套间四十多平方米，据说市值已过百万。家居设施一应俱全，连厨房里的小电视和小花盆也不缺。但卧房只容下一床，书房只容下一桌一椅，厨房更是单人掩体，狭窄得站不下第二人。我洗完澡时吓一大跳，发现客厅里竟冒出陌生汉子。细看之后才松了口气，发现对方不是强盗，不过是站在对角阳台上的邻居，透过没挂上窗帘的玻璃门，赫然闯入我的隐私。

他不在客厅里，但几乎就在客厅里，朝我笑了笑，说了句什么，在玻璃门外继续浇洒自家的盆花。

他是叫海伦还是汤姆？

我不知该如何招呼。

港人多有英文名字——多族裔机构里的职员更是如此。这些海伦或者汤姆在惜地如金的香港，如果没有祖传老宅或千万身家，一般都只能钻入这种小户型，成天活得蹑手蹑脚和小心翼翼，在邻居近如家人的空间里，享受着微型的幸福与自由。也许正是这一原因，港人们擅长螺蛳壳里唱大戏，精细作风举世闻名。在这里，哪怕是一条破旧的小街，也常常被修补和打扫得整洁如新。哪怕是廉价的一碗车仔面或艇仔饭，也总是烹制得可口实惠。哪怕是一件不太重要的文件副本，也会被某位秘书当成大事，精心地打印、核对、装订、折叠、入袋、封口……所有动作都是一丝不苟按部就班，直至最后双手捧送向前，如呈交庄严的国书。

正因为如此，香港缺地皮，有世界上最大的人口密度、高楼密度、汽车密度，却仍是很多人留恋的居家福地。海伦们和汤姆们，即自家族谱里的阿珍们和阿雄们，哪怕在弹丸之地也能用一种生活微雕艺术，雕出了强大的现代服务业，雕出了曾经强大的现代制造业，雕出了或新潮或老派的各种整洁、便利、丰富、尊严，以及透出滋补老汤味的生活满足感。毫无疑问，细活出精品，细活出高人，各种能工巧匠应运而生，一直得到外来人的信任。有时候，他们并不依靠高昂成本和先进设备，只是凭借一种专业精神与工艺传统的顽强优势，也能打造无可挑剔的名牌产品——这与内地某些地方豪阔之风下常见的马虎、潦草以及缺三少四，总是形成了鲜明的对照。

一些称之为 mall 的商城同样有港式风格。它们是巨大的迷宫，有点像传统骑楼和现代超市的结合，集商铺、酒店、影院、街道、车站、学校、机关以及公园于一体，钩心斗角，盘根错节，四通八达，千回百转，让初来者总是晕头转向。它们似乎把整个城市压缩在恒温室内，压缩成五光十色的集大成。于是人们稍不留心，就会错觉自己在酒店里上地铁，在商铺里进学堂，在官府里选购皮鞋。想想看，这种时空压缩技术谁能想得出来？这种公私交集、雅俗连体、五味俱全、八宝荟萃、各业之间彼此融合、昼夜和季节的界限消失无痕的建筑文化，这种省地、节材、便民、促销的建筑奇观，在其他地方可有先例？

一代代移民来到这里打拼，用影碟机里快进2或快进4的速度，在茫茫人海里奔走，交际，打工或者消费，哪怕问候老母的电话也可能是快板，哪怕喝杯奶茶或拍张风景照也可能处于紧急状态。“你做什么？”“你还做什么？”“你除了这些还做什么？”……熟人们经常一见面就劈头三问，不相信对方没有兼职和再兼职，不相信时间可以不是金钱。显然，这种忙碌而拥挤的社会需要管理，近乎狂热的逐利人潮需要各种规则，否则就会乱成一团。十九世纪末的英国人肯定看到了这一点。他们面对维多利亚港湾两侧乱哄哄黑压压的殖民地，面对缺地、缺水、缺能源但独独不缺梦想的香港，不会掏出什么民主，却不能不厉行法治。他们把香港当作一个破公司来治理。米字旗下的建章立制、严刑峻法、科层分明、令行禁止，成了英伦文化在香港最需要也最成功的移植。“政府忠告市民：不要鼓励行乞！”这种富有基督新教色彩的警示牌，大悖东方佛家与道教的理法，也从欧洲舶来香港街头。

一次很不起眼的招待会，可能几个月前就开始预约和规划了。电话来又电话去，传真来又传真去，快递来又快递去，参与者必须接受各种有关时间、地点、议题、程序、身份、服装、座位、交通工具、注意事项之类的敲定。意向申明以后还得再次确认，传真告知以后还得书函告知，签了一次字以后还得再签两次字，一大堆文牍来往得轰轰烈烈。不仅如此，一次主要时间只是用于交换名片、介绍来宾、排队合影再加几句客套话的空洞活动结束之后，精美的文牍可能还会尾随而至：关于回顾或者致谢。

不难想象，应付这种繁重的文牍压力，很多人都需要秘书。香港的秘书队伍无比庞大当然事出有因。

也不难想象，港人在擅长土地节约之余，却习惯了秘书台上日复一日的巨量纸张耗费，让环保人士愤愤不满。

但没有文牍会怎么样?

口说无凭，以字为据。没有关于招待、合同、动议、决策、审计、清盘、核查、国际商法等方面的周到字据，出了差错谁负责？事后如何调查和追究？追究的尺度和权利又从何而来？……从这种意义上来说，法治就是契约之治，就是必须不断产生契约的文牍之治——虽然文牍癖也有闹过头的时候，比方说秘书们为某些小事累得莫名其妙。

车载斗量的文牍，使香港人几乎都成了契约人，成了一个个精确的条款生物和责任活体。考虑到这一点，在庞大秘书行业之后再出现庞大的律师队伍之类，出现数不胜数的诉讼和检控，大概也不难理解了。

有一位老港人向我抱怨，称这里最大的缺点是缺乏人情，缺乏深交的朋友。光是称呼就得循规蹈矩不得造次：mister，先生就是先生；doctor，博士就是博士；professor，教授就是教授——大学里的这三个称呼等级森严，不可漏叫更不可乱叫，以至只要你今天退休，你的“×教授”称呼明天立马消失，相关的待遇和服务准时撤除，相处多年的秘书或工友也忽如路人，其表情、口气大幅度调整。这种情况——包括不至于这般极端的情况——当然都让很多大陆人和台湾人深感不适，免不了摇头一叹：人走茶凉呵。

但人走茶凉不也是法治所在么？倘若事情变成这样：人走了茶还不凉，人不在位还干其政，还要来看文件，写条子，打电话，参加会议，消费公款，甚至接受前呼后拥，有关契约还有何严肃性和威慑力？倘若人没走茶已凉，人来了茶不热，有些茶总是热，有些茶总是凉……那么谁还愿意把契约太当回事？

契约人就不再是自然人，须尽可能把感情与行为一刀两断，用条款和责任来约束行为。这样，缺乏人情是人生之憾，却不失为公法之幸，能使社会组织的机器低摩擦运转。面子不管用了，条子不管用了，亲切回忆什么的不管用了，虽然隐形关系网难以根除，但朋友的经济意义大减，徇私犯科的风险成本增高。香港由此避免了很多乱象，包括省掉了大批街头的电子眼，市政秩序却井井有条，少见司机乱闯红灯，摊贩擅占行道，路政工人粗野作业，行人随地吐痰、乱丢纸屑、违规抽烟，遛狗留下粪便……官家的各种“公仔（干部）”和“差佬（警察）”也怯于乱来。哪怕是面对一个最无理的“钉子户”，只要法院还未终结诉讼，再牛的公共工程也奈何它不得。政府只能忍受巨大预算损失，耐心等上一年半载，甚至最终改道易辙。

因为他们都知道，法治治民也治吏。违规必罚，犯禁必惩，一旦出了什么事，就有重罚或严刑在等着，没有哥们儿或姐们儿能来摆平，也难有活菩萨网开一面。那么，哪个鸡蛋敢碰石头？

无情法治的稍加扩展就是无情人生——或者这句话也可反过来说。

这样，人情与秩序能否兼得？在难以兼得之时我们又如何痛苦地选择？

这当然是一个问题。说起来，香港人并非冷血，每日茶楼酒馆里流动着的不全是社交虚礼，其中很大一部分仍是友情。特别是节假日里，家庭成了人性取暖的最佳去处，合家饮茶或合家出游比比皆是，全家福的图景随处可见，显现出香港特别有中华文化味道的一面。父慈子孝，夫敬妇贤，其情殷殷，其乐融融，构成了百姓市井的亲情底色。

这些人不习惯西服革履，更喜欢休闲便装；不习惯道貌岸然，更愿意小节不拘自居庸常——包括挂着小腰包光顾赛马场和彩票。与之相联系的是，他们的阅读大多绕开高深，指向报上的地方新闻和娱乐八卦，还有情爱和武侠的小说。他们使用着最新款的随身听、数码相机、MP4、便携宽频多媒体，但大多热心于情场恩仇和商界沉浮一类粗浅故事——这是通俗歌曲和通俗电影里的常见内容。内地文化人对此最容易耸耸肩，摇摇头，讥之为“文化沙漠”。其实这里图书、音乐、书画、电影的同比产出量绝不在内地之下，大量人才藏龙卧虎。稍有区别的是，他们的文化主题常常是“儿女情”而非“天下事”，价值焦点常常落在“家人”而不是“家国”，多了一些就近务实的态度，与内地文化确实难以全面接轨。

黄子平教授在北京大学做报告的时候，强调香港文学从总体上说最少国家意识形态，是一个特别品种，值得研究者关注。据他说，学子们对这个话题曾不以为然。

学子们也许不知道，他们与大多港人并没有共享的单数历史。在百年殖民史中，港英当局管理着这一块身份暧昧的东方飞地，既不会把黄肤黑发的港人视为不列颠高等同胞，也不愿意他们时常惦记自己的种族和文化之根，那么让他们非中非英最好，忘记“国家”这一码事最好——这与一个人贩子对待他人儿女的态度，大体相似。这种刻意空缺“国家”的教育，一种大力培养打工仔和执行者而非堂堂“国民”的百年教育，也许足以影响几代人的知识与心理。

再往前看，香港自古以来就是天高皇帝远，“帝力于我何有哉?”这里的先辈们难享国家之惠，也少受国家之害，遥远朝廷在他们眼里实在模糊。当中原族群反复受到外来集团侵掠或统治，那里的国家安危与个人的生死荣辱息息相通，国与家关系密切，一如杜甫笔下的“国破山河在”多与“家书抵万金”相连。这是一种整体利益与个体利益高比率重叠的状态，忧国、思国、报国之情自然成了文化要件，“修齐”通向“治平”的古训便有了更多日常感受的支持，有了更强的逻辑力量。与此不同，香港偏安岭南一角，面对大海朝前望去，前面只有平和甚至虚弱的东南亚，一片来去自由、国界含混、治权零乱的南洋。在这样的地缘条件下，如果不是晚近的鸦片战争、抗日战争以及九七回归，他们的心目中那个抽象的“国家”在哪里？“国家”对于老百姓的衣食住行有多少意义？

大多数港人也修身,也齐家,但如果国家若有若无,那么“治国平天下”当然就不如“治业赚天下”更为可靠实用了。这样,他们精于商道,生意做遍全球,但不会像京城出租车司机们那样乐于议政,不会像中原农民们那样乐于说古。内地文化热点中那些宫廷秘史、朝代兴衰、报国志士、警世宏论、卫国或革命战争的伟业,在这里一般也票房冷落。国家政治对于很多港人来说是一个生疏而无趣的话题。更进一步说,如果国家的偶尔到场,不过是用外交条约把香港划来划去,使之今天东家,明天西家,今天姓张,明天姓李,一种流浪儿的孤独感也不会毫无根由。

殖民地都是精神和文化的流浪儿——香港不过是他们中比较有钱的一个。想一想,这个流浪儿是应该责难还是应该抚慰?他们的文化在经受批评之前是否应该先得到几分理解?

一九九七年,很多港人在五星红旗下大喊一声“回家啦——”但这个家,对于他们来说还是比较陌生,比如有相对的贫穷,有较多的混乱和污染,有文化传统中炽热的国家观和天下观。但无论人们是珍爱这个家还是厌恶这个家,“国家”终于日渐逼近,不可回避了。

世界上并非所有人都有国家意识,都需要国籍的尊严感和自豪感。诗人北岛说,他曾经遇到一个保加利亚人。那人说保加利亚乏善可陈,从无名人,连革命家季米特洛夫还是北岛后来帮对方想起来的。但那人觉得这样正好,更方便他忘记自己的国族身份,从而能以世界文化为家。出于类似的道理,多年来几无国家可言的港人,是否一定需要国家这个权力结构?他们下有家庭,上有世界，是否就已经足够？他们国土视野和国史缅怀的缺失，诚然收窄了某种文化的纵深，但是否也能带来对狭隘国家主义的避免？……

无可选择的是，国家是现代共同体的基本形式。历史上的国家功罪俱在，却从来不是抽象之物，不全是旗帜、帽徽、雕像、诗词、交响乐、博物馆、哲学家们的虚构。对于一九九七以后的很多港人来说，即使抗英、抗日的伤痛记忆已经淡薄，即使内地输血香港的贸易秘密被长期掩盖，但国家也不仅仅意味着电影里的“内战”和书刊里的“文革”，而有了电影与书刊以外的更多现实内容。国家是化解金融危机时的巨额资金托市，是对数千种产品的零关税接纳，是越来越值钱的人民币，是越来越有用的普通话，是各种惠及特区的人才输入、观光客输入、股市资金输入、高校生源输入、廉价资源产品输入……一句话，国家是这里日常生活的一部分，正在成为真切可触的利益，正在散发出血温。

即便有些人对这一切不以为然，即便他们还是贬多褒少，但无论褒贬都透出更多北向的关切，与往日的两不相干大为异趣了。即便有些港人还不时上街呛声某些中央政策，但这种呛声同样标示出关切的强度。

汶川大地震后，我立在香港某公寓楼的一扇窗前，听到维多利亚港湾里一片笛声低回，林立高楼下填满街道的笛声尖啸，哀恸之潮扑面而来。各个政党和社团的募捐广告布满大街，各大媒体的激情图文和痛切呼吁引人注目，学生们含着眼泪在广场上高喊“四川坚强”和“中国坚强”，而高楼电子屏幕上的赈灾款项总数纪录，正以每秒数十万的速度不断跳翻……这一刻，我知道香港正在悄悄改变，一块殖民地的心灵流浪大概行将结束。

我隔着宽阔海面遥望港岛，那一片似乎无人区的千楼竞起，那一片形状各异的几何体，如神话中寂静而荒凉的巨石阵。

我知道那里有很多人，很多陌生而熟悉的人，只是眼下远得看不见而已。

2008 年 6 月[①]

---

① 最初发表于 2008 年《海燕》杂志和《天涯》杂志。

仍有人仰望星空

也许中国历史太悠长，人们便不愿意回忆，这有一次次捣毁文物和焚烧典籍的运动为证；也许美国历史太短暂，人们便太愿意回忆，这有遍布美国的繁多纪念雕像为证——有的雕像甚至只是纪念中国人常常看不上眼的某次小战斗或者某位小兽医。

"文革"二十周年的纪念，在国内一片关于物价和走后门的嗡嗡议论声中，几乎静悄悄地过去了。在美国，却有众多的报告会、讨论会、书展、电影周海报——有我们熟悉的《毛主席接见红卫兵》、《决裂》、《红旗渠》等等。

红卫兵在美国鼎鼎有名。有几次讨论会中，我向洋人谈起鲁迅、巴金、沈从文，面对着一脸脸茫然，我不得不赶紧插入有关注解。但谈起红卫兵，Red Guard 这个词他们都懂。我还察觉到，当我提到自己曾经当过红卫兵，他们眼里都闪示惊讶，暗暗吞下某种疑惧。

五光十色的美国电视中常常出现一个串场的胖大家伙，箍一套窄小的草绿色军服，臂佩红袖章，腰束宽皮带，动不动就傻乎乎地拳打脚踢或蛇行鼠窜，袖章上就有汉字"红卫兵"。我到达爱荷华那天，一位台湾留学生开车来机场接我，当他听说我曾经是红卫兵，立刻眼露惊悸，停下车招呼他的同伴："来来，我们把这个家伙丢下车去！”

我明白了，在很多海外人的眼中，中国红卫兵就是土匪，是纳粹冲锋队。一代人在那个年代流逝的青春之血，在他们眼中不过是几缕脏水。

而这种看法，已不可更改地载入了全人类的思维辞典将直至永远。

我说还是不说呢？我得费很大的劲才能向他们说清楚，“文革”远不是那么简单，比如说不像一些“伤痕”影片反映的那么简单。我得说明红卫兵复杂的组织成分和复杂的分化过程，说明了红卫兵在何处迷失和在何处觉醒，说到当时青年思潮中左翼格瓦拉和右翼吉拉斯的影响，再说到“四五”天安门运动以后的改革进程……但我发现，他们总是似懂非懂地点点头，随即去切牛排或开啤酒，看来没有听下去或问下去的兴趣。灯红酒绿，室温融融，也许这个问题是不能在异国的餐桌上谈清楚的。

谈清楚了又如何？种种伤痛与他们没有关系。我对洋人们在餐桌上是否有更多的谈资和笑声得那么负责吗？

奇怪的是，在红卫兵千夫所指的美国，居然还有红卫兵公开活动。这是在旧金山，夜已经很深了，我与另一位朋友好容易找到一家偏僻的电影院，看一部正在获得好评的电影《长城》。这部影片表现一个美籍华人带着白人老婆及子女回北京探亲的前前后后，展示中美文化的异和同。观众不时大笑。据说此片后来在国内演过，却没有引起多少笑声，自然是因为观众对美国社会缺乏了解，不能会心于影片的幽默。

我们看完影片，在影院大门口碰到一位正在分发传单的姑娘。传单上不是通常那种食品广告，而是毛泽东像和《白毛女》剧照：喜儿劈腿大跳把来福枪高高举起。然后有黑体大字：无产阶级文化大革命二十周年纪念委员会。

我发现这位姑娘金发碧眼，身体清瘦，薄裙下面两条裸露的腿在深夜的寒风中微微哆嗦，手臂还拢着一大堆沉重的传单。

“能知道你的名字吗？”

“弗兰姬。”

“你到过中国吗？”

“没有。”她脸上浮出苍白的微笑。

“你为什么赞成‘文化大革命’呢？”

“‘文化大革命’是无产阶级的希望。没有革命，这个社会怎么能够改造？”

“我是中国大陆来的，我可以告诉你，就是在这些照片拍下来的时候（我指了指传单），在中国，成千上万的人受到迫害，包括我的老师，包括我的父亲。还有很多红卫兵，因为一封信或一篇文章，就被拉出来枪毙……”

“人民在那个时候有大字报，有管理社会的权利。”

“不，最重要的权利，是被利用的权利，是进入监狱和效忠领袖的权利。你懂不懂‘效忠’？懂不懂‘牛棚’？……”

她认真倾听着，没有表示附和，只有怯怯的微笑。

我们友好地交换了地址，我答应寄一些有关“文革”的材料给她。到这个时候，我才知道她原是英国人，正在美国从事职业革命。她和一些红卫兵同志在旧金山合租了一处房子，靠打零工为生。

又有几家商店熄灯了。天地俱寂，偶有一丝轿车的沙沙声碾过大街，也划不破旧金山的静夜。弗兰姬扬扬手，送来最后一朵苍白的微笑，抱着传单横过大街——大街空阔得似乎永远也走不过，永远也走不完。

回到旅馆，我细看了一些传单的内容：

> 今年是中国无产阶级文化大革命二十周年纪念。从一九六六到一九七六，中国亿万人民在毛泽东领导下投入了工人阶级彻底改造社会的斗争，特别是推翻了中国共产党内的走资本主义道路当权派。工人、农民、青年学生和其他劳动人民从下至上，创造了很多社会主义新生事物。还记得赤脚医生吗？造反学生首创性地走下农村向农民学习并同时传播造反精神；工人、农民和科学家一起把科学研究从象牙塔中解放出来；小说、戏剧、绘画、电影、芭蕾等等把工农兵推上舞台，成为主宰社会的英雄；工人举行政治辩论并在工厂张贴大字报。这些地震般的事件激动了全球每个角落的亿万人民……

对于八十年代的中国人来说，这些久违的语言当然有一种滑稽味道。但我笑不起来。也许任何深夜寒风中哆嗦着的理想，都是不应该嘲笑的——即便它们太值得嘲笑。

我想起了另外一些洋人。一位住在芝加哥的股票经纪商，有次为了纪念先父的诞辰,在某大学以他父亲赫赫大名设置了一项奖学金,仅此一项就随意花掉了八十多万美金。他鹤发童颜,脸上渗出粉红色的微笑和富足感,把我迎进了他绿林深处的别墅,自称是共产党要消灭的资本家。在几乎是押着我细细观赏了他的厨房、餐厅、客厅及灯光设备以后,他抓拿着怀中一只大白猫笑了:"在中国有多少幢这样的住宅? ……十幢? 五幢?"然后用一阵哈哈大笑自己作了回答。

我还想起了另一对芝加哥夫妇。两人早出晚归出门挣钱,斗志昂扬地把一天天生命变换成分期付款单上的购物,以致周末妻子也常常在家接待生意人而无暇探望父母。妻子又怀孕了,那天小儿子猛踢妈妈的大肚皮。父亲惊讶地问:"你踢妈妈干什么?"小崽子恨恨地说:"我不是踢妈妈,我是踢弟弟。我要让他现在就知道,我是他的老板!"

这些也是美国人。那么我能接受哪一种人的美国呢? 是深夜街头的弗兰姬,是押着我羡慕他家客厅的股票商,还是立志要用脚尖来奴役弟弟的小老板?

后来,我才得知,像弗兰姬这样的极左派在美国还有一些。我收到另一张传单,标题是《我们是俄国十月革命党》。当时我正在加州柏克莱大学学生会大楼前的广场中啃土豆条,肩头扛着阳光的光热。很多学生夹着书本,端着纸杯热咖啡,熙熙攘攘在广场中听政治演讲。更多的学生匆匆而过对劳什子演讲无暇一顾。高台上有十来位男女举着标语牌:"巴解组织加油!""以色列杀人犯!""我爱卡扎菲"——其中"爱"字照例以一颗红心替代。有人在话筒前张合着嘴巴，听不清楚。台下闹哄哄地发出咒骂和升起很多拳头，喷散着酒气和奶酪味，用以干扰演讲和保卫以色列。一位肥胖的大胡子冲着台上怪叫了一声，引起了哄然大笑。人更多了，散发传单和推销可口可乐的人也就更加有所作为。明信片销售摊上有总统夫人南希的头移植到电影演员史泰龙的身上，赤膊上阵，手持卡宾枪——唯胸前添加了一抹乳罩，雌雄难辨。

警察们走来。他们肥大的屁股后头挂着电棒、手铐、步话机以及左轮手枪，一应俱全晃晃荡荡。他们抄着毛茸茸的手臂，在人群中游来转去，帽檐下泄出冷冷的目光静观阵势。青年们也不怕他们，有时就在某位警官的鼻子尖下互相唾沫横飞大吵大闹，似乎越有警察越来劲。

也许这有点像英国的海德公园。据说每天中午都有集会辩论，各种言论都受到一七九一年《第一修正案》的保护——好几届总统都想取消但都未能取消的言论自由之法。于是警察只能临场监视，君子动口不动手，警察管手不管口，手铐为武斗者时刻准备着。

美国国会则是朝中的海德公园了。走进那座略显阴暗和笨重的建筑，你可以看见一排排空座椅，那些不断生长出选票和议案的座椅。会场周围的走廊上，耸立着一尊尊著名政治家的雕像，默默注视着后来人。这里有共和主义者，有废奴运动领袖，有工业财团的喉舌，有奴隶主，有激进革命党，有基督徒，有小农利益的忠实卫士——当然也包括尼克松，这位因促进中美邦交而得到中国人好感的朋友，又因为“水门丑闻”而被美国人诅咒的魔鬼。尼克松的下台，也是统治者对民众的屈服，令美国人常常自得。

我的一位同行者问："南方奴隶主不是很反动吗？怎么把他们的代表也供奉在这里？"

美方主人笑了笑："不，很多美国人认为这些反动派也很伟大。"

类似的问题出现在一片古战场。一位青铜铸成的南军将领罗伯特·李，金戈铁马，挺立在高台上收缰远眺，静观着明净的蓝天和白云。几位台湾留学生正在与美国人讨论废奴运动和南北战争。

"在你们美国人看来，究竟北军代表正义，还是南军代表正义呢？"

美国讲解员似乎有理由对这种中国式的问题表示微笑："在很多美国人看来，南军不完全是代表奴隶主，重要的是代表南方自治权利，反对联邦政府干涉和中央集权，因此南军是在维护联邦制和宪法。南方有南方的正义。"

"那么怎样评价林肯？怎样评价北军？有没有一种比较权威的公论？"

"没有。很多问题，在美国不会有公论。"

中国人对这种回答多半感到一头雾水。

讲解员的话中当然有某种真实。美国确实没有绝对统一的意识形态。这里甚至没有统一的时间标准，各个时区的钟表自行其是，并不遵循首都时间，你旅行必须时刻注意调拨自己的手表。这里也没有统一的邦州法律，你在马里兰州的餐馆里可以吞云吐雾，在纽约市的公共场所抽烟就可能被罚款。这里也没有那种遍及东西南北中的住房标准化,沿着大街看去,高楼大厦各具姿态绝少雷同。在这样的街区里穿行,一孔车窗扫描着无穷无尽的个性展露,如果这时有一个人在身旁告诉你,在美国找不到统一的工资系列,统一的艺术方针,统一的生活方式,统一的新闻口径,统一的政府机构模式,乃至统一的英语普通话标准,你也许不会觉得有什么不自然,没什么不可理解。

没有哪一种文化可以单独地代表美国,这是美国的一大特征。很多城市都有唐人街,也有日本街,意大利街,墨西哥街。操西班牙语的黑发果农,操挪威语的黄发麦农,专门种植蔬菜的意大利大汉,祖籍在波兰的采煤青年,纽约市哈勒姆区晒着太阳的黑人老太,还有中国农历年时欢跳着的男女店主——这全是美国。十九世纪以来,络绎不绝的移民继续漂洋过海涌入这片新大陆,各种文化随着吱吱呀呀的车辙碾过阿巴拉契亚山脉,植入密西西比河流域和大平原或者越过落基山直抵太平洋沿岸。它们共同组成了美国故事,筑构了多元化的现实。在纽约市自由女神足下的地下室里,有一个大陈列馆,一个查阅家谱的电脑中心。如果你是美国公民,你按照父母姓名字母顺序,便可以从电脑里敲出他们的生平家世及照片,甚至可能敲出他们各自的上一代,上两代,上三代……那些与你血缘相连的陌生面孔和陌生名字。荧屏几乎纷纷展示着全世界每个民族的服饰、容貌和文字。

我突然明白了,世界上没有纯粹的美国人,而美国只有复杂的世界人。

那么，一个国家的政体，常常就是切合其文化背景的自然选择或最优选择吗？

美国也有过战争，像南北之战。也有过政治运动，像麦卡锡主义浪潮。但这个国家终究不曾出现单质的大一统，如中国汉朝以后的“独尊儒术”直至“一个主义，一个政党，一个领袖”。各种文化圈谁也吃不下谁。战争和政治的强权最终还是被多元化文化所化解，所稀释，成为一个个可以讨论的话题，一段段可以好恶褒贬的往事，很难至高无上地统治一切。因此一位美国人在回答中美差别这个问题时，曾经说：“你们中国人相信，真理只有一个。在我们美国，真理有很多个。”

我们可以不同意这种概括，可以与他争论。争论在这里是家常便饭。美国人似乎并不把争论、攻击以及帽子棍子之类看得很可怕。他们挑剔调侃之时，心里可能是赞同你的；他们频频点头淡淡微笑之时，心里可能是反对你的。

美国的自由当然还包括曼哈顿四十二街红灯区，那里有性影院、性商店、性杂志、性表演，比比皆是。脱衣舞厅总是撩门帘半边，让别人瞥见里面疯野的观众和聚光灯下扭腰撅臀的条条身影。书摊上的无聊杂志，翻得翘角卷边乱糟糟的，散发出一种污浊腥腻的气味。杂志封面上的那些脱衣女，是否也向往过尊严，向往过男人真正的关心和爱护，向往过温暖的家庭和儿女对自己的亲近？谁能走近他们，在那些花了几个钱来狂呼乱叫的醉汉面前，给他们轻轻披上衣服，把她们送回家去？美国确实有很多自由，但也有脱衣女出卖肉体的自由，有醉醺醺的色鬼们来凌辱女性的自由，有奸商们利用人类的堕落来大发横财并且比众多诚实的劳动者和创造者活得更神气活现的自由。

为了争取自由,曾经有过法国大革命、美国独立战争等一次次浴血抗争,千万人头落地,那时候西方人的命并不比中国人的命值钱。当年慷慨赴死的先辈,是否愿意看到他们的女儿或孙女儿,如今正在享受着自由卖身的权利?是否知道她们的顾客,正在自由地吸毒,自由地豪赌,自由地醉生梦死,自由地视前辈献身精神为狗屎不如的"傻帽"?

自由也是能被人类污染的。

英国学者赫胥黎老人说过:人就是要满足自己的欲望,如果不能满足,这个世界就会从外部毁灭;如果满足,这个世界就会从内部毁灭。

有更加美妙的人性吗?

有更多欢乐更为合理的社会吗?

我走进纽约一条清冷的小街,这里没有什么车辆和行人,路边多见纸屑,龟裂的水泥块,还有几辆未回收的破汽车瞎眼塌鼻的。墙上被喷漆涂画得乱糟糟,脏话、漫画和标语交错,七嘴八舌互相嘀咕着永不完结的人生苦恼。这些字多数难以辨认,但有一条歪斜的标语赫然醒目:

我们全在阴沟里,但仍有人仰望星空。

谁涂上去的呢?

我想是我自己。如果我碰巧投生在美国，当上一名汽车修理工什么的，也许会在某种衰老了的教堂钟声中，涂上这句话，让后来一位来自中国的人觉得眼熟，驻足良久。我是为他而写的。

1987 年 3 月①

---

① 最初发表于 1987 年《新创作》，后收入散文集《夜行者梦语》。

布珠寨一日

布珠，是湘西保靖县一个小小山寨。

寨名布珠，另叫“布足”、“不足”、“不住”也无妨，我看当地乡干部们把它写成各式各样，不拘一格，大概怎么写都行，只是把它们当作土语的译音。像这里很多奇怪难解的地名一样，原初词义往往埋藏在谐音的汉字里，死了，无迹可寻。

当初第一个叫出 bu zhu 的人，发声时的惊喜或哀愁，已湮灭在茫茫的大山之中，化作了深秋时节的某片落叶或某只野鹿的低鸣。

乡政府的秘书对我说：“你要去布珠？不要去了吧？三十七年来，县干部去那里，也只有两次。”

“为什么?”

“太难走了。那是我们乡的西双版纳。”

他说话的时候，我瞥见他身后的地坪里，横七竖八躺了些墓碑坯子，都有一个插楔，像短短的龟头。这些石坯表面平滑，空白，不知在等待谁的姓名。

我憎恶这些鬼头鬼脑的石坯，更加决计要去布珠了。去布珠不能乘车。一大早我就下了河，搭乘木船溯流而上。清冽冽的河水流得很急，从船底下冒出一圈圈旋涡。遇上白浪花花的险滩，有些汉子便卷起裤脚下船，把纤索扣在肩头，屁股翘起来，头颈向前撅挺，下巴几乎要锄着卵石和草叶尖。他们对一河碧水极为默契，有时在水波平稳处拉得十分卖力，有时在激浪翻腾处反倒伸直腰杆放松纤索，为某一句粗话哈哈浪笑——行外人对这一切看不明白，但只要仔细看上一段，便知道他们或急或缓或劳或逸都必有其理——船已经爬上滩来。

船靠拢一个寨子，把我们卸下。我们穿寨而过开始登山。钢色岩壁大块大块地烙进目光，压迫着眼球，使你的全身开始抽紧，而且找不到树木，找不到人和水，来缓解眼球的紧张。连喘息和诅咒也开始变得干枯。

你很难想象这样的枯山上还有人迹。向导是下山来接我的村长。他说布珠的先人原来住在辰州府，有次赶山猪，竟赶到了这里，飘了一把火，发现这里的土很肥，“肯”长麦子，便在这里安家了，一住就是几百年。

真是这样吗？我到过好些深山里的偏僻小寨，听人们说起他们的先人，也都是原住大州大府的，都有过繁华富贵的往昔。那么他们当初是因什么样的信念而弃绝都市遁入荒野？抑或关于往昔的传说，只是他们一种虚荣的杜撰？

我说，山寨如此偏远，交通不便，寨里的人不想迁下山去么？

“住不惯的。”村长理由充足地笑起来。他说，有一次寨里某人进了趟县城，钱袋被劫贼偷去，以后便很少有人随便进城。都传说街上的小偷厉害，标致的女人更会勾魂，只看你两眼，就让你把钱财乖乖地送过去。再说，布珠人不大会算数，做买卖总是吃亏。布珠人也不会讲官话，一嘴土话丑死了，城里人哪能听得懂？——因此布珠人最多只去附近的墟场上转一转。

“就从不想出去闯闯世界?”

“莫想的,莫想的。”

路越来越险了,有时窄得只能容人侧身蟹行。崎岖小径马马虎虎粘在岩壁上,旁边便是让人气短目眩的幽幽深涧。山谷里的风又冷又猛,鼓得人轻如薄纸,飘飘晃晃的,不由人不腿软,怯怯向前探去,总是迟迟才踏到硬实,迟迟才相信自己已经踏到了硬实。

我们又翻过两个坡,过了个山口,钻过一片桐树林子,总算遥遥看见前面山上几柱袅袅蓝烟,看见了山寨。那是些黑苍苍的木屋,拥挤交错,分成两窝,相距不算太远,据说容纳了百多人口和十多头牛。牛是很小时被男人背上山的,养大了再出力——这当然是山路太窄以至大牛无法上山的缘故。我注意到,村口有两条狗打量着我,还有四五个后生上来围观。他们戴着黄便帽,或穿着化纤质料的喇叭裤,完全是小镇上的时兴装束,倒也没有我想象中的披茅挂叶。

村长冲着其中一位说话了,好像很不高兴,咕哝着我听不懂的什么。事后村长解释,他刚才是批评那个后生太懒。这家伙有五兄弟,唯有他讨了个老婆,但老婆很快就嫌他,跟老四睡去了,使他气得闷了几天,一直没下地干活。这还不该骂么?他自己不争气,还打算老婆来养他?那女子嘛,当然也是水水的(意思是不太好),恶,半傻,还好吃——好货哪肯嫁到山上来?

我们进了这位老大的家门。屋里暗得什么都看不清,隐隐有张床的影子在暗中潜伏,上面似乎有旧絮一堆,不知沤制过主人多少思念女人的残梦。浓烈的酸臭味似乎是堆积的某种固体,我退半点,嗅不到了,进半步,鼻尖又碰撞了它。居然没有椅子。门边的鼎锅里有半锅黄乎乎的包谷糊,冷冷的,被挖去了几团,挖空之处便积有浅浅汁水——大概这一锅已被主人吃过两三顿了。

老大笑了笑,敬给我烟丝。他舔烟纸的时候,露出焦黄的牙齿,很稀疏。

“日子过得下去吗?”我通过村长的翻译问他。

“有肉吃了,有肉吃了。”

“你不要发愁。打扮得漂亮点,到山下再去讨一个妹仔来呵。”

黑脸裂开了几道肉纹,像是笑。村长再次翻译:“他说,莫害了人家女子。”

门口围着几个后生,嘻嘻谈笑,遮蔽得屋里更暗。他们同村长说话,我听不懂,仅仅可从一大堆声音中捕捉几个耳熟的词:“乡政府”、“汽车”、“汽油”一类,用的是汉语,他们只能音译的外来语。粮食在他们嘴里则成了“妈妈”。大概他们把粮食视同乳汁,而乳汁源于妈妈,就有了这种叫法吧?细想下去,千万母亲终身劳苦,直至形神枯槁,不确实是粮食一般被孩子吃掉了?可惜,唯有布珠人能用词语顽强标示着这一事实。

我听懂了,他们表示惊奇的叹词则是“了了!”

我告诉他们电视有什么用途。

“了了!”他们显得不可思议。

我告诉他们,应该办学校,上学校,学会乘除法以及物理化学。

“了了!”他们摇着头,觉得太难。

他们都有生动的脸，属于自己表情的脸，像浸透了阳光和神话的一颗颗野果，勃发出红鲜鲜的光彩，不似都市上班族那般经常呆滞和漠然。

我看到村长又在呵斥着他们，稍后他才向我解释："这些骚牯子……以为你带了一队女子来了。"

"什么意思?"

"说起来话就长了。"他给我点燃烟，"六年前省妇联两位干部来了，了解情况。其中一位大姐心善，看见这里引水管冻炸了，鸡又发了瘟，直流眼泪。她走了以后，后生们就一传十十传百，说省政府会派三十个妇女上山来扶贫，解决单身汉的问题。"

后生们听到这里，此伏彼仰地笑开来，有人在抹鼻涕。

我得说实话："对不起，我这次一个妇女也没带上山来。"

他们眼中透出了对政府的失望。

我这才注意到，自进寨以来，我很少见到女人，即便见到两三位，也或瞎或跛多少有点残疾。温柔的女人们到哪里去了？女人是水。她们当然流向富庶的地方，流向城镇，流向工业。村长告诉我，这个寨子大约一大半男人是光棍，为了接上香火，寨内近亲通婚也是没办法的办法，于是残疾人便一窝窝地多了。

缺少女人的寨子，也就缺少了秩序和整洁。这里的房子都建得马马虎虎，大半是草棚，最好的也只是半瓦半草。木墙板参差不齐疏疏漏风，好几家没有装大门，看来也没打算装了——他们缺少女人甚至就缺少了私有的界线。你可以想象男人们并不把这些房子看作"家"，无论昼夜都没必要掩门，敲门也纯属多余从无回应。

他们男人之间酒气醺醺的亲密,不需要用门来隔断。

但他们把坟墓建得非常宏伟而精致,哪怕是一个小孩夭折,墓室也必用方方正正的大岩砖砌成,有堡垒般大小,威风凛凛。高大坚实的墓碑总是被细心打磨出来,或圆或方的线条极其精确,一丝不苟,其石料更是细密坚固殊为罕见。我不知道人们对墓碑的如此重视和考究,是否表达着他们的某种信念。也许生存只是羁旅,死亡才是永存,墓地才是无限漫长岁月的居室,因此需要一张真正可靠的门——墓碑。这些墓碑无非炫示着死亡对生命的诱惑,对众多低矮草棚的诱惑。

墓地密密匝匝生长着很多芭茅,有蝴蝶飞舞。

这天,我就住在村长家——寨子里最富足的一户。他拿给我一台半导体收音机,但小匣子已经坏了,没法让我享受现代文明。他让我吃了腌麂肉、虎肉干以及野蔃子,十分惭愧没有猴肉了——猴子都被山那边的四川佬捉光了。他还慷慨地让我洗手洗脚。我虽然知道水泉在两公里之外,虽然不愿挥霍他家的水,但没法抗拒他的热情。昏暗中,我把双脚伸入木盆,触到了水里的饭粒以及滑溜溜的什么杂物,不知道这是洗过了什么的汤水。我没法在油灯下看清,也没敢问。

火塘里跳跃着一堆火苗,牵动着旁人眼中金色的光点。好些男人来了,背负着黑暗,用一只大碗传递着辣辣的包谷酒,说着热乎乎的话。有一位后生能说些汉话,告诉我赶山猪的故事。他说老山猪最狡猾,懂得人言的。所以打山猪的话都必须规定暗语,讲反话,说东边,意思就是西边或者南边。不然的话,只要发现野猪的人向同伴一叫喊，老山猪听到了，你说它往南边跑，它就掉头朝别的方向跑。它跑起来经常蹑手蹑脚，看准了时机才猛冲，冲你个措手不及。有时候，它专挑有人声的地方冲，知道没有人声的地方反而有埋伏，有枪口。一般来说，打第一枪的人没什么危险，打了第二枪，山猪才会发烈。这些家伙气力大得吓人，两颗獠牙一分，足有几尺宽，像两把大刀杀得草木哗哗哗直响，冲起来排山倒海。这种老山猪打死之后，你在它身上可以发现好多处伤疤，都是它一次次在枪口下死里逃生的记号——它们都是身经百战的老英雄哩。

他们又说，打白面狸可用夹套，也可以等它们自己来"跌膘"的时候去抓。白面狸一到冬天就要跌膘的，自己爬上树去，一次次跌下来，要跌好多天，跌瘦了，跌得不痛了，才进洞去过冬。它们跌得昏头昏脑的时候，最笨。

但有一老人叹了口气，说现在大河里有了机器船，山上也在拉电线，阳气越来越重了，猎物就越来越稀了——动物都是属阴的。

火苗所照亮的一张张男人的脸，也都沉默而忧愁。工业夺走了他们的女人，也正在夺走他们的猎物，他们没有办法，只能在火塘边喝着残酒回忆。

一个光屁股小孩也在火塘边抢酒喝，稚嫩的生殖器晃晃荡荡，如同一蒂脆嫩的胚芽——它将要生长出枝繁叶茂的家族，喷放出整个人类么？

第二天，我起床时两腿全是痒痒的红斑，不知是因为水土不服，还是跳蚤臭虫滋生的缘故。我本来想在这里住上三四天，终于有点熬不住。村长看出了我的心思,要提前送我回乡政府去。我们在一排排高大坚实的墓碑之前走过,在布珠人神奇的昨天之前走过。不远处有两只白山羊,挂着长长的胡须,鲜红的眼睛盯着我,十分平静安详——眼圈红得像刚刚哭过了漫长一夜。

咩咩咩——它们柔软的嘴唇挪动了,引得满山的羊都应和起来,咩咩咩咩咩,分明是此起彼伏的冷笑,在山谷里浩浩荡荡地流淌。而这两只羊一掉头,欢快地蹦上了山坡。

它们在冷笑什么?

村长托我把一包麂肉干捎给他儿子,他儿子是布珠唯一的大学生,去省城读书和工作已经六年,从没有回过家。

“你不捎信让他回来看看家?”我问。

“他不愿意回来的。”村长略显苦涩地笑了笑,“我也不要他回来,不要他回来。”

我不知道说什么好。

他送了我一程又一程,已经看见河湾了,还不愿意回去。也许他当年送儿子去省城也是这般情景。他知道儿子不再回来。他知道我这一去也不再回来。他微笑的眼神似乎在说:你们远远地走吧,不要回来,不要回来——甚至不要回头。

布珠永远是孤独的,不需要人看望。

我猛地回过头去。老村长不见了,眼睛红红的白山羊不见了,只有钢色的岩壁和岩壁溢满视野。布珠已被重重叠叠连绵接天的群山席卷而去。

妈妈——布珠教给远行游子们对粮食的称呼，也终将被群山席卷而去。

1987 年 7 月[①]

① 最初发表于 1995 年散文集《海念》。

人在江湖

轻轻地一震,是船头触岸了。钻出篷舱,黑暗中仍是什么也看不见,只有身边同行者的三两声惊呼,报告着暗中的茅草、泥潭或者石头,以便身后人小心举步。终于有一盏马灯亮起来,摇出一团光,引疲乏不堪的客人上了坡,钻过一片树林,直到一幅黑影在前面升了起来,越升越高,把心惊肉跳的我们全部笼罩在暗影之下。

提马灯的人说:到了。

这是一面需要屏息仰视的古祠高墙。墙前有一土坪,当月光偶尔从云缝中泄出,土坪里就有老樟树下一泼又一泼的光斑,满地闪烁,聚散不定。吱呀一声推开沉重的大门,才知道祠内很深,却破败和混乱,据说这里已是一个公社的机关所在地,早已不是什么古祠。我们没见到什么人(那年头公社干部都得经常下村子蹲点),唯见一留下守家的广播员来安排我们的住宿,后来才知道他也是知青,笛子吹得很好。他举着油灯领着我们上楼去的时候,杂乱的脚步踏在木梯上,踏在环形楼廊高低不平的木板上,踏出一路或脆或闷的巨响。声音在空荡荡的大殿里胡乱碰撞,惊得梁下的燕子和蝙蝠惊飞四起。

这是一九七五年的一个深秋之夜,是我们知青文艺宣传队奉命去围湖工地演出的一次途中借宿。

这也是我第一次靠近屈原——当我躺在木楼板上呼吸着谷草的气味，看着木窗栏外的一轮寒月，我已知道这里就是屈子祠旧址。当年的屈原可能也躺在谷草里，从我这同一角度远眺过天宫吧？

我很快就入睡了。

若干年以后，我再来这里的时候，这里一片阳光灿烂灯红酒绿。作为已经开发出来的一个旅游景区，屈子祠已被修缮一新，建筑面积也扩大数倍，增添了很多色彩光鲜的塑像、牌匾以及壁画，被摆出各样身姿的男女游客当作造型背景，亦当作开心消费的记录，一一摄入海鸥牌或者尼康牌的镜头。公社——现在应叫作乡政府，当然已迁走。年轻的导游人员和管理人员在那里打闹自乐，或者一个劲地向游客推荐其他收费项目：新建的碑林园区，还有用水泥钢筋筑建的独醒亭、骚坛、濯缨桥、招屈亭等等。当然，全世界都面目雷同的餐馆与卡拉 OK 也在那里等待游客。

水泥钢筋虚构出来的历史，虚构出来的陌生屈原，让我不免有些吃惊。至少在若干年前，这里明明只是一片荒坡和残林，只有几无人迹的暗夜和寒月，为何眼下突然冒出来这么多亭台楼阁？这么多红尘万丈的吃喝玩乐？旅游机构凭借什么样的权力和何等的营销想象，竟成功地把历史唤醒，再把历史打扮成大殿里面色红润而且俗目呆滞的一位营业性诗人？可以推想，在更早更远的岁月，循着类似的方式，历史又是怎样被竹简、丝帛、纸页、石碑、民谣以及祠庙虚构！

被众多非目击者事后十年、百年、千年所描述的屈原，就是在这汨罗江投水自沉的。他是中国广为人知的诗人，春秋时代的楚国大臣，一直是爱国忠君、济世救民的人格典范。他所创造的楚辞奇诡莫测，古奥难解，曾难倒了一代又一代争相注疏的儒生。但这也许恰恰证明了，楚辞从来不属于儒生。侗族学者林河先生默默坚持着他对中原儒学的挑战，在八十年代使《九歌》脱胎于侗族民歌《歌(嘎)九》的惊人证据得见天日，也使楚辞诸篇与土家、苗、瑶、侗等南方民族歌谣的明显血缘关系昭示天下。在他的描述之下，屈原笔下神人交融的景观，还有天问和招魂的题旨，以及餐菊饮露、披花戴草、折琼枝而驷飞龙一类自我形象，无不一一透出湘沅一带民间神祀活动的烟火气息，差不多就是一篇篇礼野杂陈而且亦醒亦狂的巫辞。而这些诗篇的作者，那位法号为“灵君”的大巫，终于在两千年以后，抖落了正统儒学加之于身的各种误解和矫饰，在南国的遍地巫风中重新获得了亲切真相。

我更愿意相信他笔下的屈原。据屈原诗中的记载，他的流放路线经过荆楚西部的山地，然后涉沅湘而抵洞庭湖东岸。蛮巫之血渗入他的作品，当在情理之中。当年这一带是“三苗”蛮地。“三苗”就是多个土著部落的意思。“巴陵(今岳阳)”的地名明显留下了巴陵蛮的活动痕迹。而我曾经下放落户的“汨罗”则是罗家蛮的领土。至于“湘江”两岸的广大区域，据江以人名的一般规律，当为“相”姓的部族所属。他们的面貌今天已不可知，探测的线索，当然只能在以“向(相)”为大姓的西南山地苗族那里去寻找。他们都是一些弱小的部落，失败的部落，当年在北方强敌的进逼和杀戮之下，从中原的边缘循着河岸而节节南窜。我曾经从汨罗江走到它与湘江汇合的辽阔河口，再踏着湘江堤岸北访茫茫洞庭。我已很难知道，那些迎面而来的男女老少，有多少还是当年“三苗”的后裔——几千年的人口流动和混杂，毕竟一再改写了这里的血缘谱系。

但是我们还是可以看见那些身材偏瘦偏矮的人种，与北方人的高大体形，构成了较为鲜明的差别。他们“十里不同音”，在中国方言版图上形成了最为复杂和最为密集的区位分割，仍隐隐显现着当年诸多古代部落的领土版图和语言疆界。当他们吟唱民歌或表演傩戏时不时插入“兮”、“些”、“耶”、“依呀依吱”等语助词时，你可能会感到屈原那“兮”、“兮”相续的悲慨和高远正扑面而来。

楚辞的另一面就是楚歌。作为“兮”字很可能的原型之一，“依呀依吱”在荆楚一带民歌中出现得太多。郭沫若等学者讨论“兮”应该读 a 还是应该读 xi 的时候，似乎不知道 a 正是“依呀”之尾音，而 xi 不过是“依吱”的近似合音。作为一种拟音符号，“兮”的音异两读，也许本可以在文人以外的民间楚歌里各有其凭。

这些唱歌人，即便在二十世纪中叶现代革命意识形态一统天下的时候，也仍然惺忪于蛮巫文化的残梦。我落户的那个村子，有一个老太婆，据说身怀绝技，马脚或牛脚被砍断了的时候，只要送到她那里，她把断腿接上，往接口处吐一口水，伸手顺毛一抹，马或牛随即便可以疾跑如初。人们对此说法大多深信不疑。村子里的人如果死在远方，需要在酷热夏天运回故土，据说也有简便巫法可令尸体在旅途中免于腐烂。他们捉一只雄鸡立于棺头，这样无论日夜兼程走上多少天，棺头有雄鸡挺立四顾，待到了目的地之后，尸体清新如旧，雄鸡则必定喷出一腔黑血，然后倒地立毙，想必是把一路上的腐毒尽纳其中。人们对这样的说法同样深信不疑。他们甚至把许多当代重要的历史事件，同样进行巫化或半巫化的处理。一个陌生的铜匠进村了，他们可能会把他当作已故国家领袖的化身，崇敬有加。某地的火灾发生了，他们也可能会将其视为自己开荒时挖得一只硕鼠鲜血四溅的结果，追悔莫及。他们总是在一些科学人士觉得毫无相干的两件事之间，寻找出他们言之凿凿的因果联系，以编织他们的想象世界，并在这个世界里合规合矩地行动下去。

他们生活在一块块很小的方言孤岛，因语言障碍而很少远行。他们大多得益于所谓“鱼米之乡”的地利，因物产丰足也不需要太多远行。于是，家门前的石壁、老树、河湾以及断桥便长驻他们的视野，更多地启发着他们对外部世界的遐想。他们生生不息，劳作不止，主要从稻米和芋头这些适合水泽地带生长的植物中吸取热能；如果水中出产的鱼鳖鳝鳅一类不够吃的话，他们偶尔也向“肉”（猪肉的专名）索取脂肪和蛋白质——那也是一种适合潮湿环境里的速生动物。这样，相对于中国北部游牧民族来说，这些巫蛮很早以来就有了户户养猪的习惯，因此更切合象形文字“家”（屋盖下面有猪）的意涵，有一种家居的安定祥和景象，更能充当中国“家”文化的代表。

他们当然也喜好“番（汨罗人读之为 ban）椒”，即辣椒，用这种域外引入的食物抵抗南方多见的阴湿瘴疠；正如他们早就普遍采用了“胡床”，即椅子，用这种域外传来的高位家具，使自己与南方多水的地表尽可能有了距离。“番”也好，“胡”也好，记录着暧昧不明的全球文化交流史，也体现出蛮巫族群对外的文化吸纳能力。当欧洲一些学者用家具的高低差别（高椅/低凳，高床/低榻，等等）来划定文明级别时，这些巫蛮人家倒是以家具的普遍高位化，显示出在所谓文明进程中的某种前卫位置，至少在印度人的蒲团（坐具）和日本人的榻榻米（卧具）面前，不必有低人一等的惭愧。

我们可以猜测，是多水常湿的自然环境，是农业社会的定居属性，促成了他们这种家具的高位化。当然，我们还可以猜测，正是这相同的原因，造成了他们的分散、保守以及因顺自然的文化性格，无法获得北方部族那种统一和扩张的宽阔眼界，更无法获得游牧部族那种机动性能和征战技术，于是一再被北方集团各个击破，沦落为寇。

我曾经发现，这里的成年男人最喜欢负手而行，甚至双手在身后扭结着高抬，高到可以互相摸肘的程度。这种不无僵硬别扭的姿态，曾让我十分奇怪。一个乡间老人告诉过我：这是他们被捆绑惯了的缘故。这就是说，即便他们已经不再是战俘和奴隶，即便他们的先民身为战俘和奴隶的日子早已远去，无形的绳索还紧勒他们的双手，一种苦役犯的身份感甚至进入了生理遗传，使他们即便在最快乐最轻松的日子里，也总是不由自主地反手待缚。这种遗传是始于黄巢、杨幺、朱元璋、张献忠、郝摇旗、吴三桂给他们带来的一次次战乱，还是始于更早时代北方集团的铁军南伐？这种男人的姿态是战败者必须接受的规范，还是战败者自发表现出来的恐慌和卑顺？

已故的湘籍作家康濯先生也注意过这种姿态。作为一种相关的推测，他说荆楚之民称如厕为“解手”（在某些文本里记录为‘解溲’），其实这是一种产生于战俘营的说法。人们都被捆绑着，只有解其双手，才可能如厕。“解手”一词得到普遍运用，大概是基于人们被捆绑的普遍经验。

他们远离中原，远离朝廷，生活在一个多江（比如湘江）多湖（比如洞庭湖）的地方，使“江湖”这一个水汪汪的词不仅有了地理学意义，同时也有了相对于“庙堂”的社会和政治的意义。当年屈原的罢官南行，正是一次双重意义上的江湖之旅。传统的说法，称屈原之死引起了民众自发性的江上招魂，端午节竞舟的习俗也由此而生。其实，“舟楫文化”在多水的荆楚乃至整个南方，甚至远及东南亚一带，早已源远流长，不竞舟倒是一件难以想象的怪事。有越来越多的证据表明，这种娱乐与神祀相结合的民间活动，与屈原本无确切的关系。这种活动终以北来忠臣的名节获得自己合法性的名义，除了民众对历史悲剧怀有美丽诗情的一面，从另一角度来说，不过是表明江湖终与庙堂接轨，南方民俗终与中原政治合流。这正像“龙舟”在南方本来的面目多是“鸟舟”（语出《古文穆天子传》），船头常有鸟的塑形（见《淮南子》中有关记载），后来却屈从于北方帝王之“龙”，普遍改名为“龙舟”，不过是强势的中原文明终于向南成功扩张的自然结局——虽然这种扩张的深度效果还可存疑。

一些学者曾认为，中国的北方有“龙文化”，中国的南方有“鸟文化”。其实这种划分稍嫌粗糙。不论是文物考古还是民俗调查，都不能确证南方有过什么定于一尊的“鸟”崇拜。仅在荆楚一地，人们就有各自的狗崇拜，虎崇拜，牛崇拜，蜘蛛崇拜，葫芦崇拜，太阳崇拜等等，或者有多种图腾的并行不悖，从来没有神界的一统和集权。他们在世俗政治生活中四分五裂的格局，某种弱政府乃至无政府的状态，与人们的神界图景似乎也恰好同构。我曾经十分惊讶，汨罗原住民几乎不用“可惜”一词，而习惯用“做官”一词代替：说一张纸弄坏了，说一碗饭打泼了，说一头猪患瘟疾死了，凡此等等都是它们“做官”了。这里面是否包藏着一种蔑视官威和仇怨官权的胆大包天?

北方征服者强加于他们的绳索,并不能妨碍他们的心灵还时常在体制之外游走和飞翔,无法使他们巫蛮根性灭绝。一旦灾荒或战乱降临,当生存的环境变得严酷,这一片弱政府甚至无政府的江湖上也会冒出集团和权威,出现各种非官方的自治体制。在这样的时候,"江湖"一词的第二种人文含义,即"黑社会",便由他们来担当和出演。宁走"黑道"而不走"红道",会成为老百姓那里相当普遍的经验。一九七二年我还是个知青,曾奉命参与乡村中"清理阶级队伍"的文书工作,得知我周围众多敦厚朴质的农民,包括很多作为革命依靠对象的贫下中农,大多数竟是以前的"汉流"分子。"汉流"即洪帮,以反清复明为初衷,故又名"汉(明)流"。我后来还知道,这个超体积帮会曾以汉口为重要据点,沿水路延伸势力,在船工、渔民、小商中发展同党,最后像传染病一样扩展到荆楚各地广大乡村,在很多村庄竟有五成到七成的成年男子卷入其中,留下日后由政府记录在案的"历史污点"。其实,这个组织在有些地方难免被恶棍利用,但多数人当年入帮只是为了自保图存,有点顺势赶潮的意味,少数忙时务农闲时"放票"的业余性帮匪,也多以杀富济贫为限,与其说是反社会罪恶,不如说是非法制的矛盾调整。

有意味的是,他们一直坚持"汉流不通天"的宗旨,决不与官府合作。但他们也有自己的影子官府,并没有活在体制真空。他们还有"十条"、"十款"的严明法纪,以致头目排行中从来都缺"老四"与"老七"——只因为那两个头目贪赃作恶违反帮规而伏法,并留下“无四无七”的人事传统以警后人。他们奉行“坐三行五睡八两”的分配制度，更是让我暗暗感叹：病者（睡八）比劳者（行五）多得，劳者（行五）比逸者（坐三）多得，可以想见，这种简洁而原始的共产主义，在社会结构还较为简单的农业社会，对于众多下层的弱者和贫者来说，会闪烁着何等强烈诱人的理想之光。

当时同在南方渐成气候的红军，其内部的战时分配制度，难道与它有多少不同吗？

二十世纪的二十年代到三十年代，江湖南国正是多事之地。一个千年的中央王朝，终于在它统治较为薄弱的地方，绽开了自己的裂痕以及呼啦啦的全盘崩溃。英豪辈出，新论纷纭，随后便是揭竿四方，这其中有最终靠马克思主义取得了全国政权的湘鄂赣红军及其众多将领，也有最终归于衰弱和瓦解了的“汉流”及其他帮会群体，在历史上消逝无痕，使江湖重返宁静。同为江湖之子，人生毕竟不会有完全相同的终局。

在我落户务农的那个地方，何美华老人就是一个洗手自新了的“汉流”。他蹲在我面前的时候，我完全想象不出他十八岁那年，就是一个在帮会里可以代行龙门大爷职权的“铁印老幺”——他操舟扬帆，走汉口，闯上海，一条金嗓子，民歌唱得江湖上名声大震，一刀劈下红旗五哥调戏弟嫂的那只右手，此类执法如山的故事也是江湖上的美谈。他现在已经老了，挂着自己不觉的鼻涕，扳弄着自己又粗又短的指头，蹲在箩筐边默默地等待。

保管员发现了他，说你的谷早就没有了。

他抬头看了对方一眼，然后起身，用扁担撬着那只箩筐走下坡去。他好几次都是这样:一到队里分粮的日子,早早就来到这里蹲着,看别人一个个领粮的喜悦神色,然后接受自己无权取粮的通知,然后默默地回去。

他太能吃了,吃的米饭也太硬了,太费粮了,以致半年就吃完了一年的口粮,但他似乎糊涂得还不大明白这个事实,没法打掉自己一次次撬着箩筐跟着别人向谷仓走来的冲动。

后来他去了磊石,那个湘江与汨罗江的汇合之地。据说在围湖修堤的工地看守草料和竹材,因为大雪纷飞的春节期间没人愿意当这种差,他可以赚一份额外的赏粮。但他再也没有从那里回来,不幸就死在那里。当地人对他的死有点含含糊糊,有人说,他是被湘江对岸一些盗竹木的贼人报复性地杀了,也有人说,他死于这一年特有的严寒。但不管怎么样,他再也不会蹲在我的面前拨弄自己粗短的指头。

汨罗江汇入湘江的磊石河口,我也到过那里的。我至今还记得那一望无际的河洲,那河湾里顺逆回环的波涛交织着一束束霞光,那深秋里远方的芦花是一片滔滔而来的洁白。那一片屈原曾经眺望过的天地,渺无人迹。

金牛山下一把香,
五堂兄弟美名扬,
天下英雄齐结义,
三山五岳定家邦。
……

江上没有这样的歌声，没有铁印老幺何美华独立船头的身影，只有河岸上的芦苇地里白絮飞扬。

1998 年 5 月[①]

① 最初发表于 1999 年《美文》，后收入散文集《然后》。

万泉河雨季

一

当年农场接到了通知，全县组织革命样板戏移植汇演，各单位必须拿出个节目。场里几个女生奉命开始合计。她们不会唱京剧，又嫌花鼓戏太土，一边铡猪草一边胆大包天地决定：排《红色娘子军》！

样板戏《红色娘子军》是芭蕾剧，是要踮脚的，是要腾空和飞跃的，是体重呼呼呼地抽空和挥发，身体重心齐刷刷向上提升，有点脱离现实从而羽化登仙那种。投入那种舞曲，像剧照里的女主角一样，一个空中大劈叉，后腿踢到自己后脑，不会把泥巴踢到场长大人的脸上去？

我们只当她们在说疯话。不料好些天过去了，几个疯子从城里偷偷摸摸回来，据说在专业歌舞团那里得了真传，又求得姑姑和表哥一类人物的指教，当真要在猪场里发动艺术大跃进。虽然不能倒踢紫金冠，但也咿哒哒咿哒哒地念节拍，有模有样地压腿，好像要压出彼得堡和维也纳的风采。场长不知道芭蕾是何物，被她们哄得迷迷糊糊，说只要是样板戏就行，请两个木工打制道具刀枪，还称出一担茶叶，换来几匹土布，让女生自己去染成灰色，缝制出二十多套光鲜亮眼的红军军装。

好在是“移植”，可以短斤少两七折八扣，高难动作一律简易化，算是形不到意到。县上对演出要求也不高，哪怕你穿上红军服装上台做一套广播操，也不会让人过分失望。《红色娘子军》第四场就这样排成了。万泉河风光就这样第一次出现在我的眼前。作为提琴手之一，我也参与了这次发疯，而且与伙伴们分享了成功。老炊事员的胡子掉了也没被观众计较，党代表的鞋子飞了也没被观众非议，提琴齐奏不小心乱成一锅粥也能热热闹闹混过去，至少没有出现其他公社演出队那样的事故，比如布景突然垮塌，砸得台上的侦察英雄两眼翻白东倒西歪。

哑巴戏也好看，也热闹，农民这样说。我们在县、地两级汇演都拿了奖，又被派往一些工地巡回演出。多少年后，我还记得最后一次演出之后，一片宽阔的湖洲上，突然下起了倾盆大雨，我在一辆履带式拖拉机的驾驶室避雨，见工棚里远远投来的灯光，被窗上的雨帘冲洗得歪歪斜斜。我透过这些滑落的光流，隐约看见伙伴们在卸装和收拾衣物，在喝姜汤，在写家信。曲终人散，三位主角已被专业艺术团体通知录用，有些人则琢磨着“病退”回城的可能。我们伟大的舞台生涯将要结束了。

我知道粗陋的道具服装将不会再用，上面的体温将逐渐冷却，直到虫蛀或者鼠咬的那一刻。我还知道熟悉的舞乐今后将变得陌生，一个音符，一个节拍，都可能使人恍惚莫名：它与我有过什么关系吗？

我已冻得哆哆嗦嗦。

二

十多年以后，我迁往海南岛，与曾经演奏过的海南音乐似乎没有关系，与很久以前梦境中的椰子树、红棉树以及尖顶斗笠似乎也没有关系——那时候知青时代已经成了全社会所公认的一场噩梦，被人们争相唾弃和忘却。我曾经在琴弦上拉出的长长万泉河，银珠跳动或孤鸟飞掠般的旋律，已在记忆中被删除殆尽。

我是大年初一与家人和朋友一起启程的，不想惊扰他人，几乎是偷偷溜走。海南正处在建省办经济特区的前夕。满街的南腔北调，来自全国各地的青年学子在这里卖烧饼、卖甘蔗、卖报纸、弹吉他、睡大觉，然后交流求职信息，或者构想自己的集团公司。“大陆同胞们团结起来坚持到底，到省政府去呵……”一声鼓动请愿的呼喊，听来总是有点怪怪的，需要有一点停顿，你才明白这并非台湾广播，“大陆同胞”一词也合乎情理：我们确实已经远离大陆，已经身处一个四面环海的孤岛——想到这一点，脚下土地免不了有了船板晃动之感，船板外的未知纵深更让人怯于细想。

“人才”是当时海南民众对大陆人的另一种最新称呼，大概源于“十万人才下海南”的流行说法。同单位一位女子曾对我撇撇嘴：“你看那两个女的，打扮得妖里妖气，一看就知道是女人才！”其实她是指两个三陪女。三陪女也好，补鞋匠和工程师也好，在她看来都是外来装束和外来姿态，符合“人才”的定义。

各种谋生之道也在这里得到讨论。要买熊吗？熊的胆汁贵如金，你在熊身上装根胶管笼头就可以天天流金子了！要买条军舰吗？可以拆钢铁卖钱，我这里已有从军委到某某舰队的全套批文！诸如此类，让人觉得海南真是个自由王国，没有什么事不能想，没有什么事不能做。哪怕你说要做一颗原子弹，也不会令人惊讶，说不定还会有好些人凑上来，争当你的供货商，条件是你得先下订金。

海南就是这样，海南是原有人生轨迹的全部打碎并且胡乱连结，是人们被太多理想醉翻以后的晕眩和趺趺撞撞。

“人才”涌来使当地人既兴奋又惶惑。特别是女人才们的一大特点让当地人惊疑不已：她们居然要男友或丈夫干家务：买菜，洗衣，带孩子，甚至做饭和做蜂窝煤，真是不成体统匪夷所思。阿叔，你好辛苦呵！当地男人常常暗藏讥笑和怜悯，对邻家某个忙碌的男人才这样亲切地问候，走过去好远，还回望再三，暗暗庆幸自己没有摊上一个大陆婆。我后来才知道，海南男人一般是不受这种罪的。我后来的后来还知道，个中原因是他们的女人太能干，不光包揽家务，还耕田、砍柴、打鱼、做买卖、遇到战争还能当兵打仗——《红色娘子军》传奇故事发生在这个海岛，纯属普通和自然。

这些海岛女人大多有美艳的名字：海花，彩云，喜梅，金香，丽蓉，明娘，美莲……大方而热烈，热带野生花卉般尽情绽放，不似大陆很多女子名字用意含蓄、矜持、典雅、温良，吞吞吐吐。

这些海岛女人大多还有马来人种的脸型，那种印度脸型与中国脸型的混合，透出热带女人的刚烈和坚强。她们钢筋铁骨，赴汤蹈火，在所有男人们辛劳的地方，都有她们瘦削的身影出没，一个个尖顶斗笠下射出锐利逼人的目光。连满街机动三轮车司机也大多是这些女人,让初来的外地人深为惊讶。热带的阳光过于炽热了。这些司机总是一个个像蒙面大盗,长衣长裤紧裹全身,外加手套和袖套,外加口罩和头巾,把整个脑袋遮盖得只剩下一双闪动的眼睛。这在北国是典型的冬装,在这里却是常见的夏装,是女性武士们防晒的全身盔甲。她们说话不多,要价公道,熟练地摆弄着机器和修理工具,劳累得气喘吁吁,在街角咬一口干馍或者半截甘蔗,出入最偏僻或者最黑暗的地段也无所畏惧。你如果不细加注意,很难辨认她们的性别。你甚至可以想象,如果出于生存的需要,她们挎上一支枪,同样能把武器玩得得心应手,用不着改装就成了电影里那些蒙面敢死队员,甚至眼都不眨,就能拉响捆在自己身上的炸药包,或者敏捷如兔子在战火硝烟中飞跑。

有人说,海南岛以前男人多是出海打鱼或者越洋经商,一去就数月或者数年,甚至客死他乡尸骨无存,家里的全部生活压力只能由女人们承担。也许正是这种生活处境,才造就了她们的吃苦耐劳,也造就了当年的红色娘子军。

这种说法,也许有几分道理。

三

成立于一九三〇年万泉河边的红军某部女子军特务连,还有后来的第二连,作为“红色娘子军”共同的生活原型,曾经历过惨烈的战斗,比如在马鞍岭尸横遍野。一个个女兵被开膛破肚,但有的手里还揪着敌人一把头发。另一个女兵被割下头颅,但她嘴里还咬着敌人一只耳朵。她们也曾经历过残酷的内乱,在丁狗园等地遭遇风云突变，忍看成批的战友一夜之间成了 AB 团、取消派或者社会民主党，成了内部肃反的刀下冤魂。

当革命的低潮到来，更严峻的考验出现了。队伍离散之后，生活还在进行。有的在刑场就义，有的蹲在感化院，更多的是自谋生路，包括在媒婆撮合之下嫁人成家，其中一部分成了官太太和地主婆。有些官太太和地主婆在日后的抗日斗争中又为国捐躯——没有人来指导和规划她们的人生，人生只是在风吹浪打之下的漂泊。这样的生活当然不是时时充满诗意，不是出演在舞台的聚光灯下，出演在管弦乐队的旋律中，更没有仿《天鹅湖》少女们轻盈而细腻的舞步。但这种没有诗意的生活，真实得没有一分一秒可以省略。特别是在娘子军被迫解散以后，女人们回到世俗生活，面对更复杂而不是简单的冲突，投入更琐屑而不是痛快的拼争，承受更平淡而不是显赫的心路历程，也许会付出更为沉重的代价，只是这些代价不再容易进入舞台。

她们在清理战场的时候，发现一个个牺牲的战友，忍不住号啕大哭。一位血肉模糊的伤员，却没有任何遗憾和悲伤的泪水，临死前只有一个小小请求，请姐妹们给她赤裸的身体盖上一件衣衫，再给她戴上一只铜耳环——这是她生前最隐秘也最渺小的愿望。老阿婆讲述的这件往事，可惜没有进入样板戏，因为在生产样板戏的那个年代，人情以及人性是不可接受的，像耳环这样的细节总是让当时的文艺家们避之不及。恰恰相反，样板戏把敌我双方的绝对魔化或绝对神化，已到了极端的地步。

在这种情况下，一个极富讽刺性的效果，是样板戏《红色娘子军》风靡全国之际，却是大多数当事人大为恐慌之时，大喇叭里熟悉的音乐总是让她们心惊肉跳，把她们推向严厉的政治拷问：你不就是当事人吗？奇怪，你为什么没有在战场上牺牲？为什么好端端地活到了今天？哪怕你当年没有在感化院写过忏悔书，哪怕你后来也没有当过官太太和地主婆，但你是不是隐瞒了其他历史污点？你至少也是个胆小鬼没有将革命进行到底吧？……面对这样的质问，没读过多少书的女人们有口难辩，也找不到什么证据来证明历史远比舞台剧情更为复杂。

于是，她们只能为自己历史上真实或虚构的污点长久赎罪。涉及娘子军的政治冤案，在海南岛随处可闻，直到八十年代初才得以陆续平反。

在一个乡村福利院，我参加了春节前夕慰问孤老们的活动，事后散步到后院，闻到了一丝怪味。循着这股怪味，我来到了一孔小小的窗口，发现厕所边的一间小屋里，一条赤裸的背脊蜷曲在凉席上，上身成了一个骨头壳子，脑袋离骷髅状态已经不远，掩盖下体的絮被已破烂如网，床头只有半碗叮满苍蝇的剩饭，浓浓恶臭就是从这里扑面而出——大概是管理员好多天都捏着鼻子不敢进去清扫了。

我看见了耳朵上的一只耳环，才发现这是一个人，一个女人，但门窗上都有封锁空间的粗大木头，如同在对付一只猛兽。人们告诉我，这就是一个“文革”中被专案组逼疯的阿婆，娘子军的什么班长，眼下虽已获得平反，但疯病没法治好了。平日关住她，是怕她乱跑。

你们到前厅去喝茶吧，喝茶吧。管理员这样说。你们没必要慰问她，反正她什么也不明白的。

呵呵，这没有什么好看的。另一个人说。

我心里一沉，突然想起了少年时代的演出，想起了舞台上雨过天晴的明丽风光里，那些踮着脚尖移动的女兵，朝红旗和彩霞碎步轻轻地依偎过去，再依偎过去……我站在这个故事延伸到舞台以外的一个遥远尽头，不知道自己今后还能不能平静如常地回首那如幻天国。万泉河，特别宁静和清冽的水，从五指山腹地的雨季里流来，七滩八湾，时静时喧，两岸很少有村落和人烟，全是一匹匹移动的青山，是茂密的芭蕉叶和棕榈树的迎送，是它们肥肥大大的绿色填埋在水中。你在船头捧起一捧河水，无法打捞沉积了千年的绿色，只有一把阳光的碎粒在十指间滑落，滴破你自己的倒影。

四

我在海南省A县生活过一年，经常走过城中心红色娘子军沉默的石头塑像，看见塑像下常有两个卖甘蔗的女孩，有时还有几个老人在地上走棋。这里是万泉河下游，从九十年代开始，成为了旅游观光业开发的目标。台湾的、香港的、海南的开发商，还有来自日本的在这里升起一座座星级酒店，带来了熙熙攘攘的人流与车流，也带来了大批浓涂艳抹的女子，给空气中增添一些飘忽身影，一丝丝暧昧和诱惑的香水味。

一般来说，她们在白日里隐匿莫见，到夜里才冒出来，四处招摇，装点夜色。如果临近深夜，她们觉得业务还无着落，就如同热锅上的蚂蚁到处乱窜。游人的汽车还没有停稳，她们的利爪可能已经伸入了车窗；游人刚进入客房，她们猖狂的敲门或电话可能接踵而至，甚至一头冲进门来赖在床上，怎么也轰不走。她们尖利的怒目，此时总是投向进入男人身边的女人，把漂亮脸蛋当作最大的灾星和仇敌，或当作越界入侵者。她们用外地口音大喊："哪来的骚货？这样不懂规矩？他娘的把她打出去……"

"解放海南要靠红色娘子军，建设海南要靠黄色娘子军"，这一类戏语到处流行——虽然流莺飞燕在海南以外的地方同样不少，虽然海南女子倒是极少与之为伍——她们再穷也自有不娼不丐的特殊传统。

"扫黄"的运动说来就来。一到这时候，风尘女们作鸟兽散，待风声过去，又偷偷地挎着小皮包聚合起来，在角落里忙着描眉眼抹口红，一堆大陆口音叽叽喳喳，俄罗斯或者越南的女子可能也混迹其中。在她们的出没之处，其实还有一些身份不明的人，隐伏在不远处的茶馆里或者大树下，喝茶，抽烟，打牌，睡觉，聊天，打游戏机，看录像带，不时放出一个长长的哈欠。他们衣冠楚楚，不是打工者，不是游客，但总是在这里游荡，每天要做的事情似乎只有一件：收钱——等着某个女子把赚来的咸钱送到他们手里，让他们点数，由他们拿去吃喝。让人迷惑的是，有些女子居然把这个程序完成得急不可耐，票子还没有在手里捏热，就会气喘吁吁地跑来上缴，兴奋得像要及时入库，然后忙不迭地再投入新的拉客卖身。

我很晚才察觉到这些隐身的小白脸，也无法不为之惊讶。这些吸血鬼居然不承认自己下流，按照他们的说法，别人谋生只需要投入资本或者体力，他们可不一样，付出的代价太沉重了，因为他们付出的是感情，准确地说，是爱情。他们脸上挤出一丝坏笑，常常拍着胸脯向你保证，他们是那些风尘女的情人，给她们感情的慰藉和未来的寄托，包括在她们哭泣的时候去擦擦眼泪，在她们病倒的时候去找找游医，在她们被警察抓走以后去交钱赎人……这桩桩事都容易吗？不容易的。因此他们是见义勇为，舍己利人，因此收入合理，毫不在乎“吃软饭”、“放鸽子”一类恶名，不在乎世人对他们的鄙薄——碰到这样的房东或者邻居，他们缩头缩脑，脸上有讨好巴结的谄笑，能躲多远就躲多远。但他们从不会真正地自卑，甚至觉得你们这些打工者和生意人算什么东西？哪有他们的一份轻松和潇洒？

他们也许曾让自己的女人生疑，但女子们沦落如此还能有什么别的指望？而一种毫无指望的日子是否过得下去？爱是女人之魂。生活中一个哪怕最卑微的女人，一个对世界万念俱灰的女人，也不能没有爱这个最为脆弱的死穴。即使没有可靠的家，一个虚幻承诺也常常可以成为她们的镇痛毒药。有一天，一个怒气冲冲的男人赶来，把自己的女人从嫖客怀抱里拉出来，揪住她的头发，狂扇她的耳光，猛踢她的胸脯和屁股，然后把她像只死狗一样拖向归程——这个女人立刻受到了同业姐妹们的羡慕，甚至让她们感动得热泪盈眶。至于她们自己，当然得现实一点了，既然无缘这种幸福的惨遭暴打，无缘这种光荣的口吐鲜血与遍体鳞伤，那么男人的唬弄也只能让她们弃之不忍。

一位警察告诉我：在这些女人中间，大约七成受到这种荒唐盘剥。这位警察还让我惊讶地得知，一些未能养上“鸽主”的女子，甚至会觉得前途渺茫，至少在同伴面前脸上无光，会急切地寻找与攀比，真是邪门了。她们常常倾其所有，数万元乃至数十万元地甩出去，供养一个几乎注定无法兑现的承诺。

一个脂粉凌乱的疯女走过来了，又哭又笑的，嘴上有明显的血痕，短裙子被撕破，脚下的高跟鞋只剩下一只。她一见黑色小汽车就扑上去，像只彩斑壁虎死死贴在前窗上，对着车里人大喊“我没有存折我没有存折！”……

没有人知道这只壁虎后面的故事。

也没有人把她领入医院或者领回家门，更没有一支姐妹们组成的军队前来为她复仇——眼看就要天黑了，雨点正在飘落，热带雨季的阵雨总是准时抵达。在一个和平的、世俗的、市场化的逐利时代，革命已经远去，嘹亮的军号声已经没入宁静，没有人愿意多管大街上的闲事，包括为一个下贱的疯女人停下步来——虽然她们承担过各种暧昧的收费和罚款，让某些地方官员享受着财政收入的增加；虽然她们曾经为很多商家争来客源或取悦贵客，提供过金灿灿的大把利润；虽然她们还一次次被文人们津津乐道地写进作品，承受着先锋们欲望的发泄，包括性奴的苦楚已被描写成性解放的狂欢。法国最近一本特别走红的小说，除了痛斥伊斯兰教，就是盛赞泰国及其他发展中国家的色情业：真是美妙的全球化呵，既能缓解欧美中产阶级的性苦闷，吸收掉这个世界上太多危险和无聊的荷尔蒙，又能给世界上的贫困地区和贫困阶层增加收入，岂不是最符合人性？凭什么要受到伪善者的指责？

一位著名的中国理论家也在立论，一心证明“红灯区”的重要意义：旅馆业、餐饮业、娱乐业、美容业、交通业、服装业、医药业乃至银行业，无不受到这一行业强有力的拉动，而资金由富区流向穷区或者由富人流向穷人，还有哪一个渠道比女人的肉体更高效和更平稳呢？

就在不久前，革命因压抑人性蒙受恶名。某书记对女知青的诱奸，某政委对女演员的逼婚，都是一桩桩触目铁证，使新派人士们悲潮滚滚，把栏杆拍遍，将所有阶级姐妹都牵挂心头，恨不能拔剑出征替天行道。奇怪的是，他们中间的很多人，眼下面对灯红酒绿里的日常强暴却总是心平气和通情达理，对社会上流行的鸨婆哲学也总是及时理解。喜儿不从黄世仁，琼花反抗南霸天，在他们看来甚至纯属不智与多余。他们已经展开理论上大规模的宽容，让诱奸和逼婚合理化。只要把压迫者的鞭子，由权力换成了金钱就行——这只是因为他们过去未曾获取权力，没混成什么书记或者政委。

在他们看来，人性当然是重要的，但与卑贱者无关。

五

又是十多年过去了。回到内地的一天，一位朋友拉我去看再度上演的《红色娘子军》。这位朋友也曾在海南打拼，办过一个农场，后来被一场台风吓得屁滚尿流。他一出门，几百颗扑面而来的沙粒就射进了他的皮肉，到医院手术台上把一颗颗沙粒从肉洞里夹出来，竟花了血淋淋的整整六个小时。他说海南的雨季太潮湿了，台风实在太可怕了，你在那破地方还混个什么劲儿？

大幕徐徐拉开。惨淡阴森的灯光下，水牢情景浮现，镣铐的金属声哗啦作响，满身鞭痕的女主角缓缓起舞，在聚光灯下用每一个细胞挣扎，用每一个骨节悲诉，向一个她看不见的上空伸出空空双手……在这个舒适的大剧院里，看得出，那是一双没有挨过鞭打的手，纤细，柔软，瘦弱，嫩滑，也许只适合掩口浅笑或月下拈花，或泡在什么品牌洗浴液里。

接下来是四个女奴的中板群舞。年轻演员们个头高挑，技巧娴熟，对肢体应该说有足够的控制，但看上去仍是柔弱无骨，缺乏岩层般的粗粝和刚强，即便一齐举臂显露出身上条条鞭痕，但那红色分明不是鲜血而是人体秀的油彩。她们给人失真的感觉，串味的感觉，不时透出华尔兹或者伦巴的风韵。再接下来，红色娘子军的群舞也好不了多少。一群热带丛林里的伪奴隶，倒像是一群香港太太或者纽约洋妞，搬弄着她们十分陌生的大刀和步枪，表达着她们十分隔膜的忧伤和愤怒。

但还是有很多人鼓掌。

女奴们用手臂挡住鞭击从而让琼花死里逃生的时候，孤苦无告的琼花被女兵们如林双手热情接纳的时候，琼花来到政委就义现场找不到身影于是向空无四周一遍遍追问和悲诉的时候……生死相依的情景，义重如山的表达，如此久违与罕见，暗暗击中了观众们的震惊。剧场在升温，爆发出潮水般的掌声，并且有一种反常的经久不息。连我身边的朋友也拼命鼓掌，只是事后说不清自己为什么激动——他说他还哭了，却不明白一个 KTV 常客，一个差不多劣迹斑斑的老色鬼,今夜泪水为何而流。

我发现不少人都在泪眼花花。

对新一代演员的挑剔,对当年样板戏政治背景的警觉,似乎都足以取消鼓掌的理由。但我无法否认的是,当熟悉的乐浪在我体内呼啸,当舞者的手足一一到达我视野中预期的区位,这出观看过好多回的芭蕾剧,眼下还是给我一种初看的新鲜。它不再是威严样板,不再当红与流行,在今天甚至退到了边缘位置,于是刺目的强光熄灭,让人们得以睁开双眼,重新将其加以辨认。我似乎惊讶地发现,这个故事中的人性其实比我料想的要多得多,比我料想的要温暖得多。

这个作品不是曾经用刀枪吓坏过很多温良人士吗?如果高举刀枪有违人性,那么在你陷入恶棍围剿的时候他人统统袖手旁观倒成了人性?如果奴隶造反有违人性,难道在你横遭欺诈或暴虐的时候他人转过头去伴大款拍马屁倒成了人性?今天不会有太多的人,会为一个烈士的献身而苦苦痛泣;不会有太多的人,会把人间的骨肉情义默默坚守心底。如果——如果——如果这种痛泣和坚守都已陈腐可笑,那么我们是否只能把面色紧张的贪欲发作当成伟大的人性解放?或者,引起革命的压迫与剥削,革命所力图消除的压迫与剥削,在今天是否正成为人性复归的美妙目标?

也许我已经老了,见过了太多人事,于是弦惊之处忍不住鼻酸,似乎为不能确定身份和不能确定面目的什么人伤心——你是谁?你就是那个我一直熟悉但从未见过面的你吗?那个我一次次错过的你吗?今天还有多少人愿意挺身而出挡住落向你的皮鞭?

今天还有多少人愿意伸出援手将走投无路的你接纳和庇护？也许，你不必过于悲伤和绝望，你至少还能听到掌声，听到四面八方经久不息的掌声，再一次在剧场里实现对革命的重申。革命是什么？革命确实是仇恨，是暴乱，是狂飙，是把天捅下来，但革命无非是暗无天日之时人性的爆发，是大规模恢复人性的号令和路标，因此也是一切卑贱者最后的权利——虽然革命大旗下同样可能重现罪恶，常常使革命变得面目不清，让回望者难以言说。

我也无话可说。

我擦擦眼角，止住一颗下滑的泪水。

2003 年 4 月[①]

---

① 最初发表于 2003 年《当代》杂志，后收入散文集《然后》。

流痕

那年的高墙

母亲的老家在湖北西部，与父亲的老家相隔不远，但分属两个县。我从来没有去过那里，也很少听父母说起那里。唯一与老家有联系的，是我对爷爷的印象。

爷爷的夏夜里有一堵高墙，布满了斑驳的青苔。一颗颗流星都落到墙那边去了，那边就有了一个疯子。有一次疯子从墙上冒出长长的头发，尖声地笑，向我们摇着一条女人的头巾："阿毛，拿洋火来——"

我吓得不得了。

疯子是在学爷爷的腔调。爷爷是瞎子，要抽烟的时候，总是这样朝家里有动静的地方发出呼唤。除此之外他很少说话。他经常穿着灰色长衫，坐在阶檐下晒太阳，听我们热热闹闹地过日子，眼皮间或微微张扩一下，显出他还是个活人。他圆圆的脑袋很柔和，像一只褪了毛的猫头。有时候我故意不给他火柴而给他一块瓦片，或者躲在他身后不吭声，他也不发火，咕哝几下，又朝刚才有动静的地方呼唤："阿毛，拿洋火来呵——"

他在我们家只住了很短的一段时间，就回乡下去了。后来就听说，他死了。那时的我不会注意他是怎么死的，也不会久久地记住他。只记得他每一餐要吃很硬很硬的饭粒,而且夜里有点发梦癫,常常突然从床上坐起来喊叫:“来了!”“来了!”不知道是什么意思。

如此而已。

倒是邻家的疯子总是重演他的语调,要时时提醒我们什么似的。街坊邻居的小把戏们对疯子兴致勃勃,也纷纷模仿他的模仿。

“阿毛,拿洋火来——”

“阿毛,拿洋火来——”

像是一大群幼龄爷爷的大合唱。

父亲非常生气。拿来一根竹篙,扑打得墙砖叭叭响,把疯子轰下去了。但墙那边还有敲桶的声音和爷爷永不消失的留言:

“阿毛,拿洋火来——”

父亲操一把菜刀往墙上碰得当当响:“你再疯,你再敢过来,我剁了你的手,割了你的舌头!”

墙那边终于安静下来。

我还是睡不着。一直给我摇扇子的爸爸早已鼾声响亮,扇子滑到竹床下。姐姐也蜷曲着身子入梦,一条沉沉的大腿压在我肚子上。我仍然看着高墙上的夜空,看流星偶尔飞过。我很着急,怕疯子再次冒出墙头,甩砖头或放火什么的。家里人怎么还能这样睡大觉呢?我想把家里人都叫起来警惕邻家的夜袭,但又怕他们笑我胆小。他们正睡得香甜,睡出很劳累很不高兴的样子,总是皱着眉头或者哎哎哟哟地呻吟。

我总算熬到了很安全的白天,我去外边玩,见邻家的孩子擦着鼻涕朝我笑。“阿毛——”

我讨厌阿毛这个名字，装着没听见。

他们更加来劲了：“阿毛，你的瞎子爷爷呢？”

“阿毛，我们到你家院子里玩玩好么？”

我退入门，把门紧紧关上。我很少同邻家的小孩来往，母亲给我的任务就是不让那些野崽子进院子。我现在有一把红红绿绿的木刀，看守这张门就更加坚定和勇敢了。那两个小孩还是要进来，挤门，嘻嘻笑，而且不怕我的木刀。一不小心，我的木刀在门缝里夹断，我气得哇哇大哭。他们见势不妙，赶快溜了。

他们没有这样的木刀，更没有我家漂亮的庭院和房子，只有糊在脸上的鼻涕，旧鼻涕干成壳子了，又糊上新鲜鼻涕，层层叠叠，像糊鞋底的浆子。南边的一家姓王，姐弟两个总是打架，互相骂娘，然后父亲抄着扁担来把他们统统打出门去。有一次当姐姐的躲在我家大半天不敢回去，用竹竿去偷取她家的饭篮——她家厨房正好有一个窗口对着我家的院子——居然成功了，让我觉得非常激动。王家的父亲还经常自杀，而且总是去街头那口公用水井。据说他好几次等井边没有什么人的时候，就光着膀子，冲着井口烧香，叩头，骂子女不孝、骂自己腰子痛有风湿，然后向东南西北的各路神仙一一谢罪，再往井口里钻。但他每次都没死成，只要别人一放下绳子或竹竿，他就紧紧抓住了。每次的结局都是这样，不免有些单调得有点让我失望。我总是听母亲向罗家的女人打听他的下落。“他哪里舍得死呢？下去洗个澡。”罗家女人这样说。

但罗家女人连连叹气地去王家，好像要去分担什么悲痛，为善后这件惨案做点什么。

罗家在我家北边。罗家女人的屁股肥大无比，我总是担心她洗澡时一屁股坐下去，就会把脚盆里的水挤得一滴不剩，甚至把整个脚盆沾起来。她时常摇摇摆摆来访，讨点米潲水或者烂菜叶，以便养大她家的猪；有时候还来我家院子里寻点车前草，说是用来煎药治病。她特别关心街对面的俞三婆婆，差不多每次都要向我母亲叹息："哎呀呀对门街上的俞三婆婆没有细崽子没有九多……"我一直到现在也不知道"九多"是哪两个字，是什么意思。我只记得她一口气说这么长的句子时有腔有板就像唱歌，很好听。

罗家再过去，就是张家。张家老头卖西瓜，拍着搓衣板似的胸脯说保证是红瓤。顾客当场剖开，白的。张老头又愤愤拍着搓衣板："甜哇，你吃你吃！虽说白瓤但它甜哇！"

至于西邻，就是疯子家了。不知为什么，父亲最瞧不起这一家。有一次我问，他们姓什么？

"屙吃困。"

"屙吃困是什么？"

"你想想，一天到晚只是屙屎，吃饭，困觉，不叫屙吃困还能叫什么？剥削阶级都叫屙吃困。"

我觉得好笑。

父亲朝墙那边横了一眼："哼，当小老婆的，还摆什么剥削阶级臭架子？还有怀娥铃呢。"

我直到很久以后，才知道怀娥铃就是小提琴，就是当年高墙那边偶尔飘溢过来的好听的声音。那时我以为父亲指的是一种见不得人的东西，比方说是鼻涕，是尿湿了的床单，是电影里狗特务的电台耳机之类。

我和哥哥姐姐很快把邻家奇怪的名字编成了整齐有力的口号，诸如“屙吃困狗屎棍”、“屙吃困锅里蹦”什么的，准备用来对付疯子的挑衅。不料疯子很快就不见了。父亲为了我们的安全去墙那边交涉，以转业军人和革命干部的身份，终于迫使他们家把疯子送去了医院，也就把爷爷的声音送走了。从此，墙那边除了偶有一两声咳嗽之外，再无任何声音，寂静得令我奇怪。我怀疑那一边的人早已经死了，死去很久很久了，只是外人不知道而已。外人从他们家门前来来去去，还以为那里有一户人家。

其实那里还有人，还有一位母亲和兄妹俩。疯子是他们的什么人，我不知道。我有一次用竹签挖蚂蚁窝，在墙基挖出一条缝。从缝里看过去，发现那边也是一个小院，有夹竹桃，一团团粉红色拥挤着，甚至爬上了一角屋檐。我看见了一位陌生的姐姐，大概十五六岁，正在洗澡。她辫子盘在头上，全身白净如刚剖开的藕，突出的乳头轻轻跳动着，光滑的两条大腿之间，则有黑色的须毛。我吃了一惊，她怎么会有这么些毛呢？丑不丑呵？难道大人都有这种丑物么？

我看看自己开裆裤，没有发现毛，觉得有点高兴，也有点扫兴。

晚上乘凉，我看着星空，终于忍不住问姐姐：“屙吃困家里有好多好看的花，你看见过么？”

姐姐不怀好意地眨眨眼：“哈哈，你今天到屙吃困家里去了？”

“没有，没有。”我急了。

“不，你一定是到他们家去了！哈哈，阿毛今天到屙吃困家里去了！”她在竹床上翻了一个斤斗，向全世界宣布我的奇耻大辱。竹床吱吱呀呀响。

“我去了是狗。只有你才去，只有你才去！”

“你说了，他们家的花好看！”

“我没说好看，我没说好看。”

“你就是说了，你就是说了！你赖！”

我愤怒地猛扑上去，把姐姐推下竹床。她的两腿朝天虚蹬了几下，有尖声放了出来，是哭了。父亲把她拉起来的时候，她的鼻子下面一片血光。父亲骂我，她就哭得更加有劲头。

我气冲冲地走出门去，看外面昏昏的街灯。罗家女人在那边摇着大蒲扇：“阿毛，来来来，我给你掐痱子。我喜欢你。”

我装作没听见，没有去。

好几天我没与姐姐说话。为了昭示我对屙吃困一家的蔑视依旧，我第二天就用泥巴把那道墙缝塞住了。我还很解恨地朝那边的房顶上扔了两个石头，怒气冲冲地喊：“打倒屙吃困——”

墙那边没有声音。墙那边的回答推迟了二十年，成了机械冲床咣当咣当的某种恐吓——那边已经改成一个街办小工厂了。我重返旧居，回忆起一九六五年我家离开了这里。就在离开这里的第二年，我的父亲死于“文革”最初的迫害浪潮。尽管他把我那位逃避农民斗争的地主爷爷送回乡下去交给农会，尽管他把我家的这所房子捐献给了国家，他还是没有被革命阵营接纳，没有逃脱厄运——这些事是我后来慢慢才知道的。

旧居已经苍老。原来的砖房外又搭建了一些偏棚，如同繁殖出一些寄生物，把小院子都挤占完了。我以前住的那间房，眼下成了一个饮食店，门前堆着一筐白生生的猪骨或牛骨。父亲的那间房则成了一个五金铺，但蛛网封门檐草森森，看来早已倒闭。西墙竖着一辆胶皮板车，上面还挂着尿片。

没有人认识我。当年的罗家、王家、张家等等全换上了一些陌生的面孔。我不知道他们是死了还是搬走了。

至于疯子那一家，我至今不知道他们姓什么。

只有墙基的蚂蚁依旧，仍在一线线地爬行。它们从二十多年前爬到了现在。我想起小时候没有什么玩具，孩子们就常常玩蚂蚁。我用一只死苍蝇分别引出两个窝里的蚂蚁，让它们分头回去报信，引来各自的蚁军争夺蝇尸昏天黑地大战。看着蚁头蚁肢蚁钳纷纷被咬下来，我兴奋得手舞足蹈，常常唱出电影里的战斗音乐为它们助威。

1993 年 5 月[①]

① 最初发表于 1997 年《光明日报》，后收入散文集《海念》。

走亲戚

一

三伯伯来看我们。三伯伯就是三姑妈的意思。老家很少对妇女的称呼,女人大多用男人的称呼,只是在称呼前面加一个“小”字,比如姑妈就是小伯,姐姐就是小哥。

三伯伯的男人在躲日军的时候去了贵州,给共产党送药品,被国民党特务杀了。也许幸好他这一死,三伯伯一直守寡,穷得靠卖盐茶蛋为生,经常忙了一天还赚不回半升红薯。土改时她被划成手工业者的成分,又是烈属,成了革命依靠对象。让她当了几个月的妇女会会长,是顺理成章的事。

那一年水灾,她的茅房被水漂走了,日子实在没法过,便把儿女两个送进城来,托付给我父亲。大表哥被我父亲带入部队,当了兵,还读了军校。大表姐则在城里继续读书。据说大表姐初来时一头的虱子,母亲洗了三大盆碱水,又给她剪一个男头,才把她剪出个有鼻子有眼的人样。她的书当然也没有读好,母亲带她去考城北女中时,她还总是把“手”字写成“毛”字,把“目”字写成“木”字,甚至连自己的名字也要写错,“常”字上面总是写成“宀”。父母后来一说起这事就要笑。

他们兄妹两个年幼失父，所以特别懂事和用功，也给我家很挣面子。大表哥后来当了空军军官，大表姐读完中专后去了西北一个矿山，也是劳动模范。他们的成绩总是成为父亲教训我们的理由。你们看看，大哥哥入党了，大姐姐立功了，还当上工段长了……父亲带领我们索性取消了表哥表姐的“表”字，让我们一家自豪得更加完满。

我对那一段没有什么印象。我愿意相信父母的说法，比方说我出生以后第一个抱我的是大姐姐，她当时还惊慌地说，舅妈舅妈，这伢儿怎么这么难看？一身的毛呵！我也愿意相信父母的说法，我在街上走丢了的那一次，大姐姐听说此事时正在洗脚，她立刻吓得哭了起来，鞋也没来得及穿，赤着脚就跑出门去找我，狂奔乱喊简直疯了一样……我应该记得这件事情的，不知为什么居然记不起来了。是不是我真的脑子有了什么毛病？

每逢开学，我们姊妹几个便兴奋地等待，等待工作在外地的大哥哥大姐姐寄来礼物。钢笔、球鞋、计算尺……都是些令人眼花缭乱的宝贝，一般还有十元或二十元的学费。其实我是白等和傻等，因为我还没有上学，即便上学也永远在家里处于幼稚的地位，没有资格得到那些赠品。我眼巴巴地看着父亲把那些东西分给了哥哥姐姐，桌子上光光了。他们高兴，我也跟着高兴，跟着他们在几间房子之间不停地蹿来蹿去。

二

父亲死了之后，我们首先通报的亲戚就是他们——三伯伯当时就住在表哥那里，在北京某部队大院。

很久没有回信。我问过母亲，不料她冷冷地说：“你说谁？”

我说：“大哥哥没有来信么？”

她说：“回没回，我不晓得。”

我说：“他应该来信的。”

她说：“你以后不要提起他。”

我感到有点不妙。后来才知道，大哥哥是回过信的，只是回信较为冷淡，除了埋怨舅舅自绝于党和人民之外，没敢再说别的什么，甚至没有提到他母亲是否伤心。整篇信还没有写满一页纸。

母亲当时没太顾及对方的处境，没考虑人人自危的整个政治大形势，一怒之下撕了信，又拿出两百多元钱，立马寄去北京，算是彻底清偿了这些年他们的资助。她只是寄钱，没有写一个字。

其实我们家这时候并无还钱能力。因为父亲的失去，家里没有一个人能挣回钱，包括农场里的我姐。父亲的积蓄也撑不了多久，眼看着日子一天天紧起来了。母亲能写一手好毛笔字，好几次去打听有没有地方愿意雇人写大字报，但人家一看这家庭妇女的模样，都觉得这种谋职滑稽可笑。她又想去给人家做保姆，遭到子女的全体反对，而且在一个革命化的时代，雇保姆似乎不是件光彩事，没有人给她提供机会。每天晚上睡觉前，她常有的仪式就是把衣袋里所有小硬币都搜索出来，几个一叠，几个一叠，整齐排列在桌上，然后宣布它们明日各自的重任：“这是买豆腐的，这是买小菜的，这是买火柴的……”我也帮她调派着这些小硬币，看着它们银光闪闪地列阵待发，心里十分踏实。

为了省钱，我们做菜时多放盐少放油，以至我到现在还保留了嗜咸的恶习。我们退了一间房，变卖了一些家具，直到上级机关最终办下了遗属抚恤卡，让母亲和我每月能领到一份钱，最困难的危机才算熬过来了。

父亲的政治结论仍然前景不明。每到晚上，我取代父亲的位置，与母亲同睡一床，总是不由自主地搂抱她的双脚，怕她离开我去当保姆，更怕她一时想不开寻短路。节日和假日的时间漫长得令人生畏。邻家来了客人，锅盆碗盏叮叮当当，笑语和肉香朝我家里灌，使我不得不关紧门窗，或者用铁锤敲打什么，发出些惊天动地的声音，以便扫荡自己的心烦意乱。这个时候母亲也不耐孤寂，会带我去街上走走，其实没什么目的，不是要买什么东西，只是把一个个商店胡乱看去，或者挤在充满狐臭和汗臭的人群中看看大字报，看看运动将向什么方向发展。

我们能够在“文革”之外来展开命运的想象么？不能。因此我们只能在大字报中寻找希望，比方看到一些教授、演员、将军的自杀，就知道同难者众多，不幸遭遇彼此彼此，我们如果不因此而宽心，但至少可以少一些孤立之感。比方我们还看到北京或上海的形势逆转，看到所谓资产阶级反动路线被彻底批判，使曾经红极一时的派别正土崩瓦解，那么迫害家父的那一派是否也将好运不长？——这至少可以带给我们一种暗自高兴的想象。虽然我后来知道这种想象纯属无稽，发现那些迫害者还是在节日里炖出肉香，对什么人倒台了或者什么路线结束了，一点也不着急。

我们不能在大街上安居，因此我最害怕的时候是往回走，在凉粉担子当当小锣敲出的深夜里走回熟悉的大院，熟悉的楼道，熟悉的房门——咔嗒一声，门锁开了，一手推开满屋的黑暗。我们怎么又回到这个小屋？我们为什么只能回到这个小屋？我拿这个漫长的夜晚怎么办呢？

三伯伯就是在这个时候来到长沙的。我猜想表哥一接到钱就知道我母亲误会了，但很多事情没法明言，也不便由他这个军官来说，只好请老人走一趟。三伯伯就这样带着四岁的小孙女南行，一路上停停走走，最后在一片荒地下车——据说整个铁路线处于半瘫痪状态，火车站被红卫兵占领，列车没法进站。她们是半夜下车，两眼一抹黑，摸索了好几个小时，到天亮时分才跌跌撞撞找到我家。我听到楼下有人喊，推开窗子一看，只见一老一少两张满是煤灰的黑脸，四只眼睛眨了眨，似乎是笑了，根本没法分辨谁是谁。一个旅行包丢在地上，看来她们已再没有气力把它拎起来。

"你们找谁？"母亲问。

"快叫舅外婆，快叫哇这丫头！"是湘西老家人的声音。

"你是德芳……"母亲怔了片刻，露出了惊讶之色，很快又把神情整顿得非常冷淡，"你怎么来了？"

我高兴地跑下楼去把她们接了上来。三伯伯一进门就抱着母亲痛哭，母亲则显得冷静许多，虽然也红了眼圈，但连连劝三伯伯去洗脸，去换衣，去吃面条。三伯伯当然吃不下，冲着一碗面条又哭。

三

小姑娘对大人们的哭声有点害怕，偷偷向我身边挤靠。她叫小红——那年头叫这个红那个红的小孩很多。

她第一次见到我，却不怎么畏生，很快就胆敢揪我的鼻子和耳朵。她也把一切好的东西都判定为小红，比如图书上的小兔、红旗、苹果、小房子、风筝等等，她一看见就笑，一笑就指着说："这是小红。"然后继续翻页寻找下去。

离开图书以后，她对我的一个大贝壳羡慕不已，也指着它宣布："这是小红。"

我得意洋洋把哥哥带回家的一颗手榴弹找出来，向她讲解这家伙的威力。"这也是小红吧？"

"不。"她不喜欢粗粗黑黑的军用品，让我不免扫兴。

我指着桌腿上一颗冒出头的锈钉子："这是小红。"

"不，不！"她更急了，"这是你，是你！"她想了想我的名字，总算想出来了，"这是小叔叔！"

我指着我的一双破布鞋："这也是小红？"

她气得跑过来要打我，追得我东逃西躲，怎么也没法摆脱她要抓要撕的两只小手，最后只好逃进男厕所。"我要屙尿了！"

她毫不犹豫冲进来："我要看你撒尿！"

"哈哈，你是女的，怎么进了男厕所？"

她想了想这个问题，噘着嘴退出门去。

我是真要小便了，但没料到刚解开裤子，突然听到小红的哈哈大笑——她极其狡猾地又溜进来，弓腰缩头，手指我的裤裆："我看见小叔叔的鸟鸟啦，我看见小叔叔的鸟鸟啦！"

我来不及拉裤子，当下窘得一脸通红，心想怎么碰上了这么个疯丫头？

她一路欢呼着跑回家去。三伯伯哭笑不得，拍了她脑袋一下，责怪她这么大了也不知羞。她背靠奶奶，黑白分明的眼珠朝上翻了一下。

三伯伯拉着她要走了。我不知道她们为什么这就要走，要走到哪里去。后来我从另一个姑妈与母亲的谈话中，才知是母亲请她们走的。母亲太要强了，坚决不受三伯伯退来的两百多元钱，也不愿她住在我家，说是担心我家连累他们。我的另一个姑妈叫四伯伯。她几乎要哭了，说她住在工厂集体宿舍里，十几个人一间房，都是睡高低床，有些女工还有妇科病，厕所更是脏得一塌糊涂。大人就不说了，小孩子怎么能住在那种地方？天呵，天呵，我拿她们怎么办呀？嫂子你心别太狠……母亲仍然冷冷地说，我们这样的贼窝子，怎么敢高攀他们革命干部？

“你不要翻老账了。他们当时也不是没办法吗？”

“我不是翻老账。我是怕她们这一次来，与我们扯来扯去，到时候又添上新账，影响他们的前途。我可担不起这个罪责。”

母亲的担心也不是完全无理。大院里还是迫害者们当权，警惕的目光经常有一下没一下地投向我家，谁知道还会闹出什么事？这样，三伯伯她们无处安身，在这个城市只待了两天就走了。我瞒着母亲去找过她们一次。她们住在一家小客栈里，房间很暗很潮湿，我进房门后好一阵才能看清房里确实有人，确实是她们。三伯伯呆坐着，还有二十几个小时才能上火车，但她无事可干就只能呆坐着。小红在哭，脸上被蚊子咬出十几个红点，又被自己的手指抓出了一道血痕。三伯伯闪闪烁烁地说道旅店蚊子臭虫太多,又说没什么没什么,这孩子真是太娇气。“痒什么呢? 一点都不痒。蚊子咬几下痒什么?”

她坚决不允许小红的皮肤痒起来。

她说有苹果,定要洗给我吃。出去寻了半天,还是没有找到水,便说用毛巾擦擦算了好不好?

我吃了半个苹果,然后带小红出去玩。我让她骑在我头上,从中山路游到黄兴路,想好好地当一回叔叔。但我身上没有什么钱,只能带着她多看一些有意思的地方,比方说街头的爆米机,药局里的老虎皮,还有消防队红色的救火车等等。我累得满头大汗的时候,总算还好,有一个小店里卖绿豆沙,五分钱就可买一碗——我的钱刚够。我买了一碗让她吃,看她一口一口吃下去。她掩藏着自己的高兴,吃了一小口,眼睛朝上翻了一下,像是看头上油漆剥落的楼板。她的短腿吊在椅子上,不停地前后甩动。

我吐了一泡口水,抹在她脸上的红斑上,说孙悟空被蚊子咬了就是这样止痒的。她笑着说她已经不痒了。

也许是吃高兴了,她说:“小叔叔,我给你唱支歌好吗?”

“你唱吧。”

她从悬吊双脚的高凳上跳下来,背着双手,冲着一个脏兮兮的墙角鞠躬敬礼,把这里当成了演出舞台。刚要开口,她又想起一个重要问题:“我脸上没有抹红呀。”

“不要红,你就这样唱吧。”

她半信半疑地同意了。

老子英雄儿好汉，
老子反动儿混蛋，
要是革命你就站过来，
要是不革命你就滚他妈的蛋——

她咿咿呀呀唱得不太清楚，我开始没听明白，一旦听明白了便顿觉恐惧，继而愤怒："不要唱了！"我大喝一声。

她吓了一跳。

"唱得一点也不好！"我恶狠狠地说。

她当然不知道我为什么发火，哇哇哭乱了一张脸。后来被我拉着往回走的时候，两脚乱蹬乱踢，把鞋带都踢散了。

四

我以为小红会记住这一天，记住这件事的，这是我的错误。十几年后她再见我的时候，已经是通体散发出成熟气息的大姑娘。她对那一天早已没有任何印象，只是一个劲要我洗手。她的未婚夫以及大哥哥全家都一个个热切地要我洗手，对我的手争先恐后地给予关心，使我擦了三道肥皂也暗自惭愧。

他们为我摆上了丰盛的饭菜，安排了防疫病的公筷，然后神色紧张地讨论流行病，流感、流脑、乙肝、甲肝、二号病等等。她的未婚夫说了一个乡下人边揉面边揪鼻涕的笑话，小红，哦不，现在是小虹了——对他投去开心和欣赏的目光，抿着嘴带头笑了，于是全家也哈哈大笑。

首都的周末之夜充满笑声。小虹关切地问我是怎么来他们家的。我说坐地铁。他们立即齐刷刷惊恐地睁大了眼,说你怎么能坐地铁?地铁最危险了,万一断电什么的怎么办?万一有传染病怎么办?他们强烈要求我今后坐公共汽车,再不就打个电话来,让你大哥哥派车去接一接。

吃完饭,表哥披着他的将军服,正要同我说说中东战争。他的几个下级探头探脑来求见首长,进门后立即熟门熟路地把小筐荔枝和小箱鱿鱼送进厨房,并且对包括我在内的首长家人一一强加媚笑。表嫂嗔怪地说,老王你怎么又这样?被称作老王的理直气壮:"这有什么?我这次出差广东,一点也不麻烦么!"

表哥只好放下中东战争,去与他们在客厅里应酬。我无事可干,只好看看他家的书柜,看看成套的党史、军史、哲学以及政策。书柜旁边挂有一只巨大的龙虾标本,冲着我张牙舞爪。

表哥送走了客人,又过来与我聊天。他说你还在作协工作么?你们文艺界也真捣蛋。你看现在那些流行歌,成天就是爱呀爱的,战士要是都爱来爱去,还怎么打仗?

我想说明作协不等于文艺界,我更不是文艺界,没法对流行歌负责。

他没等我伸冤就说:"我不准他们唱了!"

"你这不是违反政策吧?"

"哪来那么多政策?打得赢就是最大的政策!"

然后,他再次叮嘱我下次来不要坐地铁了,地铁太容易出事。

我说："我坐公共汽车，不会坐地铁了。"

"对，不能坐了。"

"我不坐了。"

"我马上要出差。不过不要紧，你什么时候都可以来。住什么招待所？那多不卫生，就住到家里来么，这不就跟你家一样？好不好？嗯，我跟你说，不要坐地铁了呵。嗯？"

我不知道该先回答哪个问题，是再次谈地铁还是谈招待所？我只能含糊地点头，看他急匆匆地寻找话题，似乎心事重重没话找话。

我有点后悔到这里来了。我不能像小时候那样骑到大哥哥的肩上，抢过他的军帽或者挂上他的皮带，而且愚笨得总是不知道该先回答哪个问题，那么来这里做什么？三伯伯已经去世，死于咯血，死前常闹耳鸣。我只能瞥一眼她睡过的那间房，那张床。那张床拥抱过一位老人的夜晚长达几十年——她给过我苹果，长相也与我极其相似——亲人们都这样说。因此我忍不住想象我的鼻形，我的眉形，我脸颊的线条，曾一次次淹埋在那张床上的黑夜里。那是不是我呢？为什么那不是我呢？如果说人都是首先以其面相而存在并且被人认知的，那么床上的面相为什么不就是我的一部分？

是我曾经在那张床上咳嗽然后耳鸣和咯血？

母亲曾经一直不让我们子女来这里走亲戚，我第一次来北京时就是那样做的。那一次我下火车时太晚，没法去找住处，我宁愿提着沉重的行李包走去天安门，在广场坐了一个通宵，也没有去敲响大哥哥家的房门——尽管我知道那繁密的灯海里有我的亲人，是的，是亲人。我在广场橘黄色的灯雾里抱着双臂，有点冷。

我那次离开北京时听另一个来京的亲戚说，大哥哥一家在“文革”中其实也很难。他每次随军队去制止武斗，都是带血回家，一进家门就偷偷溜进厨房，洗掉脸上或身上的血迹，偷偷给自己包扎或换药，不让老母亲知道真相。亲戚说这话的时候，眼里红红的。

这些事都很遥远了，以后会更加遥远，被我淡忘。就像小虹一样，我以为她至少可以记住绿豆沙，我下定决心踏进这张家门，至少还可以同她说说这件事。

但她不记得了。

老子英雄儿好汉，

老子反动儿混蛋，

……

哪怕她能记住这首曾深深刺痛我的歌也是好的。不，她也不记得了。她的大眼睛里纯净得什么也没有。

我还能说些什么？我说返程机票已经订好，是明天的飞机（其实是五天后的飞机），我今天算是告别了。真是不巧，真是不巧。表哥全家都为此遗憾。小虹送我去汽车站。她问我什么时候再来。她把她原来读中学时的那幢教学楼指给我看，把他们家原来住的破楼房指给我看，把她现在取牛奶、游泳、看电影、定做蝙蝠衫的地方指给我看。她偏转头的时候，乳房高挺突出。

我毫不怀疑，长安街上秋夜里流淌着的橘色光潮，能够哺育太多这样美丽这样爽朗这样充满自信的少女。

她以前的名字叫小红。

这是小红。

1992 年 5 月[①]

---

① 最初发表于 1996 年《福建文学》杂志，获同年福建文学奖，后发表于 1997 年香港《明报月刊》，收入散文集《然后》。

漫长的假期

我偶尔去某大学讲课,有一次顺便调查学生读书的情况。我的问题是这样:谁读过三本以上的法国文学?这时约四分之一的学生举手。谁读过《红楼梦》?这时约五分之一的学生举手。然后,我降低门槛,把调查内容改成《红楼梦》的电视剧,这时举手的多一些了,但仍只是略过半数。

这是一群文学研究生,将要成为硕士或博士的。他们很诚实,也毫不缺乏聪明。我相信未举手者已做过上百道关于《红楼梦》或法国文学的试题,并且一路斩获高分——否则他们就不可能坐在这里。

问题在于,那些试题就是他们的文学?读书怎么成了这么难的事?或者事情别有原因:是什么剥夺了他们广泛阅读的自由?

我不想拍孩子们的马屁,很坦白地告诉他们:即使在三十年前,让很多中学生说出十本俄国文学、十本法国文学、十本美国文学,都不是怎么困难的。我这一说法显然让他们惊诧了,怀疑了,困惑了,一双双眼睛瞪得很大。三十年前?天啦,那不正是文化的禁锁和荒芜时期?不正是"文革"的十年浩劫?……有人露出一丝讪笑,那意思是:老师你别忽悠我们啦。

没错,是禁锁是荒芜甚至是浩劫,从当时大批青年失学来看的确如此,从当时官方政策主体来看的确如此。但你们注意了:一具病体并非尸体,仍有不绝的生力,包括生力的逐步恢复和增强。“文革”不过是一场大病来袭,但如同历史上文网森严的旧中国和政教合一的旧欧洲,它并不曾冷却民众的精神之血,无法遏制新文化的萌发、繁殖、积聚、壮大以及爆发,直至制度层面的变革。这才是历史真切而生动的过程。我们曾用这种眼光注意过很多复杂局面,包括宗教法庭与牛顿的共存,普鲁士帝制与黑格尔的共存,斯大林铁幕与肖洛霍夫、爱森斯坦、肖斯塔科维奇的共存,为什么独独乐意给“文革”随便贴一枚标签?是什么人最习惯和最惬意地使用着这一类标签?

中国谚语:知其一,还要知其二。

偷书

我当年就读的中学,有一中型的图书馆。我那时不大会看书,只是常常利用午休时间去那里翻翻杂志。《世界知识》上有很多好看的彩色照片。一种航空杂志也曾让我浮想联翩。

“文革”开始,这个图书馆照例关闭,因受到媒体批判的“毒草”越来越多,图书馆疲于清理和下架,只好一关了之。类似的情况是,城里各大书店也立刻空空荡荡,除了马克思、列宁、毛泽东一类红色圣经,除了少许充当学习资料的社论选编,其他书籍几近消失。间或有一点例外,比方我买过一本关于海南岛青年创业的小说,但总是读不进去,一时不知是何原因。

一九六七年秋,停课仍在继续,漫长的假期似无尽头。但收枪令已下达,革命略有降温,校图书馆立刻出现了偷盗大案:一个墙洞骇然触目。管理图书的老师慌了,与红卫兵组织紧急商议,设法把藏书转移至易于保护的初中部教学楼顶层,再加上铁栅钢门,以免毒草再次外泄。不过外寇易御家贼难防,很多红卫兵在搬书时左翻右看,已有些神色诡异,互相之间挤眉弄眼。后来我到学校去,又发现他们的话题日渐陌生,关于列宾的画,关于舒伯特的音乐,关于什么什么小说……这是怎么回事?你们在说些什么?

如果你是外人,肯定会遭遇支吾搪塞,被满脸坏笑的他们瞒过去。好在我算是自家人,有权分享共同的快乐。在多番警告并确认我不会泄密或叛变之后,他们终于把我引向"胡志明小道"——他们秘密开拓的一条贼道。我们开锁后进入大楼某间教室,用桌椅搭成阶梯,拿出对付双杠的技能,憋气缩腹,引身向上,便进入了天花板上面的黑暗。我们借瓦缝里透出的微光,步步踩住横梁,以免自己一时失足踩透天花板,噗嗵一声栽下楼去。在估计越过铁栅钢门之后,我们就进入临时书库的上方了,就可以看见一洞口:往下一探头,哇,茫茫书海,凝固着五颜六色的书浪。

这时候往下一跳即可。书籍垒至半墙高,足以成为柔软的落地保护装置。

我们头顶着蛛网或积尘,在书浪里走得东倒西歪,每一脚都可能踩着经典和大师。我们在这里坐着读,跪着读,躺着看,趴着读,睡一会儿再读,聊一会儿再读,打几个滚再读,甚至读得头晕,读出傻笑和无端的叫骂。有时尿急,懒人为了省下一趟攀爬,解开裤子就在墙角无聊,不知给哪些杰作留下了污迹。

我说过，作为初中生，我读书毫无品位，有时掘一书坑不过是为了找一本《十万个为什么》。青春寄语，趣味数学，晶体管收音机，抗日游击队故事，顶多再加上一本青年必读的《卓娅与舒拉》，基本上构成了我的阅读和收藏，因此我每次用书包带出的书，总是受到某些大同学取笑。我并不知道他们笑什么。当然，多年以后我读到海明威的《再见了武器》、雨果的《九三年》以及泰戈尔的《飞鸟集》，觉得有些眼熟，才依稀想起初中部大楼的暗道——只是当时不知自己读了什么，对书名和作者也从无用心。

一个没有考试、没有课程规限、没有任何费用成本的阅读自由不期而至，以至当时每个学生寝室里都有成堆禁书。你从这些书的馆藏印章不难辨出，他们越干越猖狂，越干越熟练，窃书的目标渐渐明晰，窃书的范围正逐步扩展，已经祸及一墙之隔的省社会科学院图书馆、距此不算太远的省医学院图书馆等。多年以后，我一位姓贺的同学积习不改，甚至带着一把铁钳和两个麻袋，闯入省城最大图书馆的禁区，在那里窃取了据说价值上万美元的进口画册——他当时正在自修美术。他的行为败露，被警方以盗窃罪起诉，获刑一年，监外执行。

比较有意思的是，他走出法庭的时候，一位老法官对他竟笑眯眯的，私下里感叹：我那儿子要是像你这样爱书，我也就放心了呵！

老法官的私语其实是另一种宣判，隐秘的民意宣判。

这就是说，哪怕在大批知识分子沦为惊弓之鸟的时代，知识仍被很多人暗暗地惦记和尊敬，一个偷书贼的服刑其实不无光荣。

这与后来的情况很不一样。贺某多年后肯定遇到过这种场景:书店里已经五光十色应有尽有了,各种有关理财、厚黑、权势、时装、色欲、命相的烂书铺天盖地持续热销,而他当年渴求的经典反而门前冷落。如果他对这种情况大为奇怪,如果他还把经典太当回事(爷们当年就是为这个坐的牢),还很可能被当今的购书者们白眼:神经病吧? 吃错了药吧?

抢书

抄家之风激荡于一九六六年夏。最早的元老级红卫兵身穿黄军装,佩戴红袖章,有的还挥舞着凶狠的皮带,一旦在街上呼啸而过,总是吓得路人胆颤心惊。他们冲进一些涉嫌敌对者的住宅,一般未抄出什么反革命罪证,只是抄走手表、字画、皮大衣之类奢侈品。把大批“毒草”书刊当众焚烧,常常是他们抄家之后的革命宣示和祝捷庆典。

到第二年,该打击的敌人都打击了,抄家所闻不多。即便要抄家,大多发生在对立群众派别之间,带有一种派争泄愤的性质了。我也参加过这种恶行。一次是夜里去另一所中学,刚摸黑上楼,就听到有泼水声。不过那不是水,片刻之后就有人惨叫:“盐酸! 盐酸! 我要破相啦——”吓得大家从楼道一拥而下,手忙脚乱地狂找水龙头,为这位同学清洗脸上和衣领里的可怕液体。接下来,楼下楼上对骂,还有扔手榴弹一类威胁,但最终不了了之。

另一次抄家也不太顺。目标是两个本校老师,因为他们不但戴着资产阶级的眼镜片,而且胆敢支持我们的对立派学生,成立一“黑鬼战团”前来叫阵,是可忍孰不可忍,须严厉打击。不过,这两位老师家贫如洗,简陋平房里的煤炉子和锅碗瓢盆实在引不起我们的兴趣。两位师母又哭又闹的,其中一位说倒地就倒地,抡着砖块要自残,吓得我们只能草草收场。

我们仅仅抄走了一些书。唐诗宋词三国红楼什么的很快被大同学瓜分,留给我一本黑格尔的《小逻辑》,让我如读天书,大为扫兴。不过战利品中有一大叠草稿,包括童话、游记、英文诗歌、自传小说——大概这些都经过作者的自我审查,看上去不犯忌,才被保存下来。这算是我第一次看到手迹本文学,不免十分好奇,一扎进去就读了三四天。后来,几位同学把这位作者抓来再审,要他老实交代自己的历史污点,其实是把他的小说读得不过瘾,想更多知道日美太平洋战争的真相。这作者是位南洋华侨,当过美军翻译,一见我们的模样就知道挠到哪里是痒处。虽然他也用了“万恶的美帝国主义”一类词语,但履历交代简直就是开故事会,一章接一章绘声绘色,让他自己好好地陶醉了一把往事。说到美军的巧克力和牛肉罐头,还馋得我们吞口水。

“你们连枪都不会擦还拿什么打仗? 不是胡闹么?”说得兴起,他抱臂耸肩,好像成了我们的教官。

我们也忘记了生气,忘记了拍桌子。

没有想到的是,螳螂捕蝉黄雀在后,就在这事发生后不久,我自己的家也被抄了,气得老妈又哭又骂的。抄家者是我哥学校里的对立派,意在对我哥施以惩罚。两颗手榴弹由我窝藏,现在成为我哥对抗交枪令的罪证,有关“油炸”“火烧”的大标语刷在最热闹的街市。这其实还只是小损失。最可恶的是他们抄走了我的篮球和书——都是这一段时间我精心挑选私留的几十件精品。其中包括鲁迅、巴金、叶圣陶、高尔基、莫泊桑、海明威、托尔斯泰的小说，还有《革命烈士诗抄》和《红旗飘飘》文丛等红色读物。我去街上看过大字报，发现那些欢呼胜利的抄家者根本不提这些书，一定是暗中私分了。

可耻呀可耻！我简直欲哭无泪。

多少年后，我哥与他的对立派早已和解，有次老同学来家聚会让我撞上了。其中有些人认识我，笑着向我打招呼。我本应该对这些大哥大姐表现出礼貌，但一想到他们中间某些人曾夺我所爱，气就不打一处来，终于拉长一张脸扬长而去。我估计他们肯定忘记那件事，肯定觉得我的无礼十分奇怪。

换书

那时中国大陆人都穷，学生们尤其囊中羞涩，习惯于打补丁的衣服，习惯于用推剪互相理发和收集些废瓶子卖钱。虽处无政府状态，学校食堂服务却大体如常。“豆腐脑，萝卜干，吃得眼睛往上翻”——这就是大家敲打饭盆排队时的欢呼，是对幸福的回忆和向往。

尽管穷，时尚却并不缺乏，与时尚相关的商品交易也十分活跃，只是这种交易大多采取物物相易的方式，不经过现金的环节。比如毛主席像章一时走红，各种新款像章必受追捧，那么一个瓷质大像章，可换五六个铝质小像章。一个碗口大的合金钢像章，可换三四个瓷质像章或竹质像章。过了一段，像章热减退，男生对军品更有兴趣，于是一顶八成新军帽可换十几个像章，一件带四个口袋的军衣可换两三本邮票集。再过一段，上海产的回力牌球鞋成了时尚新宠，尤其是白色回力几成极品，至少能换一台三极管收音机外加军裤一条，或者是换双面胶乒乓球拍一对再加高射机枪弹壳若干。

黑市交换很复杂，价值权衡全凭感觉和谈判，所以一旦读书潮暗涌，图书也可入场交换，比如一套《水浒传》可换十个像章或者一条军皮带。俄国油画精品集或舒伯特小提琴练习曲的价位更高，手里只捏着子弹壳或像章的人根本不敢问津。有一次，高二某同学徐某不知从哪里弄来一本《赫鲁晓夫主义》，作者据我后来回想也算不上什么名角。书的内容无非是揭示了一些苏共内幕，包括列宁与斯大林的吵架，贝利亚的残酷和阴狠，朱可夫元帅对赫鲁晓夫的勤王之功，还有"匈牙利事件"中纳吉的两头受气……但这一切在当时也属异端，属稀缺信息，足以让中学生读得眼睛大睁呼吸急促。好几天，它成了大家热议的话题，更成了频频换手的接力棒——好多人都等着这本秘籍。

我运气非常不好。秘籍刚传到手上，还没读完就不翼而飞，不知是哪个王八蛋暗下手脚，说不定拿它去换回力鞋了。这当然是我的重大失误。书的主人急得差点要撞墙，几乎每天都用惨白的脸堵住我，痛苦得把脑袋摇来摇去：求求你，你得去找找呵。我是从军区一个朋友那里借的，搞不好要出人命的呵。

我到哪里去找？把自己卖了也赔不出吧？

我提出赔他一本巴金的《家》，他不要；赔他《安徒生童话集》，他也不要;赔三大本邮票,他还是不要。百般无奈之下,我只好把一只手表戴在他手上,暂时安抚他痛苦的心。

这只旧手表算是我最大的资本,来自另一位同学——当时他看中我的收音机,说什么也要强买强卖。我自知不是个称职的“换客”,也许这生意做下去,七换八换之后就会赤条条走人,那么让同学暂时保管资本,也许不失为安全之策。直到毕业下乡前夕,手表保管者因病得以留城,看到大家要远行下乡,抱着这个那个哭得眼泪哗哗。我心一酸,也哇哇哭起来,一激动就宣布以手表相赠。他当然吃了一惊,说了些表示惊讶、表示推让、表示万万不可的话,但我不想欠下人情——再说,身外之物岂能与崇高的江湖义气相比?一块手表对于我这个农民来说又有何用?

虽然事后略有后悔,但我那一刻确实很壮烈。

下乡后,收到秘籍主人几次热情的来信。大概觉得这笔交易令人不安,他捎来一双新军鞋,算是聊作弥补。

说书

我插队在一公社茶场。这里有一百多号知青,一百多号本地农民,分三个工区六个队,负责六千多亩茶园和少许稻田。在地上劳动的时候,尤其聚在树下或坡下工休的时候,聊天就是解闷的主要方法。农民把讲故事称为“讲白话”,一旦喝过了茶,抽燃了旱烟,就会叫嚷:来点白话吧,来点白话吧。

农民讲的多是乡村戏曲里的故事,还有各种不知来处的传说,包括下流笑话。等他们歇嘴了,知青也会应邀出场,比方我就讲过日本著名女间谍川岛芳子的故事,是从我哥那里听来的,颇受大家欢迎。

黄某不是我的同学,是他留城的姐姐托付给同学带下乡的。他个头小,平时不大言语,只喜欢拉拉小提琴,不过肚子里还真有料,话匣子一打开都是我们闻所未闻之事。鲁仲连义不帝秦,信陵君窃符救赵,孟尝君受教冯谖,当然还少不了吕不韦阳具奇伟和宣太后私通大臣之类黄料……我多年以后才知道,这些大多来自《战国策》和《史记》,不知黄某什么时候读在眼里,记在心头。

易某最喜欢讲战争史,每讲到将领必强调军衔,每讲到武器必注明型号,显示出惊人的记忆力,俨然是个军事行家。我就是从他嘴里得知二战期间的斯大林格勒战役,诺曼底登陆战役,隆梅尔的北非战役,以及德国的容克 52 和美国的 M2。多年以后我发现,他肯定读过《朱可夫回忆录》《第三帝国的兴亡》一类的书,只是他的记忆有偏向,对军衔和型号记得太多,把重要情节反错漏不少,比如常把英国混同美国,对兵员数和钢产量也多是信口胡编。

这些闲聊类似于说书,其实是中国老百姓几千年来重要的文明传播方式。在无书可读的时候(如“文革”),有书难读的时候(如文盲太多),口口相传庶几乎是一种民间化弥补,一种上学读书的替代。以至很多乡下农民只要稍稍用心,东听一点西听一点,都不难粗通汉史、唐史以及明史,对各种圣道或谋略也毫不陌生。其实这何尝不是一种坚实的文化?有一次,说起两敌对大国之间的微笑外交,一位在我身旁的老农突然插嘴:“有什么好说的?诸葛亮气死了周瑜,还要去吊香么!”我听得一蒙,发现自己把形势和国策摊上一堆，其实哪比得上他一句话这么简洁和通透？

像农民一样，知青中还有些故事王，相当于口头图书馆。邻近的某公社就有这么一位。据那里的知青说，此人脑袋有点歪，外号“六点过五分”，平时特别懒，既不愿意挑粪种菜，也不高兴劈柴做饭，一个黑油光光的枕套竟可枕上一年。每次央求女知青代洗衣服，就以讲故事为回报。凭着他过目不忘的奇能、绘声绘色的鬼才，每次都能让听者如醉如痴意犹未尽而且甘受物质剥削。这样的交换多了，他发现了自己一张嘴的巨大价值，只要拿出故事这种强势货币，他就可以比别人多吃肉，比别人多睡觉，还能随意享用他人的牙膏、肥皂、酱油、香烟以及套鞋。这样的日子太爽。一度流行的民间传说《梅花党》《一只绣花鞋》曾由他添油加醋。更为奇货可居的是福尔摩斯探案、凡尔纳科幻故事、大仲马《基督山伯爵》、莎士比亚《王子复仇记》，都是他腐败下去的特权。

他逐渐练就成一方名嘴，走到哪里都被知青们迎来送往。尤其是农闲时节，大家寂寞难耐，经常备上好菜排着队去请他，把他当成了快乐大本营。作为一个资本家子弟，他歪支着脑袋，没赚多少工分，居然俘虏一出身干部家庭的漂亮女友，大概也不那么难以理解。

我有幸在县城见过他一面。几个朋友在饭店里以肉丝面相贿赂，央求他讲上一段。他说的是一苏联红军女兵押送一白军军官，两人在路途中居然放电，产生了危险的爱情，不料最后白军的船舰出现，后者本能地向舰船狂跑求救，前者的红军意识突然苏醒，那叫一个慌呵，想也没想就举起了枪……故事大王此时已吃完了，叭的一声枪响，他捂住自己胸口，缓缓地做旋体状，目光忧郁地投向厨房和碗柜，伸在空中的手痛苦地痉挛着，痉挛着。

“玛——沙！”他很男性地大喊了一声。

“我的蓝眼睛，蓝眼睛呵——”他又模拟出女人的哭泣。

太动人了！我们听得心情沉重感慨万千。直到多少年后我才知道，他那次讲的是苏联小说《第四十一个》，所谓表现人性论的代表之作。

护书

在我的同队插友中，张某好诗词，带来了《唐诗三百首》。贺某想当画家，带来了石涛、林风眠、关山月以及米开朗基罗的画册。我是造反习气未脱，带来了《联共（布）党史》《马克思恩格斯选集》一类，大家互通有无交换着看。不要多久，交换范围又扩大到其他队，一直交换到很多书没有封皮或脱页散线的地步。

根据最高领袖的指示，知青下乡是接受“再教育”的，在农民面前得夹起尾巴做人。茶场有一党支部副书记，自觉责任重大，成天黑着一张脸骂人，晚上还到处巡查，查到知青房间里有声响就隔窗偷听，看是否有人说反动话，是否有人收听敌台。据说有一次某知青听收音机，听着听着睡了过去。副书记不知情，竟把播音一直偷听到后半夜，冻得自己第二天咳嗽不已。

他也经常检查知青们读什么。好在他文化水平不高，在辨别读物方面力不从心。有一次他看见法捷耶夫的《毁灭》，先问“毁”是什么字，问明白了再一举诛心：我们现在都在搞建设，你怎么成天搞毁灭？你想毁灭什么？

我急忙辩解："毛主席都说这本书好。"

见他狐疑，便翻出《毛泽东选集》中的白纸黑字，这才让他悻悻地走了。

另一次，他冲着马克思的图片皱起眉头："资本家吧？开什么铺子的？"

"亏你还是共产党员，连老祖宗都不认识了？"我抓住机会再将一军，使他脸上有点挂不住，只假装没听见，去找什么锄头。

有了这样一些经验，知青们发现乡下干部其实不难对付。一段时间里，有些女知青喜欢唱"卖国"电影《清宫秘史》里的插曲，比较粉色和小资的那种，被干部们询问唱什么，就说革命京剧样板戏呵。干部们不懂京剧，居然信以为真。有些知青传看司汤达的小说《红与黑》，被干部们询问看什么，就说是看两条路线斗争史，还说作者是马克思他舅。干部们不知马克思的舅和姨，也就马虎带过。

农村当然也兴阶级斗争，只因为干部们大多缺少文墨，文化封禁较难落实。即便在城市，禁区也是有缝隙、有缺口、有偷越暗道的，爱书人稍动心思其实不难找到自保手段。比如《毁灭》《水浒》，以及李贺、曹操这一类是领袖赞扬过的，可翻书为证，谁敢说禁？孙中山的大画像还立在天安门广场，谁敢说他的文章不行？德国哲学、英国政治经济学、法国社会主义一直被视为马克思主义三大来源，稍经忽悠差不多就是马克思主义，你敢不给它们开绿灯？再加上"古为今用"、"洋为中用"、"有比较才有鉴别"、"充分利用反面教材”一类毛式教导耳熟能详，等于给破禁发放了暧昧的许可证，让一切读书人有了可乘之机。中外古典文学就不用说了。哪怕疑点明显的爱情小说和颓废小说，哪怕最有理由查禁的希特勒、周作人以及蒋介石，只要当事人在书皮上写上“大毒草供批判”字样，大体上都可以堂而皇之地收藏和流转。

我还读过一种油印小册子，不记得是哪个红卫兵组织印的，也不知他们印书的目的何在。小册子照例醒目地印有“大毒草供批判”的安全标识，正题是《新阶级》，作者为德热拉斯（后译为吉拉斯），一位被西方世界广为喝彩的南斯拉夫改革理论家。当上世纪八十年代末一位美国人向我推荐此书时，我的回答曾让他一怔。

我说，我知道这本书，我二十年前就读过。

他还是斜盯着我。

我无法让他相信这一点，当然也没必要让他相信。

我记得自己就是在茶场里读到油印小册子的，是两位外地来访的知青留下了它。我诈称腹痛，躲避出工，窝在蚊帐里探访东欧，如听到门外有脚步声便要装出一些呻吟。这是知青们逃工的常用手法。不过既是病人就不能快步，不能歌唱，更不能吃饭，以便让病态无懈可击。副书记一到开饭时就会站在食堂门口盯着，直到确认你没有去打饭，也没人代你打饭，才会克制一下揭穿伪装的斗志。不吃饭那就是真病了，这是农民们的共识。

这样，对于我的很多伙伴们来说，东欧的自由主义以及各种中外文化成果，都常常透出饥饿者的晕眩。

教书

“文革”一般被认为结束于一九七六年。其实这个分期过于笼统。对于很多“文革”中的学子来说，“文革”在一九六八年就黯然落幕，其标志是以“革委会”为代表的政权管制全面恢复，还有民众造反权利的重新取消，包括红卫兵的出局。新的各级政权里虽然都有几个群众代表，但一般来说只是摆设了。

有些学生对官员主政已不习惯。想当年，大串联，逛全国，想斗谁就斗谁，想玩啥就玩啥，老子的队伍才开张，戴上袖章就是时代骄子，挂上盒子炮就是社会主人，这样的好日子怎么说没就没有了？生活怎么就只剩下哎哎哟哟的抡锄头出黑汗？他们愤愤不已，只是还残存几分领袖崇拜，那么与其承认自己出局，承认自己作废和可怜，不如把出局想象成重大战略的一步棋，想象成更伟大进军之前的迂回和潜伏，给自己继续蒙上意义的金色光辉。

我就是在这时结识了外校的一些知青，一伙是下靖县的，一伙是下沅江县的，都是些牛气冲天的幻想家，开口就是印度支那战争和法国红五月的那种，是忧心三十年后中国怎么办的那种。我们在春节回城时相聚，一家串一家，越串朋友越多，越串志向越大，分手前少不了要合唱一首《国际歌》。他们都比我年龄大，读的书也多，很得我的信任和仰慕，因此听说他们都在乡村办了农民夜校，我也立即回茶场办一所，决心配合友军行动，用革命思想改造可怜的乡村。

教材只能自费油印，由我和几个朋友编写，大体上以识字为纲，串起一些地理、历史、农科以及革命的小知识。《老乡上学歌》之类打油诗穿插其中，力图使课本更为活泼。这样的夜校一开张，干部们以为我们热心扫盲，吻合他们的工作任务，还十分高兴地支持。对我从无好脸色的副书记甚至破天荒把我表扬了两句。

不料事情并不顺利。农民学员对识字还有些兴趣，青年农民对天南海北的趣闻也津津有味，但要让他们理解列宁和孟什维克，明白巴黎公社有别于我们自己所在的天井公社，费力气实在太大。

"巴黎公社？在哪个县？怎么没听说过？"

"巴黎公社的人不插田吗？不打禾吗？那他们都是吃返销粮的？"

"我只听戴书记说过要学大寨，没听说过要学巴黎呵！"

真是让人出汗。想当年红军在乡村建立苏维埃，还教官兵们学唱换调变阶的《马赛曲》，不知道是否要出更多的汗。

他们对无产阶级光荣这种鬼话也决不相信。无产阶级？不就是穷得卵都没一根么？要是无产阶级光荣，那婆娘们不都光荣了？他们粗俗地大笑，然后对地球是圆的这一真理也嗤之以鼻：怎么是圆的？明明是平的么！我走到湘阴县白马湖（一个在他们看来已经是很远的地方），怎么没看见摔下去呢？怎么没看见湘阴人两脚朝天呢？……到最后，他们质问我们为什么不教他们打算盘，不教他们做对联和做祭文，哪怕教教他们治鸡瘟也好呵。

这样，他们想学的我不懂，我懂的他们不要。多少年后，我看见有些大学生志愿者受非政府组织（NGO）所派，来到尚缺温饱的贫困乡村，分发女权或环保的资料，热情万丈地教几句英语，教一两首英文歌，把娃娃们搞得迷迷瞪瞪，就觉得他们身上也有我当年的影子。一代代的文明救主，看来都不大考虑鸡瘟之类俗事。

夜校因为我的莽撞而夭折。事情是这样：为了“学巴黎”，我纠集两个青年学员，其实是脑子比较呆的两位，共同写了一张大字报，炮轰场民兵营长王某，打算先拍下一只小苍蝇再说。大字报指责他经常躲避劳动，开小灶暗揩集体的油，实在太资产阶级。没想到的是，副书记对大字报似乎暗喜，至少没对我说什么，倒是原来对知青们较为宽厚的正书记大为光火——原来他是王某的同村人，近期还成了王某的入党介绍人，见我往肉汤里拉屎，见某些干部隔岸观火，恨不得一口把我吃了。他怒气冲冲一把撕了大字报，站在地坪里开骂：“搞什么突然袭击？还拉拢贫下中农来搞派性？告诉你们，蛆婆子拱不翻磨子，党的领导是铁打的！”

周围两排宿舍鸦雀无声，谁都不敢说话。

“什么夜校？鬼叫吧？”

本地人把校也发音为“叫”。

第二天入夜，我来到“夜叫”，发现我的预感果然被证实：一个学员也没来，几排条凳冷冷清清。连我的那两位共犯，从书记房间出来以后也慌慌张张，再也不同我说话，更不会喊我“老师”了。我原来准备好的第二期课本和第三期课本，都只能成为废纸了。

我发现自己确实是一只蛆婆子，连树叶也拱不翻的蛆婆子。但认识到这一点，对我后来读懂一些书倒是大有助益。

［补记：一九七二年春，我从茶场转到某大队落户，遇到有

学校老师休产假什么的，也被叫去临时代课。我此时再无启蒙壮志，革命意志衰退，只是同娃娃们瞎混，算是赚一点轻松的工分。谁效忠，我就在黑板上画鲜花或者红旗（给女娃），坦克或者飞机（给男娃），下面写出相应的象征性领奖者。谁调皮，我在黑板另一边画丑八怪，下面标出他的名字，说不定还狠狠加刑：咔嚓——画一手枪瞄准之，或哗啦——画一粪瓢逼近之。这种奖罚分明的朝廷王法，让子民们兴奋莫名，下了课还围着我尖叫。我哪给他们正经上过课？几乎所有课都成了涂鸦和胡扯。但后来有一次在路上遇到茶场那位书记，竟得到他的微笑："你是个聪明人，现在总算走正路了，搞教育革命的鬼点子还蛮多。"

他说，我班上有一娃就是他的外甥，最喜欢新老师了，再也不逃学了，这些天一放下饭碗就往学校里跑。

是吗？我不知道自己是否应该高兴一下。]

抄书

榜样的力量是无穷的。高一级有一美男，工人子弟，篮球打得好，毛笔字写得好，又有浑厚男中音，在早晨的树林里呵的一声开诵，立刻晕了一大片女生。红卫兵们爱诗热潮由此而起。郭小川的《青纱帐/甘蔗林》、贺敬之的《三门峡/梳妆台》、普希金的《致大海》等，立刻成为被大家争相传抄的朗诵文本，成为昼夜里此起彼伏的男声和女声，包括有些人对舌头痛苦的折磨。

当时大家几乎都有一两本手抄诗。下乡后，诗心在劳累中渐失，娱乐只剩下夜晚唱歌这种自我播音，于是抄歌的还是不少。苏俄的、美国的、拉美的、欧洲的、南亚的、日本和越南的，加上中国少数民族的歌曲，尤得很多女知青的青睐，几乎也是人手一册。多少年后，凡老知青们聚会，只要《三套车》《老人河》《流浪者之歌》一类音乐响起，中老年们差不多个个能唱。这种当年地下歌潮所留的余习，这种无组织、无领导、无纲领的全国性音乐认同，与学历教育倒是毫无关系。

一些知青做着文学梦或科学梦，当然更有抄书习惯。我在县城里结识黄某，后来当上编剧的一位，发现他抄录了几大本古文，深受震动和启发，回乡下后也如法炮制，每借来一书，便择优辑抄，很快就有了厚厚几本，以弥补书藏的短缺，以备今后温习。好几个早上起来，我的面目被人取笑，原来是柴油灯的烟太多，晚上抄书时靠灯太近了，太久了，鼻息吸引油烟，就会熏出个黑鼻子和黑花脸。知青点的朋友们也经常帮我，比如发现废品站有什么旧书刊，发现商店里有包装货品的旧报纸，就会留心多看一眼，把有用的纸片带回来给我。

九十年代末我在美国参加一会议，发现身旁一学者有动笔的癖好，倒也不是做会议笔记，只是笔头不闲，在会议材料的反面或空白处胡写，有时默写古体诗，有时默写洋文句子，有时甚至把会标之类抄上多遍。我心生奇怪，后来问及此事。他想了想，说是吗？又想了想，说他可能是写惯了，尤其是当知青时抄书太多，以至到如今差不多一摸笔就手痒。据他说，他曾赴江西省插队，在乡下抄满过近百本笔记本，几乎抄出了一个图书馆。因为一件“反革命团伙”案，他坐牢两年多，但他在监房里还把毛泽东选集英文版抄了三遍。他学英文的另一办法是，找一本词典，每天背下一页，就撕去这一页，待整本书撕完，英文也就咽下一肚子。

他是“文革”后最早出国的数万留学生之一，很快成为经济学界一颗新星。在普遍的国外舆论看来，八十年代初陆续出国的这一大批总体素质最佳，不仅谦逊和刻苦，而且学养不俗。其中很多人都是越过本科直升硕博。类似的情况是，在很多高校老师看来，“文革”后最早的上百万大学生，特别是文科生，总体素质也首屈一指。用有些老师的话来说，能遇上这几届可谓人生之幸。这里当然有比例不同的原因，比如从十年积累的考生总量中择优，与一般招考没有可比性。但即使不这样比，这是否也能显现出十年并非一张白纸？“断层”、“垮掉”一类概念是否用得过于笼统？

凭借手抄书一类手段，知识传薪其实一直明断而暗续、名亡而实存。如果真是“垮掉”和“断层”，数以百万计的好学生后来是从天上掉下来的？

“垮掉”、“断层”最为活跃和承重的“文革”以后三十年，为何反而爆发出了中国最强劲的经济成长？

现在，我的一些手抄书早已不知所往。随着出版的开放与繁荣，我的书橱也越来越多，盛满了太多精美而堂皇的套书，不需要我再在油灯下熏黑鼻子。但有时候我会不无惶惑，似乎书已经多得坏了我的胃口，让我无所适从。又觉得新书像富人的宾客，旧书像穷人的朋友，我在太多宾客面前反而有些孤独。

有人说过：借书读时读得最多，买书读时读得稍少，有机构发书读或赠书给你读时，反而读得最少。这里还可加上一问——抄书读的时候呢？

与一般的读书相比，抄书自有其优点：

一）三读不如一抄，抄一遍有利于增强记忆；

二）抄书是个细活，能迫使你聚精会神细嚼慢咽地读；

三）抄书很辛劳，抄者对这种书总是更珍惜，于是有可能复读得更多；

四）抄书一般只能是摘抄，而摘选需要你去粗取精，因此有利于总揽全局抓住重点，读出某种主动性和超越性；

……

当然，这种手工活毕竟太耗时间，毕竟不足以抵消严重的短缺。在一个信息速生和知识高产的时代，急匆匆的现代人还可能抄书么？

骗书

"灰皮书"、"黄皮书"、"白皮书"等统称"皮书"。这是指中国上世纪六十年代至八十年代的一大批"内部"读物，供中上层干部和知识人在对敌斗争中知己知彼，因此所含两百多种多是非共或反共的作品。如社科类书目里的考茨基、伯恩施坦、托洛茨基、铁托、斯大林的女儿等都是知名异端。哈耶克《通向奴役之路》也赫然其中。至于文学方面，《麦田里的守望者》（塞林格）、《在路上》（凯鲁亚克）、《厌恶》（萨特）、《局外人》（加缪）、《解冻》（爱伦堡）、《伊凡·杰尼索维奇的一天》（索尔仁尼琴）、《白轮船》（艾特玛托夫)、《白比姆黑耳朵》(特罗耶波尔斯基)等,即使放到百年以后,恐怕也堪称经典。

经过一段停顿,一九七二年"皮书"恢复出版,虽限于"内部",但经各种渠道流散,已无"内部"可言。加上公开上市的《落角》《多雪的冬天》《你到底要什么》一类,还有《摘译》自然版和社科版两种杂志对最新西方文化资料的介绍,爱书人都突然有点应接不暇。春暖的气息在全社会悄悄弥漫,进一步开放看来只是迟早问题。如果说一九六八意味着秩序的基本恢复,那么一九七二是否意味着文化的前期回潮?这是一种调整还是背叛?是"文革"被迫后撤还是"文革"更为自信?

从后来众多当事人的回忆来看,他们青春岁月里都有"皮书"的影子。一些观察者还把"皮书"与后来的四五天安门事件直接联系,与我的感觉大体相通。

书店里重新有了活气。我认识的省内各位老作家和老编辑,也在这时陆续离开乡村或干校,回到城里操持旧业。他们恢复了两个文学期刊,从来稿中发现我,几次让我来省城开会,于是提供了更多求学机会。当时省城最大的两家书店都有"内部图书部",一般设在二楼偏僻处,购书者需亮出相当级别的介绍信方可进入。不过这种管理措施实嫌粗糙,一纸介绍信算什么?用蜡纸和钢板成功伪造过印章的学生娃,伪造过大串联证明、肉票、火车票以及病历的家伙,还能被一张介绍信难倒?这一天,我和朋友用草酸溶液把一张旧介绍信的字迹退掉,再烤干纸片,小心执笔,填上购书内容。

我们须穿得像样一点，比方借一件军大衣(内部么，干部么，不能衣冠不整)，还约定到时候不能过于急切(公差么，让人提不起精神)。有关台词也设计好，到时候一个要催促，表示出对购书毫无兴趣；另一个要表示为难，似乎职责所系，不得不公事公办。如此等等。

照看“内部”书的是一大妈，果然没看出什么破绽。看我们爱买不买的样子，反而有了推销的热心，表现出当时少见的业绩意识。

“这本书很反动的，很多人都来买的。”她拿出一本我忘了书名的书，舍不得我们离开，“你们不拿去批判批判？”

“真的有那么反动？”

“我还会骗你？我都看了，里面有爱情！”

“首长说了，爱情就算了，我们主要任务是批判帝国主义和修正主义。”

“生活作风也要抓呵。你没看见现在有些年轻人不学好样，骑一辆自行车油头粉面的，我看了就恶心！”

我们终于被说服，给一个面子，买下了这一本。对方很高兴，见没什么再能吸引我们，便说仓库里还有些旧书，不属于“内部”，是否要去看看？这样，我们跟着她来到仓库，穿行于架上、桌上、地上的各种书堆，在浓浓灰土味中又挑了一些。大妈给这些书打包的时候，有一种眉开眼笑的成就感。

当然，诈骗犯也不是次次得手。有两知青曾因伪造借书证败露，被挂上大牌子，在省图书馆门前整整示众一天。另一次，一知青朋友被捕。我不知道出了什么事，不知道这家伙在警察面前能否扛得住，急忙做好应变准备，包括把家里所有“内部”书清出来转移，怕万一被发现，扯出藤藤蔓蔓，多出一条罪名。几个月后嫌犯回到家里，原来他是卷入一桩销赃案，只需要退赃款交罚款，倒也有惊无险。我这才去取回自己的书。不料替我临时保管书的那位脑子里进水，一直没把这些书当回事，听任来客东一本西一本地拿走了大半，事后又不记得来客是哪些人。

我悲愤莫名，恨不得同这个饭桶大打一架。

醉书

朱某是一工人，写过很多诗，但从不参加官方支持的工人写作组，只是把纸片拿给三两密友看看，看过就撕碎，觉得这才是诗歌的正常结局，是保证写作纯洁性的必需。他从无存稿，不允许朋友为之传播，所以我无法引用他的作品。我只记得他的诗句总是别出一格，让人惊悚和伤心，而且脑子里乱套，好几天里对任何生活细节都警惕兮兮，差不多是一只受惊老鼠。波德莱尔、艾略特、庞得……是他经常提到的名字，就像后来一些知名诗人那样。因此，我总觉得诗坛里还应有一个名字，但这个名字最终当老板去了，遇到我时也不再谈诗，只谈股票的走势。

胡某也是一工人，有自己单独的书房，还经常向我偷偷提供“内部”书——这因为他父亲是官员，后来还进京出任要职。我在乡下时，他常常写来超重的信，用美学体系把我折磨得头大。休谟、康德、尼采、克罗齐、别林斯基、普列汉诺夫……天知道他读过多少书，因此无论你说一个什么观点，他几乎都可以立刻指出这个观点谁说在先，谁援引过，谁修正过，谁反对过，谁误解过，嘀嘀嘟嘟一大堆，发条开动了就必须走到头。因为他成为某电机学院的工农兵学员，我后来与他断了联系。他为什么要改学电机？他那些超重的美学怎么说丢下就丢下了？

那时，老一代知识分子因书惹祸，大多谨言慎行力求自保，倒是一些少不更事的青年可能读得率性和狂放，在社会底层藏龙卧虎兴风作浪。秦某也是这样的书虫。他长得很帅，是我哥朋友的朋友的朋友。一个未遂的地下组党计划，还曾在他们这个跨省的朋友圈里一度酝酿。有一次他坐火车从广州前来游学，我和哥去接站。他下车后对我们点点头，笑一笑，第一句话就是："维特根斯坦的前期和后期大不一样，你说的那本书并不代表他成熟的思想……"这种见面语让我大吃一惊，云里雾里不知所措，但我哥熟门熟路立刻跟进，从维特根斯坦练起，再练到马赫、怀特海、莱布尼兹、测不准原理以及海森堡学派，直到两天后秦某匆匆坐火车回去上班。在这个哲学重灾区的两天里，我根本插不上嘴，只能做些端茶上饭的服务。他们也似乎从不觉得身边有人，只是额头对额头，互相插话和抢话，折腾出各自的浑身臭汗。我的未婚妻来过一趟，送来蔬菜和水果，秦某看都没看一眼。

老妈要我哥拿着空瓶去打酱油，其实是想让儿子歇歇嘴。没料到我哥出门，秦某也跟着出门，似乎不愿浪费一分一秒，不惜把哲学战争一路打向杂货店。

奇怪的是，这位哲学狂人后来金盆洗手而去，听说是结婚了，

离开航运公司了，替朋友去澳洲打理生意去了，相关消息有三没四。就像前面说到的朱某和胡某，他一直未能在新时期知识界喷薄而出——其实他比我见过的某些教授要聪明十倍，完全有这种可能。他卖过血，他妹妹卖过血，以筹集他游学全国的经费，一切似乎都正是为了这一天。

作为我心目中一个个亲切的背影，作为“文革”中勇敢而活跃的各路知识大侠，他们终究在历史上无影无踪，让我常感不平和遗憾。也许有生活难题捉弄了他们？有性格毛病羁绊了他们？也许他们清高得不屑于浮出地表,不屑于在名人圈里对牛弹琴?

事情还可能是这样:在一个没有因特网、电视机、国标舞、游戏卡、MP3、夜总会、麻将桌以及世界杯足球赛的时代,在全国人民着装一片灰蓝的单调与沉闷之中,读书如果不是改变现实的唯一曙光,至少也是很多人最好的逃避,最好的取暖处,最好的精神梦乡。生活之痛只有在读书与思维的醉态下才能缓解。何以解忧,唯有文章,是之谓也。因此,一个物质匮乏的社会,或者说一个危机四伏的社会,反而最可能产生精神渴求;而一个机会密集、利益汹涌以及享乐场所环伺的时代扑来之时,真理的镇痛效应和制幻效应是否会如期减退?醉汉们是否应该及时地清醒还俗?

那么,我应该为他们不再需要镇痛和制幻而欣慰吗?应该为他们在知识苦恋之外找到更多的兴趣、忙碌、实惠以及体面而庆幸吗?

或者我不应该为他们的失踪而欣慰?不应该为我们一具具幸福皮囊下迅速繁殖的平庸而庆幸?

To be or not to be?(是还是不是?)

一代失学者的漫长假期早已结束了。“文革”远退到三十多年前。文明似乎日益尊贵、强盛、优雅、丰饶、金光灿烂。但对于很多人来说,读书其实是越来越难——如果这些书同文凭和实利无关。一颗颗灵魂在舒适而惬意地入睡,不需刺耳声音的惊扰。正如一研究生曾三番五次地问我:“老师,学文学到底有没有用呵?”我看得出,他一直没在意我此前的解答,不过是想在交出论文之余,再次求证一下他的文凭到底能否升值,能否给他带来一百万或两百万，能否让他过上出人头地的好日子。我终于沉不住气："我容许你把这个问题问一遍，问两遍，问三遍，但不容许你问第四遍！"我甚至扭头就走，回头再补一句："如果你并不爱文学，现在改行还来得及！如果你对什么也爱不起来，现在退学也来得及！你其实不必要太亏待自己。"

我肯定把他吓坏了。

对不起，我忘记了他并非圣徒，只是一个娃娃。从他所处的康乐时代来说，从他眼下远离灾难、战争、贫困、屈辱的基本事实来看，他确实没有太多理由热爱文学，那么累心和伤人的东西。

这是他有幸中的不幸。

2008 年 5 月①

---

① 最初发表于 2008 年的《钟山》杂志和境外《今天》杂志。

收水费

我居住河西的时候，所在那一幢住宅楼有四个门道，每一门道五层，每一层左右两户，共计十户人家。每到月底，供水公司的收费员来看一下总水表，给各门道填发收款通知。几天后，待各门道的水费集中了，收费员再来总取。这样，我们这个门道每月得轮出一个经手人，帮供水公司逐户抄表收费。

我也当过经手人。这是我结识邻居的机会，但很长一段时间内，我并不知道他们的名字，在逐月积累下来的一叠收费表上，他们都只有房号，只是房号。比方说，我就是三号。

十号每月的用水量总是大得惊人。大概这一家孩子多，而且全家正轰轰烈烈生产致富，不知从何处接来一大包一大包的旧塑料袋，把它们拆开，洗净，装包，再送到某个工厂去。家里成了小作坊，工业用水的消耗自然非同一般。敲开十号的房门，机器哒哒声和流水哗哗声立即扑打我满脸满怀，使我面肌隐约发麻。应门的常常是一个六七岁的男孩，小圆脸黑乎乎的。户主呢，在堆垒如山的原材料和成品那边，大概手头正沾着活，或者不方便爬过山来，只是从里屋抛出一两句粗粗的嗓音，算是忙者的回礼。小孩显得很懂事，立刻把我引向水表，搬开挡道的鸡笼、脚盆、锄头，还有几大包产品，手脚十分麻利。完成这浩大复杂的工程之后，水表才从卫生间的一角探出头来，你才可以用扬腿劈胯的高难动作，让一只脚越过某个高高障碍，探向湿漉漉的水泥地，让上身尽可能趋近鸡粪味，也趋近水表。“又是十八吨半！”小孩看清了表上的数字，向父亲传报了陪同核查的结果，不再说什么，熟练地找来一支烟和一盒火柴递给我。我不要，他便把烟叼到自己嘴上，笑得天真而淳厚。

八号的用水量总是最小的，小得简直如用香油，没法不让人生疑——他们会不会用破坏水表的手段偷水？八号门外的楼道已被这一家侵占，是一个日益扩张的废旧用品仓库，竹篓、旧铁炉、破竹床、包装木箱或纸盒，钩心斗角地靠墙堆码，如同忆苦思甜的阶级教育展品，把楼道挤得日渐狭窄，只容人们侧身通过——行人免不了常对八号门报以白眼或嘀嘀咕咕。要是扛一辆单车从这儿经过，那就更为难了。稍不小心撞坏了一块藕煤，这家的女人就会拿着藕煤碎块找上门来，罪证确凿，非让你赔偿不可。不过这一家倒不乏革新能力，比如去他们家不用敲门。门旁有一按钮，你按一下，便可听得门内隐约悦耳铃声，后来我听说那是男主人用一台破电子钟改装而成，足见其心灵手巧。待铃声落定，男主人一张脸从门缝里露出来，脸瘦鼻尖，两眼眯缝，直到看清来人，才笑容可掬并且让门缝更为扩展。收费似乎惊动了他全家。几双神形酷似的眼睛齐刷刷在他身后汇集，都警惕地盯着我，如列阵迎战乞丐或窃贼或敌国特使，使我不由自主心怯腿软，进退无措。八号男人一定从我的脸上看到了怀疑，反复说明他家用水少的原因：拖地板用洗过菜的水啦，洗脚用洗过脸的水啦，冲厕所用洗过脚的水啦，再加上家里人口少(?)，再加上他们每个星期天都去岳母家吃住，家里一个月用不了多少水等等。这与那些用磁铁块控制水表的偷水贼岂可同日而语？说实话，我对他的话半信半疑，看他家的水表，黄锈水弥漫在表内，看不大清楚。八号男人说不用看，他已经查过了。墙上贴着一张纸，就详细记载着他历次预先自查的数据，算是对收费工作的紧密配合。

九号住着一对退休老夫妻。老头大半辈子在银行工作，与钱打交道，因此对窃贼最为提防，所以他家的门最难敲开。你不仅要重重敲门，还必须大声呼叫，主人听出来人的声音耳熟，才会来开门的。这一家不仅有防盗铁门，木门上还有铁栓、安全链、大大小小三把锁，组成了立体的钢铁防线，即使主人自己，不大费一番周折也是开不了门的。想那些溜门小偷，对此一定会望而生畏吧？就算是偷得三金两银，也会被麻烦得口吐鲜血吧？老两口对有幸入门的客人都很热情，泡糖茶，递香烟，端上水果。房内别有洞天，打扫得窗明几净一尘不染，几枝月季在客套话的滋润下盛开着触目的嫣红。银行退休干部正在喝中药。说起门，他感慨最多，消息也最灵。他说晚报已经刊载了，哪儿哪儿遭窃，哪儿哪儿被抢，人心不古世风日下，真是不能不防呵，以致他出门时把所有的存折都贴身带着以防万一。他见我也有同感，立刻建议我借收水费的机会，把各家各户串通一下，大家订一个联防轮流值班制度，或者雇请保安人员增岗加哨，他情愿出一份钱。

七号的门上贴着剪纸的大红喜字，自然是一处新婚香巢。小两口不知在哪里工作，每天都早出晚归。我白天敲不开门，只得晚上再去试试。查看水表时，我发现卫生间的水在哗哗哗白流，提醒主人之后，七号男人这才来关了水。他说他没听见水流声，原来厅里乐声大作，又是港台又是欧美又是红军歌曲联唱，立体音响轰击着青春岁月。粉红色的朦胧光雾里，几对青年男女翩翩起舞，另一位女士坐在男友的膝盖上，娇嗔地由对方喂上一颗颗葡萄。在另一间房里，有很多空酒瓶和一堆果皮纸屑，还有大堆黄澄澄的木料，看来主人还准备打制家具，构造更新更美的生活。七号男人留着小胡子，十分豪爽，哗地撕破烟盒，给我递上进口的美国烟，还说要介绍一条"右腿"陪我跳一圈，让我享受一下贴面舞的美味，享受一下熄灯舞的魂销时刻。对于水费，他根本不在意，说算多少都可以，怎么算都可以。一张大钞票塞给我还不让我找还零钱。"你要找钱就是骂人！"他瞪大眼冲着我一个劲地豪爽。

四号则永远宁静，总是紧闭着门。主人姓什么，是干什么的，这里无人知晓。好像这一户只住了一位中年男子，我偶有一次见他弓着背出门去，不知此前他何时潜入自己的房间，真有点神出鬼没。他也不认识任何人，前几天才与我点过头，现在我敲开门，他又问，你是谁？来找谁？我说我是你邻居，来收水费的。他说，收过了怎么又收？我说每个月都要收的。他哦了一声，明白了水费是怎么回事，把我引向电表的方向。我说，水表在卫生间里。他又哦了一声，拍拍自己的脑袋，有点不好意思。从他家的水表可以看出，他用水极少，大概除了喝水，是很少擦地板、洗衣服乃至做饭菜的。屋里空空如也，家徒四壁，确实没什么家具，一个床垫放置墙角便算是床了。地上倒是堆码着很多书，有几本线装书摊开了，书内夹着一些冒出头的纸条。我说下个月该轮到他来收水费了，他吓了一跳，紧张得脸色灰白，说他对数字最糊涂，不能干这种事，他决不收水费也不收电费。我说每家都要轮上的。他想了想，说硬要这样逼他的话，他就让他姐姐来帮忙。在这一个交谈过程中，他始终没有问我姓甚名谁，当然问了也没用，他记不住的。他在这里只是一个若隐若现的传说，一个似有似无的假定，不可能成为任何人真正的邻居。

一号在我家的楼下，在这十户人家中显得最为风光无限。门前的空地被栅栏一隔，就成了他们的私家花园，种上了各种奇花异草，还有盆景假山，揽黄山漓江等南北景象天下名胜于一园。常见一群群陌生人来此干活，用陶砖垫出园中小径，或用水泥灌制成预制构件，再搭出花园旁的偏房。这些人干活很卖力，干完活不吃饭就走，连茶水也不多喝。他们对一号男人"科长"前"科长"后的，常有点头哈腰的讨好之态。科长背着手指点他们干活，也常常踱步小径观赏满园春色。他和蔼可亲，是个公共事务的热心人，好几次发动组织邻居们签名上书市政府，要求在附近增建医院，要求改善自来水的水质，如此等等。他家负有浇灌使命，用水却不算多，全仗一辆市政洒水车定期前来输水。他家水表也维护得最好——曾有陌生人笑盈盈地上门检修，发现有点问题，立即换上新产品，就像维护他家的电饭锅、电视机乃至电源插座。科长一听说这个月各户用水之和又与总水表显示的数量有较大差距,便背着手沉思解决问题的方针和方法。他说一定有人偷水,损害公共利益。很可能是八号搞了鬼名堂,应该对八号进行严肃思想教育。他也常批评七号忘记关水龙头,水顺着楼道哗哗往下淌,虽说是自己付钱,但浪费了国家财产么。年轻人啦,不懂得过日子的甘苦,也不懂得艰苦奋斗的革命传统。见到我来收水费,他不给我递烟,也不准我在他家抽烟,对我的支气管和肺叶关怀备至,甚至背诵抽烟致癌的各种统计数据,一边说还一边清嗓子,似乎数据也很恶毒,他对通过了数据的嗓子必须及时检查清理。

二号处一号之侧,住着颇为拥挤的四代共六七口人,经常爆出婴孩们越来越洪亮的啼哭。当家的人称孟爹,也退休居家,常去钓鱼和打牌。他对身旁一号的动静最为关注,一见我上门,就抢先要查阅一号的用水数量。从近几个月数字的变化,他老谋深算地判断,一号不但装了热水器,这个月肯定又添置了全自动洗衣机。"他家里有钱,有钱呵。他家细细最近进了外贸公司,欢欢也在做大生意。这叫什么?这叫钱找钱,钱结伴。越是有肉吃的人,就越有肉汤泡饭呵……"他这一番评说引出长叹,不知是赞叹还是悲叹。他家的卫生间窗子被木板全部封闭,漆黑一团,白天查看水表也得动用手电筒或划火柴——似乎电灯坏了。我问他们为什么不把电灯修好,孟爹不以为然地说,修它干什么?一不在这里读书,二不在这里记账,那么大个坑,还怕屁眼屙不中么?这就让我无话可说。

最难收来水费的人家该算六号。六号住着一对夫妇，都在剧团工作，离了婚，因为找不到房子，只得暂时“非法同居”于此，已有一年多时间了。男的常常不在家，是否另有新欢外人不得而知。女主人声称他们的财务早已分开，她只能付她的那一半水费，决不给那个臭杂种垫付或代付。数着角票分币的时候，她还气咻咻地说她完全不该付这么多，因为她用水省，总是在剧团洗了澡再回家，哪像那个家伙，出油汗，出黑汗，每天臭烘烘，一双鞋子没几桶水是洗不干净的。要不是她心软，她根本不会给那家伙洗鞋子，让他娘的打赤脚。我说，既然你还为他洗鞋子，是不是还有复婚的可能？她杏眼圆睁：“洗鞋子是洗鞋子，爱情是爱情，这完全是两回事！”她又说：“你以为离婚很奇怪是么？其实没什么。有人说，中国人以前见面就问‘吃了么’，现在见面就问‘离了么’。时代不同了嘛。我在我的同学中间，算是离婚最晚的啦。”她果然没为前夫垫付或代付一分钱，显示她追求爱情义无反顾的决绝之志。这实在让我为难。大概觉得为难了我，她请我吃一颗糖以作补偿，然后继续去电吹她的一头长发。

最后还剩一个五号，是不用去收水费的。这里原住着老少两个女人，后来少的死了，老的也死了。关于死因，这里的人都吞吞吐吐不愿说，我也不想说。据说人死后阴魂不散，房子里总是闹鬼。有一天深夜，差不多整幢楼的人都听到这房子里地动山摇的一声巨响,像是柜子或桌子倒了,但谁也不敢开门去黑屋子里查看。六号常说,常听到隔壁有脚步声,有女人轻轻哼歌的声音,恐怕是真的出鬼了。七号也说,那套房子窗子都关了,风都吹不进去,但一到夜里那里怎么有房门的吱呀吱呀呢?不是幽灵出没又是什么?他们说得邻居们一个个后脑皮僵硬,小孩子往大人身后躲。一号男人劝大家不要迷信,说世界上哪有什么鬼,大家只要多学一点辩证唯物主义,就不会相信这些鬼话。邻居们不服气,纷纷质问他,你辩证了,你唯物了,但那天晚上你没听见巨响么?你去看过一下没有?你不也是缩在屋里大气不出?……这一说,科长便支吾,便脸红,背着手去看他的仙人掌算了。

后来,房产公司安排别的人家来入住五号,那户人家兴冲冲地来看房子,但一听说闹鬼,就大惊失色,一去不返。

因此五号房至今一直空着。

收费表中的五号名下,月月都是空白。这也没什么,我们每个人或迟或早都要奔赴空白。只是五号少女竟走在我们的最前面,倏忽而逝,我完全没有料到。我对她的面目没什么印象,只记得她每天夜里归家,大概是在中学晚自习后归家,一上楼梯就必定超前地朝三楼大喊一声:“外婆,开门——”

楼道的路灯总是坏了,她在黑暗中用高声大叫为自己壮胆吧?她的高声呼叫与故意重踏的脚步渐成定规,成为了这里夜晚的一个部分。一旦消失,夜深人静之时,我仰望泼入窗口的银月,会觉得夜晚缺失了什么。

五号房的铁窗很快锈了,木门也蛀眼密布,落下厚厚的粉尘。

没有人居住的房子,像摘下枝的果子,失了灵魂的躯壳,没有了生命,腐朽得特别快。常常有老鼠从五号房门下面的缝里钻出来,使过往的行人发出一声尖叫,震落心头的喜悦或愁闷。有时候,一枝来历不明的白丁香,会出现在五号门前,不知是什么人所赠,不知是为什么而赠——这是我的想象。

终于,我向供水公司的收费员缴足了水费,包括为六号男人垫付了他该交的那一半。我的事情就算是完了。

1992 年 6 月①

---

① 最初发表于 1995 年《家庭》,后收入散文集《夜行者梦语》。

阳台上的遗憾

南方人指路，总是说前后左右。北方人指路，总是说东西南北。前后左右，以人为转移，是一种主观方位；东西南北，以物为坐标，是一种客观方位。这样说起来，似乎南人较为崇尚主观意志，北人较为遵从客观实际。

指路方式的不同，当然还可能有更多的原因。比方说，南方降雨量偏多，云雨当头时四野茫茫，如果行人没有随身携带指南针，就很难像在北方多见的晴空之下，瞥一眼日头，轻易辨出东西南北。

又比方说，北方平原地较多，建房不常受到地形限制，可以建得四向方正，多以皇宫或神庙为中心，次第森严秩序井然组成棋盘式格局。在那个棋盘里，东西南北已被纵横街道刻入人心，很难有南方的一份模糊和混乱。

从某种意义上说，建筑是人心的外化和物化。南方在古代为蛮，化外之地，建筑也就多有蛮风留影。尤其到海口市一看，这里尽管地势平坦，并无什么山峦起伏，但前人留下的老街少有直的和正的。这些随意和即兴的作品，呈礼崩乐坏纲纪不存之象。种种偏门和曲道很合适隐藏神话、巫术以及反叛，要展示天子威仪和官府阵仗，却不那么方便。留存在这些破壁残阶上的，是一种天高皇帝远的自由和活泼，是一种帝国文化道统的稀薄和涣散。虽然免不了给人一种混乱之虞，却也生机勃勃。它们不像北方四合院，俨然规规矩矩的顺民和良仆，一栋一梁的定向都不越雷池，严格遵循天理与祖制。

当然，南北文化一直在悄悄融合。建筑外观上的南北之异，并不妨碍南方某些宅院与北方四合院一样，也是很见等级的，比方有一些耳房和偏间，可供主人安置男仆和女佣。这些宅院也是很讲究家族合和的，有东西两厢，有前后几进，可供主人安置庞大宗亲体系，包容儿孙满堂笑语喧哗的大团圆。在那大堂里正襟入座，上下分明，主次分明，三纲五常的感觉油然而生。倘若在院中春日观花，夏日听蝉，箫吹秋月，酒饮冬霜，也就免不了一种陶潜式的冲淡和曹雪芹式的伤感——汉文化一直在这样的宅院里咳血和低吟。

这一类宅院，在现代化的潮流面前一一倾颓，当然是无可避免的结局。金钱成了比血缘更强有力的社会纽带，个人成了比家族更重要的社会单元。大家族开始向小家庭解体，小家庭又被独身风气蚕食。加上都市人口的节育化和一胎化，旧式宅院的两厢三进之类已十分多余。要是多家合住一院，又不大方便保护现代人的隐私：谁愿意起居出入喜怒哀乐都在邻居的众目睽睽之下？

更为重要的是，都市化使地价狂升，节约用地成了绕不过去的硬道理。中国十多亿人都要住好房子，岂能容忍旧式宅院那样奢侈的建筑容积率？稍微明了国情的人，就不难理解古建筑风格诚然需要保护，某些老街和古镇诚然值得珍惜，但今人不是为古人活着的，高楼大厦就在很多时候只能是我们唯一现实的选择。看到某些人对四合院一类津津乐道,不分青红皂白地怀古和恋旧,我们不必过分地凑热闹。

这种高楼大厦正显现新的社会结构,展拓新的心理空间,但一般来说较为缺少个性,以其水泥和玻璃,正统一着所有城市的面容和表情,正不分东西南北地制定出彼此相似的生活图景。人们走入同样的电梯,推开同样的窗户,坐上同样的马桶,在同一时刻关闭电视并在同一时刻打出哈欠。长此下去,环境也可以反过来侵染人心,会不会使它的居民们产生同样的流行话题、同样的购物计划、同样的恋爱经历,甚至同样的怀旧情结?以前有一些人说,儒家造成文化的大一统。其实,现代工业对文化趋同的推动作用,来得更加猛烈和广泛,行将把世界上任何一个天涯海角都制作成建筑的仿纽约,服装的假巴黎,家用电器的赝品东京——所有的城市越来越成为一个城市。

这种高楼大厦拔地升天,正把天空挤压和分割得十分零碎,使四季在隔热玻璃外变得暧昧不清,使田野和鸟语变得十分稀罕和遥远。清代文士张潮在《幽梦影》里说:“因雪想高士,因花想美人,因酒想侠客,因月想好友,因山水想得意诗文。”如此清心雅趣,连同它所根植的旧式宅院,似乎已被高楼大厦永远埋葬在地基下面了。全球的高楼居民和大厦房客,相当多数如今已习惯于一边吃着快餐食品,一边因雪想堵车,因花想开业,因酒想公关,因月想星球大战,因山水想旅游开发区批文。当然,在某一天,我们也可步入阳台,在铁笼般的防盗网里,在汽车疾驰而过的沙沙声里,一如既往地观花或听蝉,月下吹箫或霜中饮酒。但那毕竟有点像勉勉

强强的代用品，有点像用二胡拉贝多芬，或者是在泳池里远航，少了一些真趣。

这不能不使人遗憾。

遗憾是历史进步身后寂寞的影子。

1995年5月[①]

① 最初发表于1995年《海南日报》，后收入随笔集《夜行者梦语》。

海　念

满目波涛接天而下，扑来潮湿的风和钢蓝色的海腥味；海鸥的哇哇声从梦里惊逃而出，一道道弧音终没入寂静。老海满身皱纹，默想往日的灾难和织网女人，它的身上已长出木耳那倾听着千年沉默的巨耳——几片咬住水平线的白帆。

涨潮啦，千万匹阳光前仆后继地登陆，用粉身碎骨欢庆岸的夜深。

大海老是及时地来看你。

大海能使人变得简单。在这里，所有的堕落之举一无所用。只要你把大海静静看上几分钟，一切功名也立刻无谓和多余。海的蓝色漠视你的楚楚衣冠，漠视你的名片和深奥格言。永远的沙岸让你脱去身外之物，把你还原成一个或胖或瘦或笨或巧的肢体，还原成来自父母的赤子，一个原始的人。

还有蓝色的大心。

传说人是从鱼变来的，鱼是从海里爬上岸的。亿万年过去，人远远地离开了大海，把自己关进了城市和履历表，听很多奇怪的人语。比方说："羊毛出在狗身上。"

这是我一位同行者说的。这样说，无非是为了钱，为了获得变节的理由，为了获得他一直所痛恶的贪污特权。他昨天还充当沙龙里的演员和票友，玩玩血性的民主和自由，今天却为了钱向他最蔑视的庸官下跪。当然也没什么，他不会比满世界那么多体面人干得更多，干得更漂亮。

你的拒绝使你陷入了谣言的重围。谣言使友情业兴盛，是这些业主的享乐。你的所有辩白都是徒劳，都是没收他人享乐的无理要求。他们肮脏或正在筹划肮脏，所以不能让你这么清白地开溜，这不公平。他们擅长安慰甚至拉你去喝酒，时而皱着眉头聆听，时而与服务员逗趣说笑，没有义务一直奉陪你愤怒。或者他们愤怒的对象总是模糊，似乎是酒或者天气，也可能是谣言，使你在失望的同时继续保持着希望。他们终于成了居高临下的仲裁者和救助者，很愿意笑纳你的希望，为了笑纳得更多便当然不能很快地相信一加一等于二。

你期待民众的公道，期待他们会为他们自己的卫士包扎伤口。不，他们是小人物，惹不起恶棍甚至还企盼着被侥幸地收买。真理一分钟没有与金钱结合，他们便一哄而散。他们不愿掺和矛盾，不想知道得更多而且一再恐惧得直哆嗦。他们突然减少了对你的眼光和电话甚至不再摸你孩子的头发，退得远远的，退到远远的安全地带，看诽谤与权谋从眼前飞过，将你活活射杀在地，看你鲜血冒涌。他们最终会鼓动你爬起来，重返岗位去捍卫他们的几个小钱——你怎能撒手丢下他们不管？你怎么这样不负责任呢？

事情就是如此。你为他们战斗，就得为他们牺牲，包括理解和成全他们一次次的苟且以及被收买的希望。

你是不是很生气？

现在想来有点不好意思。你真生气了，当了几天气急败坏可怜巴巴的乞丐，居然忘记了理想者从来没有贵宾席，没有回报——回报只会使一切沦为交易，心贬值为臭大粪。

决心总是指向寒冬。就像驶向大海的一代代男人，远去的背影不再回来，毫不在乎岸边那些没有尸骨的空墓，刻满了文字的残碑。多少年后，一块陌生的腐烂舷木漂到了岸边，供海鸟东张西望地停栖，供夕阳下的孩子们坐在上面敲敲打打，唱一支关于老狗的歌。回家啰——他们看见了椰林里的炊烟。

人是从海里爬上岸的鱼，迟早应该回到海里去。因为海是一切故事最安全的故乡。不再归来的出海人，明白这个道理。

你也终归要消失于海。作为一条爬上陆岸的鱼，你没有在人世的永久居留权，只有一次性出入境签证和限期往返的旅行车票。归期在一天天迫近，你还有什么事踌躇不决？你又傻又笨连领带也打不好，但如果你的身后有亲情的月色，有友谊的溪流，有辛勤求知和拍案而起，你已经不虚此行。你在遥远山乡的一盏油灯下决定站起来，剩下的事情就很好办。即使所有的人都在权势面前腿软，都认定下跪是时髦的健身操，你也可以站立，这并不特别困难。

同行者纷纷慌不择路。这些太聪明的体面人，把旅行变成了银行里碌碌的炒汇，商店里大汗淋漓的计较，旅行团里鸡眼相斗怒气冲冲的座位争夺。他们返程的时候，除了沉甸甸的钱以外什么也不曾看到，他们是否觉得生命之旅白白错过？上帝可怜他们。他们也有过梦，但这么早就没有能力正视自己儿时的梦，只得用大叠大叠的钱来裹藏自己的恐惧，只得不断变换名牌衬衫并且对一切人假笑。

你穿不起名牌，但能辨别什么是用钱賂肢出来的假笑，什么是由衷而自信的笑——这圣战者唯一高贵的勋章，上帝唯一的承诺。

你背负着火辣辣的夏天，用肩头撞开海面，扑向千万匹奔腾而来的阳光。你吐了一口咸水，吐出了不知今夕何夕的蓝色。有一些小鱼偷偷叮咬你的双腿。

这是一个宁静的夏日。海滩上并非只有你一个人。还有人，一个黑影，在小树林里不远不近地监视着你。终于看清了，是一位瘦小干瘪的老太婆，正盯着你的饮料罐头盒耐心等待。旅游者留下的食品或包装，都能成为穷人有用的东西。

你有点耻辱感地把易拉罐施舍了她。她抽燃一个捡来的烟头，笑了笑："火巴。"

你听不懂本地人的话。她在说什么？是不是在说"火"？什么地方有火？她是在忧虑还是在高兴火？这是一句让人费解的谶言。

她指着那边的海滩又说了一些什么。是说那边有鲨鱼，是说那边发生过劫案，还是请你到那边去看椰子？你还是没法明白。

但你看到她笑得天真。大海旁边的一切都应该天真。

你将走回你的履历表沉默，好像什么也不曾发生。什么也不用说。你拣了几片好看的贝壳，准备回去藏在布狗熊总是变出糖果的衣袋里，让女儿吃一惊。你得骑车去看望一位中学时代的朋友，你忙碌得在他倒霉的时候也不曾去与他聊聊天。你还得去逛逛书店，扫扫楼道，修理一下家里的水龙头——你恼人地没看懂混沌学也没有赢棋甚至摇不动呼啦圈，难道也修整不好水龙头？你不能罢休。

你总是在海边勃发对水龙头之类的雄心。你相信在海边所有的念头都不是无缘无故产生的，一定都是海的馈赠，是海的冥隐之念。

大海比我们聪明。

大海蕴藏着对一切谶言的解释，能使我们互相恍然大悟地笑起来。

1991 年 9 月[①]

---

① 最初发表于 1993 年散文集《海念》。

一九七七的运算

全国恢复高考的消息最初未能使我动心。对于那次高考能否真正做到尊重知识和公平择优，我一开始十分怀疑。因为此前不久那次流产了的高考我也参加过，自信考分不低，不料后来冒出一个交白卷的“反潮流”英雄，冒出一场全国性的“反复辟”运动。在我当知青的那个县，据说所有的考卷没评分就封存起来化了纸浆，给我一种大受其骗的耻辱感。我自认为从此多了一分清醒，不再相信在领导印象、人际关系以及家庭政治背景之外，还能有什么公正考试。

很长一段时间内，我对高考一事不闻不问。适逢有关方面安排我采写一本有关革命历史的书，我被遣往湘西、江西、陕西等革命老区收集资料，频繁整装出差，出入于炮火隆隆的历史，完全成了一个备考热潮的局外人。直到考前不久我回到单位，发现周围差不多所有的青年朋友都已经报名，发现他们把复习要点和重点公式一类贴满墙壁备忘，这才有心头的七上八下。有一个平时写家信都要借纸笔的人，也拿着几何难题得意洋洋地考我——凭着他那一叠乱七八糟的数学题，竟声称他正在北大和武大之间做志愿选择。这真让我吓了一跳，也有点不甘心。

这样的刺激受多了，我终于却不过朋友们的纷纷鼓动，抗不住革命形势的轰轰烈烈，在报名截止的最后一刻确定参考，算是拿命运再赌一把。我的复习时间已经不多了。屈指一算，最薄弱的数学科目也只有十来天的业余准备时间。这就是说，对于我这个初一之后就下乡务农的人来说，我差不多每天要攻下一本数学，每天要啃下两三册历史或地理，才能马马虎虎地把应考内容过一遍。至于从严要求精心准备，从何谈起！

好在那一年的数学考得不难，让我差点一举拿下满分。好在那一年的所有科目都考得不算难，而且高考几乎成了一项新鲜的改革壮举，考生们像当年的红军和八路军一样在社会上广获支持。单位上点名放假以便我专心复习功课，同事们热情为我打探消息和收集复习资料，教育局开办了一些免费的备考辅导班，名义上尚未取消的家庭政治审查在实际上也变得十分宽松……凭借方方面面的这些关照，几个月以后我居然得到了被大学录取的消息。当时我再一次出差旅行，正在大西南的一列夜行列车上，看车内的旅客睡得七歪八倒，看窗外黑浪般的山影悄然无声地汹涌而来。

我这才隐约感觉到，事情已经发生了变化。

现在想起来，我不知道一纸录取通知书对于我的命运有多大改变，也从不相信这份通知书注定与我在一九七七相逢。我似乎永远会是我。但如果没有从七十年代后期开始的社会变革，大学对于我来说将是一个非常遥远的存在，后来很多生活事件对于我来说也可能是非常遥远的存在。我想起了我的一个同伴。他比我年长几岁，老高三的高才生，聪明而且好学，只是因为当年已经成家，有家庭负担的拖累，就没有参加那次高考。这一机会的错失使他一直待在他那个国营工厂里，一直到工厂在市场竞争中破产，一直到他在郊区靠喂猪谋生。我后来见到他的时候，他因夫妻的不和，女儿的失业等等闹得满脸憔悴，目光微弱而涣散，背也过早地弯曲如弓。

他支吾了一下，几乎不想说话。

如果全国恢复高考能早一年，早两年，早三年……大学教室里的那个座位为什么不可能属于他而不是我？若干年后满身酸潲味

的老猪倌就为什么不可能是别人而不是他？一个聪明而且好学的人，为什么不可以成为教授、大夫、主编、官员或者“海归”博士从而避开市场化改革下残酷的代价和风险？

命运就是这样捉弄人。一个人，是人世间的一颗微尘，其成败在很大程度上受制于社会和时代，并不完全取决于自己。所谓小势可造，大限难违，是之谓也。正是从这一点出发，我无法向自我中心主义的哲学热烈致敬。我从老朋友一张憔悴的脸上知道，在命运的算式里，个人价值与社会和时代的关系，不是加法的关系，而是乘法的关系，一项为零便全盘皆失。作为复杂现实机缘的受益者或者受害者，我们这些社会棋子无法把等式后面的得数仅仅当作私产。

这道最简单的算题，无论何时都不该被我们算错。

1997 年 9 月①

---

① 最初发表于 1997 年《人民日报》华南版，后收入散文集《然后》。

能不忆边关

从未见过这么多军卡、大炮、坦克以及车载火箭，串成一条盘山绕岭的铁龙，连接了长天两端的地平线。铁龙是暗红色的，蒙上了红土地的尘垢。

都停车了，天地间顿时一片寂静，数以万计的人在路边一齐撒尿。他们灰头土脸，纷纷搓去耳后的泥，吐出嘴里的沙。在他们周围，树叶、草叶以及水磨房都红若铁锈——不知起于何时的滔天尘浪正顺风而去，使路南一侧的天地变色。

枪口幽幽缄默。刀刃闪闪流盼。一箱箱炮弹是亲切的枕头和床榻。40 火箭筒或 82 无后炮成了玩具，或者说牌桌上的刑具，挂在倒霉蛋的脖子上，一直要挂到他杀出败局。扑克已洗牌好几轮了，好几轮了，有人不耐公路塞车，用步话机纷纷呼叫。骂娘的，喊天的，摔话筒的，口音南腔北调。

据说前面的坦克翻下山了。据说前面有敌方特工的情况。还听说前面两支部队在争路，互不相让……消息五花八门，不知哪一条是实。挂着伪装网的北京 212 在逆行道上蹿来又蹿去，一副要解决问题的样子，似乎也没解决什么。

我们被安排到附近一处农舍。旁边是破旧小学。警卫员拿来压缩饼干和午餐肉罐头，不知又从哪里找来几棵白菜，打出一锅热汤。当地官员和老乡也来了，押来两个来自敌方的小贩，没有身份证明的那种，是不是探子，一时无法查明。他们又连连说对不起，称前面过去的部队实在太多，粮库早已搬空，猪羊统统变成了白纸借条，战时体制么，乱了，谁都是先下手为强。他们眼下两手空空，愧对远征之师，但还是带来了半桶黑米粑粑。一位老人说：这些粑粑是“解放饼”，以前叫“关公饼”，蘸了鸡血的，掺了剩饭的，你们非吃不可，一定得吃。

“鸡”谐音“吉”，意在逢凶化吉；“剩”谐音“胜”，意在旗开得胜——这当然是老乡们好心的小迷信。

几个警卫员盯住了采访组，白天给我们带路，防止误入雷区；晚上严禁我们户外活动——即便我们记住了口令，紧张过度的哨兵也可能稳不住指头，没等到口令就射出一梭子弹。据说这种事已有先例。

受长官们关照，我们不可能去最前线，顶多是在停战期间沿着交通壕进入前沿，在掩体里探探头，叉叉腰，像旅游者观看风景。前面的山川一片宁静，草茂林稀，薄雾轻云，三两鸟雀不时绕飞。不过是普通得不能再普通的张家湾或王家坝子么，凭什么吓得我们一路蹑手蹑脚屏声息气？

敌方特工的渗透时有所闻——据说前不久我方一个师级野战医院惨遭偷袭。这使后方也成了前方，大家对任何外人都神经兮兮，无论男女，无论是否说中国话，总得多盯上两眼，枪口先对准再说，枪机保险全部打开。据战士们的经验，对中国话还要更多警惕才是，前不久敌方特工就是靠哼着《三大纪律八项注意》的曲子，骗过我方哨兵，在偷袭中占了便宜。

突然有人一声怪叫："有情况——"接着就是哒哒哒一串枪响，让我们都惊出一身汗，紧急分散和藏身。我趴下的地方是一堵土墙的墙根，朝门里偷偷探一眼，发现这里原来是臭烘烘的茅房。

片刻之后有人高喊："不要打！不要打！……"原来前面晃动草丛的后面，不过是一头牛——我随后也看清楚了。

要不是有人叫停得快，可怜那头老牛就会顿成肉筛子。

阎团长赶过来，大骂手下人神经过敏，没看清就狂呼乱叫。他后来向我们叹息，说好多年没打仗了，甚至不大练兵了，政治运动翻来覆去，连营团级长官也多是嫩秧子，到这时候能不紧张吗？听说有的人当了几年种水稻和盖房子的兵，枪都没摸过几回，初上战场时根本不敢伸头，只会对天开枪。更严重的是，有的长官连地图坐标也不会看，带着队伍上了山，把自己的位置报错。结果炮群一个基数的急速射，队伍就在自家人的炮火覆盖下血肉横飞找不到北——他们以及他们的亲人肯定没想到过这种死法。

第一批伤员从前线送过来了。无腿的，无手的，号叫的，挣扎的，一片血肉模糊和浓腥刺鼻，使"战争"这个抽象的词，已经听得耳熟但仍然有点虚幻的词，突然变得尖锐和沉重，轰然砸了过来。我的腿已经有些发软。事情是真的了——虽然我已经十多次这样想，但无法不再一次严重地想到。

军营里醉酒几成常态。当官的喝，当兵的喝，大概都想用几口酒壮胆,也洗却一些闹心的事。阎团长醉得最厉害的一次,是我们在一个叫沙岭的地方再遇 M 团的那个晚上。他领着手下人刚参加了一次不算大的战斗,眼睛红红的,嗓子已沙哑,浑身一股酸臭,当着我们的面豪饮无度还谎报军情:“报告,我正在带人抢修便桥,正在山上砍木头…… 您就放心吧,完不成任务我提头来见!”他丢下话筒,满不在乎地咬下一个瓶盖:“喝!满上!谁都不准耍奸!”

这天晚上没见他砍木头,却见他至少吹下两瓶茅台。喝红了脸就骂天骂地。先是骂什么姓魏的在后方装病,临阵脱逃,推责耍奸,王八蛋,龟儿子。然后骂 Y 团谎报战功,臭不要脸,也是王八蛋,龟儿子。最后骂后勤系统盖大楼有钱,买进口车有钱,吃得一个个浑身长膘,就是要命的钢盔缺货——“这头盔是金子打的还是银子打的?是高科技产品做不出来?还是嫌我们这些尿壶脑袋不配?”

我听说过,这个团的钢盔短缺三分之二,带钢板的防刺鞋也迟迟不到位,因此很多伤员不过是被竹签铁钉伤了脚。

在他烂醉如泥倒在床下之前,上面的政治官员也难免狗血淋头:“吃饱饭没事干呵?嘴巴皮子谁不会耍?站着说话不腰痛,今天一个通报,明天两个文件,以为我们下面这些人在拍皮球捉蚂蚱?优待俘虏,秋毫无犯,唱歌打快板,挑水割稻子……操!害死我们多少弟兄。他们自己怎么不来玩玩?”

两个警卫员把阎团长架回团指挥所去。“郝团长我告诉你,你得听我的。”他临走时一把抓住我,把我当成友军兄弟,“千万不要听他们放屁!要想少伤亡,你就得狠,就得王八蛋,就得把政策擦屁股……”

送走这位酒鬼，我与一位同行大摇其头：这样的团长也能打仗？

终于从40倍的潜望镜里看到了敌人。一个光膀子男人，歪戴草帽，穿一条白短裤，操铁锹维修工事。另外两个上半身也露出来了，似乎合力搬运着什么。在他们上方，一片灌木林那边，一线曲曲折折的散兵工事若隐若现，有沙包、油桶、粗树干，还传来断断续续的人语——此时的山谷太静，声音常常变得远近莫辨。

他们看上去像是平民，老少混杂的乌合之众。但这些人靠一个连或一个排的小规模，化整为零，时进时退，凭借有利地形，一直与我方主力死缠烂打。据说迄今为止是1∶1的伤亡率，比教科书上的常规比率“攻3守1”要好得多——这是司令部记者招待会上的通报数据，但闻者大多生疑：怎么从前线下来的伤员那样多？

坦克在这种山地放不开手脚，只能纵排单行。一遇必须减速的弯道，这种坦克常常是肩扛火箭筒的活靶子，还会成为后续坦克要命的路障。后续坦克一阵咣咣咣地硬撞和强挤，才可能挤开前面的损毁坦克，重新打开通道，简直是要活活地把自己逼出屎来。炮群倒是我方一大优势，一吼就是红了半边天，地动山摇，烟火蔽日，天昏地暗，把山头削平，把地翻筛几遍，炸出一片片无氧的窒息区，炸出一座座十几年内难长草木的光山秃岭。也许正是看到了这一点，敌方主力在战争初期就是缩，就是躲，就是忍，倒是发动民兵和老乡来死扛，让你拳头砸跳蚤，明枪对暗箭，很多时候打得犹豫和别扭，也打得特别惨烈——这大概是官兵们火冒三丈的原因之一。

打扫战场时，战士们发现了一个血流满面的敌军伤员，好心地用急救包简易处理，再把对方背下战场。但对方在摇晃中醒了过来，悄悄旋开背负者腰间的手榴弹盖，乘人不备拔出了拉火环……

一些战士冲进了一条小街，只发现几位老人，对路边一个放牛娃也没在意。但他们随后总是被冷枪袭击，先后有一个炊事员、一个电话兵、一个排长莫名其妙地倒下。杀手到底在哪里？他们把街前街后再搜索了一遍，一无所获之下，不得不把目光投向放牛娃。有人上去搜身，果然在对方衣袋里发现了一支手枪，枪管还热。事情到此就难有其他结果：少年杀手挣脱逃跑之际，哇哇大哭的士兵们一齐开火，密集的机步弹把小小背影几乎拍成了一片肉质粉末。这还不够，坦克又冲上去再把零乱残体再碾压一遍……

在另一个村子，战士们累得大口喘气，浑身汗湿，喉舌冒烟，但不敢随便喝水。一只头戴棉帽的鹰走过来了，其实不是鹰，是一位干瘦如鹰的老妇，看了战士们一眼，漠然地走开去。看到这位老妇去田边一口浅水井喝水，几个战士放下心来——她能喝，大家当然也能喝。没料到这几个呆子一步踏入圈套，不一会就口吐白沫，嘴唇乌黑，眼球暴突，硬挺挺地倒在水井边。其中一位临死前没忘记朝水井甩了一束手榴弹，以防其他战友跟着中毒。不难想象，那个成功诱敌的老妇也没走多远，丧命在村口。战士们看得心里发毛的是，老妇竟然嘴角含一丝微笑……

官兵们哭诉着这些故事，清理战友尸体时泪流满面，事后还可能发出一声声号叫，互相头顶头地揪扯或厮打，用这种办法来尽力平静自己。奇怪的是，悲伤之泪常常是最大的战斗力，是最纯质的忠诚和最烈质的勇猛。用阎团长的话来说，有伤亡了，有大伤亡了，谢天谢地，仗倒是好打多了——当活生生的战友不再醒来，当朝夕相处的面孔突然爆成肉泥，哪怕两分钟前还多愁善感的书生，哪怕一分钟前还吓得尿裤子的软蛋，都可能泪流满面，眼一红，牙一咬，变成狂怒的疯子。“要那么多政治工作做什么？”阎团长曾经冷笑，“见血，死人，就是最好的政治工作！”

D 城、F 城、R 县、342 高地、773 河口……后来好几个速决战，也许就是在泪雨横扫之下一一搞定的。特别是打到 K 河时，明明说不得过河，但疯了一样的士兵哪管命令？哪有工夫理解命令？师部一个参谋说，当时连长叫不住或找不到排长，排长叫不住或找不到班长，班长叫不住或找不到战士，全乱套啦。一些士兵跑得帽子没了，鞋子掉了，甚至没子弹了，但光着脚丫子也在 K 河那边多追了七八里。连炊事兵也抓颗手榴弹狂追——其实你追上去能有多大用呢？就不怕大家到时候饿肚子？

小夏因为打架和赌博，高中没混完，没人管得住，父亲才花钱买人情，把他送入部队“劳动改造”——这是他自己说的。

出征途中，他也被剃成了光头，镜子中的小波浪发型从此不再。他没法逛街下馆子，压缩饼干的又咸又甜让他翻胃欲吐。好在早操取消了，不查内务了，没人找他唠叨旧社会了，他可以多睡觉，熄灯号之后收听美国的广播也没人管——这时候的军营空前自由，自由得让人稍稍不自在。人人都写下了遗书，于是预备烈士之间怜爱大增，宽容大增，好脾气大增，增得你心里发怵。胸前满满四个弹夹更是随意喝酒和骂娘的权利。用小夏的话来说：这时候谁还敢得罪人？不怕老子在战场上打黑枪么？

他知道自己贪生怕死，只是不知事到临头时更丢人，擦拭过上百遍的冲锋枪没放一弹就不翼而飞。事后想起来，不知它去了哪里。当时炮火向前延伸，冲锋号吹响，高地上人影错乱，子弹打得石屑和碎叶狂飞，自己没看清敌人也没看清战友，一声哇，捂着双耳就钻进石头沟。

他不知自己怎样脱离了战场。肯定是跑晕了头，等他缓过气来，回过神来，发现自己孤身面对一片山谷。他不敢去找部队——枪都丢了，还有脸见人？不会被军事法庭打入大狱？

他继续一路狂跑，朝着地平线上家乡的方向。

事后证明这主意也不靠谱。且不说可能的地雷，且不说饥饿、风雨以及毒蛇，他一身军装足以惹祸，碰上敌人小命难保。到第二天，他已经一身泥污一脸泪，在青苔上一步滑倒滚至坡底，把逼迫自己参军的父亲骂了个体无完肤死有余辜。现在他该怎么办？他会饿死或摔死？要是落入敌手，他是不是得准备投降？是不是要下跪、谄笑、写悔过书并且去广播电台大声宣读？……就在绝望的一刻，他听到了坡下林子里有人声，仔细一听，竟是中国话，中国话呀！事后才知道，那也是一支打穿插的部队，多是广东籍士兵，正急匆匆直扑 W 县城。

“同志——”他忍不住大喊一声，哇的一声哭了。

对方发现了这一脸泪水，问他的名字，部队番号，拍拍他的肩膀，用猪肉和黄豆罐头把他喂得两眼翻白。

“算你运气好。要是碰到敌人，不把你开膛破肚才怪。”一位长官这样说。

后面的故事，是我采访其他官兵而得知的。这个连伤亡很大，特别是在穿插的最后阶段，原计划是部队过完了再炸桥，没料到工兵忙中出乱，这个连还没过河，桥已经轰的一声炸塌。大部队奉命对 W 县城准时发动侧攻，无法回援和等待，只能狠狠心留下这个五连自寻出路。于是，在接下来的突围中，连级干部全体阵亡，排级干部伤亡过半，加上野战电台丢失，大家完全是群龙无首。几个党员组成的临时支部商量来又商量去，意见难以统一，不知如何是好。小夏在一旁看得着急，看得冒火，忍不住跳出来骂娘，说你们打算在这里过年呵？在这里孵蛋呵？再这样屎不屎尿不尿的，不想活是吧？

大家面面相觑。没人不想活，问题是谁能给一个活法。

不要说了，听我的！这个陌生面孔不把自己当外人。他把指南针夺过来，摆上几个石头比划，三下五除二，就决定了突围方案。对不同的意见，他左一个“你脑袋被门夹坏了”，右一个“你脑袋被鞋底拍瘪了”，一张臭嘴与其说是辩论，不如说是辱骂。

他算哪一盘菜？但有些人知道他，这外来户身手灵活，测射程，爬绳梯，打火力点，都颇有能耐，刚上手的喷火器居然也能玩得转。

凭什么听你的？有人又问。

知道俺大伯是什么人吗？军长见了都得立正，吓死你！

后来的事实证明，他的决定很及时，吹牛和嘴臭也无伤大雅。他不过是利用自己当年聚众群殴时的战法，带着大家见弱就欺，见强就溜，包括一路丢水壶，丢弹夹，丢军帽，虚虚实实，扰乱和引开追兵。在最后断粮的日子里，还是靠前人渣或准流氓的经验，他放烟熏走一窝野蜂，用满满几头盔的蜂蜜，补充了大家体力。

在团部的战情报告里，这个五连在几天前已“全体殉职”。看到“夏连长”带着三十几个人奇迹般归来，首长们真是惊喜过望。但这位编外连长的一条腿没有回来。当时他一脚踩出不祥之感，顺势急滚，已来不及了。他眼睁睁地看见熟悉的腿、熟悉的鞋袜、熟悉的破烂布片随着泥雨喷放而腾空而去，在烟浪中旋转，在天空中飘摇——那一刻在他的记忆里宁静而且漫长。

奇怪的是，他还一直有这条腿的感觉，比如还能感觉到膝盖的痛，脚跟的痒，只是摸到那里的时候，只能摸到一条空空的裤管。他不再说一句话，圆睁双眼目光发直，躺在后方医院以后，床头出现了师首长、大红花、红领巾、大堆慰问信以后，还是这个样子。护士说，十多天了，他每天晚上睡觉也大睁双眼，眼皮一直合不下来。

一匹白马奇迹般地从敌后归来了。这肯定是哪个侦察排或通讯班的，肯定经历过战斗，满屁股血渍就是证明。

战士们猜测，它想必听到了山顶上高音喇叭中的对敌广播，听到了《大海航行靠舵手》熟悉的音乐，才得以翻山越岭，找到归家的方向。

正是它的归来，让师部有了一个新决定：山顶上的高音喇叭改为最大音量二十四小时不间断广播，高瓦数的探照灯也在入夜之后一齐射向敌后，为那些可能还幸存的士兵，可能还幸存的马，指引回家的路。

但很多人没有回来，包括那位阎团长——他与我前后相处过几天，满嘴的酒气和牢骚话曾让我暗暗惊讶，把几个干部子弟从连队抽调到团部罩起来，大有媚上营私之嫌，更让我失望和小看。没想到后来的事情是这样：采访组离开之后不久，他带着一个摩托化营插入敌后，不料途中遇到伏击。他在乱枪之下多处受伤，不愿当俘虏，不愿再痛苦，便开枪自杀了。据逃脱了的士兵描述，敌人放火烧毁了团长那辆吉普。因此事后能找回来的，只剩下团长一颗帽徽，一个皮带扣，还有一个烧变形了的水壶。

我知道，他经常用这个水壶装酒。

他经常就是摇着这个酒壶说些不着调的怪话。

我来到安葬烈士的墓园，向阎团长和他的战友们献上了一束野花。一位本地老妇在我身旁哭得厉害——其实她不是死者的亲人，连熟人也算不上，不过是路过这里，丢掉竹杖，捂住嘴巴，折腰便哭，声音如微弱的猫嚎。也许，她只是见不得死人，看不得伤心事，一看就得止不住长嚎。也许，她只是可怜这些娃娃们没有亲人相送，可怜这些死者往后很难被人们长久惦念，更是为自己将来可能的忘却而痛彻心扉。

能证明这一点的是，墓园另一侧有几具待葬的敌军尸体，也被老妇哭了一番。一位本地汉子，大概是她的亲戚或邻居，对此感到很没面子，跺着脚粗声埋怨：“老糊涂了呵？你哭错了，哭错了，哭乱了套了么……”

老妇还是一意孤行地揪出一把把鼻涕。

她也许没怎么哭错。不是吗？当娃娃们放下武器，就没有多大的差别了吧？都有父母抓挠过的头发，都有弟妹攀爬过的肩膀，都有老师打量过的一脸腼腆或倔强，都有日晒雨淋过的古铜色皮肤和血迹斑斑的衣衫……她一个老太婆都看清楚了，已经不需要看到别的什么了。

以为还有大战，但似乎没有了。前方连日来一片宁静，转送重伤员的直升机也不再光临，营区渐渐恢复了早操和卫生检查，但因为驻军太多，以至营前的渠水半个月来一直是浑如泥汤，泥汤洗涮之下的大家实在卫生不到哪里去。

偶尔传来冲锋号和喊杀声，飘来一浪浪刺鼻硝烟，不过那只是摄制组补拍镜头。北京来的摄影师没赶上趟，或没胆上战场，但又不能没有冲锋杀敌的镜头，便让官兵们一次次事后排演，累得大家气喘吁吁大汗淋漓。

拍到第三遍。效果还不够理想，官兵们只好疲惫不堪地往山下撤，再一次等待烟火师的安排，等待导演的举旗发令。

我就是在这里认识了孙主任，一个自带梳子、香波、熨斗、吹筒以及成天埋怨没有净水洗澡的制片人。在 Z 城再遇他的时候，他领着摄制组一伙从西线回来，大概导演补拍了更多好镜头，声称当年的国家级大奖他是拿定了。也许是几次聊天聊出了兴致，他打电话让某政委送几箱茅台酒来的时候，也给了我两瓶。他让市政府公费安排名胜景区四日游的时候，把我和老王头也拉上面包车。“有一个熄灯舞会，很好玩，很现代派的，你们要是感兴趣的话……”他说得神色诡秘，笑着挤一挤眼睛。

我们在景区的这里或那里拍照留影，看少数民族的歌舞和日本的新电影，吃着公费开支的各种佳肴美食直到杯盘狼藉。客人们在席间交换购物经验，并且按孙主任的要求，无论买什么都索要发票，没有货名和人名的那种，交给他去处理。

我对这种发票收集略有诧异，终究没说出什么。

眼前一片灯红酒绿，似乎离战争很远，离山坡上的军人墓园很远——虽然它们不过就在起伏山脊线的那一边，在苍茫夜色之下。我们与那里有什么关系吗？我们是他们牺牲的意义和价值所在吗？我们就是他们需要拼死保卫的同胞、人民以及兄弟姐妹吗？我恶狠狠的疑惑挥之不去：这里的游赏和享乐，海吃和豪饮，还有可疑的发票，是否真值得他们在山脊线那边赌上自己的性命？

很多战争都发生过了，很多人为我们挡住了子弹和刺刀。好了，自从有了这些死亡，自从有了生存机会的不平等分配，有了人类生命的大笔删除和大块空白，幸存者的日子成了奢侈，成了负债，甚至是一种肥厚的无耻。

我把发票交给孙导时忍不住这样想。

谁还愿意与我说说墓园？说说整个山坡上的茫茫白色？说说白色坟碑一排排延绵到山顶的惊人视野？

洪某，徐某，刘某，李某，宋某……碑面上是一个个陌生的名字。他们是谁的兄弟？谁的儿子？谁的邻居和同桌？他们在蓝天慢慢旋转的那一刻倒下，在山林与河湾最美丽的那一刻倒下，再也不能回到故乡。

因为战场上遗体零乱不易清理，这些埋入异乡的不乏完尸，但也可能只是一条腿，一只胳膊，甚至一个笔记本或一顶军帽。偶尔错误地埋入别人甚至敌人的尸骨，也说不定。因为国家困难，按当时币值，这些人的家属只能获得三百元抚恤金——我听到这个数字时立刻想起19管车载火箭，想起从林里那一排排发射架的缓缓升起。据说每发火箭弹造价两万。那就是说，当号令旗一举，在火海腾升和空气撕裂的声音中，仅一个单车齐射就是近四十万，就是近两千血肉之躯的市场价格唰唰唰呼啸而去？

这种火箭其实太老旧，也便宜。我还没说到89式40管或122型50管的车载火箭，没说到B-52战略轰炸机和094核潜艇，没说到巡航导弹和航空母舰……无战的天国至今距离人类仍然遥远。那么这些现代战争装备天文数字般的造价，这些人类社会中最精美的恶毒和最昂贵的虚无，总是使任何高额抚恤金的比值都几可忽略不计，生命价值一次次在刹那间狂贬至零。

一位总部首长从北京来了，听说墓园一事大为生气，称这件事办得太缺心眼，简直是猪脑子当家。搞得惨兮兮的一片，不会影响士气么？不是浪费土地和材料么？依这位首长指示，依当年淮海战役中的做法，烈士们集中下葬，大墓一个，大碑一个，搞个隆重的追悼会，事情就齐了。

墓园施工停了几天，但最终没有改过来，原因是C军军长的固执。我远距离地见过这位军长一次，知道他脸黑，脖子短，丑得像个烤红薯，平时喜欢骑马而不喜欢坐车，喜欢蹲着吃而不喜欢坐着吃，走起路来咚咚咚的谁也跟不上。作为一个出身木匠的老粗，他也许确实缺心眼，不懂什么政治，甚至满脑子旧观念。“凭什么我的兵都要大合葬？他们没捞个好活，难道还不能得个好死？”

他激动得一脸黑肉更丑陋了。“到时候当爹妈的，来烧一把纸，摆一碗饭，说几句话，总得有个地方吧？”

说得军部的人都没吭声。

“以前家属来探亲，都有一个单独房间。以后他们要是来走一走看一看，你拍着胸口想想，把他们往哪里带？一个活人不见了，连个名字也不给留下？”

有两个小干事差点哭了。

“你们就这样去回话，说这个错误我犯到底了——”

“军长，军长，听说上面很冒火……”

“他们冒火，我还要骂娘呢！”

军长把帽子朝桌上一甩，把袖口一挽，去工地指挥施工，用马鞭指着这个或那个，把工兵营的汽车和推土机轰赶得飞跑。依他的命令，不但要照计划分葬，还要一人一口棺材，一人一面国旗裹尸。事后一个未经证实的说法是：就因为这种胆大妄为的抗命，他背了一个大过处分，在军党委会上做过检讨。

十多年后的一天，我持旅游签证进入当年的敌国。这个国家早已回到和平与建设。离边境不远的 H 市眼下到处是广告、商铺、机动车、叫卖声、流行音乐，还有偷偷求兑美元或者人民币的小孩。仿欧的宾馆大堂里，墙面光可鉴人，花丛芳香扑鼻，服务员大多说得出几句汉语。导游就更不用说了——小姑娘能唱中国当红电视剧里的插曲，抖几个中国最新的流行词，让客人们兴奋不已。

同中国一样，这里已全无当年战争的影子，就像那件事不曾发生。即便很多战事仍受到隆重纪念，但遗忘十多年前的那一段，似乎成了当事双方的默契。你在这里找不到老墙上的弹孔和老树上的弹片，更找不到有关纪念馆、印刷品、影视片以及老兵聚会，甚至很多时尚青年对你的提问茫然无知。在一再追问之下，导游姑娘也只是淡淡一笑："没什么呀，兄弟之间有时也要打个架呵。"

宴会中的当地旅游局官员也这么说。

杂货小店里的老伯和老婶也这么说。

我当然也会——这么说。

简直是出自同一套标准答案，是统一的删除格式。当然，人们记住了战争又怎么样？第一次世界大战被记住了，往日的交战国只是在欢呼和彩旗之下军舰互访。第二次世界大战被记住了，往日的交战国只是在礼炮和花雨之下军乐队同台演奏。历史已经翻过去了，已经退色与风化，后人在碰杯，在拥抱，在握手和飞吻，一笔勾销了沉重宿怨。我们文雅而富裕，我们用现代文明人足够的宽厚、仁慈、友善以及热情，让天上的亡灵困惑或者欣慰，痛苦或者快乐——他们在外交礼仪中将成为暧昧的过去。作为和平的代价，他们的意义似乎正实现在他们被避讳、被含糊、被遗忘的时候。换句话说，遗忘成了他们最崇高也最残酷的一枚无形奖章。

但活着的亲历者和当事人怎么能遗忘？是否要等到所有亲历者和当事人也都被遗忘的那一天，文明的奖章才最终得以生效？

我不知自己该困惑还是欣慰，该痛苦还是快乐。也许是，也许都不是。我在这里无法入睡，只得去寂寞的路灯下信步闲逛，买了一瓶水。我不会再打听什么，不会再打听一个伤员和手榴弹的故事，一个放牛娃和手枪的故事，一个老太婆和水井的故事……当然还有很多我年轻同胞的故事。我相信，导游姑娘不会知道这些，甚至没兴趣知道。她眼下只关心如何去中国留学，让她的中文更流

利，今后做生意更方便。

但我以水代酒偷偷浇洒在地，为很多人。

为今夜涌上心头的一张张面孔。

不，还有战马的面孔。

2009 年 4 月[①]

① 最初发表于 2009 年《中国作家》杂志。

八景忆雪

由于移居海南，已经多年没有看见下雪。这次回乡探亲，刚下飞机时还只听见机翼上有沙沙雪子响，进得城来却已经满目皆白，积雪掩道。汽车爬到一个斜坡时突然力不从心，手刹、脚刹以及大轰油门全不管用，车上人也来不及跳车，只能眼睁睁地随着打横的汽车向后滑——幸好身后没有悬崖。这样的事情在热带海南真是不可想象。

我回乡之前已同老李在电话里约定，这次度假，全家随他到八景老山里走一走。李是我当年插队时的领导，与知青相交甚好，后来到老山里任职，一干就是八年，对那里的情况相当熟悉。

其实我当年的一些“插友”，当年也曾在老山里落户。那时的八景，在我的印象中也是冰雪景象，总是与雪地里一行曲曲折折的孤寂足迹相连——因为下雪才有农闲，有闲我才可能进山访友，而无雪的八景我根本无缘相见。我曾一次次兴冲冲地步行三十来公里，奔赴雪山里的火塘、趣谈、烤红薯、口琴声和《三套车》，还有关于马克思主义的幼稚讨论。

我当然知道，同学们眼下早已不再在那里了，他们早已回城并且眨眼工夫就已被忙碌生计镂出了额上的皱纹，已经在下岗的话题和麻将的哗哗声里生出了白发。也许是久违的缘故，这些日渐解散的男女形体线条，这些热闹的话题和麻将，使我不无陌生之感，使我常常有点词不达意。我一次次把梦中三十来公里的雪地足迹抛向他们，又一次次地清楚地明白，那足迹的尽头会有太多的空白。

我不会玩麻将，也无力让这些老友免于下岗，免于艰难生存中不无必要的自我麻醉。也许我的八景之行只不过是对某种空白的突围，去寻找某一只旧梦的残迹。就像我在一篇文章里说的，一场壮剧或悲剧已经散场，演员早已纷纷离去，而我只能去探访冰天雪地里一片空空荡荡的舞台和布景，弯腰拾一缕袅袅的余音。布景仍是大雪，仍是高山流水扑面而来。汽车呻吟着从一段深深的泥泞中挣扎出来之后，潜入了八景的谷地。路边仍有一间木屋，但那位女同学早已不再在这里喂猪。山那边仍有一列红泥土屋和一个球场，但那位男同学早已不再在那里当夜校民师。他们不再会从窗子里突然探出一张绽笑的脸，让我看见他们破烂的棉袄，还有脸上的泥点或头上的柴灰。

他们的八景峒甚至面目有变：大坝拔地而起，高峡绽开平湖，一个水面浩阔如海的大水库淹没了往日的家园。当机动渡船在水上剪开碧波并且剪碎一匹匹雪山倒影，我知道当年的知青点和很多山民的旧居，就在这些哗哗倒影之下，在湖水黑暗的深处，由那些鱼龙寂寞地守候。

山里太静了，静得任何一丝足音或一声喘息都赫然膨胀了好多倍。不仅当年的知青们早已离开了这里，连山里的好些农民也正在迁出山外去闯荡世界，留下路边一栋栋或一间间的空房，留下了鸟啼的空空回声。老李告诉我,附近还有两个大水库,三湖相接,风景秀美,可惜没有人来这里开发旅游。他见到他的熟人们,都情不自禁地含糊其辞,把我们这一家外来人描述成一个可能的投资者,夸张我们的身份和财富背景,似乎要强迫我们一家成为山民们眼里兴奋的闪光,在这多雪的年关,给乡亲们送一线致富的希望。

一群水鸟从岸边的丛林里惊飞而起,没入远处一片皑皑白雪之中。我不是投资者,但不想更正李的含糊和夸张。我能够理解八景的希望——如果不抓住旅游这条出路,如果不把这里的青山绿水变成商品,我不知道这些寂寞山民怎样才能与现代的资本洪流接轨。但我也知道旅游是怎么回事。我可以想象高速公路把购买力和各种垃圾同时源源不断地送来,可以想象不久之后在这里灯红酒绿的度假村、烧烤场、太阳伞、游艇以及日本的电声设备和美国的可口可乐。我可以想象山里的女儿们怎样浓妆艳抹地去表演一些夸张的所谓民俗,而山里的少年们怎样穿上呆板的保安制服并且过于谦恭地去接受小费。到那个时候,人们也许会实现温饱和富足,但是就我的记忆来说,八景这一剧不仅是演员们已分飞离散,连最后的舞台和背景也都会彻底更换,幻变成金光闪闪的假香港或者伪曼谷——那也许不错,但它还是八景么?还是我的梦乡么?

那是不是记忆大幕最终落下来的时候?

一段岁月最终成为空白的时候,还会有大雪吗?还会有雪地里独行人留下的曲折足迹吗?而那些足迹又会通向什么人的不眠之夜?

我在问你。

你知道我在问你但并不期待回答。

你知道很多事我不会说出来。你还知道汽车碾着残雪驶下大坝的时候,我会觉得自己不过像是从一张巨大的老照片中逃出,从依稀往日一头撞入了陌生而耀眼的现实,向公路尽头的地平线飞驰而去。

1998 年 2 月①

---

① 最初发表于 1998 年《湖南日报》,后收入散文集《然后》。

母语纪事

八十年代中期的一天，我兴冲冲地乘机从美国直飞香港，心想就要到中国人的地盘了，总算可以把中文大讲特讲了，也就是说口腔可以不再惨遭英语折磨了——我的蹩脚英语确实与口腔刑具无异，常常一个单词卡住，就把我卡得满头大汗、两眼发直。

傍晚时分，飞机在九龙启德机场降落。我从舷窗里已经看到机场周围诸多广告牌上久违的中文字：香烟、旅店、西洋参等等，一个个字都让我激动万分，似亲人在列队迎候我远游归来。

万万没有想到的是，我一出机场就傻眼了，不，准确地说应该是傻耳了。无论是的士司机，还是小店老板或路上行人，都说着我完全听不懂的话。而且只要我说国语，他们大多给我一种茫然或厌恶的脸色，像对待一个叫花子。一辆黑色汽车开到我的面前，怪叫一声，突然刹住，上面跳出几位黑衣港警将我团团包围，还是哇啦哇啦地塞来我不懂的话。直到我情急之下冒出一句：What happened？他们才重新打量了我一眼，客气了许多，说这个这个，他们是公事公办检查证件，看我一个大陆人的模样，看我深夜独行还提一个旅行包，颇像案犯携带作案工具，所以不得不生出几分疑心。他们对此表示缩锐（对不起啦）。

一场虚惊对于我来说倒也没什么，看港警们的风驰电掣动作神速，也让我亲历了一下警匪片的气氛。我大为不快的只是，这些黑发黄肤的同胞居然对国语疾言厉色，对英语恭敬有礼，把香港当什么地方啦？英语不就是一种语言吗？凭什么在全世界畅通无阻而且到了中国的地盘还可充当高等人士的通行证？英语不就是擂的死（女士）和煎特焖（先生）以及狗粪（女朋友）吗？不就是花生屯（华盛顿）、牛妖（纽约）、我太花（渥太华）以及没得本（墨尔本）吗？不就是全世界风尘仆仆的逼得你死（生意）以及好莱坞那些酸的馒头（多愁善感）和爱老虎油（我爱你）吗？……为什么我到了珠江流域还要受这种鸟语压迫？还不能自由呼吸中国人的母语？

我怒气冲冲，在心里把国语大大地自我优越了一把，这才在警车消失的大街上吞下一口恶气。

这是我第一次到香港。自那以后，我每次到香港，都发现中文的地位居然节节升高。先是机场有了亲切的国语广播，接着很多商店的招聘广告都申明会国语者优先。最后，在接近一九九七年的时候，我到香港已经不容易见到我的几位内地朋友了。他们忙呵，忙着各种各样的国语业务，常常是约我餐馆吃一顿饭，还没说上几句话，就急匆匆要到培训班或者某人家去当国语先生，据说不少高官和巨商都是他们的学生。这使我十分开心，情不自禁地在大街上把国语说得理直气壮威风八面，似乎我是香港人民不请自来的免费语言教练，甚至我就是刚吃完牛腩粉的中国主权，已经提前来接管香港了。我自知这有点可笑，因为国家外交部并没有派我来充当语言先遣队，香港流行英语其实也不算什么缺点，相反倒是这个城市较为国际化的特征之一。我只是高兴没有人再来找我一口国语的麻烦，高兴自己见证了国语的耻辱地位终于结束。

一位西方语言学家曾经说过：一种语言的地位指数，取决于使用这种语言的人口的数量（这一点上汉语比较牛皮）；取决于这种语言所产生出来的文化经典的数量（这一点上中文的表现曾经还不错）；还取决于这种语言的所有使用者全部物质财富总和的多寡（这一点上中文的排名可惜至今仍然靠后）。从这一公式来看，中文耻辱地位的结束，并不仅仅因为中国军队轰隆隆的车队即将开进香港这个城市，而更重要的，是因为罗湖桥海关那边八十年代以来轰轰烈烈的经济和文化建设，正在全球的文明舞台上变得越来越举足轻重。香港人不可能不感受到这一点。

当然，同样是从这一公式来看，中文若要彻底结束自己的耻辱地位，路还长着呢，绝不是我在香港大街上大叫几声所能奏效的。

五星红旗在香港升起来的时候，我有再多的汉语也没使上什么劲，只能在家看看电视。其时我的书桌上多是英文资料，因为我正在翻译一本书。我得坦白地说，尽管我觉得英文有很多毛病，但它还是一种很丰富很漂亮很了不得的语言，不会比中文更高级也不会比中文更低级。要说低级，只有那些一句外语也没嚼烂，却操着一张国产嘴巴对西方世界一个劲地要全盘崇拜或者全盘说不的人，才一定是低级——其发言资格起码就殊可怀疑。你先把人家的字母表整明白了再来全盘全盘地指点江山行不行呢？你要爱要恨悉听尊便，但首先多一点对西方的深度了解行不行呢？

我缺少这种深度了解，所以我拒绝各种全盘之说。我拿起电话与一个在香港的朋友通话，听他说说香港的大雨、回归庆典以及股市上的回归概念大行情,然后我顺便鼓励这位老知青别光顾着发爱国财,从长远来看咱们还是要把外文学好,至少要把英文学好:英哥丽媳(英语)万得福(好得很)呵。

1996 年 6 月[1]

① 最初发表于 1997 年《海南日报》,后收入散文集《然后》。

背影

母亲的看

母亲性格有点孤僻，不爱与外人交道，从不掺和邻居们的麻将或气功。不得已要有对外活动时，比如购物或上医院，也总是怀有深深疑惧。她每次住院留医，必然如坐针毡，又哭又赖又闹地要回家。不管是多么友善的大夫还是多么温和的护士，一律被她当成驴肝肺："这些人么，我算是看透了，骗钱！"

她这一性格是不是源于一九六六年，我不知道。那一年，我的父亲正是被很多曾经友善温和的面孔用大字报揭发，最后终于自杀。

母亲不愿出门，日子免不了过得有点寂寞。幸好现在有了电视，她可以很安全地藏在家里，通过那一方小小的银屏偷偷窥视世界。她看电视时常有一些现场即兴评议，比如惊叹眼下天气这么冷了，电视里的人竟然还光着大膀子，造孽呵；或者愤愤地检举某个电视剧里的角色其实是有老婆的，今天又在同别的女人轧姘头，真是无聊。在这个时候，你要向她解释清楚电视是怎么回事，实在是难。

她年轻时是修过西洋画和当过教师的人，眼下居然就难以理解明明白白的风雪，为何冷不了电视里的大膀子；也很难理解上一个电视剧里的婚姻,为何不能妨碍演员在这一个电视剧里另享新欢。

给她推荐一个新的电视剧,她很可能不以为然地冷目:“新什么? 都看过好几遍啦。”但她很可能把某个老掉牙的片子看得津津有味,一口咬定那是新品出产。她所有新片中最新的又数《武松》。她承认这个片子以前就有,但坚信现在每一次看的都是新编。她争辩说,你去看看武松,你看么,这么多年了,他都老多了,有皱纹啦。

她这些话当然也没怎么错,而且有点老庄和后现代的味道。尤其影视业一些混子们瞎编乱造的艺什么术,我有时候细细看去,还真觉得新旧难辨,就不得不佩服母亲的高明。

武松算是我母亲心目中第一偶像。此外的电视偶像还有毛泽东、费翔、钱其琛等等,拼起来真是麻将牌的十三不搭,不知哪儿跟哪儿。这些偶像当然都是男性,只可能是男性,是一个妇人眼中的盖世英雄。我觉得她喜爱毛泽东的雄武和费翔的英俊还不难理解,对在任外交部长的了解和信赖倒有点出人意料。她一见到钱部长出镜就要满心喜悦念出他的名字,见到他会见外宾就有些着急,说这么多人又来搞他的名堂,他一个人对付好不容易呵,好不容易呵! 她突然问我:那个贩毛笔样的人是谁? 是美国的总统吧? 我一看他就不像个好东西。今天一个主意,明天又是一个主意。就他的鬼主意多。

我颇有外交风度地说,人家当总统当然得有他的主意么。

她撇撇嘴,恨恨地哼一声,没法对那个“贩毛笔的”缓解仇恨。

一揪鼻涕上厕所去了以示退场抗议。好几次都是这样。

大约从去年起，她的身体越来越病弱，眼睛里的白内障也在扩张，靠国外买来的药维持着越来越昏花的视力。看电视更多地成了一种有名无实的习惯——其实她经常只是在电视机前蜷曲着身子垂着脑袋昏睡。我们劝她上床去睡。她不。她执拗地不。她要打起精神再看看这个世界，哪怕挺住一个看的姿态。但我知道她已经看不到什么了，黑暗正在她面前越来越浓重，将要落下人生的大幕。她尽力投出去的目光，正消散在前方荒漠的空白里。有一天她说："那只猪在搞什么鬼？"

其实银屏里不是猪，是一块巧克力。

在这个时候，我感到有些难受。

我默默地坐到她身边，知道她已经看不清什么了，也看不清我了——她的儿子，一个长得这么大的儿子。

1995 年 3 月[①]

---

① 最初发表于 1996 年《家庭》杂志，后收入散文集《然后》。

笑的遗产

我女儿数她的亲人，总要数到游，一位曾经带养她的保姆。

人与人相识是缘分。那一年我家搬迁河西，妈妈体弱，我和妻都要上学或上班，孩子需要托一位保姆白天带养。经熟人介绍，我们认识了游。她就住在我们附近，两家相距约五六十米，门前的树荫相接，蝉鸣相应。

游其实还没到湖南人可称娭毑（奶奶）的年龄，五十岁左右，只是看着儿子打临工挑土太辛苦，为了让他顶职进厂，自己就设法在工厂提前退休。她心直口快，心宽体胖，笑的时候脸上皮肉隆起两个半球，挤得眼睛都不见了，发过酵一般的肥胖肉身上波动着笑浪。她的哈哈大笑是这个居民区的公共健身资源，你茶余饭后，常常可听到这熟悉的笑声远远传来，碎碎地跳入窗口，息落在杜鹃的花瓣上或者你展开的报纸上，增添你心境的亮色。

孩子开始畏生，哭着不要她。不过没有多久孩子就平静下来，喜欢她的笑声了，试着用手去抓拿她的胖脸以及肥甸甸的乳房。她乐呵呵笑得嘴巴更为阔大。把脸避过去，又突然"呷"一声，还一个鬼脸，让孩子觉得刺激和有趣。她可以把这个简单的游戏，认真地重复无数次，无数次与孩子笑成一团。

孩子从此多了一位奶奶。当孩子可以咿呀学语的时候，孩子便不时结结巴巴报道她在游家的业绩。比方拉了屎,撒了尿,打翻了茶杯,屁颠屁颠地跟着奶奶去买菜,每次都得到一个油饼,有时还得到一条小活鱼。

游奶奶常对孩子说:“你不姓韩,姓游。”

孩子说:“我姓韩,也姓游。”

游奶奶说:“你长大了赚了钱,给不给我用?”

孩子说:“我给游奶奶买油饼。”

游便喜得一把搂住她,老幼两张脸紧贴,紧得自己浑身一阵颤抖。“我的好孙子,我的好孙子咧!”

游的丈夫也是个退休工人,擅长白案厨艺,做面点首屈一指,常被这个那个饮食店请去帮忙,一去几个月不回家。两个儿子在工厂上班,一个迷钓鱼,一个好小提琴,工资都不太高,又都在恋爱阶段,自然缺钱花,在家里混吃混喝不算,有时还找母亲要补贴,要是抢白上了,就声粗脸黑的。游奶奶常常红着眼圈来说:“我那两个化生子还不如我韩寒,我哪有多少钱呢?还是我韩寒心痛奶奶,我一哭,她也哭,还给我抹眼泪,要我吃油饼。”说着又落下一串泪来。

韩寒便是我女儿。

游还偷偷地告诉我母亲,她月子里落下了病,在“文革”中又被打伤了腰,还有血压高和血糖高,她是为了多给儿子挣几个结婚钱,才答应当保姆的。但她男人不心疼她,还有点老不正经的毛病,丧德的家伙呵……每次说到这里,她便哭自己命苦,我母亲也跟着抹眼泪揪鼻子。

游满心欢喜的事是二儿子找了个漂亮对象,只是那妹仔脾气大,有次碰上小两口吵嘴,竟给了未来丈夫一耳光。游奶奶报告这一治安事件时惊惧失色:我当娘的都舍不得打他——如今的女子都这样凶神恶煞么?

南方的夏天很热。到深夜了,屋里还如烤箱,一切家具仍热烘烘地扎手,把凉水抹上去,暗色水渍飞快地被分割,然后一块块竞相缩小,蒸发至无。人热得大口大口出粗气,都怀疑自己浑身有熟肉气息。连蚊子在这种夜晚也少多了,大概已被烤灼得气息奄奄锐气顿失。孩子在这样的夜晚当然睡不安,刚闭眼一会儿又哇哇燥醒。不知什么时候,我们听到楼下有人叫唤,到阳台上细细辨听,才知有人在叫孩子的名字,是游奶奶来到了阳台下的暗夜里。她驮着沉沉一身肉,气喘吁吁爬上楼道,被我们迎进家门。她说在家里就听到远远的哭声,怎么也睡不着。她听得出是韩寒在哭,可怜可怜,这鬼天也太热了,你们也太累了,她说什么也要把孩子抱到她那儿去。

她并没有特别的降温妙方,只可能是彻夜给孩子打扇,或者抱着孩子出门夜游不止,寻找有风的去处。我们依稀听出,孩子到那边就不哭了。

整个夏天,她家最凉爽的竹床,最通风的位置,都属于我家孩子。太阳总是落入运输公司那边的高墙,夜色纷纷从下班工人们的提包里掏出来。游奶奶早早往门前的地坪喷水清暑,把竹床放置梧桐树下,至少水洗两遍,准备我女儿晚上的快乐。她儿子不小心坐了竹床,她立刻大声呵斥:“这是给你坐的么?你们后生子好足的火气，一个热屁股，坐什么热什么。走走走，没有你的份！”

儿子只好嘟嘟哝哝地去另找椅子，坐着给我女儿折纸船。

日托差不多成了全托。我们要给她加工钱。她惊吓得坚决不收，推来推去像要同你打架。最后好不容易收下了。但从此不但为孩子买油饼，还买雪糕或甜话梅什么的，几乎每天都买，加倍偿还在孩子身上。

游奶奶的身体渐不如从前，医生说她心脏有毛病。正好这时候孩子也大了，该上幼儿园了，我们便把她送往外婆家——那里有一个不错的幼儿园。那儿离我家比较远，孩子每个星期只能在周末回来探家。

孩子刚去的那几天，游奶奶失魂落魄，不时来我家打听孩子近况。听说她开始有些不习惯幼儿园，每天早上哭着闹着不愿去，游便眼泪哗哗流。“造孽，造孽呵，这么小的人，怎么能离开家呢？我去，我马上就去，把她抱回来。你们不要管我。以后就归我带着她。你们也不要给工钱。我们一家子还少了她一口饭？”她横蛮不讲理地抹着眼泪鼻涕回去，请邻居帮她看住家，自己带上雨伞，摇摇摆摆准备出门远征。

我们劝止她，也不告诉她那个幼儿园的地址。她后来还是瞒着我们去了，先是找错了地方，周折了大半天才找到幼儿园。门卫不认识她，不让她接孩子甚至不让她进大门看一眼，规矩得有点刻板。她在大门外朝内瞄了几眼，没有看见什么，断断续续听见了我女儿的声音，又哭湿了衣袖。她提去的一袋苹果只得提了回来。

我后来才知道，她还瞒着我们干过好些事。我女儿喜欢兔子，一言说出，游奶奶便去乡下寻购小兔，命令儿子做兔笼和割兔草。有一次，附近很多妇女鬼鬼祟祟成群结伙，去远郊一个地方朝拜菩萨。游奶奶听说那菩萨很灵，也去为我女儿烧香许愿。她回来后有点不好意思，偷偷地说："我是居委会干部，又是共产党员，是不能搞那号事的。管他咧，人家都说信则有不信则无。"说完忍不住红着脸哈哈大笑。

我女儿从幼儿园到学校，一天天长高了。每个星期六回家，离家还老远，她就要从我肩头跳下地，疯一样朝游家跑去，直到扑向游奶奶肥软的怀抱，一扎进去就拔不出来。游家总是有很多邻居的孩子，游家常有些乡下来的亲戚，用拖拉机运来藤椅、砧板、鸟笼以及瓜果在游家门前就近推销，也推销着乡音和乡野阳光的气息。孩子们疯疯地赖在那里看热闹，久久还不愿回家。我们用雪糕或图书引诱女儿归来，总是被她还一个白眼。她甚至经常要求在游家睡觉过夜，弄得我妻和我母亲都有点空空的失落感。母亲说："这孩子真姓游呵？"

一九八八年我家迁居海南岛。女儿每吃到一种新奇的热带水果，就会说，游奶奶来了，要让她尝尝这个。游泳在一个美丽的海滩，她就会说，游奶奶来了，我要带她来这里玩。我摄下一叠彩色照片，她总是挑出她最好的几张，说要寄给游奶奶和妹妹——这是指游家近来所得的一个孙女。

她给游奶奶写过一些信。游不识多少字，回信大多是请人代笔的，自己附几句在纸上，歪歪斜斜的字迹像小孩子所写。她的每封回信内容大致相似，都是惭愧自己没文化，没法写很多信，然后惊叹我女儿的信能写这么长，学问真是越来越大了，真是了不得，这样大的学问真是了不得！

她托人捎来丈夫做的一些糕点，可惜路途遥远，糕点到海南时都馊了，没法吃。她来信说，她秋后准备腊鱼和腌辣椒，等我出差去湖南时取回，但我一直没找到机会。

我担心她的心脏病。我曾想象在某一个深夜，她的心脏病发作了，丈夫不在家，儿子也不在家，她爬下床想叫醒邻居，但终于未能坚持爬到大门口。她不是一直担心这样的事情发生么？在我离开她时，她还捉住我的手说得满脸惧色泪花闪闪。我知道，我的女儿可以陪她，可以帮助她，但我还是一天也没耽搁地拉着女儿走了。在她最需要帮助的那个深夜，我的女儿竟不在她身旁而远在千里之外，我们也不在她身旁而在千里之外，对此我能说什么呢？……

我没有把这样的想象告诉女儿，怕她接受不了一个没有游奶奶的世界。吃到一种新奇的热带水果，她还会说，游奶奶来了，要让她尝尝这个。

她还是经常给游奶奶写信，也经常收到游奶奶的回信，捧着信纸一次次仰天大笑。我有点吃惊的是，她怎么一笑就特别像游奶奶的神气？她的脸，上半截像我，下半截像她妈，但她的笑毫无疑问来自游家：笑得那样毫无保留，毫无顾忌，尽情而忘形，笑出了一种很醉、很劲、很疯，甚至很傻的劲头——也许人快活至极的时候，都有这种疯头傻脑的冲动？我记得经常在游家出入的那群邻居小孩，一个个都有这种笑，习性相传，音容相染，游家的笑遗传给他们，完全是相同的规格相同的品种。

游奶奶不论面临多少疾病也不会离开人世的。这不在于她会留下存折上五位或六位的数字，会留下新闻报道里的官阶或学衔，

不，她的破旧家具和老式木烘笼也终会被后人们扔掉。但她在孩子们的脸上留下了欢乐，一朵朵四处绽放。

秋雨连绵，又是秋雨连绵。我即便远在千里之外的海岛，也会以空空的信箱等候她远来的笑声。

1991 年 10 月[①]

---

① 最初发表于 1992 年《中国作家》，获同年《中国作家》散文奖，后收入散文集《夜行者梦语》，已译成法文。

月下桨声

雨后初晴,水面上有千丝万缕的白雾牵绕飞扬。我一头扎入浩荡碧水,感觉到肚皮和大腿内侧突然碾压着冰凉。我远远看见几只野鸭,在雾汽中不时出没,还有水面上浮来的一些草渣,是山上雨水成流以后带来的,一般需要三四天才能融化和消失。哗的一声,身旁冒出几圈水纹,肯定是刚才有一条鱼跃出了水面。

一条小船近了,船上一点红也近了,原来是一件红色上衣,穿在一个女孩身上。女孩在船边小心翼翼地放网,对面的船头上,一个更小的男孩撅着屁股在划桨。他们各忙各的,一言不发。

我已经多次在黄昏时分看见这条小船,还小小年纪的两个渔夫。他们在远处忙碌,总是不说话,也不看我一眼。我想起静夜里经常听到的一线桨声,带着萤虫的闪烁光点飘入睡梦,莫非就是这一条船?

我在这里已经居住两年多,已经熟悉了张家和李家的孩子,熟悉了他们的笑脸、袋装零食以及沉重的书包,还有放学以后在公路上满身灰尘的追逐打闹。但我不认识船上的两张面孔。他们的家也许不在这附近。

妻子说过,有城里的客人要来了,得买点鱼才好。于是我朝着小船吆喝了一声:有鱼吗?

他们望了我一眼。

我是说,你们有鱼卖吗?大鱼小鱼都行。

他们仍未回话,隔了好半天,女孩朝这边摇了摇手。

我指了一下自己院子的方向:我就住在那里,有鱼就卖给我好吗?

他们没有反应,不知是没有听清楚,还是有什么为难之处。

也许他们年纪太小,还不会打鱼,没有什么可卖。要不,就是前一段人们已经把鱼打光了——他们是政府水管所雇来的民工,人多势众,拉开了大网,七八条船上都有木棒敲击着船舷,梆梆梆,嘣嘣嘣,把鱼往设下拦网的水域赶,在水面上接连闹腾了好几个日夜。这叫作"赶湖"。有时半夜里我还能听到他们击鼓般的赶湖,敲出了三拍的欢乐,两拍的焦急,慢板的忧伤以及若有思索,还有切分音符的挑逗甚至浪荡……偶尔我还能听到水面上模模糊糊的吆喝和山歌。"第一先把父母孝,有老有少第二条,第三为人要周到……"如果我没有听错的话,这些久违的山歌,只有在夜里才偶尔鬼鬼祟祟地冒出来。

我后来去水管所买鱼。他们打来的鱼已用大卡车送到城里去了。但他们还有一点没收来的鱼,连同没收来的渔网。据说附近有的农民偷偷违禁打鱼,有时还用密网,把小鱼也打了,严重破坏资源。

我的城里的客人来了,是大学里的一位系主任,带着妻小,驾着刚买的日本轿车,对这里的青山绿水大加赞美,一来就要划船和下水游泳,甚至还兴冲冲想光屁股裸泳。他说这里的水比黑龙江的镜泊湖要好,比广西北海的银滩要好,比泰国的芭提雅也要好,说出了一串旅游地的名字,显得见多识广。我知道,这些年很多学校属紧俏资源,高价招生,收入颇丰,连他这样的小头头也富得买车买房,还公费旅游了好多地方。

我们吃着鱼,说到有些农民用蓄电池打鱼,用密网打鱼。他痛心地说,农民就是觉悟低,一点环境保护意识也没有。

他还说来时汽车陷在一个坑里,请路边的农民帮着推一把,但农民抄着手,不给一百块钱就不动,如今的民风实在刁悍。

这种情况我以前也碰到过。

客人们走后的第二天,院子里一早就有持久的狗吠。大概是来了什么人。我来到院门口,发现正是那个红衣女孩站在门外,提着一只泥水糊糊的塑料袋,被狗吓得进退两难,赤裸着双脚在石板上留下水淋淋的脚印,脚踝还沾着一片草叶。

她是走错了地方还是有事相求?我愣了一下,好容易才记起了几天前我在水上的问购——我早把这件事忘记了。我接过她的塑料袋,发现里面有一二十条鱼,大的约摸半斤,小的只有指头那么粗,鲫鱼草鱼游鱼杂得有点不成样子。从她疲惫的神色来看,大概这就是他们忙了半个夜晚的收获。

我想起水管所干部说过的话,估计这女孩用的也是密网,没有放过小鱼,下手是有些嫌狠。但我没有说什么。我已经从邻居那里知道了他们的来历。他们是姐弟俩,住在十几里路以外的大山里面,只因为弟弟还欠了学校的学费,两人最近便借了条小船,每天晚上在这里打鱼。他们的父亲帮不上忙,因为穷得没有医药费,一年前已经中年病逝。母亲也帮不上忙，据说不久前已经走失了——人们只知道她有点神志不清，曾经到过镇上一个亲戚家，然后就不知去了哪里，再也没有回家。

我收下了鱼。在完成这一交易的过程中，她始终拒绝坐下，也没有喝我妻子端来的茶。她似乎还怕狗咬，说话时总是看着狗，听我说狗并不咬人，还是怯怯不时朝桌下看一眼，一见狗有动静，赤裸的两脚就尽可能往椅子后面挪。

“你很怕狗么？”我妻子问。

她不好意思地笑笑。

“你家没有养狗么？”

她摇摇头。

“你喝茶。”

她点点头，仍然没有喝。

她提着塑料袋走了以后不久，不知什么时候，狗又叫了，窗外橘红色一晃，是她急急地返回来，跑得有点气喘吁吁。

“对不起，刚才错了……”她大声说。

“错了什么？”

“你们把钱算错了。”

“不会错吧？不是两斤四两么？”

“真是算错了的。”

“刚才是你看的秤，是你报的价，你说多少就是多少，我并没有……”我觉得自己没有什么责任。

“不是，是你们多给了。”

我有点不明白。

她红着脸，说刚才回到船上，弟弟一听钱的数字，就一口咬定她算错了，肯定没有这么多钱。他们又算了一次，发现果然是多收了我们一块钱。为此弟弟很生气，要她赶快来退还。

我看着她沾着泥点的手，撩起橘红色衣襟，取出紧紧埋在腰间的一个布包，十分复杂地打开它，十分复杂地分拣布包中的大小纸票，心里有些过意不去。一块钱怎值得她这样急匆匆地赶来并且做出这么多复杂的动作？“也就是一块钱，你送鱼来，就算是你的脚力钱吧。”我说。

“不行不行……”她把头摇成了拨浪鼓。

“再说，我们以后还要找你买鱼的，一块钱就先存在你那里。”

“不行不行……”拨浪鼓还在摇。

“你们还会打鱼吧？”

“不一定。水管所不准我们下网了……”

“你弟弟的学费赚够了吗？”

“他不打算读了。”

“为什么？”

她没有回答，只是固执地要寻找一块钱。她的运气不好，小钞票凑不齐一块钱。递来一张大钞票，我们又没有合适的散钱找补。就这样你三我四你七我八地凑了好一阵，还是无法做到两清。我们最后满足她的要求，好歹收下了七角，但压着她不要再说了，就这样算了，你再说我们就不高兴了。

她做了什么亏心事似的，浑身不自在，犹犹豫豫地低头而去。

傍晚，我们从外面回家，发现院门前有一把葱。一位正在路边锄草的妇人说，一个穿红衣的姑娘来过了，见我们不在，就把葱留在门前。

不用说，这一大把葱就是她对鱼款的补偿。

妻子叹了口气，说如今什么世道，难得还有这样的诚实。她清出一个旧挎包，一支水笔，说可以拿去给红衣女孩的弟弟上学，说不定能替他们省下两个钱。但我再没有遇上红衣女孩，还有那个站在船头为她摇桨的弟弟。有一条小船近了，上面是一个家住附近的汉子，看上去比较眼熟。从他的口里，我得知最近水管所加强禁渔，姐弟俩的网已经被巡逻队收缴，他们就回到山里种田去了。他们是否凑足了弟弟的学费，弟弟是否还能继续读书，汉子对这一切并不知道。

人世间有很多事情我们并不知道，何况萍水相逢之际，我们有时候连对方的名字也不知道。

我说不出话来。每天早上，我推开窗子，发现远处的水面上总有一叶或者两叶小船，像什么人无意中遗落了一两个发夹，轻轻地别在青山绿水之中。但那些船上没有一点红。每天晚上，我走在月光下的时候，偶尔听到竹林那边还有桨声，是一条小船均匀的足迹，在水面上播出了月光的碎片，还有一个个梦境。但我依稀听得出桨声过于粗重，不是来自一个孩子的腕力。

我走出院门，来到水边，发现近处根本没有船。原来是月夜太静了，就删除了声音传递的距离，远和近的动静根本无法区别，比如刚才不过是晚风一吹，远在天边的桨声就翻过院墙，滚落在我家的檐下阶前，七零八落的，引来小狗一次次寻找。它当然不会找到什么，鼻子抽缩着，叫了两声，回头看着我，眼里全是困惑。

我也不明白，是何处的桨声悠悠飘落到我家墙根？

2004 年 7 月[①]

① 最初发表于 2004 年《天涯》杂志与《文汇报》。

空院残月

有一个邻家的汉子很会种瓜，扛着锄头这里看一看，那里挖一挖，似乎没有做什么，但他所到之处不久就会冒出肥大的瓜叶，逢沟过沟，逢坡上坡，甚至翻越墙垣，尽情地蔓延和覆盖。不知什么时候，瓜藤已潜游我家门前的路上，过不了多久，两三个南瓜居然憨憨呆呆地拦路把守，要收缴买路钱的样子，使我出入的时候得东躲西闪、三步两跳。

“把瓜摘去吃吧。”他撑着锄头，乐呵呵地冲着我笑。

“我家也有瓜。你种的，你留着。”

“我一个人吃饱，全家就不饿，哪吃得完？”

既然他是一个人居家，那他到处种瓜做什么？是有种瓜癖？是生性闲不住？还是对世界上一切荒土闲地有开发兴趣？

他家离我家不远。我走出院门，同张家的人点点头，同李家的人搭搭腔，然后就能看见他家斜斜的院门了。我去过他家，看见他家里的算盘和几个账本，知道他是村里的会计，有时还到小学代点课，无论数学还是音乐，都能教。我正巧看见五六个女孩子在他家排演歌舞，大概是准备学校里节日会演的节目。他一双赤脚，腿上带着泥点，头发眉毛皮肤都被阳光烧灼成了浑然统一的土色，却是一个努力投入艺术想象的导演。“我们的祖国似花园，花朵开放真鲜艳……”他边唱边舞，两手像扭着一条无形的毛巾，左耳边扭一下，右耳边扭一下，是一种挖土和挑粪般的舞蹈手势。

“下腰，下腰，你们看看我……”他还来了个上身后仰的示范，直到自己仰得两眼翻白，耳根都涨红了。

这位赤脚导演没顾得上陪客人。我与妻子在一旁观摩和喝茶，其实是喝着热水瓶里的凉水，已经化不开茶叶。两只杯子也破旧凌乱，一只搪瓷大杯，一只粗瓷酒盅，是他刚才找了半天才凑齐的。这确实是一个主妇缺席的家。

听邻居说，刘长子的老婆到南边打工去了。听邻居喝了酒以后说，他老婆实际上也是人家的老婆，帮一个老板管家，还生了个娃，只是把赚来的钱一个不少地寄回来，供这边的儿子读书。我不太理解这种事，尤其不太理解人们说起这事时的随意和淡漠，忍不住想多问几句。“有什么奇怪？闲着也是闲着，就等于出去寻副业么。”一个妇人这样回答我。另一个老人笑了笑：“刘长子能怎么样？丈夫丈夫，只管得一丈远的。”他们转而说起了眼下学校收费的昂贵。照他们的计算，供一个孩子读高中，非得有两个人打工进钱不可。因此刘长子福气好，不仅自己可以代课，还有一个既挣钱又顾家的老婆，要不他儿子恐怕早就搓泥巴它了——这是务农的意思。

我见过一次他那个似有似无的妻子。大概是知道村里有些说法，她从来没让我看到过正面，即便是在水边的菜园里相遇，她也是去看天上的鸟，或者弯腰去扯除什么杂草，是一个躲避目光的影子。从背影和侧面来看，她身姿绰约，而且有了都市生活的风韵，比方衣摆剪裁得很合身,比方衣履有细心的颜色搭配,比方腰身和脚步有一种用心的收敛,没有乡间重担压出的那种粗放散乱,不会脚步乱刮或者胯骨乱甩什么的。但她没有市井虚荣,回家来探亲,不打牌,不入酒席,日子都浸泡在汗水中,挑着粪桶一闪就没入瓜棚豆架。那一片繁茂绿叶的深处偶尔飘出嘤嘤低语,大概是她与什么邻居说话,但听不清楚。

她们隔着绿叶的帷帐说说家常,互相也不见人影。

她丈夫没有来帮忙。其实,她丈夫无法上地了,因为一场大病,撑着拐杖也偏偏欲倒,她才赶回乡下来料理。我不知道刘长子患了什么病,问起来,他只是笑笑,说得含糊。直到我看到他转眼间面容枯槁,头发眉毛渐次脱落,有明显的放疗和化疗迹象,才猜出他的病凶多吉少。

他扶着拐杖,再一次冲着我笑笑:“把瓜摘去吃吧。”

“你自己留着吃。”

“我怕是吃不上了。”

“你不要灰心。听我说,得这种病的成千上万,其中不少活过了十年,甚至二十年,天天扭秧歌或者踢足球的,也大有人在。你一定要心情开朗,积极地与医院配合。”

“什么医院?明明是拦路抢劫的土匪。”他目光发直,两个眼珠挤成了一个斗斗眼,“一个疗程就要我八千,要在我身上开金矿么?”

“有什么办法呢?病在你身上,还是要治的。”

“我决不给他们吃冤枉!”

他看了看天边的风景，回家做饭去了，转过身，喘了几下，拾起了身边的几根豆角，又喘了几下，缓缓挪动了步子。我忙上前去扶住他，问他妻子为何这么快就走了，为何不留下来照料他。

“家里也没有多少事，不用她天天守着。”

“多个人手总是好一些。”

“守着我，能守得出钱来?”

他说明它就要考大学了，然后缓缓地朝夕阳走去。鸟雀正在归巢，水边的老牛正在回家，家家户户的炊烟都升起来的时候，他孤独的剪影定格在一片火烧云中。

明它是他的儿子，一直在县城寄宿读书。我只见过他的考号和上了线的考分，受他父亲之托，与某大学的一位朋友通过电话，确保这所大学录下了他。直到我就要离开这个村子了，有一天从外面回来，才发现他们父子俩坐在我家。他儿子长得像个女孩，眉清目秀，有些腼腆，埋头翻着一本杂志。父亲满心欢喜地看着这个有出息的儿子，有一种怎么也看不够的劲头，目光软软地和糍糍地抚摸着儿子侧面的每一个部位，摸得大学生更腼腆了，扭过头去看着墙角，躲开父亲的目光——他是知道这种目光为时不多从而不忍相接？还是年幼无知从而不觉得这种目光点滴都不可遗漏?

邻家汉子戴着帽子，盖住了头发脱落的头，是带着儿子来面谢的，顺便也讨教些大学读书的方法，问一点都市生活须知。墙边的几只大南瓜，当然是他的谢礼。在整个说话的过程中，他的兴致一直很高，听到儿子说起大学里一些趣事，甚至满面红光地哈哈大笑，只是通常比别人笑得慢半拍，目光有些发直，似乎卡在略有所思的那一刻。我突然想到，我将离开这里，春暖花开时节才会再来。这就是说，如果事情不出现奇迹，他此次戴着帽子的来访，对于我来说也许是最后一次。我知道拒绝就医意味着什么。我看见他最后一次摸着我家的桌沿，最后一次放下我家的茶杯，最后一次艰难地站起来，最后一次拄着拐杖走向大门，最后一次给我视野里留下笑脸和弯曲的背影……事实上，我没有看到这个背影，而是让妻子去送客。我没有勇气在一片谈笑声中，在一个秋高气爽风和日曛蝉鸣雀噪的好日子，与一个活生生的人永别。这分明是一个欢欣的场景，容不下永别的情节。

我乘车离开此地的时候，甚至不敢朝他家的院门望一眼。此时，他也许站在那里，也许没有。这种种也许一晃就甩到了车后，离我越来越远。

现在，我又来到了这里。没有人向我提起他，我也没有问起他，一个人的名字就这样在大家心照不宣的约定之下删除了。院墙外的瓜藤又开始蔓延，向路上延伸着妖娆的触须，大概是想拦住路人的脚步，想说点什么。花朵也开始绽放了，像举起一支支金色的喇叭，正在向这个世界大声地传诵和宣告什么。我不知道是谁又在这里种下了瓜，或者它们不过是野物，来自去年无人采摘的瓜，来自瓜腐成泥后重新入土的种子。如果没有人来采摘，它们也许会年复一年地这样繁殖下去。

清明节，远近的鞭炮声不时传来，当然是各家各户在上坟。我不知道是否有人给刘长子上坟，也不知道他的坟在哪里。我只接到了他儿子的一个电话。他吞吞吐吐，想向我借一点钱。他说网

上有人推销一种彩票透视眼镜，据说是发财致富的高新技术产品，他很想得到一副。

我不记得是如何回答他的，也不愿意把这个电话告诉村里的人，当然更不会告诉他父亲。晚上路过他家院门时，我让村长等我一下，然后推开半掩的竹门，习惯性地跨过院门的石槛。已近深夜了，西沉的残月隐在林子里，给曾经排演过歌舞的清冷地坪，筛下一片模模糊糊的光斑。正房门挂着一把锁。墙根已布满青苔。靠近厨房的一根竹管还流着水，但支架已经垮塌，泉水流到了地上。

接水用的瓦缸还有半缸积水,有孑孓蚊蝇浮在水面,大概是房主去年所留。这个院子里也有很多瓜藤,从院墙那边蔓延过来,已经把一条通向屋后的小路封掩,然后爬上了石阶,攀上了檐柱,甚至缠住了檐下一张废弃的犁,在木柄上开出了小小花朵。我知道,待到秋天来临,这里将会有遍地金灿灿的南瓜,在绿叶下得意扬扬地纷纷探出头来,一心要给主人冷不防的惊喜。

我踏着月光,完成了一次为时已晚的告别。

2004 年 7 月[①]

① 最初发表于 2004 年《天涯》杂志和《文汇报》。

美国佬彼尔

Hello！Hello！你好吗？约翰！亲爱的，史密斯！……机场迎候厅里的男女们各自找到了翘首盼望的亲友，笑着迎过来扑向我左边或右边的身影，献上鲜花、亲吻、握手、紧密的或疏松的拥抱。微笑之浪退去之后，只留下我和张先生的清冷。

仿佛前面有一双眼睛盯着我。看清楚了，是藏在高度近视眼镜片之后的眼睛，透出老朋友般会心的微笑。我好像见过这北欧型的面孔，这修长瘦削的身材，只是一时想不起来了。他双唇张了一下，没错，是在叫我，是那种洋调调的中国话。即便如此，一片英语海洋里的这三颗久违的中国字也击中了我们的全部惊讶。

他是美国新闻署派来的代表吗？我们狼狈误机，早作了下机后流落街头的准备。

我上前握手，用英语问好。

“你不认识我了？”他依然眯眯笑着说中国话。

“对！你不就是——”

“华巍！”

他自己已经报上家门。

华巍是他的中国名字，英文名则是威廉·华德金斯，昵称彼尔——我现在不得不向身旁莫名其妙的张先生作点介绍。三年前有一位记者朋友问我，愿不愿意见一位美国人。我问何许人也。对方说是一位在湖南医学院执教的青年，曾接受过他的采访。因为这位老外曾跳下粪坑为中国人捞取过手表什么的，颇有雷锋之风范，事后这位老外也跟着开玩笑，说他就是美国的雷锋，雷大哥。我就是这样同他认识的。他来过我家，在我家吃过饭，洋式高鼻子吓得我两岁的女儿躲在外面大半天没回家。餐桌上他又告诉我一个英语词：皮蛋叫作千年蛋（egg of thousand years old）。我发现他中文很好，读过《三国演义》和《水浒》，还知道华威先生在张天翼的笔下形象不佳，所以断断乎不让我们把他的名字写成"华威"，一定得写成"华巍"。

他对长沙方言更有兴趣。据说有一次他外出修理自行车，遇到车贩子漫天要价，气得推车便走，还忍不住回头恨恨声讨一声："你——撮贵贵！"

"贵贵"是长沙现代俚语。有人说"贵"原指陈永贵，后泛指乡下人，又演变出呆子憨佬的意思。此话出口，令车贩子立刻瞠目。

我没料到，在华盛顿机场会重逢这位老友，更没想到，他到美国新闻署打工，将是我们此次旅美全程的陪同兼译员，将与我们共度昏昏然之一月。

"你们都没有穿西装，太好了，太好了！"他注意到我的汗衫，忙不迭扯下自己的领带，"我以为中国人都喜欢西装，以前我陪几个团都是这样，太什么——"我揣测他正在搜寻的中国词，严肃？刻板？拘束？作古正经？"对对，太作古正经！"他很准确地选择了一个成语，"你们穿西装，我也得穿，你们打领带，我也得打。这是规矩。其实我实在讨厌领带，太讨厌了！”

我望着车窗外郊区的房舍和绿草坪，缤纷色块从公路尽头向车头四周飞快地放射。

“真好，太好了。”他还津津沉醉于自己颈脖的解放，把那条细如绳索的廉价化纤领带胡乱塞入衣袋。

我记起当年在长沙，他也是不怎么精心装修自己外表的，那间湖南医学院的小房间里，杂志书籍凌乱地堆在地板上，床上乱摊着一些衣物和照片——他在非洲摄下来的。我想练练英语口语，而他更爱讲中文，屡次压下我的英语表现欲。他用中文对“清除精神污染”发牢骚，用中文讨论中国的“文革”和庄子。有一次我提到，在庄子看来，万物因是因非都有两重性，包括财富、知识和自由。故思想专制可能锻造出严密而深刻的思想家，如康德和黑格尔；而思想自由也可能批量生产出一些敏锐活跃然而肤浅的家伙。

我说的时候，注意到他背靠凉台栏杆，背靠月色朦胧中一片树影黑森森，摇着头，有居高临下者讥讽的微笑。

我不能认定这微笑恶毒，甚至不明他的思路，只能怀疑一位即算能说“撮贵贵”的西人，真正了解东方文化的精魂并不那么容易。

他领我们到乔治区玛波雷宾馆找到房间，随即大张旗鼓搜寻中餐馆，弥补我们一路上西餐之苦。他也热爱着中餐，说中国落后，至少在吃的方面还很先进。

第一餐，我很中国式地抢着付了账。第二餐，张先生也执意做了东道主。彼尔操圆珠笔在餐巾纸上列式算出各人应摊钱数后，察觉为时已晚。他不安地苦笑，如坐针毡，长长背脊一次次向椅背退抵，投降式地举双手连连挥摆："下次不要这样，再不要这样啦，在美国，照美国人的习惯办事吧。"

我们不再忍心对他施以精神折磨，只好从此各自付账，让他的圆珠笔大有作为。

我必须说，餐桌上圆珠笔的操演功夫大概并不代表美国人的悭吝，即使他们还有很多令中国人乍看起来得撇撇嘴的举动，比方说声势浩大地扬言要回送礼品，但进入商场忙碌好一阵以后只给你买来一张小画片；比方说三番五次盛情邀请你去家里做客，到头来餐桌上只有一碗面条加几根烤香肠。现在不是谈文化很时髦么？那么这也就是一种文化，不宜由外人轻率褒贬。美国特有的文化还包括他们在岔路口停车让人并鼓励行人先走的摆手和微笑，包括他们众多援救贫弱的募捐义演以及男女老少的慷慨解囊，包括他们对他国文化知之甚少但又对他国政治指挥甚多……笼统地比较中美两国的文化和人性，总有几分风险。

想在短期访问中看透美国，更是不可能——尤其是访问那些办公楼的时候，沉甸甸的静谧和肃穆中，女秘书的握手和微笑都训练有素，男士们持重简洁的言辞使你公务之外的谈兴都骤然熄灭，无处可寻。负责我们访问活动安排的是美国国际教育中心（IIE），一个与政府很接近的非政府组织，上受新闻署之托，下与各地小团体相连——比方说美国某些"国际好客者协会"的地方志愿者组织。出于一片好心，他们让我们访问一些与亚洲事务和艺术有关的机关，进行办公楼大串联。有些约见不无益处，比方说去美国笔会中心，去亚洲协会，去国会图书馆，包括在国会图书馆内用电脑查阅中国“文革”时期的大报小报。我居然看到了全套《湖南日报》，似乎第一次发现“文革”期间的党报排得那么稀，字体那么大，陌生而又熟悉。

我更有兴趣于办公楼以外的生活。只有几天，彼尔也对访问的办公化有些厌倦，常常在会见途中东张西望，偷偷递来眼色：“Ke4 不 Ke4（走不走）？”

主人即使懂中文，也懂不了这种长沙土语。连同行的东北人张先生也只能大惑不解地干瞪眼。

“Ke4！”我恨恨地说。

我们礼貌地告辞出门，彼尔总是回味刚才猖狂的联络方式而自鸣得意。

我们用省出来的时间去教堂，去贫民区，去酒吧，去交易所，去精神病院，去大大小小的画廊，用目光把偌大一个美国胡乱盯将过去。彼尔在教堂和画廊方面较有知识，又对各种建筑兴致勃勃。他引我们冒雨参观了著名的越战纪念碑。纪念碑是个狭长的等边三角形，黑色碑面晶莹照出人影，又叠出五万多越战中阵亡官兵的姓名密密，任人影缓缓一路抹过去。碑前一些花束和纸条都被雨打湿了，委地飘零。一张纸条是：“汤姆，爱德华叔叔很抱歉，他不能来看你。”另一张是：“汉森，我们都记着。”一个失去双腿的老兵戴着黑礼帽，在碑前的雨雾中推着轮椅转来转去，不知在寻找什么。而远处三个美国兵的雕像用疲倦忧郁的眼光，远远凝望着这边的花，轮椅，以及碎碎的纸条。

彼尔在那些名字中找了半天，让我们好等。最后，他说找到了与他同名的另一个威廉·华德金斯，一位陌生的死者。

他总算找到了自己。

他又引我们去看各种大厦，常常不由分说就往前跨出大步——他的腿太长，几步撩出去，就加剧了我们的气喘和精神紧张。

“算了，老看大厦没什么意思。”

“不不，好看。”

“你乡下人呵？不就是地毯、电梯、玻璃窗吗？”

“不不，好看。一本本书，都是纸和字，那就无须看了吗？”

“不一样就值得看了吗？两堆大粪也会不一样。”

我还没来得及雄辩，他的长腿又嗒嗒嗒撩到前面去了，一颗脑袋悠悠然东张西望。

他的两条长腿，一定来自这种随心所欲的个性，而鹤立鸡群的身高，遥遥领先的步伐，无疑又强化了他的高超感和先进感。于是，我们之间的种种争论就是自然了。有一次我们就广岛事件又各施唇枪舌剑，他说不在广岛丢核弹日本就不会提早投降，我说受害者多为平民，这颗核弹公理不容。别以为你们美国做的事都是对的。他说历史上很多事对错兼有说不清楚，我说有大错或者小错，有较好或者更好，还是可以选择判断。这类争论当然是不了了之，由几杯啤酒或可乐打下句号。

他对个人生活的捍卫也十分果敢。讨厌抽烟，会当面请你把烟头掐灭。想要睡觉，会敲房门请你们说话悄声。一点面子也不给，冷不防给一团和气的中国人一点小小尴尬，完全是那种缺肝少肺的美国德性。有时候他甚至忘记译员的本分，毫不含糊地代你回答有关中国的问题，用他的感受和观点接管你的回答权，同蓝眼睛们滔滔不绝。幸亏我还懂些英语，既能欣赏他的坦率和博识，也知道他对中国的了解还欠火候。比方说，并不像他说的那样，中国人都不知道朝鲜战争的真实过程，都不知道苏联大肃反和《古拉格群岛》，都不知道二次大战初期苏德的复杂关系和美国人民为抗日所做出的牺牲，都迷恋于日本电器法国香水和美国牛仔裤，都以为美国人个个腰缠万贯挥金如土谁见了都可以揩油，都鄙薄农业而敬仰人造卫星以为仪表闪闪那才是科学……说实话，听到这些一孔之见，尤其听到这些话引起蓝眼睛的哄笑，我总是有一种越来越增强的恼怒，对他毫光熠熠的眼镜片越来越无法容忍，终于正色插嘴：

"Only some of them（只是某些中国人）！"

那一刻我爱国爱得十分豪壮，也爱得有些孩子气。其实，大多数蓝眼睛对中国大都没有恶意，包括彼尔。他有时还是弱点自知的，在华盛顿见面不久就把检讨作在先了："我的缺点就是人之患在于好为人师。"

我同他开玩笑，叫他"美国佬"。

他嘿嘿笑着："对，我是个美国佬，洋鬼子。打倒洋鬼子！"

这位洋鬼子毕业于耶鲁大学，在非洲和中国台湾教过书，又旅居中国大陆三年。妻子是一位湖南妹子，姓吴，个头小巧，心性机敏而温柔，厨房手段却不怎么够段数。我与彼尔和张先生分手，独自先行赴明尼苏达州时，就是她那一头朴素的短发和一口湖南话在机场接我。从她口里，我得知她原是一位护士，因学英语结识了彼尔。一开始朋友和家人都反对这门婚事，她自己也犹豫再三，怕沾上找洋人骗钱的恶名。但扛不住彼尔离开中国后三天两头写信恳求，一年后又风尘仆仆专程飞往中国……

她说这些的时候，我们正坐在彼尔家门前的草坪上。深蓝色的晴空中，一束白云从天边向头顶飞撒过来，拉成丝丝缕缕的诗意。屋后一大片绿莹莹的林子里，小溪流着夕阳，有什么鸟在明尼苏达州的深秋里种下一颗颗好听的叫声。

我决意到彼尔家里小住几日，是为了看一看普通的美国乡村，呼吸一下美国家庭内烤面包的气息和主妇们的唠叨。这是一个非常温暖的家庭。父亲在美国驻欧洲空军中服役多年，现领着退休金又开着一个并不怎么盈利的家具修理小店。他腰板很直，纤纤瘦腿拖拉着笨重的大皮鞋，很少讲话。常常不知他到哪里去了，回头一看，他还坐在桌子那一头，从眼镜上方投来微微带笑的目光，触抚着属于他的老伴和儿女。目光中的满足和慈爱，使人不能不联想到美利坚初期青铜色的清教，还有新教教堂里的管风琴声。

根据家庭禁烟宪章，他常常起身捶捶背，偷偷地去车库或工场躲着抽上一口烟。他很高兴以我为烟友，还引我参观他集邮一般收集起来的各种工具。他送我一把自制铝尺，还有他的名片，盖有“华继班”印戳。发现印戳没盖得很清楚，他蘸上印泥，哈口气，稳稳地垫住膝头再盖。

中文名字是儿子给他取的，取继承鲁班伟业之意。

彼尔的母亲很富态，极富同情心地唠叨一切。小吴说她预先得知我们要来，忙碌了好几天，反复向媳妇学习做中国菜和泡中国茶。她的晚年中有饭前祈祷的严格家规，有几大冰柜的自制果干果酱以及泡菜，还有对电视中美国小姐竞选节目的极大兴趣，堪称富有。

写到这里，我还想起了彼尔的弟弟，满嘴胡须的大卫。前不久彼尔寄来信和书，我回了信，竟忘了问候大卫。我不知道大卫现在是否还那样惧怕和憎恶妈妈所做的烧富瓜，是否还每天缩在乱糟糟的床上读小说到深夜，是否还经常去公路上蹬着自行车超越一部部汽车然后发出胜利的开怀大笑。我记得那天夜里从他姑妈家回来，我与他同车。风很凉，车灯楔破的黑暗又在车后迅疾地愈合。他扶着方向盘再次木讷地谈起自己的生活。他不愿意进城去，说比他聪明的朋友进城后也没闹出什么名堂。他至今没有女友，也不愿意去跳舞，就爱一个人照相，骑自行车。“没有什么不好，我很满足。”他盯着前面的黑夜深深。

我也忘记问候美丽的伊丽莎白了。哥哥说她是家里娇气的公主，假期回家一定得睡自己的房自己的床，说不这样就不像回了家——家嘛，就是可以使使性子的地方。要是客人占了她的床，她就赌气不回来。当时我听到这些忍不住笑了，完全感觉不到彼尔的那种不满，倒觉得撒娇的权力当然应该属于她这样的妹妹，属于她柔韧的下巴和大眼睛。我们应该祝福她，愿她永远能为一张床而赌赌气什么的。

明尼苏达，明尼苏达散发出泥腥气的蓝色大平原已经沉入地平线的那一边，在我迷蒙的记忆里渐渐蒸发。幸好，彼尔夫妇说他们今年可能来中国探亲，彼尔获得农学学位以后甚至还可能来中国定居。那么，他将成为再一次出现在我面前的明尼苏达么？

我常对彼尔说："你坐下，你一站起来，傻高傻高的，就给我一种压抑感。"

他笑着，就坐了下来。

我总是嫉恨他身材的高度。

1986 年 12 月[1]

① 最初发表于 1987 年《湖南文学》杂志，后收入散文集《夜行者梦语》。

安妮之道

安妮·居里安翻译过我的一些小说,是法国汉学家中文学译笔最佳之一——很多法国读者这样告诉我。她还翻译和研究过沈从文、陆文夫、汪曾祺、史铁生、杨炼等等。如果说翻译也是创作,那么法国人心目中的这些中国作家已非真品,其实有一半是她的血脉,她的容颜。

最初见到她是在一九八八年的巴黎。她套着一件深蓝色的肥大布袄,驾一辆半客半货的灰色工具车,从弥漫着光流香雾的香榭里舍大街上匆匆驶过,奔赴某个书店或某个讲演厅里的中国文学。三年后我在戴高乐机场再次遇到她,她还是穿这件衣,还是驾这辆车,依旧与脂粉无缘。这使人难以知悉——其实也使人容易知悉,她出身于巴黎望族,亲属中有一串让法国小民惊羡的科学院院士、内阁部长等等。而她本人也是最高学术机关——法国科学院的研究员。这种人不是最有朴素的权利么?

一九六八年人类理想主义的大年和热季,红色成了法国学子们的流行色。他们向资产阶级的政府大厦挥舞着拳头,高诵毛泽东的语录,声援中国与越南,打起背包走向工人农民的贫困区……安妮的丈夫皮埃尔向我比划着讲述他们当年的狂热。我怀疑安妮的中文学习,就是从毛泽东的小红书开始。

但她不喜欢中国的一些常用语,比方说“牺牲”。

她说,她从不愿意用这一个词。牺牲是什么?为谁牺牲?谁是享用牺牲的圣主?现代西方人不牺牲。她更能接受中国的另一些话,比如“道可道非常道”,比如“三个和尚没水喝”。

于是,我看出法国当年的红色,在“牺牲”这片透镜下,呈示出与中国红色不同的光谱。

她像不少法国人一样,有时谈论美国,就像谈论乡下某个突然冒出来的暴发户,而可口可乐,一般来说简直是浅薄粗野的赃证——虽然她如此诋毁友邦后总是礼貌地补偿一些对美国的赞词,但她谈论中国的古典哲学、中国的当代作家、中国的寺庙和书法、中国山民的耕耘和图腾仪式,眼里总是闪耀着非礼貌亦非职业兴趣的由衷欣喜,一次次朗笑之后,抿嘴低下头去,起身去干别的什么,会心笑意仍开放于嘴角良久——这种侧面最能焦聚她的美丽。

有一次,她还愿意学做中国菜,切了点辣椒,切了点蒜,在同西红柿斗争的时候差点切了自己的手指,紧张得脸一直红到耳根。她把这些东西煮成一锅,非中非西糊糊涂涂,如同比较文化热中一些时髦论著。最后我按捺不住,说还是我来做算了。

她的英文也好,几度在美国当访问学者。但密布美国的卡拉OK令她好笑,美国人习惯于雇佣花工定期上门剪草浇花(此现象在法国大概也渐渐增多),使她不可接受。在她看来,自己动手是一种自尊,一种光荣和乐趣。她和丈夫忙碌家务的时候,你可以感觉到,他们修整着绿茵小院,其实是清扫着培育尊严的精神净土。

她在中国最感不快的经验，是作为洋人处处受到的优宠，比方住特别的宾馆，在特别的窗口买车票，得到政府官员特别多的笑脸。这不啻对她的侵凌和侮辱。她情愿自己扛大箱也不让侍者来代劳，情愿两腿酸乏地排队也不去外宾窗口优先。她说有一次在黄山，她执意要住中国人住的旅店，与普通中国人接触，结果竟被警察反复盘查，大概认为她有敌特之嫌，图谋窃取有关黄山的情报。

这次，她来武汉参加一个学术会议，又与我见面了。大家同游长江三峡的路上，东道主安排外宾坐一辆有空调的豪华中巴，内宾则坐普通大巴。安妮没有表示抗议，克制着巴黎人喜怒均形于色的脾气，但说什么也要钻到大巴上来，而且很不巧，坐在震动最剧烈的后排座。车一出城，黄尘一浪浪扑入窗内，连中国人也啧啧烦言地捂鼻子抹脖子。但她不顾主人一次次规劝，坚持不回到豪华的凉爽和洁净中去。她在车壳子乒乒乓乓震耳噪声中，在尘浪的气味中，兴致勃勃地扯大嗓门，与邻座的黑发黄肤者谈长江、谈法国，甚至耐心地为某英语爱好者当口语陪练。满车男女都喜欢上她了。“这个法国妞，除了鼻子高一些，与中国人没什么两样呵。”有一老头这么说。

“为什么只注意我的鼻子？我的眼睛也同中国人的眼睛不一样，是不是？”她滋滋喜悦之余却有些不解。

船入小三峡，船重水浅，内宾们须上岸跋涉一段，安妮自然拒绝继续留在船上的优待。我知道，这并非她有行走癖，也不是有意克己矫俗。她是完全不赞成“牺牲”的。她只是把对社会等级的蔑

视，对普通人的亲近，化作了自己的享乐。她的道与利欲已融为一体。

道不能止于理智。理智之道是一种自我强制，只是一种伪善者的勉强和造作而且常常伴有委屈感以及悲苦神貌，一有不慎，就会在利欲的爆发中灰飞烟灭。而真正的道是渗透骨血的。得道者们不觉得自己应该“做”什么好事，不以为自己做过什么“好事”，他们对每一个人、每一只鸟、每一棵树祥和欣悦的目光，纯属性情的自然。这种人出现在你面前，不用开口也不用行动，他们的眼睛时时向周围播染着愉悦、友善、充实和生活的自信,使你沐浴着无善无恶的大心之光。人们可以在一大群人中,毫不困难地把他或她辨认出来。

安妮用这样的目光,凝视着三峡群峰,眺望山那边的山,云那边的云,射向世纪末深不可测的蓝色天宇。长江在她脚下,黄汤奔泻,污浊了一切倒影,也把一切汽笛声淘洗成呜咽。她说得对,她的眼睛是天宇的色彩,与中国人不一样。

这一次,她送给我她女儿朱丽的一张画,汉文题目是“中国女儿”。画中人像朱丽自己,但也像她母亲,有一对蓝色的眼眸。

1993 年 12 月①

① 最初发表于 1993 年《海南日报》,后收入散文集《海念》。

重　逢

纽约这个美国东海岸的都会有点熟透了的感觉，砖墙和空气一块块滞重发黑，人面和商业广告拥挤不堪，汽车和行人都技艺纯熟地竞相抢道，哪怕把优雅已经装备到牙齿的纤纤淑女也决不心慈腿软，很少外地那种谦和礼让，一脚出去总是捷足先登，更不会对陌生人浪费丝毫微笑、问候乃至点滴目光。

地铁里每节车厢都被胡涂乱抹出昏话粗话鬼话一塌糊涂，堪称纽约“十景”之一。地铁线像根系一样钻入百老汇大街和帝国大厦之下盘根错节，于是就长出了地面上的树干和树枝——高楼疯长的纽约。

这一切已经很难改造。

我到纽约后给梁恒打电话，他是我的老同学，母亲又是我现在的近邻。这次我来美国，老人家托我给儿子捎来布鞋和衣料。

接电话是女人的声音，不用猜，是梁恒的犹太族妻子，中文名夏竹丽。她说她很高兴，知道我可能会来，说梁恒可惜不在家，到机场接金观涛去了。我同金先生有过交道，读过他一些文章，想不到他今天也到了纽约。

一个多钟头以后，有人叫我去接电话，这次是梁恒打来的。话筒里迸发出哈哈大笑，先是英语，后是中文，最后干脆成了倔头倔脑的土话:“……讲长沙话啰,好久没讲长沙话哒。你要是还不来,我就到中国 Ke4(去)哒。什么事?谈判呵!国家体改委的邀请……”

他的声音一点也没变,腔调一点也没变,好像还发自太平洋的那一边,发自七年前湖南师范学院的学生宿舍里。

当时放暑假,他还留在空荡荡的学校,埋头写什么电影剧本。有时候游魂似的夹着一本大书,不知是游到什么地方去。或许是寂寞够了,他终于出现在我们寝室,两腿一勾上了桌,长长食指朝空中某个位置一指,嘶哑着嗓门说:“……文学吗?文学在人民那里!你们写小说,应该同搬运工交朋友,同乞丐交朋友,同流氓交朋友。别林斯基说……”他从衣袋里摸出压得瘪瘪的火柴盒,捎带出几根零散火柴和纷纷烟丝。他引用抄录于盒上的某段语录,出自莎士比亚或别林斯基,加强他令人肃然的人民论。

“我写作就是这样,想出一个词、一句话,就记下来。想不出,我就到河边去走,到菜地上走来走去。”他宣布。

我们谈小说和社会,谈当时讳莫如深的“四五”天安门事件,觉得很投机,立刻惺惺相惜。他兴奋得又是捏拳又是咬牙切齿。“痛快,痛快,太痛快了——烟?”我没有烟了,他便东转西望,溜下桌去四下里“打狗”(找烟头)。他屁股高高撅起,把一米八几的大个头残忍塞入床下,好容易,头顶着一朵花花的蛛网,喜不自禁地捕来几个烟头,剐去湿津津的烟纸,与我们共享烟丝。他又觉得肚子饿,在墙角哐咚哗啦翻找半天,才找到半瓦钵剩饭,把一根筷子一折为二,也没菜,就大口吞嚼起来。

几个钟头之前，他还邀请我们到他那间用高低床隔成迷宫般的寝室，钻进他那一角，喝进口咖啡，吃海鲜罐头，洋吃洋喝，使我们顿时觉得中国饭菜实在庸俗。现在，他能贵能贱，俗极则雅，把枯硬的饭粒也嚼得颇有风度。现代青年不就得有这种别扭吗？如同公众要吃要睡的时候，他们偏不吃偏不睡，而公众不吃不睡的时候，他们就偏偏要吃要睡——这才是个性解放的别具一格！

他雄踞桌面咚咚弹起了吉他，唱起了歌，既有东欧革命歌曲的风味，也有《美酒加咖啡》之类的港台伤感，歌声很有感染力。吉他技艺则宜看不宜听。

临走时，他拍拍我的肩膀，神秘地说："告诉你们，我党第一次代表大会最近已在上海召开。你们千万不能泄露出去。"

我愣住了。什么党？自由党？民主党？社民党？共产党（左派）或（正统）？……那时候中国小民一听到这些"党"就吓得舌头僵硬。

但他偏偏喜欢把话往狠里说，往心惊肉跳的地方捅。有一次他缺课好几天，据说是请病假，据说是去了黑龙江，回校以后向朋友偷偷宣布："老子这次本想跑到苏联去的，可惜不顺手。"

后来才知道这些不过是玩笑，不可当真。

暑假过后，校园里政治气氛升温，他给我们学生会的壁报写稿，是一篇哲理小说，主旨是为"四五"运动翻案。这张壁报在湖南省第一次冲破禁令，批判"两个凡是"，歌颂天安门事件，引起了连续几日人山人海的围观，算是一次不小的政治地震。连公安部门都派了不少人前来拍照和抄录，了解学生的情况。

接下来有北京的什么社论，政治气压骤然下降。据说梁恒对另一位壁报编辑匆匆忠告："当心，你们改革派要翻车了。"

这位编辑对我说："你看，改革派变一下就成了'你们'，第二人称！"

我也对这第二人称恨恨了一阵。

其实，人与人之间无须这样敏感，人总是人，即无须高估对方的美德，也无须夸大对方的弱点。岁月流逝，最终总是洗亮人们记忆中的一些亮点。有一次梁恒与某同学骑车外出，天热，同学的毛衣便夹在车座之后。偶然回头，发现毛衣不见了，便沿路找回去。一直找到天色渐晚，这位同学已失去了信心，说一件毛衣也就算了。梁恒却不罢休，见路边可疑的小孩，皆恶狠狠揪住其胸口，拷问毛衣的踪迹。若这一手不奏效，随即又绽开笑脸，掏出一元大钞，想诱出两个小良民来揭发藏衣的盗贼。他比毛衣的主人更顽强更勇猛更不要脸，最后几乎把沿街的房门一一敲遍，误了自己的事，还是没诈出毛衣的下落。

梁恒没有对我们谈过他的童年和家庭。直到他出国以后，我才从他母亲那儿了解到一些情况。他父亲原是报纸编辑，曾被打成右派，后来离婚，下放，身残，全家有一段辛酸的日子。父亲去劳改时，梁恒还在幼儿园，节假日小朋友被父母领回去了，只有他孤零零留在空旷的幼儿园内，同一位守园的老阿姨一起，度过昏灯下的长夜。他还不知道母亲已经离婚远走了。读小学的时候，班上的同学都戴上了红领巾，只有他因父亲的政治问题被排斥在少先队之外。他哭过，冲着父亲吵闹过，后来想了个办法，谎称自己有大篮球，使中队长羡慕不已，网开一面让他入队——他说他这是第一次学会“开后门”。

梁恒夫妇合著的《革命之子》一书，成了美国最早描述中国“文革”的热销读物。书中谈到了他的初恋：女朋友的父母权势赫赫，看不起狗崽子梁恒，禁止这门婚事，把女儿打得全身青一块紫一块。女朋友偷偷溜出家，最后一次去看他。两人抱头痛哭了一场。梁恒跪下去，把对方手上膝上的一块块伤痕全部吻遍。在那一刻，他知道自己是永远无法得救的贱民，只能用冰凉的吻，为自己的卑微为对方父母的凶狠为不公平的社会现实，向姑娘赎罪——这种情节相信让美国女人哭湿了太多的纸巾。

美籍教师夏竹丽在学院的晚会上跳过几回昆虫舞之后，梁恒就常常夹着外语书往专家楼去了。学校领导对这个爱情事件大皱眉头，也不批准他们结婚。他们就写信给邓小平，几经曲折，最终获得了邓小平的支持，得到了校领导的登门祝贺。这件事闹得满城风雨的时候，出入专家楼的梁恒已不常和我见面了。

一九八〇年秋，选举区人民代表一事引起学潮。刚从美国探亲回来的梁恒，成了学潮头头之一，领导学生静坐、绝食、游行示威，免不了还发生阻塞交通和冲击机关的事故。我当时去过现场，发现梁恒与另一位学潮头头陶分歧。他感谢我站出来讲话，不赞成成立跨行业的组织，也深深担忧学潮的不断激进化前景。他一身尘灰壳子，从席地而坐的绝食者中钻出来，把我拉到一个墙角，扑通一声双腿就无力地跪在地上。他的嗓音已经嘶哑成气声，夹杂着浓重的胃气和橘子汁味，酸酸地灼在我脸上，盘踞在我鼻子两侧久久不散。“陶是个流氓，流氓，骗子！他根本不是要民主！完全是胡闹！我要把同学带回去，带回去！”

我后来在凌晨发表演讲，成功劝返静坐和绝食的同学，应该说与梁恒的支持有关。

我在梁恒的另一本书《噩梦之后》中，发现他写到了学潮，但写得十分简略，更没提到当时他与陶的分歧。是他忘记了吗？或者是不愿意伤害同学？但他记述了自己一九八五年初重返长沙时与陶的会面，对陶能够自由经商表示惊讶，认为中国的政策变化十分大。算起来，大概就是两位学潮首领重逢的前一天，我也去宾馆见了他。当时他比中国人穿着更朴素，去掉了长发，刚剪的头还露出一圈青青边沿，长长十指倒白皙得特别触目，像是异乡幽暗岁月里开放出来的一朵白菊，在我面前招展着神秘的含意。

我问他这些年在美国可还混得顺利。

他说好歹也算个中产阶级了。

我听说他初到美国时也很难，不怎么讲话，跟着洋老婆跑了好些院校，最后才在哥伦比亚大学取得学籍，边读书还必须边工作。他在中国读本科期间就不是老实学生，进考场常靠夹带术化险为夷。美国何尝就没有让人心烦的枯燥课程？但梁恒没说这些。

我问他回国来干什么。

他说打算写一本书，介绍中国的改革，促进美国对华的了解和投资。“我现在是共和党员。民主党对中美关系几乎没什么贡献。我愿意为中国做些事，与中共互敬互惠地合作。哦，你是共产党员吗？为什么不是？我看你应该入党。”那神气好像他倒是大洋彼岸的共产党书记了。

我提到他参与“中国之春”的事。

“过去的事情啦。”他笑着解释，“当时我刚从国内出去，火气很大。这两年经过痛苦的自我调整，才找到了现在的路。”

“同他们闹翻了？”

“也算不上闹翻。只是现在没有任何关系。我也不愿意评论他们。”

他和妻子没在长沙过春节，就去了湘西和贵州。《噩梦之后》一书就是这次重返中国的总结，充满了对国内改革的赞许和希望。书中用了很多中国现代俗语，对“内地人”“高干子弟”“万寿无疆”等都作音译，中国通的气派和材料的权威性，想必会使英语读者刮目相看。这本书连同更为畅销的《革命之子》，使梁恒在美国名声大振，他主办的刊物也得到几个大基金会的优厚赞助。

电话联系上以后，梁恒第二天来我的住处，请我吃饭，顺便带我去看他的办公室。这是临街一栋民居的地下室，窄阶窄门，不显山不显水的。三四间房子里成天开着灯，感不到昼夜的交替。有人正在用电锅做饭，另一个在沙发上睡觉的人见来了客，就进里屋去重新开铺。他们就是刚来美国的几位中国访问学者，暂时寄居在这里，省着饭钱和宿费。

梁恒很忙碌，话题从一个跳到另一个。一会儿说老兄你混得不错，一会儿说纽约比外地就是不一样连人走路的步伐频率都高得多，一会儿说他住在好社区但纽约太拥挤多数人没有汽车也没有院子，一会儿说他主持的基金会想在北京建立机构以促进中西文化交流，一会儿说香港的大众舆论太浅薄我们必须开辟美国与北京的直接资讯渠道，一会儿又说我的方针是“深研究广交游悲观进取”无论参众议员商人文士流氓我全交往……正说到这里，杨小凯来了，也是位湖南人。我们把梁恒的刊物讨论好一阵。

“你看，我实在太忙。”他似乎很乐意让我和杨小凯参观他的忙碌，又是打电话又是签字又是向手下人交代什么又是向几拨客人分别交换几句中文或英文的闲聊——包括指导刚来美国的同胞正确使用 she 和 he。

“夏竹丽呢？当妈妈了吗？”我问。

“没有，我们目前根本不打算要小孩。”

“为什么？”

“business（事业）么。”

梁恒的 business 已经受很多中国留学生的羡慕。一个幼儿园里曾经无人领回家去的孩子，一个被排斥在少先队之外的学生，一头闯进美国，当新闻人物、当作家和编辑、当文化活动家，等等，同各类人物都沾得上又全都分得手，终于有了地位、名声、钱——他请我在一家著名中国餐馆吃晚饭的时候，特地让我看看他的信用卡，据说是有种种特权的那种金卡。

他请我在金碧辉煌的餐馆里吃饭，重复社交场上千篇一律的看菜谱、碰杯以及餐后剔牙。但除了吃饭，我们还能做什么？还应该做什么呢？就像我以往见到一些久别的同学或朋友，在肃穆的办公楼，在偏僻的小镇上，在充满着药水味的病床边。我常常感到一种不知所措和不知所言的窘迫。面对着阻隔于昨天与今天之间的漫长岁月,我好像是来寻找什么的,见面了,却又发现找不到。我该叙旧么?我该打听么?我该重演往日的亲热和玩笑么?……我知道能做出来的都不是我要做的,能说出来的都不是我要说的——不是。我希望能找到的,我没法表达。

我只能吃饭。我看了梁恒一眼,注意到他也看了我一眼。尽管谈笑风生左右应酬,他眼中似乎也偶尔掠过一丝茫然。

我们都不是伟大和优秀的人,都清楚知道各自的弱点,但我们既然有过一段共同的经历,心里就埋藏下了一种让我们永远寻找的东西,也是永远也找不到的东西。即便在最平庸的人们心中,这种东西也在——它在不可名状的缄默中逐渐死去。

我们只有无奈。

纽约人用过了什么就扔,包括友人的重逢。我与他在纽约车水马龙的街头匆匆握别,期许将来的再聚,差不多就是期许将来的再一次吃喝,再一轮言不及义的交际化深刻或交际化潇洒。我很明白这一点。我回到了中国,见到了梁恒的妈妈——一位退休居家的老太婆。

看见这位头发斑白的母亲,我想起了梁恒在《噩梦之后》中,描写了一段生父与生母离婚多年后的重逢。那也是一次重逢。

试译如下:

父亲慢慢洗着澡,总算洗完了。我搀扶着他走向一辆出租车。这时我一眼瞥见妈妈走进了宾馆大门。一种解释不清的冲动,使我突然发现自己很想让他们互相见见面。“爸爸,妈妈在那边!”我激动地说,指着那位身穿暗绿色上衣的微胖的妇人。爸爸盯着我没能理解,仿佛迷失在梦中。“我的妈妈,”我急急地重复,“你不想同她说两句话?”

没有时间容他思忖,他不由自主地顺从地点了点头。我飞快地跑向妈妈说了这件事。她看来极为惊愕和尴尬。她何曾料想过这样的会见?她脸突然红了,理了理一头短短的灰发和厚厚的上衣,说:“穿一件这样邋遢的旧衣,怎么好见人?”

经我催促,她慢慢走向停在那里的出租车,弯下腰,朝打开了的车窗探过头去。“老梁,”她踌躇说,“你好。”

父亲看看她,嘴张着却没有说出一个字,只是攥紧久经磨损了的拐杖。在我看来,这一刻似有无限漫长。

虽然妈妈已知道他的肢瘫,但爸爸的残疾状态必定深深地震惊了她。“老梁,”她声音哽咽着,“你多多保重。”泪珠从她脸上流下来,她转过头去,无法往下说了。她快步走上斜坡进了宾馆,我也没有劝止她。我钻入出租车,坐在爸爸身旁,抓住他的手。

我们上了街,爸爸脸上是一片从所未见的茫然。“她的眼睛,”他最后说,“似乎不像以前那么亮了。”

“爸爸,”我失声叫起来,泪水阻在我的喉头,“整整二十五年哇!”

“对不起。”爸爸低声说了一句。

在驶往他家的余下时间里,他一直沉默。

梁恒的生母眼下就在我面前，拿着较低的退休金，却总不愿向出洋的儿子要点什么。前不久她还嘀咕着希望儿子与儿媳生一个小孩送给她来带养。我常常看见她麻灰色的短发，看见她挎着菜篮子在菜市场停停走走，在我的早晨和黄昏中一天天苍老下去，于人世间留下那朵幽暗岁月里伸展出来的白菊——远方儿子白皙的手。这位母亲给儿子捎去的布鞋，我在美国商店也看到不少，从中国进口的，极为便宜，根本用不着从国内捎去。老人家大概不知道这一点。

但愿梁恒不会对妈妈说：纽约的布鞋也很好，也便宜。我想他不会说的。

1987 年 12 月[1]

---

① 原题《老同学梁恒》，最初发表于 1988 年《湖南文学》杂志，后收入散文集《夜行者梦语》。

然　后

朋友莫应丰患癌症住在医院时，我曾赴长沙看他。当时他身体肿胀，已脱原形，脑门上还有医院用来标记放疗位置的几处紫红色线痕，森然割裂了他的笑容——更显得陌生。他已不能说话。往事历历与感慨种种，竟只能在哑默的目光对视中流逝，在我们相互握紧的双手中抚碾成虚无。

他一直拒绝承认自己身患癌症，实际上已病入膏肓，大限迫近。他的妻子告诉我们，他脑子已有障碍，被人搀扶着走路，总是不自觉并执拗地连连向左转去，似乎寻找遗落在左方的什么东西。而另一异兆是，他时常昏昏然目注上空，喃喃自语，好几次冒出一句疑问："然后呢？……然后呢？……"

然后什么？

逝者如川，然而有后，万物皆有盈虚，唯时间永无穷尽，莫应丰是在惊恐于此吗？岁月茫茫，众多"然后"哪堪清理，他在搜寻什么？在疑问什么？一生中最后的目光停落在记忆中的哪一年哪一日？

当年以"地下文学"抗争极"左"暴政，终于获大奖步高位好评如潮从者如簇的莫应丰，声洪气旺，挺胸昂首，固一世之雄也。如今困锁病床，变在瞬息，恐怕也是他及朋友们都未曾料及的。他患病的消息传到海南时，我在省政府大门口遇到张新奇、贺梦凡等熟人，无不闻讯而失色，久久掩面泣于街市。其时初建特区省熙熙谋官攘攘赴利之人海中，朋友们大多为生计而奔忙，匆匆的日子里终究还有泪的珠光，总算使人还感到人世的温润。

莫应丰与我初识时，骑一辆破旧脚踏车，常常在年轻得多的朋友中混。他好聊天，有时聊得太晚，年轻人都感到精力不支，他身为大哥却毫无倦容，常常忍无可忍地揪耳朵，把瞌睡者一一揪醒，责令大家陪着他继续聊。作为犒劳，他会翻找出一些残菜剩酒，亲自把炊，为朋友们服务，并领受关于他饮食趣味低俗不堪的指责。

青年作家们爱与他接近，重要的原因是他热心助人，从不忌才。谁有了创作构想，他会真诚地为你参谋，完善布局，修改词句，推荐发表，兄长式的全套服务还包括他对疏懒者不断的警训和号召。至于对他的创作，年轻人也可以随心所欲地批判和嘲讽。初识他的何立伟，曾将他自鸣得意的一篇论文指教得一塌糊涂，让旁人暗暗捏了一把冷汗，没想到莫应丰仍然笑呵呵，仍然频频点头，不觉得自己受到了冒犯。即便朋友骑到他头上去，人们也可从他那气出丹田的朗朗大笑中，感受到一种坦荡和淳厚，一种信任，一种安全。在如今鬼鬼祟祟太多的文坛，仅此一条，大概也足以让人们忘记莫应丰的种种其他弱点。

他写得很多很快，像很多新时期作家一样，大多文章是为改革开放的急务而作，而他们的抱负，也一直未局限在文章之内。很自然，由文学而仕宦，中国文士的传统人生轨迹，轻易限定了莫应丰后来的日子。我们可能遗憾他没有像闻一多、朱自清、钱钟书等那样终身与书册为伍，但那不仅需要淡泊的生活趣味，需要丰厚的学识蕴积，还需要种种具体生存条件，其活法并非一般文人所能随便选择的。仕与不仕，只能因人而异，因环境而异。

莫应丰后来当官了。到职的前夕，他在一位朋友狭小的房间里踌躇满志，并郑重拜托大家：将来如果我僵化了腐败了，你们一定要不客气地骂我，不要丢下我不管呵。

我们也很高兴。我们似乎也相信，某种旧体制乃至人类的全部弱点，是不难被三两改革家征服的，是不难被一两次政治手术摘除的。

他就这样离我远去。

然后呢？一晃几年，他领导的机关似没有多少令人欢欣鼓舞的事。有人说他官做得很好，有人说他的官做得很不好。很确实的一点是，他被众多的会议苦恼着，有时迟到，有时早退，有时在首长眼皮下瞌睡，甚至呼呼喷出酒气。

而时光，一晃就几年过去了。

他越来越嗜酒。旅行包里总有装备齐全的酒具，入夜总是四处寻捕酒友。据说有一次实在没找到，便站在家门口向路上的某陌生汉子使劲招手，请对方入家来喝酒，弄得对方疑疑惑惑的。

他有太多的苦恼需要用酒来浇洗吗？他难道不知道，对于一颗总想特立独行的心灵来说，为官就是拘束就是苦恼而且从来如此于今为甚吗？其实，岂止是为官，就是发财、出洋、归隐、恋爱、堕落、行善，等等，这些活计干长久了，要干得滋味无穷都颇不容易。倘若不把过程看得比目的更重要，倘若没有在过程中感受到辛劳

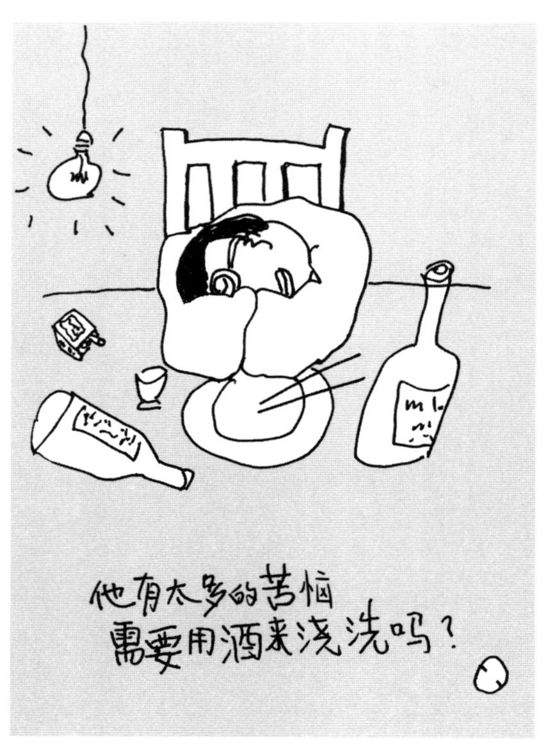

的愉悦，那么，欲望满足了便会乏味，目标达到了便会茫然，任何成功者都难免在通向未来一片空白的“然后”二字前骇然心惊。

莫应丰终究是男子汉，再次向命运发起挑战。他说他不准备再当官了，要回到平民的生活。一九八八年春，我迁居海南后，他也来海南筹办农场。不再有香车宝马和前呼后拥，他十分非厅级地自己买票登车，在火车上没有卧铺乃至座位，就挤在汗臭浓烈的民工堆中从长沙一直站到广州。到广州后感冒发烧，在招待所里形单影只，便买来两斤绿豆熬成稀粥度日。

他戒了烟也基本上戒了酒，到朋友家吃饭，面对满满一桌菜他什么也不尝，只想喝点稀饭。他说他开始天天写日记了，要重新做人了。他说他在海南定居以后，要把老爹从乡下接到长沙去住新房子。假如我们去长沙时他不在，只要我们去敲门，叫声“莫爹，我们是应丰的朋友”，莫爹就会照顾我们食宿，一切都无问题。

他刚刚为一件什么事被朋友叶蔚林训了一通，但他嘱咐我们：“老叶年纪比你们大，要是你们有了钱，要分一些给他用呵。你们就在这里，要好好照顾他。”

他办事不再张扬，甚至不多话，决不麻烦别人。成天骑一辆旧脚踏车独自在烈日下奔波，回来就在简陋的食堂里默默就餐。而就在这个时候，我们谁也没有料到的是，癌细胞正在他的身体内部静悄悄生长，一串串丰艳地进入成熟。

一位朋友去找他，敲门无人应。第二天再去，仍是如此。直到服务员来开门打扫卫生，才发现他病卧床上已有三天，唇白，面黑，毯子滑落在地上。他说他听见了敲门声的，也明白是谁来了，只是无力答应罢了。

他就这样匆匆开始并匆匆结束了他的农场梦。命运是如此残酷，在他以放弃全部权势和舒适为代价，准备重新生活的时刻，竟轻易地将他逐出了人生赛场。就不能再给他一次机会吗？——不过是如此普通而廉价的机会。

命运也是如此仁慈，竟在他生命的最后一程，仍赐给他勇气和纯真的理想，给了他男子汉的证明。使他一生的句点，不是风烛残年，不是脑满肠肥和耳聩目昏，而是起跑线上的雄姿英发，爆出最后的辉煌。

夜雨对床应有时

这是莫应丰在癌症病房托人捎给我们几位朋友的苏诗摘句，算是他最后的叮嘱。是的，他还应该有机会与我们对床长谈的，也许在他创办的农场里，在某间茅舍中，听芭蕉夜雨，听椰涛呼啸……他爱喝的酒，我们准备着。

我刚认识他的时候，是他请我这个小青年喝茅台，那时这种酒还昂贵而稀罕。他最后离开海南之前，我拿出一瓶藏珍很久的茅台酒请他喝。我家里很少有酒，那也是第一次有茅台待客。我有一种莫名的惶惧：难道冥冥之间上天已暗示了他的归期，着意让我以一瓶茅台来还清一切，了结一切么？

不，不要这样，不能这样。

生者仍在忙碌，仍在走向一个又一个无可逃避的“然后”，而莫应丰已经去了，一去已逾两年。

一怀愁绪，几年离索。

莫，莫，莫。

1990 年 12 月①

① 最初发表于 1991 年《湖南文学》杂志，后收入散文集《夜行者梦语》。

陆苏州

提起陆文夫，眼前便是一介江南秀士，于瓜棚下短篱旁独坐品茶，闲吮一杯明月的形象。我曾同他一起出访，每到热闹的去处便很少听到他言语，常常使人感觉不到他的存在，唯清点人头时，方察觉他那整洁但里面显得有太多空洞的西装，居然一直影随在我们身旁。若再细看，那清瘦的一条黑脸上，眼睛亮得刺人，默默泄露出他藏蓄心中的练达和智慧，使你暗暗一惊。

前些年听说他照看病重的女儿，较少写作，朋友均替他着急。他却不认为小说轰动一类虚荣比骨肉之情更重要，曾有一信与我："人生就是一本大书，其中有些是字，有些是事。"这至理名言让我难忘。

他身为中国作协副主席，从不爱热闹，很少去北京，甚至不愿待在省城南京，一直守着他的苏州小院。我这一辈子不知是第几次极稀罕地见到他，是他在北京京西宾馆主持作协理事会，宣布发言都不能超过十分钟。他的一位老朋友刘宾雁发言超时了，他也敲敲茶杯照例警告，一点也不讲情面。不管发言者如何生气地拂袖而去，也不管台下有些什么人吵吵闹闹抗议他的刻板苛政，他脸上没有任何表情，低头品茶如常。

这次见面，他依然是谈女儿，谈茶。知道我迁居海南，便问问我是否认识某某编辑、某某警察，都是些海南的平凡人士，也是他的一些熟人。这绝不像某些文人，见面先来一番客套恭维的轰炸，来一套如何痛苦如何孤独的抱怨，然后满嘴大人物的名谓，一听见钱就眼睛发亮。谈寻常琐事，他也是淡淡的，其关切和友善，恰如香茗慢慢暖上你的肝肠。

他的《美食家》等已译成法文，其美食观也引起法国朋友的兴趣，曾邀请他去法国参加一次关于烹调的研讨会。据他说，粗茶淡饭是第一境界，贫境也；大鱼大肉是第二境界，俗境也；真正的美食家往往又回到粗茶淡饭，此乃第三境界，真正的美食雅境。我也是素食爱好者，自然觉得他的说法大得我心。

法国人常常自豪于他们的饮食文化传统，至少是看不起美国的麦当劳快餐。有次我走进这种快餐店，法国陪员惊惧万分拉着我往外走，说："怎么能在这里吃？这里只有狗吃的东西！"其诅咒不可谓不恶毒。但法国美食怎么样也没法征服陆苏州。他每到餐时便要寻找中国餐馆，尤其是寻找豆腐。饭前也必是清茶一杯而断断乎不能上花花哨哨的洋可乐。法国旅店一般都没有开水可供沏茶，实在是对陆副主席最大的心身迫害。后来有人借来一个电热壶，陆苏州一见大喜，立即放下手头一切事情，摩拳擦掌先沏了茶再说。并接连烧几壶开水，一一问我们是否需要——笑得极幸福极温暖。

后来的几天，我一回到旅店，服务台的小姐给房门钥匙时总是同时给我一壶开水。我开始不解其意，后来才明白，一定是她们从陆苏州那里得到印象，以为中国人个个都要开水，不沏茶就没法活的。

东坡先生说:不可居无竹。文夫先生则是不可食无茶。若与他茶座闲饮一夕,心态自然清静,至少可免俗三日,可除世俗难题带来的虚火少许。我年轻时在乡下一个茶场干过三年,居然没有培养出对茶的感情。倒是现在越来越喜欢饮茶了,这恐怕与文夫先生也不无关系。

1990 年 10 月①

---

① 最初发表于 1991 年《海南日报》,后收入散文集《海念》。

那一夜遥不可及

新年第一天,也是我的生日。假日的阳光在海岛上泼洒和沉淀。没有客人也没有出门的打算,甚至不想打电话。时间在半杯茶水和几张报纸那边的窗帘上飘动。为了一些我不愿意忘记的人,我常常愿意这样独处,把节庆变成一个人的时候,变成一些记忆或想象中的相遇。

他曾经提着一个买啤酒用的塑料壶,与我在和平里的夜空下并肩缓行。他说国事,说他的经历,说他的女儿。他当时是一个普通编辑,一个沉静的人,清瘦而且言语间常有迟钝。我怀疑这种迟钝来自他多年的校对,还有无数稿笺上的审评,于是口语也成了断断续续的审慎和精确。

他把我这个陌生的大学生引入这种审慎和精确,引入他狭小的家,以啤酒、凉菜、临时小床,接待我在文学上的开始。他的名字在偌大的中国文坛里是如此的微不足道,在今后的岁月里想必更是了无痕迹。

他叫王朝垠。

七十年代末,是热情与热情会师的时代,是心灵与心灵久别后终于团聚的时代。那时候的文学没有星级宾馆和宴会,没有轿车和电脑,没有职称和奖金,每个编辑也都穷得没有对作者留食和留宿的能力。但素无交往的编辑和作者之间可以一见如故，为任何幼稚的创造而共同激动，绝无今天诸多信函中心不在焉的匆忙和文不对题的搪塞。当时一句关于“四五”天安门事件的私下义愤，甚至一个会意的表情，就可以使人们立刻在陌生人中找到自己的同道。一个情节或一个结尾的修改，也可以使编辑和作者作彻夜的商讨。

我没有保留短篇小说《月兰》的初稿，于是现在无法指证朝垠在这个作品里注入的心血。这个作品原名《最后四只鸡》，是我屡遭退稿差一点完全放弃的一篇，迟迟才出现在他的桌上。我后来才知道，他读完后兴奋不已。逢人便告，鼓动所有编辑放下手头的工作来传阅这一件自来稿，据说有位女编辑居然还真被小说感动得哭泣。事实上，如果没有他的上上下下的游说力荐，没有当时《人民文学》主编李季先生的开明态度和承担责任的勇气，这篇小说不可能面世。时值第二次全国“农业学大寨”会议隆重召开之前，这篇小说的发表无疑是犯禁和抗上之举，让明眼人一个个都悬着心。

这篇小说当然说不上什么很好。尤其在“文革”被最高当局正式结论为错误的后来，这一类悲愤抗争之言逐渐变得寻常，不再与风险和危难相连。有关这篇小说的各种风风雨雨也已成为过去，不再值得提起。但他为这件不再值得提起的事力争过、奔波过、焦急过和欢喜过。我记得他的家曾经是我上京改稿时的旅舍和餐馆，我也记得他曾经给我写过几封信，最长的一封竟有十页，纸上密密麻麻的四千多字。这样的信足使我对自己后来所有的编辑经

历——包括眼下在《天涯》的工作而汗颜。

他承受过有关一个短篇小说的劳累和危险,却照例没有分享这个作品所带来的报酬和荣耀。在我不再是一个所谓文学青年以后,在我也像其他作家一样人模人样地登台领奖和出国讲学以后,他仍然在和平里或东四十二条的人群里提着一包稿子,带着病容步行。直到他病逝之时,据说他家的存折上才几百块钱,而他的妻子还只是一个临时工,面对着两个孩子长大成人的漫漫时光。

在那一刻,我突然发现他已经离我很远。我在天涯海角回过头来,向北方举目遥望,却无法使时间回到从前。我甚至无法记起我和他的最后一次见面是在什么地方,在什么时候。他只不过是我相交的太多编辑中的一个,如此而已。我们后来见面的机会很少,见面也多在会场或宴会厅,常常只能隔着川流的人影相视一笑。他似乎有心把时间让给我,让给我当时一些其他应酬——那些应酬多么华丽也多么空洞。我们的啤酒,我们一起挤过的床,我们的那个和平里林荫道之夜,在这种无奈的微笑里早已遥不可及。

但愿他的笑是一种谅解。

是的,他曾经给我写过满满十页长达四千多字的信。

而现在我只能写出一句话:朝垠老师,我想念你——连这句写下来的话,我也不知道该向哪里投寄。

1997 年 1 月①

---

① 最初发表于 1997 年《文学报》,后收入散文集《然后》。

光荣的孤独者

这一天，我从菜园里荷锄回家，接到北京一位朋友的电话，得知严文井先生病逝，不觉心里一沉，望着窗外的青山，好久没缓过神来。我远在南方，来不及给先生送行了，只能在电话里嘱朋友代送花圈。

我知道，我的那只花圈将淹没在花圈海洋里，先生不一定能够看见。我还知道，我在满窗雨雾之前的一声叹息，隔着千山万水，先生也不一定能够听到。

我与老一辈文学家交往不多，唯文井先生是少有的例外，其中一份深情，与其说缘于私恩，不如说缘于公共事务。上个世纪的八十年代初，中国文学已经解冻，但旧的文学模式仍在惯性滑行。很多概念化和公式化的图解只要换上一个批判“四人帮”的政治标签，就成了热门的旧货新款，得到各种追捧和尊宠。倒是有些苦心的新创，因涉嫌离经叛道，不管是接通西方文化的“先锋”，还是接通传统文化的“寻根”，总是遭遇一些大人物严厉的面孔，轻则被责之以“恨铁不成钢”，重则被斥之为“自由化”或“精神污染”。总之，转暖的文坛仍充满着肃杀气象，不少革新者感到威压重重。在这种情况下，我庆幸一些文学大人物苦尽甜来重新出山，但对他们在台上的一些陈旧而专断的说教，又一直深感困惑和不满。

这样，我在一些会议上基本不说话，以免惹主流权威们不快。那一天，我出席一座谈会，听到一位老作家为朦胧诗大胆作出辩护，称现实主义不应成为封闭和刻板的教条，而现代主义一类文学多样化的尝试不应遭到封杀。我不觉暗暗吃惊，后找旁人打听，得知发言者即严文井先生，一位来自延安宝塔山下的革命文学家，也是中国文学界资深领导之一。我虽不写诗，却一直是诗体革新的支持者，曾偷偷参加过北京一些诗歌沙龙活动，还曾掏出一个月的全部工资买下北岛他们的油印诗刊创刊号到处分寄朋友——当时的朦胧诗仍处于“地下”状态。我没料到文井先生也读到了这些油印作品，对文学新探索表现出足够的敏感、宽容以及支持。这在老一辈中实为异数。

这次会上，没有什么人附和与支持他的发言，使他在会场里多少显得有些孤掌难鸣，甚至身陷十面埋伏。我坐得离他较远，没有机会与他交谈，但暗暗记下了他的名字，记住了他那宽厚和闪亮的额头，还有开朗而坚毅的面容。

会后不久，出于一份按捺不住的崇敬，我给他写了一封信，谈了自己一些有关文学的粗浅看法，对他的勇敢与睿智表达感激。我没料到他不但细读了一位陌生青年的来信，还把我的一些小说和议论文章找来读了，很快回复了一封长信。

信上是这么说的：

近年来，你的一些有关美学的议论，只要能碰到，我都看了。我的印象，你和另外一批年轻朋友，不约而同地在思考一些严肃问题,不人云亦云,不自卑自贱,也不自高自大。你们各有所得。

他在信中对戴着大红帽的教条主义也大不以为然:

> 我听了一辈子训斥,也不喜欢任何人在作品里继续训斥我,尤其接受不了那些浅薄之辈引用自己并未读懂的中外圣人的片言只语来吓唬人或讨好人,我很怀疑他们这样做的动机。

他在这封信中热情肯定和鼓励了我的新作《爸爸爸》,并希望有机会与我见面详谈。我记得,他把这封信交给一位编辑,在一九八五年八月的《文艺报》上发表,再一次把自己公开定位在高风险的异端阵地。如果不了解当时的政治语境和思想格局,后人不大容易体会出这一表态的意义,还有它们可能招致的麻烦。事实上,直到九十年代初,“先锋”与“寻根”等仍是众多左翼或右翼的大人物们嘴里的共同的贬词,以至在一次官方高层文件的传达中,我还听到了有关方面对文井先生这封信的点名批判。《爸爸爸》当然也株连受斥——它们都被视为“资产阶级自由化”的典型例证再次受到追究。

这样,在整个新时期的前十多年里,政治险象频生,思想风向反复,曾身任中国作协党组副书记和人民文学出版社社长的严文井先生,却一直冷落在主流圈子之外,常常被主流媒体的镜头和笔头跳过。以至到最后,他八十诞辰时的一个小小座谈会,相对来说还是规模很小,规格很低,在文学界几乎无声无息。他逝世之后虽有各种追思报道,但诸多媒体一般只提到他在儿童文学方面的成就,对他在新时期以来表现出大义和大智的孤独抗争,对他多年来被实践证明了具有非凡眼界和非凡胆识的破冰之功,却奇怪地保持着沉默。

我与文井先生的忘年之交就是在患难中开始。以后每次到北京,我如果能找到机会,总要去他家看望。很长一段时间内,他的居室很狭窄,光线也很暗,成堆的书刊占去了陋室的绝大部分空间,只留下窄缝任人通过。如有两三客人入室,房内就拥挤不堪,主客双方难免"抵肘"和"促膝"。北岛、杨炼、芒克等新锐诗人是他家的常客,留下一些烟头和残茶。人民文学出版社的一些编辑也常在这里出入,与文井先生协商一些工作上的事务,留下各种成堆的书稿和校样。比较闲的时候,我与他会聊得漫无边际,比如我会谈到一些读书心得:库恩的《科学的革命》、戴维斯的《上帝与新物理学》,等等,都会引起他聚精会神的倾听。他谈到自己在革命年代根据地的亲历,谈到自己在国外参访时的见闻,谈到他心得别具的音乐与绘画,很多东西对于我来说也是闻所未闻,让我大开眼界和大受补益。他对我的批评也毫不留情。有一段时期,我轻率应付编辑们的约稿,出手较松,就引起他的不满。

"作者不动心,读者就更不会动心。读者是骗不过的。"他警告我。

我们终于遭遇了一个尖锐的话题。当时我列举了东德与西德、北朝与南韩、大陆与台湾的对比，问他：你不觉得社会主义已经失败？

他沉吟了很久以后说：你提到了一个非常敏感和非常重要的问题。既然说到了这一点，我不会向你隐瞒自己的观点。我是一个共产党员。我不相信共产主义是什么天堂。我并不相信那种神话。但我的共产主义就是公平和正义，是反对任何形式的剥削和压迫，是为最大多数的人民群众谋利益。我在这一条上是不会改变的，也不觉得有任何必要来改变。

他想了想又问我：我们向西方学习，反省自己的革命道路，并不是要赞同压迫和剥削，并不是要恢复人与人之间的不平等。否则我们为什么要粉碎“四人帮”呢？为什么要推翻蒋介石呢？为什么要消灭希特勒和东条英机呢？……那些人不早就实现了不平等吗？我们之所以要反对他们，不正是他们私而不公吗？如果没有世界大同这样一个理想目标，所有的改革也好，革命也好，造反也好，就都成了或大或小的私利之争。它们与它们所反对的对象，还能有多大的差别？

谈话到这里，气氛有点沉重。照当时一般人的理解，一切异端人物都是西方的追随者、美国的崇拜者、资本主义的铁杆信徒——思想冲突的各方虽有立场不同，但囿于冷战意识形态逻辑，在这一点理解上倒没有太多差别。我没有料到文井先生会有堂堂正正的别出一言，也没有回应这番道理的准备，于是一时无语。

谈话不了了之。

我从湖南调到海南以后，离北京更远了，与文井先生交往有所不便。有一次我再去他家看望，遇到很多人在场，也就没有机会与他深谈。我向他报告自己初到海南的一些工作和想法，再次受到他的鼓励和指点。我邀请他到海南走一走，让我有机会接待他一次，但他腿脚已经有疾，行动十分困难，没法远行了。他执意送我的时候扶墙而行，走几步，歇一下，再走几步，直到最后扶着一棵树，缓缓向我招手。

这就是他留给我最为清晰的音容定格——一个类似乡间守林人或者牧羊人的老大爷，有魁伟的身板和黝黑的肤色，脸上布满温和的笑纹。

自那以后，中国发生了巨大变化。市场经济高歌猛进，使国力得到增强，民生得到改善。但一种弱肉强食的资本逻辑悄悄流行，贫富差别一类社会矛盾正在加剧，而思想文化界很多人崇私尚恶，在流行大潮面前学会了乖巧噤声。在他们那里，连“公正”和“平等”这一类词都羞于启齿，“理想”和“道德”更成了洪水猛兽——这正是文井先生曾经忧虑过和警告过的。当年很多攻击过文井先生的正统人士，转眼之间也成了红皮白心的新贵，争相抢搭权力与资本勾结的时代快车，宝马香车，豪门朱阁，甚至在纽约曼哈顿和东京银座挥金如土。目睹这些人的行迹，我就不能不想起多年前朝阳区里那间陋室，那个清贫而顽强的老人，那一盏昏灯之下色正辞严。

与好些慌不择路的潮流追随者相比，先生当年的那一席话余音在耳，仍显得有些不合时宜，甚至孤独。

先生在一篇自白性的文章里说过：

我最珍重的品德:敢于面对现实,承认事实。

我最厌恶的是:伪善。

我最喜欢做的事:修改自己没写好的文章。

我的主要特点:不要人的怜悯,不指望上帝赐给好运气。

我的座右铭:尽力认识各种局限性。

我对文学的追求:反对成见与偏见,尽可能地跟谎话、废话唱反调。

我对文学青年的期望:不崇拜权威,不走捷径,不怕寂寞,不急于成名。有了稿费要领取,但不能把作品当商品。

……

孤独是孤独者的光荣。

孤独者有一颗遍及天下的大心,因此在更广阔的世界和更久远的年代里,必有自己成千上万的亲人和朋友。

2006 年 4 月①

① 最初发表于 2006 年《上海文学》杂志。

聂子其人

世上有孔子、墨子、庄子、荀子……还有聂子。照我们乡下的称谓法，凡男人都可以简称为某子，因此聂鑫森是合法的聂子。

聂子在传说中胆子小，住在工厂宿舍的时候，晚上去上公共厕所，怕一路上的黑暗，怕附近农民的狗，怕草丛里的蛇蝎，必由夫人或孩子陪着壮胆。这些说法不知是否属实，但作为笑料一直在朋友圈里流传。不过，在北京读书的那年头，有一次他听到某些人闲言碎语攻击一位作家，他与被攻击者其实非亲非故无裙无带，只是觉得攻击过于离谱，不惜翻然作色拍案而起，同攻击者们始而争辩，继而恶吵，还差一点动起手脚。这样看来，他眼里揉不得沙子，好打抱天下之不平，关键时刻不惜以寡敌众，在习惯于和光同尘的国人中倒是胆大。

聂子在传说中十分守旧，写信要用毛笔，每日躬亲洒扫，会女宾必邀第三者，大概切肉片还务求方正，一切都循古制；更遑论孝父母必定期叩拜问安，亲手足必多方资援力助，只是悌兄之礼不可或缺——有时候长兄架子是要摆一摆的，弟弟们的见面礼不论厚薄是要的，否则脸上顿见不悦，还要严词训导。不过，这样一个出土文物式的夫子在文学上倒不失新锐。他早期诗歌就很新潮，颇有惠特曼和马雅可夫斯基的风采，后来改写小说与散文也频频变体，谈卡夫卡、马尔克斯、博尔赫斯、福楼拜、福克纳、纳巴科夫等也历历如数家珍,对绘画、雕塑、书法、建筑、摄影等领域里的各种成功的离经叛道之作,无不津津乐道逢人便告,足令很多新派后生自愧不及。一踢一撕得梦因得死改(It is the moon in the sky)……他甚至用湘潭英语背诵过洋诗,只差没有把《论语》唱成蓝调和摇滚,没把最前卫的文学打成天津快板和京韵大鼓。

聂子也是一个不轻易合群从众的人。文坛的这派那派,他哪派都不沾。文坛的这热闹那热闹,他哪里都不去凑。很多作家朋友曾邀他下海打伙经商,邀他结伴迁调沿海,还曾推荐他到省城出任作协要职,但这些美意在他看来都如嫁祸于人,吓得他连连摆手,语无伦次,一脸苦相。他情愿龟缩在株洲那座老城,紧守住他在报社的那张陈旧办公桌,天天窜行于他那几十年也没走厌的长街小巷,铁了心要辜负友人的期待和重托,做一个居委会也能领导和指挥的革命群众,一个无声无息的独行人。但他的独行并非孤傲,退避并非冷漠,半睡半醒地嘿嘿一笑并非世故。只要把时间拉长,他一份恒温、恒压、恒湿的友情就让很多人惊讶和肠热——不管你与他过从密还是来往疏,也不论你在后来的日子里是发达还是落泊,每逢新年你都可能接到一方别致的手工贺卡:书是聂书,画是聂画,印是聂印,甚至诗是聂诗,其诗、书、画、印四美俱而情意深,透出你熟悉的某种气息,某种遥远的可靠性和安全感。有一次,他还给我附寄小楷抄书一册,清代张潮的《幽梦影》——不过是我有一次偶然提到这本书难找,他就悄悄记在心上,未能在书店里替我买到,竟帮我厚厚地抄录一本!

这就是聂子鑫森。

一个瘦瘦的黑面人，一个奇异的性格多面体，一个你不须记住但困难时和孤独时就悄然入心的身影。

聂子出道极早，在我还刚刚开始阅读报刊的时候，就熟悉他的铅印名字。当很多人炒文学股票短线速进速出之后，他仍有旺盛的活力和顽强的耐力，有稳定的创作产量和质量，更有稳定的乐世心态：只要有好茶一杯，香烟一盒，就可以与朋友海阔天空彻夜谈：从名人巨著谈到新手习作，为任何人的成就而高兴，为任何巨大或微小的新知而兴奋。他简直是一个体力无限让人生畏的文学马拉松长跑选手，既不关心前面是否有人拿奖，也不关心后面是否有人退出，甚至不关心眼下是否有观众、裁判以及其他参赛者，只是永动机一般地不断迈出两腿，以不紧不慢的巡航速度翻山越岭，穿越朝霞和夕阳，跑着自己的笔墨人生。

如果他没有成为孔子、墨子、庄子、荀子……但化用鲁迅先生一句话：他和他的同道仍是中国文学的脊梁。

子曰：活力我所欲也，定力亦我所欲也。

子曰：人生苦短，学海无边，众不堪其忧，唯贤者不改其乐。

子曰：有音容可供思念，不亦乐乎？

……

我忘了这些话是出自孔子还是聂子，抑或是出自我想象中的另一些 N 子？出自我想象中无数似曾相识的往者和来者？

2007 年 9 月[①]

---

① 最初发表于 2007 年《时代文学》杂志社。

冥想

夜行者梦语

一

人类常常把一些事情做坏，比如把爱情做成贞节牌坊，把自由做成暴民四起，一谈起社会均富就出现专吃大锅饭的懒汉，一谈起市场竞争就有财迷心窍唯利是图的铜臭。思想的龙种总是在黑压压的人群中一次次收获现实的跳蚤。或者说，我们的现实本来太多跳蚤，却被思想家们一次次说成龙种，让大家觉得悦耳和体面。

如果让耶稣遥望中世纪的宗教法庭，如果让爱因斯坦遥望广岛的废墟，如果让弗洛伊德遥望红灯区和三级片，如果让欧文、傅立叶、马克思遥望苏联的古拉格群岛和中国的“文革”，他们大概都会觉得尴尬以及无话可说的。

人类的某些弱点与生俱来，深深根植于我们的肉体，包括脸皮、肠胃、生殖器。即使作最乐观的估计，这种状况也不会因为有所谓后现代潮出现就会得到迅速改观。

二

有一个著名的寓言：两个人喝水，都喝了半杯水，一位说：“我已经喝了半杯。”另一位说：“我还有半杯水没有喝。”他们好像说的是一回事,然而聪明人都可以听出,他们说的是一回事又不是一回事。

一个概念,常常含注和载负着各种不同的心绪、欲念、人生经验,如果不细加体味,悲观主义者的半杯水和乐观主义者的半杯水,就常常混为一谈。蹩脚的理论家最常见的错误,就是不懂得哲学差不多不是研究出来的,而是从生命深处涌现出来的。他们不能感悟到概念之外的具象指涉,不能将概念读解成活生生的生命状态,跃然纸页,神会心胸。即使有满房子辞书的佐助,他们也不可能把任何一个概念真正读懂。

说说虚无。虚无是某些现代人时髦的话题之一,宏论虚无的人常被划为一党,被世人攻讦或拥戴。其实,党内有党,至少可以二分。一种是建设性执著后的虚无,是呕心沥血艰难求索后的困惑和茫然;一种是消费性执著后的虚无,是声色犬马花天酒地之后的无聊和厌倦。圣者和流氓都看破了钱财,但前者首先看破了自己的钱财,我的就是大家的。而后者首先看破了别人的钱财,大家的就是我的。圣者和流氓都可以怀疑爱情,但前者可能从此节欲自重,慎于风月;而后者可能从此纵欲无忌,见女人就上。

尼采说:上帝死了。对于有些人来说,上帝死了,人有了更多的责任。对另外一些人来说,上帝死了,人就不再承担任何责任。我们周围拥挤着的这些无神论者,其实千差万别。观念总是大大简化了的,表达时有大量信息渗漏,理解时有大量信息潜入,一出一入,观念在运用过程中总是悄悄质变。对于认识丰富复杂的现实来说,观念总是显得有点不堪重用。它无论何其堂皇,从来不可成为价值判断标准，不是人性的质检证书。正因为如此，观念之争除了作为某种智力保健运动，没有太多的意义。道理讲不通也罢，讲通道理不管用也罢，都很正常，我们不妨微笑以待。

三

虚无之外，还有迷惘，绝望，焦虑，没意思，荒诞性，反道德，无深度，熵增加，丧失自我，礼崩乐坏，垮掉的一代，中心解构，过把瘾就死，现在世界上谁怕谁……人们用很多新创的话语来描述上帝死后的世界。上帝不是一个人，连梵蒂冈最近也不得不训示了这一点。上帝其实是代表一种价值体系，代表摩西十诫及各种宗教中都少不了的道德律令，是人类行为美学的一种民间通俗化版本。上帝的存在，是因为人类这种生物很脆弱，也很懒惰，不愿承担对自己的责任，只好把心灵一股脑交给上帝托管。这样，人在黑夜里的时候，上帝说，要有光，于是便有了光，人就前行得较为安全。

上帝据说最终死于奥斯维辛集中营。这个时候，一个身陷战俘营的法国教书匠，像他的一些前辈一样，苦苦思索，想给人类再造出一个上帝，这个人就是萨特。萨特想让人对自己的一切负责，把价值立法权从上帝那里夺回来，交给每个人的心灵。指出他与笛卡尔、康德、黑格尔的差别是很容易的，指出他们之间的相同点更是容易的。他们大胆构筑的不管叫理性，叫物自体，还是叫存在，其实还是上帝的同位语和替代品，是一种没商量的精神定向，一种绝对信仰。B. J. 蒂利希评价他的存在主义同党时说："存在的勇气最终源于高于上帝的上帝"，"他是这样的上帝，一旦你在怀疑的焦虑中消失,他就显现。”

尼采也并没有摆脱上帝的幽灵。他的名言之一是:“人为自己的不道德行为羞愧,这是第一阶段,待到终点,他也要为自己的道德行为羞愧。”问题在于,那时候为什么还要羞愧?根据什么羞愧?是什么在冥冥上天决定了这种羞而且愧?

人类似乎不能没有依恃,没有寄托。上帝之光熄灭了以后,萨特们这支口哨吹出来的小曲子,也能凑合着来给夜行者壮壮胆子。

四

一个古老的传说是,人是半神半兽的生灵,每个人的心中都活着一个上帝。

人在谋杀上帝的同时,也就悄悄开始了对自己的谋杀。非神化的胜利,直接通向了非人化的快车道。这是“人本论”严肃学者们大概始料未及的讽刺性结果。

二十世纪的科学,从生物学到宇宙论,进一步显示出人是宇宙中心这一观念,和神是宇宙中心的观念一样,同样荒唐可笑。人类充其量只是自然界一时冲动的结果,没有至尊的特权。一切道德和审美的等级制度都被证明出假定性和暂时性,是几个书生强加于人的世界模式,随便来几句刻薄或穷究,就可以将其拆解得一塌糊涂——逻辑对信仰无往不胜。到解构主义的时候,人本的概念干脆已换成了文本,人无处可寻,人之本原已成虚妄,世界不过是一大堆一大堆文本,充满着伪装,是可以无限破译的代码和能指,破译到最后,洋葱皮一层层剥完了,也没有终极和底层的东西,万事皆空,不余欺也。解构主义的刀斧手们,最终消灭了人的神圣感,一切都被允许,好就是坏,坏就是好。达达画派的口号一次次被重提:“怎样都行。”

圣徒和流氓,怎样都行。

唯一不行的,就是反对怎样都行之行。在这一方面,后现代逆子倒常常表现出怒气冲冲的争辩癖,还有对整齐划一和千部一腔的爱好。

真理的末日和节日就这样终于来到了。这一天,阳光明媚,人潮拥挤,大街上到处流淌着可口可乐气味和电子音乐,人们不再为上帝而活着,不再为国家而活着,不再为山川和邻居而活着,不再为祖先和子孙而活着,不再为任何意义任何法则而活着。萨特们的世界已经够破碎了,然而像一面破镜,还能依稀将焦灼成像。而当今的世界则像超级商场里影像各异色彩纷呈的一大片电视墙,让人目不暇接,脑无暇思,什么也看不太清,一切都被愉悦地洗成空白。这当然也没什么,大脑既然是个欺骗我们已久的赘物和祸根,消灭思想便成为时尚,让我们万众一心跟着感觉走。这样,肠胃是更重要的器官,生殖器是更重要的器官。罗兰·巴特干脆用“身体”一词来取代“自我”。人就是身体,人不过就是身体。“身体”一词意味着人与上帝的彻底决裂,物人与心人的彻底决裂,意味着人对动物性生存的向往与认同——你别把我当人。

这一天,叫作“后现代”。

“后现代”正在生物技术领域中同步推进着。鱼与植物的基因混合,细菌吃起了石油,猪肾植入了人体,混有动物基因或植物基因的半人，如男猪人或女橡人，可望不久面世，正在威胁着天主教义和联合国的人权宣言。到那时候，你还能把我当人？

五

欧洲是一片人文昌荣、物产丰饶的大陆。它的盛世不仅归因于科学与工业革命，还得助于民主传统，也离不开几个世纪之内广阔殖民地的输血——源源不断的黄金、钻石、石油、黑奴。这样的机遇真是千载难逢。与中国不同的是，欧洲的现代精神危机不是产生于贫穷，而是产生于富庶。叔本华、尼采、萨特，差不多都是一些衣食不愁的上流或中流富家公子。他们少年成长的背景不是北大荒和老井，而是巴洛克式的浮华和维多利亚时代的锦衣玉食，是优雅而造作的礼仪，严密而冷酷的法律，强大而粗暴的机器，精深而繁琐的知识。这些心性敏感的学人，就是在这种背景下开始了追求精神自由的造反，宣示种种盛世危言。

他们的宣示在中国激起了回声，但是这宣示已经大多被人们用政治/农业文明的生存经验——而不是用金钱/工业文明的生存经验——来悄悄地给予译解。同样是批判，他们不言自明的对象是资本社会之伪善，而他们的中国同志们不言自明的对象很可能是“忠字舞”。他们对金钱的失望，到了中国，通常用来表示对没有金钱的失望。一些中国学子夹着一两本哲学积极争当“现代派”，从某种意义上来说，差不多就是穷人想有点富人的忧愁，要发点富人脾气，差不多就是把富人的减肥药，当成了穷人的救命粮。

个人从政治压迫下解放出来，最容易投入金钱的怀抱。中国的萨特发烧友们玩过哲学和诗歌以后，最容易成为狠宰客户的生意人，成为卡拉 KTV 的常客和豪华别墅的新住户。他们向往资产阶级的急迫劲头，让他们的西方同道略略有些诧异。而个人从金钱的压迫下解放出来，最容易奔赴政治的幻境，于是海德格尔赞赏纳粹，萨特参加共产党，陀思妥耶夫斯基支持王权，让他们的一些中国同道们觉得特傻帽。这样看来，西方人也可能把穷人的救命粮，当成富人的减肥药。

当然，穷人的批判并不比富人的批判低档次，不一定要学会了发富人的脾气，才算正统，才可高价，才不叫伪什么派。在生存这个永恒的命题面前，穷人当然可以与富人对话谈心，可以与富人交上朋友，甚至可以当上富人的老师。只是要注意，谈话的时候，首先要听懂对方说的是什么，也必须知道，自己是很难完全变成对方的。

六

请设想一下这种情况，设想一个人只面对自己，独处幽室，或独处荒原，或独处无比寂冷的月球。他需要意义和法则吗？他可以想吃就吃，想拉就拉，崇高和下流都没有对象，连语言也是多余，思索历史更是荒唐。他随心所欲无限自由，一切皆被允许，怎样做——包括自杀——也没有什么严重后果。这种绝对个人的状态，无疑是反语言反历史反文化反知识反权威反严肃反道德反理性的状态，一句话，不累人的状态。描述这种状态的成套词语，我们在后现代哲学那里似曾相识耳熟能详。

但只要有第二个人出现,比如鲁宾逊身边出现了星期五,事情就不一样了。累人的文明几乎就随着第二个人的出现而产生。鲁宾逊必须与星期五说话,这就需要约定词义和逻辑。鲁宾逊不能随便给星期五一耳光,这就需要约定道德和法律。鲁宾逊如若要让星期五接受自己的指导,比如服从分工和讲点卫生,这就需要建立权威的组织……于是,即便在这个最小最小的社会里,只要他们还想现实地生存下去,就不可能做到"怎样都行"了。

暂时设定这种秩序的,不是上帝,是生存的需要,是肉体。在一切上帝都消灭之后,肉体最终呈现出上帝的面目,如期地没收了自己的狂欢,成了自己的敌人。当罗兰·巴特用"身体"取代"自我"时,美国著名理论家卡勒尔先生已敏感到这一先兆,他认为这永远产生着一种神话化的可能,自然的神话行将复辟(见《罗兰·巴特》)。

可以看出,后现代哲学是属于幽室、荒原、月球的哲学,是独处者的哲学,不是社会哲学;是幻想者的哲学,不是行动哲学。

物化的消费社会使我们越来越容易成为独处的幻想者,人际关系冷淡而脆弱,即便在人海中,也不常惦记周围的星期五。电视机,防盗门,离婚率,信息过量,移民社会,认钱不认人……对于我们来说,个人越来越是更可靠的世界。一个个商业广告暗示我们不要亏待自己,一个个政治家暗示你的利益正被他优先考虑。正如我们曾经在忠字舞的海洋中,接受过个人分文不值的信条,现在,我们也及时接受着个人至高无上的时代风尚,每个人都是自己最大的明星,都被他人爱得不够。

七

时旷日久的文化空白化和恶质化，产生了这样一代人：没读多少书，最能记起来的是政治游行以及语录歌，多少有点不良记录，当然也没有吃过太多苦头，比如蹲监狱或参加战争。他们被神圣的口号戏弄以后谁也不来负责，身后一无所有。权力炙手可热的时候他们远离权力，苦难可赚荣耀的时候他们掏不出苦难，知识受到尊重的时候他们只能怏怏沉默。他们没有任何教条，生存经验自产自销，看人看事决不迂阔一眼就见血。他们是文化的弃儿，因此也必然是文化的逆子。

这一些人是后现代思潮的天然沃土。他们几乎不需要西方学人们来播种，就野生出遍地的冷嘲热讽和粗痞话。

其实也是一种文化，虽然没有列于文化谱系，也未经培植，但天然品质正是它的活力所在。它是思想统制崩溃的必然果实。反过来，它的破坏性，成为一剂清泻各种伪道学的毒药。

“后现代”将会留下诗人——包括诗人型的画家、作家、歌手、批评家等等。真正的诗情是藐视法则的，直接从生命中分泌出来。诗人一般都具有疯魔的特性，一次次让性情的烈焰，冲破理法的岩层喷薄而出。他们觉得自己还疯魔得不够时，常常让酒和梦来帮忙。而后现代思潮是新一代的仿酒和仿梦制品，是高效制幻剂，可以把人们引入丰富奇妙的生命景观。它恢复了人们的个人方位，拓展了感觉的天地，虽然它有时可能失于混沌无序，但潜藏在作品中的革命性、独创精神和想象力的解放显而易见，连它的旁观者和反对者也总是从中受益。

“后现代”将会留下流氓。对于有心使坏的人来说，“怎样都行”当然是最合胃口的理论执照。这将大大鼓舞一些人，以直率来命名粗暴，以超脱来命名懒惰，以幽默来命名欺骗，以法无定法来命名无恶不作，或者干脆以小人自居，也没有什么不可以。如果说，在社会管制严密的情况下，人人慎行，后现代主义只能多产于学院，成为一种心智游戏；那么在社会管制松懈之地，这种主义便更多流行于市井，成为一种物身的操作。这当然很不一样。前者像梦中杀人，像战争片，能提供刺激、乐趣、激动人心，而后者则如同向影剧院真扔上一颗炸弹——谁能受得了呢？因此，对后现代主义配置的社会条件不够，就必有流氓的结果。

诗人总是被公众冷淡，流氓将被社会惩治。最后，当学院型和市井型的叛逆都受到某种遏制，很多后现代人可能会与环境妥协，回归成社会主流人物，给官员送礼，与商人碰杯，在教授的指导下攻读学位，要儿女守规矩和懂应酬。至于主义，只不过是今后的精神晚礼服之一，偶尔穿上出入某种沙龙，属于业余爱好。他们既然不承认任何主义，也就无所谓对主义的背叛，没有许诺任何责任。最虚无的态度，总是特别容易与最实用的态度联营。事实上，在具体的人那里，后现代主义通常是短暂现象，它对主流社会的对抗，一直被忧心忡忡的正人君子估计过高。

在另一方面，权势者对这些人的压制，也往往被人们估计过高。时代不同了，众多权势者都深谙实用的好处，青春期或多或少的信念，早已日渐稀薄，对信仰最虚无的态度其实在他们内心中深

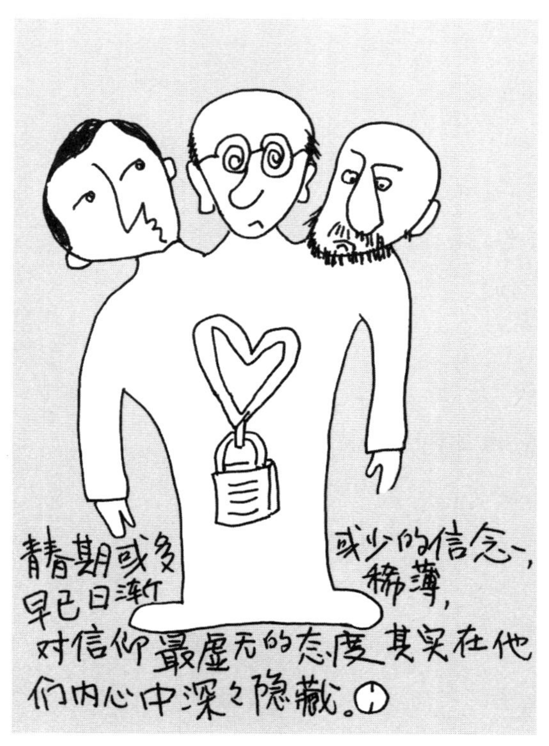

深隐藏。只要是争利的需要，他们可与任何人亲和与勾结，包括接纳各种晚礼服。不同之处在于，主义不是他们的晚礼服，而是他们某种每日必戴的精神假面。他们是后现代主义在朝中或市中的潜在盟友。

这是“后现代”最脆弱之点，最喜剧化的归宿。

从某种意义上来说，后现代主义是现代主义的分解和破碎，是现代主义燃烧的尾声，它对金灿灿社会主流的批判性，正在被妥协性和认同倾向所悄悄置换。它挑剔和逃避了任何主义的缺陷，也就有了最大的缺陷——自己成不了什么主义，不能激发人们对真理的热情和坚定，一开始就隐伏了庸俗化的前景，玩过了就扔的前景。它充其量只是前主义的躁动和后主义的沮丧，是夜行者短时的梦影。

如果“后现代”又被我们做坏，那也是没法子的事。

夜天茫茫，梦不可能永远做下去。我睁开眼睛。我宁愿眼前一片寂黑，也不愿当梦游者。何况，光明还是有的。上帝说，要有光。

1993 年 2 月①

---

① 最初发表于 1993 年《读书》，后收入随笔集《夜行者梦语》。

世　界

一

很多年前，我在湖南的汨罗江边插队，常听当地一些农民聊天。在我那个村子的附近，山头还有抗日战争时留下的战壕，偶尔还能在草丛或荒土里找到一颗锈垢缠裹的颗粒，磨一磨就亮出铜泽——是子弹。子弹证实了史料上的记载，那里曾经发生政府军截断长岳公路的阻击战。

农民把兵称为粮子。农民说日本粮子好可怕，说那时候一个受伤的日本粮子进了村，可以吓得全村的男女老少跑个精光。

对付这个兵，还是个掉队的伤兵，上百号男女没有人想到还有另外一种方式。

我对这种说法大为吃惊。我从农民的笑谈中洞见了另一种真实，一种耻辱感挥之不去的真实。我很不情愿地明白，这个民族自清末以来一次次成为失败者，除了缺少工业，还缺少另外一些东西。

二

多少年后，一九八九年的法国巴黎曾经有一个酒会。主人是来自台湾的一位文化高官,主宾则是大陆一些有名气的文化人,还有少数几个法国朋友应邀作陪。主人明明可以说一口漂亮的国语,也明明知道他的主宾们听不懂英语,但更愿意用英语致词。译员当然是有的,但只把英语翻成法语,把面面相觑的一大堆中国人晾在一边。

一个中国留学生觉得不对劲,准备提请主人注意到这一点。居然有一位作家拉住了他的衣袖:“不要非礼,这可能是人家的习惯。”

一种奇怪的形势就这样持续下去。主人对主宾们致辞,压根不在乎对方能否听懂。这种绝非疏忽的轻慢,竟然有受辱者毕恭毕敬的容忍,而且不准别人代为反抗。

中文是世界上四分之一的人口所使用的语言,包容了几千年浩瀚典籍的语言,曾经被屈原、司马迁、李白、苏东坡、曹雪芹、鲁迅推向美的高峰和胜境的语言,现在却被中国人忙不迭视为下等人的标记,避之不及。

沉默的一群仍然听不懂,但没有人退场,也没有一个人站起来,用这种双方都听得懂的语言说一句:“先生,请你说中文。”

三

听说以上情景的那一刻,我猜想一个民族的衰亡,首先是从文化开始的,从语言开始的。侵略者从来明白,攻城莫若攻心,而一个人的心里只有语言,精神唯语言可以建筑和守护。

法国作家都德的小说《最后一课》,已经描述过向侵略者缴出语言的痛苦。清朝王族最终没能征服中国,也是被中文的汪洋大海淹没,退出紫禁城则只是迟早的问题。走出十九世纪的黑非洲,身上最深的伤痕,也许不是来自帝国的入侵和掠夺——外来的实业家固然心狠,但有时候留下一点科学技术的扩散,留下一些大楼或公路,对殖民地的经济多少有一点刺激。比较起来,帝国最大的罪恶,影响最为深远的罪恶,莫过于语言殖民化所带来的文化残疾。文化消解了,就像灵魂熄灭了,一个民族即便有再强健的体魄,也只能任人宰割,形如散沙,没法凝聚出坚定的行动和旺盛的生命。陷入经济上的长久困局,也在所难免。

美国长篇小说《根》里面有一段情节:主人公一次次逃亡,宁愿被抓回来皮开肉绽地遭受毒打,不惜冒着被吊死的危险,决不接受白人奴隶主给他的英文名字,而坚持用非洲母语称呼自己:昆塔。

可惜,只剩下这样一个血淋淋的名字,一代代秘密流传下去,也只具有象征意义。作为昆塔的第七代后裔,小说作者只能用英文深情地回望和寻找非洲。白人强加给他所有同胞的基督福音,无法解决那一片大陆上累积的问题:债务、战乱、艾滋病,还有环境破败和技术落后。

中国的很多字也有血迹,只是已经退色,已经被人淡忘而已。海峡两岸的这些高官和文豪,在这一天的酒会上主动和自愿地背弃了中文。事情很明白,这些聪明人感觉到中文没有足够的含金量,至于还含注多少尊严,多少热诚,多少创造的智慧,也并非不成为问题。他们为了显示与自己领带和皮鞋相称的教养,没有必要对这种下等的语言亲近。

四

文明是一条长长的河，不断地有细流的渗去和汇入。生的就生了，死的就死了，命运严酷无情。没有充分理由断定，某种文化将长盛不衰万世永存。南危地马拉的丛林里，玛雅文化只有废墟残存供后人凭吊和猜测。当年不会比汉语覆盖面小的古希腊和古埃及文明，在基督教和伊斯兰教兴起之后，也呼啦啦崩溃。

辽阔的中国，期待着一个奇迹般的再生。从“五四”运动或更早的时候开始，一场文化再造的百年苦斗，从西来的民主和科学中获取热能，历经外部的封杀和内部的自戕，把数以亿计的人导出了腐朽王朝的暗影。但是压力和危机尚存。我们还没有今天的孔子和庄子，今天的《离骚》和《坛经》。我们有世界上人数最多的大学群落，但还没有自然科学里的爱因斯坦、海森堡，没有哲学里的康德、马克思、海德格尔，没有历史学里的汤因比，没有经济学里的亚当·斯密、凯因斯，没有文学里的托尔斯泰、卡夫卡，没有艺术里的毕加索、贝多芬……一句话，从总体上看，我们毕竟还少有影响和推动世界潮流的当代文化巨人。描述一个文化上的东方强国，还只能含糊其辞。

我们不得不一次次地承认自己的学生地位。严格地说，我们的很多学科，至今还在靠西方的输血而生存。我们不少学贯中西的大学者，因其种种无法摆脱的历史限制，更像一些介绍家、鉴赏家、综述家、资料整理家，而不是创造家。他们即便干得很不错的时候，也只是称职的导游员或节目主持人，对各种节目融会于心，但没有自己的节目,或者自己的节目不够精彩。他们被尊为区域性名人,但还无法被纳入全球性的文化视野——即使把有些人对东方的歧视因素排除出去。现代中文的价值含量,还没有使中文达到人家必须尊重,必须使用,必须广设课程加以学习的程度——虽然近来的情况稍好了一些。

对一个人,对一个民族的语言出产,希望有更多独特性的创造,这永远不是什么苛求。

五

相反,一百多年后,目下正大举炒入西方市场、正在被某些西方人争相喝彩的,却是另一类中国文字。有几部志在票房的电影,有几本通俗的自传性小说,作者可以在艺术上平庸得一塌糊涂,唯独在一点上却绝对精明和清醒:那就是要挤眼泪,揪鼻涕,全力展示中国的乖戾、残酷、可笑,暗无天日,不近人情,不可救药,其文化背景该遭天谴,以满足某些西方人的怜悯欲和种族优越感。他们像一些职业乞丐,进入都市之后,被财富和做派吓得两眼发直,大气都不敢出,于是选择最省力气的角色:衣服一定破烂,头上一定要有脓疮,最好还能在街头亮出血糊糊的伤口和畸形的断臂残足,以便招来好奇的围观,让路人施舍小钱。

为了使乞讨有一个神圣的名义,他们学会了下注政治。也是在法国,一个装容着深刻表情的演讲厅里,优质音响设备正在传出哪怕最微弱的咝咝气声。一位记者提问:“在现在的中国,还有没有人因为写小说而坐牢?”我身旁一位女作家犹豫了片刻,斟酌着说:“我见到过一个囚犯,他说,他写过小说。”

回答当然很精明。把“因为写小说而坐牢”偷换成“囚犯写过小说”,含混之际,既满足了记者对答案的预期,又不违背事实。既以貌似大胆的言论在外面出彩,又没有超出底线,不至于因言论失实受到国内的追究。让记者高兴是重要的,舆论意味着自己的知名度、出版机会、访问邀请和美元。暂时不得罪中国官方也是重要的——假如自己还打算回国或者出任什么委员,还打算踏上通向权力高层的红地毯。

镁光灯闪亮,这位作家后来果然被记者们热烈包围。

这样的成功,培养着西方人的知识胃口,这种胃口反过来要求更多的惯性刺激。于是一时之间,一批批国人前去就范,一面对洋人就嘴巴不听使唤,一个劲往话筒里喂入谎言。他们在西方混多了,懂得在诉苦之余还应加一点文化作料,比方穿戴上西方人爱看的佛珠,比方掏出一只偷偷从工艺商店买来的小脚绣花鞋,声称那是祖母的遗物,并为此当众流下眼泪。他们明白,不少西方人在吃饱牛排之后,要像看橄榄球或汽车赛一样来看绣花鞋——而且缺乏足够的中国经验来辨别真伪。

一九九四年春,我在国外的书店、影院以及交谈中,对这种汉奸文化的越来越多以至铺天盖地感到震惊,对一般国民在几个汉奸炒热走红之后普遍的羡慕或麻木感到震惊。我不知道正派的西方人会如何看待这些。我一点也不想掩盖伤疤,不否认中国确有很多悲剧给这些乞讨者提供了理由和机会,那些悲剧制造者更应受到指责。我也不认为民族的面子有什么要紧,不觉得一见家丑外扬就需要恼怒。但我还是觉得下跪的姿态刺目。

不是一般的卑亢失度,或者糊涂。汉奸共通的特征,或者说一切美奸、法奸、澳奸、日奸、德奸、俄奸之类人奸的共同特征,就是势利。他们的每一句话,都可以使你清楚地感到目的所在:是一份优薪,一本洋护照,还是一顿午餐。他们从来不会站在学术良心或社会责任的立场,说一句没有利益回报的废话,连要流氓也招招实惠,决没有胆量举起手来,纠正权势者某一个常识性的错误。

他们也从来没有幸福,从来不觉得身后也有幸福。他们不知道幸福其实是热情,是生命力的笑容,是在世界任何一个角落和任何时候都存在的上帝之光,辉照在正派人互相熟悉的眼神里——即便在“文革”时代命贱如草的穷乡僻壤,即使在法国大革命和美国独立战争血流成河的日子,幸福也依然存在。只有可怜虫才永远自怜,嘴里只能出产呻吟。他们即便享遍满世界的福,也还会怨气冲冲,只要一转眼见到更有钱的人,还会有下跪的习惯。

我也曾经被邀去演讲。看着台下一双双蓝色的眼睛,我揣测他们想听到什么。我本来打算谈父亲的自杀,谈自己亲历的枪战和监狱,谈中国一幕幕惨剧和笑剧……我知道那最能收获西方的兴奋。但我突然愤愤地改变主意,并自觉羞愧。这羞愧不在于我说什么,而在于我为什么要那样说。

这不意味着从此对中国的苦难缄口,只意味着开口不再取悦于人。

我不能与下贱的语言同流。

六

英语并不是从来血统高贵。十一世纪,说法语的诺曼集团侵占了英国之后,英语曾被视为一种下贱的语言。英语只与穷人的事物有关,而政界和都市则流行法语,读书人更习惯拉丁语。乡下穷人喂养的“猪”是英语,城里富人吃的“猪肉”是法语,这一类差别和混杂一直保留到今天。

在宗教改革家 M. 路德把《圣经》从希伯来文和希腊文翻译成德文之前,德文也曾被视为世俗的语言,不配用来谈论宗教和灵魂。他以“职业”的俗义来译注“天职”,在教廷心目中简直是犯上和渎神。比他更早一点的捷克教士胡司,主张用方言做祈祷,把教义捷克语化,也构成异端罪之一。他付出了更高的代价——最后在广场上被活活烧死。

我要说的下贱语言则是另外一回事。不是指语种,而是指语质。不是指弱势阶级或弱势民族的语言,而是指任何一种语言中都可能出现的品格退化。

这可能以貌似圣洁的形态出现,比如在中国的“文革”。假话大话空话套话,句句红光亮。禁欲主义的语言专制清除了所有描述人欲的词汇,使之进入无名状态的黑暗,结果带来生命的枯萎,带来幽默、轻松、温情、执拗等等个性的绝育。人们即使在家信和日记里,也渐渐活出社论和革命公文的模样,活出整齐呆板的格式。今天的人只要翻一翻当时的印刷品,无不惊讶字号的奇大。其实当时人们已无话可说,大量语言找不到指陈对象,只得从人们的记忆中退出——到了这一步，一个大字号的国家必然出现。用增大字号的办法来充塞版面和空洞大脑，自然成了普遍的无奈。

但语言品格的退化眼下在更多地方表现为鄙俗化，表现为市井下流腔。同样是假话大话空话套话，同样是语言的暴力，但它排泄在流行歌曲和野鸡小报里，给人心强加种种卑污的时尚，诱发出油滑、浅白、混乱、人云亦云，还有媚从的语气和表情。它总是向心于金钱，只指涉利害，散发不出激情的血温和光彩，无法用来讨论崇高和意义。就像青楼小调只宜与瓜子、胭脂、麻将、酒肉相配合，无法用来演出正剧，无法用来歌唱母亲或女儿。

这种语言与官腔构成了下贱的两极。因此，让一个庸官改行为流氓，或者一个流氓改行成庸官，不会特别难，但让他谈一谈内心，谈一谈英雄，谈一谈境界和趣味，谈一谈对草原或海洋的感受，通常就有语言的空白和障碍。

官僚是经常标榜道德造型的，但很多官僚的阅读水准，只合适男盗女娼醉生梦死的恶俗读物，从不敢去碰鲁迅。同样道理，新派精英是憎恶“文革”的，但很多精英的口舌常常摆脱不了“文革”的流行词语和常用句式，每到哗众之时，对旧时代的做派、手势、歌曲等等总是不自觉地一次次加以模仿，使之突然复活。事情就是这样，有些对立是虚假的对立，一旦照照语言的镜子，就显示出深层的同构和同质。

语言是精神之相。一个民族如果出现了下贱的语言潮流，如果一个民族的大报小报都充斥着官腔和流氓腔的语言繁殖，那么必定已病象深重。

七

关于西藏，是一个我缺乏知识的话题。但比我更缺乏知识的很多西方人，比我也比西藏人还愿意谈西藏，正在一次次要求中国把它割让——他们说这话的时候，从来没有想到应该把美国还给印第安人，把南非还给黑人，把澳大利亚和新西兰还给原住民，也没打算要求英国放弃北爱尔兰。

在一九九四年的春天，也许我的结交范围有限，我发觉同行的好些中国人一碰到这个话题就吞吞吐吐，就左右旁顾，就盯着烟头做深思状做叹息状做理解状。也许，出于生计等方面的隐秘原因，他们必须出言谨慎，必须顾及当地主人的脸色。也许，在习惯了日常人与人之间的庸俗之后，他们已经找不到谈论这一类话题的语言，已经不知道如何描述历史和表达公道。在长长的旅程中，我居然只见到一个中国人敢于对此正色，敢于区分什么是正常的讨论，什么是居心可疑的讹诈。这个人平时不大言语，以致我一直对他没有什么印象，常常不觉得他在场。但他突然冒出来，突然用不大流畅的粤式中文说："不要上西方政客的当。"

他说："尊重西藏是一回事，分裂中国的阴谋是另一回事。如果今天是西藏，那么明天就是新疆，是东北，是台湾和香港。"

他又不说话了，直到离开餐厅，无声地没入夜色。

我后来才知道，这位先生算不上地道的中国人。他只是祖籍广东，自己为越南籍，然后是澳籍。在他逃离到澳洲之前，红色政权杀了他的父亲和好几位亲人，没收了他家几十公斤黄金。他乘一条渔船在公海和印尼荒岛上漂泊数月的情景，至今记忆犹新。

我还知道，他是个与巴黎的演讲厅和话筒无缘的穷人，眼下领着失业救济。这个世界很难听到他的声音。

八

我不是一个民族主义者，至少不是某些人理解中的民族主义者——虽然这个主义可以成为弱小者的精神盾牌。在我看来，这张盾牌也可以遮掩弱者的腐朽，强者的霸道，遮掩弱者还没有得手的霸道，强者已经初露端倪的腐朽。

谈主义很容易简单化，摆出一个民族主义的爱国英雄姿态，更是比下馆子还容易的事，尤其是大家口袋里有了些钱的时候。

我住在海南岛，这里总是满目皆绿，疯野和肥厚的绿色。偶有惊心之艳，是一树树紫荆憋不住了，溢出了遍地的落红。有时还有熟透的椰子在你鼻子前砰然坠地，让某个初上岛的人大惊失色。海南有一句戏谑，说一个椰子砸下来，足以打中三个总经理。这戏说了一种社会现状，一种市场经济的奇观。似乎一夜之间，公司如林，连少女和儿童的节日祝词也是“恭喜发财”。

大浪淘沙，几起几落，然后我看到有一批人，正在社会的底片上逐渐显影。他们大多年轻，手握巨资却不张扬，暗藏野心却老成和审慎。他们是名楼名车的买主，却已及时地风雅和朴素，比方对走路和家常小菜更有兴趣。他们的目光正在越出国界，进入了经济全球化更宽广的领域，比方染指金融或期货。因此他们往往比外交官更熟悉伦敦或芝加哥的时间，更为清楚英文或法文的各种名称缩写，虽潜行于人海的某一角落，却通过便携电话正追踪着美元的价位，日本财相的病情，海湾战争的进展，巴西的气象预报，波兰的就业率以及七国峰会半个小时前的争议……以便决策自己今天下单的时机和方向。多少年前革命领袖对红卫兵“胸怀世界”的号召，在今天这些人没有硝烟和流血的电脑屏幕上，喜剧般地得以实现。

有些西方政治家曾像高龄产妇一般，期待着这个阶层在中国的临盆和成长。奇怪的是，恰恰是这些人可能最让西方沮丧。他们不再是情绪化的大学生，凭几部进口电影来梦想异国，他们日益增长的财产更容易决定他们的逻辑和态度。崇洋一夜之间变为仇外，对于他们来说并不太难。如果他们正在出口皮鞋，当然会痛恨西方国家对中国的经济制裁；如果他们准备去西藏或香港办公司，当然会警惕藏“独”或港“独”的游说。他们巨大的购买力，买出了境外的中文热，比方说让香港售货员们争相学习普通话。

稍微敏感一点的人，都知道事情正在起变化。亨廷顿，哈佛的终身教授，当然也感到了热烘烘中文的压力，终于在一九九三年的《外交》季刊上披上了战袍，强调不同文明之间因差异而引起的冲突，把儒教文明和伊斯兰文明，视为美国在冷战之后最大的威胁。在同年十二月的哈佛大学一次讲座中，他更把话说白了，提出政治学必言霸权，美国应该联日，拉越，压俄，共同来“围困中国”。

我对亨廷顿没有什么惊奇。我只是惊奇某些国人的微妙反应。他们连忙去引经注典，向教授发出哀哀怨怨的表白。比方首先与阿拉伯坚决划清界限，称“西方文明与伊斯兰文明之间冲突的分析尚能站住脚”；或者再打一个小报告，向亨廷顿举报俄国，断言只有“东正教文明会成为反西方文明的最主要挑战者”。这种无聊的乞讨和挑唆，竟成为好些精美期刊上的学术。

他们倒不如一些实业家，能一眼看穿亨廷顿，不过是从经济战车上飞来的一颗哲学炸弹。手里不是冲锋枪而是计算器，身上不是迷彩服而是上班装，桌上不是军事地图而是销售账表，前面不是铁丝网而是“进口限额”、“关税法案”之类所保护着的市场纵深。一场民族之间的经济大战迟早要接火，或者说已经接火。在这场战争中，祖国常常是投资者们的必要掩体。

从精神上保卫一个民族，就义者总是有限。当民族变成利益符号和利益载体的时候，一切就差不多成了通俗故事，不难激起社会性狂热。不光是烽烟滚滚的波黑、中东、阿富汗、卢旺达正在重新高扬民族的战旗，连加拿大、印度、意大利、西班牙、德国、美国的夏威夷，也都有要求分治要求散伙的吵吵嚷嚷。“祖国”成了光头党的常用词。“本国优先”是竞选人拉票时不可少的激昂，是最时髦的政治流行色。百分之几的失业率或一块油气田，就可以使人们突然对肤色和母语的差异大惊小怪，突然觉得异族面孔不可容忍，必须恶语相加，拔刀相向。

国家解体同夫妇离婚一样频繁多见。国家数目在迅猛增加。有人预计，到下世纪初，这个数目可能增加到五百。到那时候，我们将比现在有多得多的边界，多得多的海关，多得多的总统班子和外交纠纷。既然上帝不再出现在裁判席，既然共产主义也不再是理想，那么还有什么可以充当民族的胶粘剂？于是，一个似乎没有任何主义的时代里，民族主义似乎正在成为最后的主义。

我对此感情复杂。

九

“民族”这个词使用得最多的今天，实际上是它的词义日渐空虚的时候。美国就很难说是一个民族。它包括唐人街、韩国城、小东京、犹太区、意大利街、墨西哥街等等。操西班牙语的果农、操挪威语的麦农、祖籍在波兰的矿工、哈勒姆区的黑人老太，还有印第安保留区载歌载舞的男女……这全都是美国，也几乎是世界。在一九九〇年的调查中，美国人中每八个人就有一个人是异族混血的产物，牵连到至少两种以上的血统以及文化根源。这个越来越“杂种”的美国，只好用爱国主义来置换民族主义。

国界的意义也越来越引人生疑。前苏联的核电站事故，污染了境外好几个国家。日本的酸雨，则可能来自中国和东南亚。废毒气体对地球臭氧层的侵蚀，受害者将不是哪一个国家或哪几个国家，而是整个星球。事情不仅仅如此，在今天，任何一个单独的民族，也无法解决信息电子化、跨国公司、国际毒品贸易等难题。正在延伸的航线和高速公路，网捕着任何一片僻地和宁静，把人们一批又一批抛上旅途，进入移民的身份和心理，进入文化的交融杂汇。世界越来越小，电视机使我们都成了世界的前排观众，时时直面地球的每一个角落。

在这种情况下，如果你不把这个世界当作一按键钮就挥之即去的东西，不过是在几十个频道间跳来跳去的东西，你就完全应当采用比“民族”更为宽广的视角。民族是昨天的长长留影。它特定的地貌，特定的面容、着装以及歌谣，一幅幅诗意图景正在远去和模糊。不管我们愿不愿意，现代移民们已经不再有旧时的山长水远，不再有牵动愁肠的驿路遥遥。电话和飞机票，正在使故土和故人随时可至，就像附近某个加油站或杂货店，无法积累和强化游子的激情。长别离既已不长，长相忆也就无所可忆。更重要的是，当工业文明覆盖全球，故乡与祖国便在我们身后悄悄变质。不管在什么地方，到处都在建水泥楼，到处都在跳恰恰舞，到处都在喝可口可乐，到处都在推销着日本或美国的汽车。照这样下去，所有的地貌模仿出同一的景观，你思念的故乡与别人的故乡差不多没有两样；你忠诚的祖国与别人的祖国也差不多没有两样。那么这种思念和忠诚还有多少意义？还如何着落？

近些年来，我每一次回到湖南老家，都加深了这样的感觉，不免有一些怅然。哪怕是在一个偏僻的山寨，我听到立体音响里轰轰扑来的，不是记忆中的唢呐和山歌，而是我在海南、在香港、在美洲和欧洲都听到的电子流行音乐。这样的故乡，我的后代还能不能把它与其他旅游地给予区别？还能不能在其中寄寓特有的情感？

民族感已经在大量失去它的形象性，它的美学依据。

根系昨天的，唯有语言。是一种倔头倔脑的火辣辣方言，突然击中你的某一块记忆，使你禁不住在人流中回过头来，把陌生的说话者寻找。语言是如此的奇怪，保持着区位的恒定。有时候一个县,一个乡,特殊的方言在其他语言的团团包围之中,不管历经多少世纪,不管经历多少混血、教化、经济开发的冲击,仍然不会溃散和动摇。这真是神秘。当一切都行将被汹涌的主流文明无情地整容,当一切地貌、器具、习俗、制度、观念对现代化的抗拒都力不从心,唯有语言可以从历史的深处延伸而来,成为民族最后的指纹,最后的遗产。

民族似乎仅仅成了这样一种东西:可以被装入录音带,带上它,任何人都永远不会离乡背井。

欧洲一体化似乎胜利在望。海关、汇率、军事和政治之类的问题都是不难解决的,利益纷争也可望找到合适的安排。绕不过去的最后一道难关,看来只有语言,是各个民族决不会轻易让出的语言权。在 M. 昆德拉的小说里,一群同去援助柬埔寨的白人激烈内讧,就是因为能听懂英文的法国人坚决不愿说英文,不愿服从英语霸权,情愿忍受太多的麻烦,坚持用多种语言来进行协商。这当然不是小说家的一个噱头。

近年来的左派文化运动,也把语言视为重要战线。反抗中心,挑战主流,保卫文化多元性,少数激进人士甚至拒读莎士比亚,发誓回归印第安民歌或阿拉伯神话。他们宁愿狭隘也决不卑屈,宁愿孤立也决不背弃。这个运动在美国叫"政治正确",其英文简称叫 PC,与个人电脑的代号同名。

但我想到它的时候,耳边总是响起另外两个更为响亮的音节:"昆塔"。

血迹未干的昆塔。

我们回到了前面说过的那一个画面，昆塔宁可被抓回来皮开肉绽地遭受毒打，不惜冒着被吊死的危险，也不接受白人奴隶主给他的英文名字。他留下了一个永远的诘问：这样做值不值？用英文是否就丧失尊严？就不能活下去也不能得到幸福？如果答案是否定的，那么他的血是否完全白流？是否只是一种愚蠢一种狭隘一种可悲的自作自受？他因此而承受的所有鞭刑，只配受到后来人哈哈嘲笑？

在未来的人们看来，他只是保卫一盒录音带的无谓代价？

有一种表达的困难。

我说完了。我知道这场演讲对于他们来说很乏味，让人失望。他们目光涣散，东张西望，甚至连连哈欠或者早就起身而去，留下冷冷的空座位。除了最后一排的西蒙——谢谢你一张孩子脸上遥远的笑容给我安慰。

他们敷衍地鼓了掌，没有提问的兴趣，也不会觉得有什么问题。好像总算熬过了不可忍耐的停电，现在光明大放，可以好好乐一乐了。他们向那个刚才谈女人内裤的作家微笑，向那个刚才谎称自己一直受迫害的作家请教，请那个出示绣花鞋并且当众流泪的作家去国家电视台接受采访。他们离开我，离开了一个失败者，一件滞销产品。他们希望有趣味的谈资，有印象的表演，有独特性的刺激，观众总是这样的。他们没有必要对乏味客人表示过多的关照和礼貌，更没必要费气力来探究什么方言。

有一个人甚至眼中透出讥嘲，对我刚才的违拗给予报复：“你是湖南人，毛泽东也是湖南人，请问下一个最伟大的湖南人是谁？——不包括你。”

“好吧，我听说你也是A大学的毕业生，那么请问A大学下一个最伟大的人是谁？包括你可以，不包括你也可以。”

他克制地笑笑，把不甘罢休的目光暂时落入纸咖啡杯。

我必须这样回答，还击这一类无聊的挑衅——不管他是大报记者，还是学院院长、出版商、文学大奖的评委。这种来自东方的不恭，当然更令他们不快。

我再一次失败，这几乎在意料之中。我苦于缺少更多的故事和才情，至少缺少语言的机灵，来挽救败局。我得承认自己的平庸和笨拙。这没有什么。我宁可暴露自己的平庸和笨拙，也不愿意哗众表演，比方掏出一只可疑的绣花鞋。我甚至不会玩一次仇外的偏激，宣布自己就是国粹派，就是看不起他妈的西方，就是仇恨莎士比亚以及一切白人文学的霸权——那样也容易，至少是一种极致，一种风头，一种未必得到赞同但至少可引人注目的惊险节目。经验证明，很多西方人宁愿遭遇敌手，也不愿意承受乏味。

我不能这样说。因为这不符合事实。我是读过莎士比亚的，是喜欢欧洲文学的——从我在乡下的知青户开始。那时我和同学们在下乡前偷袭了学校图书馆，胡乱偷了一些书，来打发乡下阴暗的雨季。

那个美丽的语言世界让我永远怀念。

我终于明白，语言也是这样一种东西，它无论是莎士比亚还是别的什么,都承载和沉积着人的经验,人的思维和情感,推动了人脑的发育和进化,完成了人群的联系和组织,使人具有人性。作为先民的遗赠,语言守护着人类文化多样性的可能,也担当着人类文化共同性的可能,使人们得以在差异中融合,在交汇中殊行。

我们接受了过于复杂和零碎的地图,我们的肉体分泌出彼此相违的利欲,唯有真理的声音,一种高远澄明嘹亮的精神,可以跨过国境,穿越不同的肤色和发色,为全人类彼此相同的心灵所倾听——如果心灵和心灵都还醒着。

即使面对空空如也的座位,我也仍然这样说。

十一

地球并不算太大,是人类共同的家园。一个人走出县,走出省,当然也可走出国,可以爱其他的国家。正像我们不可想象黑人都留在非洲,白人都守住欧洲。我在国外的一些朋友,常常并不比国内的朋友离我更远——无论是地理的距离还是心理的距离,那么也就无须大惊小怪。

区别其实只有那么一点:你是否还有同情和热爱——在热爱远方的土地之前,你是否热爱脚下的土地?我们从脚下的土地开始了一切。我不得不一次次回望身后,一次次从陌生中寻找熟悉,让遥远的山脊在我的目光中放大成无限往事。人可以另外选择居地,但没法重新选择生命之源,即便这里有许多你无法忍受的东西,即便这块土地曾经被太多人口和太多灾难压榨得疲惫不堪气喘吁吁,如同一张磨损日久的黑白照片。你没法重新选择父辈,他们的脸上隐藏着你的容貌，身上散发出你熟悉的气息，就埋葬在这张黑白照片里。你没法重新选择童年或少年，一只口哨，一个铁环，一个打兔草的竹篮，或者一盏雨夜里瓜棚的孤灯，都先后遗失在这张黑白照片里——也许更重要的是，这里到处隐伏和流动着你的母语，你的心灵之血，如果你曾经用这种语言说过最动情的心事，最欢乐和最辛酸的体验，最聪明和最荒唐的见解，你就再也不可能与它分离。

这样的人，也是远方黑压压的那些你陌生的人。

1994 年 8 月[①]

① 最初发表于 1994 年《花城》杂志，后收入随笔集《完美的假定》。

国境的这边和那边

持中国护照进入有些发达国家，常常会遇到移民局官员较为费时的盘查。有时堂堂签证根本不管用，出示了返程机票和美元还是不管用，说关那边有朋友等着更是不管用，被限令立即返回的例子还是屡屡出现，气得当事旅客悲愤莫名。我就差一点遭遇过这种事。在这个时候，一道入关黄线让国家这个抽象之物变得真切可触起来。

查得这样严，据说是企图混过关的中国非法移民很多。这就是说，西方发达国家现在要求资本自由化和贸易自由化，但绝不容忍移民(国际劳动力市场)的自由化；主张人的言论权和示威权，但还无心保护自由移民权——其诸多国内政策是不能在国家间贯彻的。这也不奇怪，中国已按美国标准弱化了户口制度，让农民工大量自由入城了，但假如中国向美国自由输送五十万电工、五十万木工、五十万剃头匠，美国岂不乱了套？岂不哇哇叫？他们的剃头匠还能在一个脑袋上轻轻松松赚上三十美金吗？中、美剃头匠还能如此天经地义地“同工不同酬”？

这种大打折扣和不平衡的“自由化”是我们必须面对的现实——这样说可以让人理解。但有些理论家宣称这种强国剪裁出来的“自由化”是弱国的唯一幸福指南，就让人很不理解了。

你就在这条黄线面前理解“国家”或“国家的消亡”吧。

我这次入境，是为了参加韩国汉城的一个会，跨过黄线大体还算顺利。会议主题是“寻找东亚身份（Searching for East Asian Identity）”。有趣的是，主题虽关“东亚”，但与会者都吃欧洲风格的饭菜，住欧洲式样的宾馆，这一类寻常多见的景观，大概也构成了德里克先生“全球化激发了本土化”一说的恰切隐喻。应该说，会上有不少优秀的发言，如韩国学者白永瑞先生就再一次给我“旁观者清”的证明。因为他不是中国人，所以比中国人更清楚地看到中国人思维和感觉中的盲区：梁启超蔑视黑种人和红种人，认为能与白种人争霸全球的只有黄种人，亦即他心目中的中国人。胡适主张全盘西化，实际是主张全盘现代化，但他旨在再造中国文明的“整理国故”运动仍然把中国以外的亚洲排除在“东方文明”之外。至于梁漱溟，他举目四顾，将天下三分，在中国文明和西方文明以外再加了一个印度文明，比梁启超和胡适多了一大片南亚的视域，但这种宏论仍然只会使东亚、中亚、西亚、东南亚其他诸多族群惊讶不已和顿觉寒心。在整个二十世纪的历史中，在中国知识界的习语中，“东、西比较”基本上是“中、西比较”，大中华主义的大尾巴总是藏不住。这当然只能导致白永瑞的疑惑：中国有没有“亚洲”？

正是在当年这种知识背景之下，孙中山先生一九二四年谋求日本对中国革命的支持，在日本倡导“东洋文化”以抵抗“西洋文化”的演讲时只言中、日，对朝鲜半岛的忽略态度就是很自然的一件事情了。为此，对他充满敬意的朝鲜人也不得不将这种大国主义斥之为“轻率”和“卑劣”。

其实,众多中国的现代精英岂止是心目中没有“亚洲”(即没有东亚、南亚以及中亚),他们的“欧洲”视野里其实也只有繁华的西欧,不会有东欧或者南欧;他们的“美洲”视野里其实也只有闪光的美国和加拿大,不会有墨西哥和尼加拉瓜这样较为弱小的存在。强盛和威权成了人们注目的焦点,成了人们逢迎或者竞争的对象,也就成了人们在建构地理版图和文化版图时的有色镜。这当然没有什么奇怪。因为这同样是俄国的一般情形:尽管他们的大部分国土延绵于亚洲,尽管当年拿破仑将莫斯科称为“亚洲的都市”,但有多少俄国人愿意接受亚洲人的穷酸身份?如果不是由于亚洲经济六十年代以后出现繁荣,俄国首脑是否愿意屈尊于“亚太经合”论坛来凑热闹?这当然也是其他国家的一般情形:很多日本人士不是早就耻于与俺们为伍而主张“脱亚入欧”么?很多英国人士不是一直暗续帝国余风因此将自己视为欧洲之外的“大(哉)不列颠”么?

一旦跨越国界,以求生存、求发展、求昌盛为主题的民族现代化就常常有排他品格和霸权品格。国界那一边的启蒙和解放(如欧洲的自由主义体制),常常成为对国界这一边的歧视和压迫(如当年欧洲的殖民主义扩张),这就是内外有别的潜规则,就是民族国家(nation state)曾经扮演过的双重角色,也是梁启超等中国精英曾经想扮演而不得的角色。

当然,民族国家并不是实现现代化的唯一政治载体和利益单元。在即将完结的这个二十世纪,伴随着工业革命的机声隆隆和黑烟滚滚,跨国的地区主义或世界主义同样并不鲜见,一次次进入中国人的历史记忆。

“大东亚共荣圈”臭名昭著,这大概也是很多中国人对“东亚”一类概念深怀戒心和兴奋不起来的原因之一。韩国学者申正浩先生认为,三十年代至四十年代的“亲日派(朝鲜)”和“汉奸(中国)”中确有不少卖身求荣之徒,对他们仅仅施以道德谴责却只能是过于简化历史。他们中至少有一部分人,确实曾幻想着借日本的实力来实现“亚洲复兴”或者“东亚复兴”,以抵抗白人殖民统治和西洋文明侵压。这与道德没什么关系。这一点在东南亚和南亚有些国家表现尤为突出。当法国、英国殖民政府在日军的攻击下溃败之际,当地一些自由派人士和普通百姓,对共产国际联英、联法以抗击法西斯的战略部署怎么也想不通,甚至一度欢呼民族的“解放”,出门夹道欢迎黄皮肤的日军。汪精卫在越南发表亲日理论,正是以这一情况为背景。只有当大和种族优越感演化成血腥的屠杀和掠夺之后,很多人的“亚洲梦”或者“东亚梦”才得以破灭。一次极右翼的跨国地区主义实践,最终成为这些亚洲人终身的人格耻辱,成为亚洲各国遍地焦土的灾难。

左翼的社会主义同样有过一次次跨国共同体的尝试。“工人无祖国”是社会主义的经典信条。当列宁的国际主义热情在斯大林手里被冷冻为民族国家的现实利益之后,中国人立即感到了寒意。此时的毛泽东仍然放眼天下,提出了“亚非拉”理论和“第三世界”理论。作为这一理论体系最为典型的实践,印度支那共产党就是一个跨国革命组织。他们在广州召开会议并与中国总理共谋地区的合作与互助,在异族同志那里得到无私援助,感受到温暖的兄弟氛围。正是在这一时期,除了政府在人力和物力方面的南援,包括中国红卫兵和知青在内的志愿革命者们,也一批批跑到越南或缅甸去从事国际解放事业,甚至在那陌生的远方喋血大地。然而民族国家体制仍然是绕不过去的,人们很快就觉得"印度支那共产党"这样的大锅饭不合时宜,一旦分解为"越南"、"老挝"以及"柬埔寨",老战友之间不久就血刃相见,在中国与越南之间,在越南与柬埔寨之间,边界冲突乃至大规模战争终于发生——其满目新坟的前线场景曾使我深感刺痛。炮声意味着:工人有祖国,现代化事业有祖国。马克思和列宁所痛恶的某种"爱国主义"终于复活。于是,当年对印度支那的国际主义无偿援助,在今天众多中国精英看来,如果不是可耻的罪恶,至少也是傻鳖和冤大头的愚行。

我在小学时参加过声援古巴的游行,在中学时到火车站参加过援越物资的搬运。我现在不再会有"输出革命"的盲从,但也并不认为当年国际主义关切本身有什么可笑,更不认为一个以邻为壑寸利必争的国家更具文明的高贵。中国人现在钱多了,但白求恩式的热情可能比以前少了。在这一点上欧洲人看来比我们强,至少很多英国人在香港回归中国时还能同中国人一起摇着小旗上街欢呼,这种"卖国"之举如果发生在中国,岂能为国人所容?进入九十年代,欧洲共同体成为超国家体制的又一次实验。事实上,正是在欧洲发生的这一进程,激发或者复活着地球这一边诸多"中华经济圈"、"东南亚共同体"、"东亚共同体"之类的想象,而著名的捷克自由派总统哈维尔也正是在这一背景下开始了他"民族国家消亡"说的政治抒情。

我们有理由相信，统一的欧洲，在银行、海关、部分防务及部分外交等方面准国家化的欧洲，在融合欧洲民族国家裂痕方面，在推动欧洲乃至全球的经济文化发展方面确有伟大的前景。但一九九八年获得诺贝尔文学奖的葡萄牙作家萨拉马戈冷冷地说过：“如果统一的欧洲对我作为一个小国的公民不感兴趣，那么我对这样一个统一的欧洲也不感兴趣。”类似这样的不和谐音，在葡萄牙、荷兰、丹麦等一些国家，在感到民族语言文化、经济利益受到忽视和损害的弱势群体那里并不少见。这当然还只是内部的情况。在这个共同体的外部呢？正是这个共同体不顾内部的激烈争议，用导弹和战机使俄罗斯日益不安，用狂轰滥炸使南斯拉夫半废墟化——而南斯拉夫本身也几乎是个微缩共同体，作为东欧地区市场经济昨日的先行者和优等生，这个多主体联盟，由民选总统剥夺了科索沃阿族的自治权，战乱所造成的难民潮更使整个欧洲恐惧。

白永瑞展望的“东亚”和“亚洲”，是比这些共同体更好的“东亚”和“亚洲”么？

冷战已经结束，市场经济释放着新一轮活力，这被看作资本主义在全球范围内的大举光复，如果这个世界上还有一些麻烦和动乱，那也总是被很多人描述为对资本主义人间正道的偏离或背离。在这些人看来，只有政治集权和计划经济才意味着极端民族主义，才意味着侵略和战争，而这种旧症唯“自由主义”的一帖良药才可以救治。这样的看法有苏联在阿富汗和捷克的行迹为证，但还是过于笼统，也过于乐观和时髦。他们忘记了第一次世界大战正是在市场经济的国家之间爆发，而第二次世界大战的发动者，恰恰是实行民主选举制的德国以及“维新”成功的日本，而不是斯大林主义的苏联以及“维新”失败的中国。这样的文字虚构也无法与我的个人经验接轨。我曾经去过东南亚、南亚等一些周边较穷的国家。有意思的是，我的某些同行者无论在国境这边是如何崇拜自由和民主，如何热爱西方体制并且愿意拥抱全世界，但只要到了国境的那一边，只要目睹邻国的贫穷与混乱，他们就不无民族主义乃至种族主义的傲慢和幸灾乐祸——非我族类的一切都让他们看不上眼。

我相信，他们一直声言要拥抱的全世界不过是曼哈顿，一定不包括眼前这些“劣等”、“愚顽”的民族；如果现在给他们一支军队，他们完全可能有殖民者的八面威风。

在富人面前套近乎和讲团结，然后在穷人面前摆架子和分高下，这当然没有什么难的。也许，在有些人看来这算不上什么民族主义，所谓民族主义只能指称那些居然对抗现代文明潮流的行为，那些居然冲着西方发达国家闹别扭的行为，包括挨了导弹以后跑到人家大使馆前示威的行为——似乎民族主义的示威比自由主义的导弹更加危险。不难理解，“自由主义”与“民族主义”的二元对立就是这样建立起来的，近年来学界风行一时的“启蒙”与“救亡”二元对立也是这样建立起来的，似乎“救亡”曾耽误了“启蒙”，而“启蒙”就一定得忌言“救亡”。我不能说这种叙事纯属阴谋搅局，也愿意相信这种叙事有一定的有效范围。但面对这些艰难的概念工程，我更愿意听一听越南的笑话。这个笑话是说青年们在抗议美国入侵的时候高呼口号：“美国佬滚回去！”但接下来的一句是：“把我们也捎上！”

这一显然出自虚构的政治笑话得以流传，当然是因为它揭破了发展中国家很多人的真实心态，揭破了民族主义与自由主义的暗中转换——它们看似两个面孔而实则一个主义，常常在很多人那里兼备于一身。于是这些人时而是悲愤的民族主义者，这是因为他们觉得美国（或其他国家）正妨碍他们过上好日子；时而又是热情的自由主义者，这是因为他们觉得只有跟随美国（或者其他国家）才能过上好日子。他们既恨美国又爱美国，通常的情况是：这种恨由爱来“启蒙”(美国幸福我们也得幸福,美国称霸我们也得称霸);这种爱也总是由恨的“救亡”来实现(不扳倒美国我们如何能成为下一个美国?或者与美国平起平坐?)。他们常常被自己的影子吓一大跳,对自由主义或民族主义愤愤然鸣鼓而攻。

这样说,并不是说所有的民族主义都与自由主义有瓜葛。历史上的资本主义和社会主义,作为“发展”、“进步”的不同方式,都采用了民族国家这种政治载体和利益单元,都得借重军队守土、法院治罪、央行发钞、海关截私等一切利益自保手段,都难免民族主义情绪的潮起潮落。在这里,发展主义的强国梦想在带来经济繁荣和政治改良一类成果的同时,也常常带来邻国深感不安和痛苦的对外扩张——这与民族国家合理的自尊、自利、自卫常常只有半步之遥。同样的道理,这种发展主义的强国梦想,也可以有一种延伸和改头换面,比如给民族国家主义装配上地区主义和全球主义的缓冲器或者放大器,带来“大东亚共荣”以及“印度支那革命”之类的实践教训。

来自美国的德里克先生在听白永瑞发言的时候,给我递了一张纸条,上面抄录了一首中国流行歌:“我们亚洲,山是高昂的头;我们亚洲,河像热血流……”这首歌当然可以证明中国人并不缺乏一般意义的亚洲意识,尤其是考虑到这首歌出现在一九八九年后中国遭到西方发达国家统一制裁之际,当时的中国人更容易想起同洲伙伴。我对他说,我并不担心中国人没有“亚洲”。在我看来,只要中国在现代化的道路上一旦与美国、欧洲发生利益冲突,中国人的亚洲意识肯定会很快升温,国土上没有美国军队驻扎的中国难道不会比日本、韩国更容易“亚洲”一些？何况“儒家文明经济圈”一类说法早已层出不穷，正在成为很多中国人重构“亚洲”的各种心理草图。我的问题是：中国人有了“亚洲”又怎么样？中国人会有一种什么样的亚洲意识？换一句话说：包括中国人在内的亚洲人怎样才能培育一种健康的亚洲意识，亦即敬己敬人、乐己乐人、利己利人的亚洲意识？

正是考虑到这一点，我才不得不回顾“个人利益最大化”这一自由主义的核心观念。如果这一现代性经典信条已不可动摇，那么接下去，“本国利益优先”或“本洲利益优先”的配套逻辑只能顺理成章。在这种情况下，我们凭什么来防止各种政治构架（无论是国家的、地区的还是全球的）不再成为利己伤人之器？

以集团利益为标榜，在很多情况下常是虚伪之辞。稍稍了解一点现实就可以知道，源于“个人利益最大化”的民族主义一定是反民族的——只要看看某些“爱国英雄”正在把巨款存入西方的银行，正在通过西方客户把子女送出国，正在对国内弱势族群权益受损以及生态环境恶化麻木不仁，就可以知道这种主义之下的“民族”名不符实。源于“个人利益最大化”的全球主义也一定是反全球的——只要看看某些高扬全球主义的跨国公司正在用产业和资本的频繁快速转移，加剧西方发达国家的工人失业，制造新兴国家的经济危机和崩溃，正在进一步扩大全球的地域贫富差距和阶层贫富差距，就可知道这种“全球化”只是全球少数人的下一盘好菜。因此，重构亚洲与其说是一个地缘政治和地缘文化的问题，毋宁说首先是一个价值检讨的问题，甚至是清理个人生活态度的问题。

也就是说，为了重构一个美好的亚洲，与其说我们需要急急地讨论亚洲的特点、亚洲的传统、亚洲的什么文化优势或所谓经济潜力，毋宁说我们首先更需要回到个人的内心，追问自己深陷其中的利欲煎熬。葡萄牙作家佩索阿曾这样说："如果一个人真正敏感而且有正确的理由，感到要关切世界的邪恶和非义，那么他自然要在这些东西最先显现并且最接近根源的地方，来寻求对它们的纠正，他将要发现，这个地方就是他自己的存在。这个纠正的任务将耗费他整整一生的时光。"

我想，德里克和白永瑞两位先生倡导的"批评的地区主义"（Critical Regionalism）也许包含了这种广义的自省态度。

英国哲学家罗素在很早以前就期待过"世界政府"。这种期待在当时还是诗意的预言，在眼下却已成为现实需要的施工方案。作为一个历史特定阶段的产物，民族国家的疆界显然只便于对土地、矿山、港口的控制，当人类的经济活动更多时候表现为一种电子符号的时候，当人类的生存威胁也来自废气的飘流以及臭氧层破坏的时候，这种疆界无疑正在变得力不从心和陈旧过时，至少已经不够用。全球化的经济需要全球化的控制，正如旧时的经济需要民族国家。各种"超国家"的地区政府或全球政府势不可缺，其出现大概只是迟早问题。作为同一过程的另一面，各种"亚国家"的地方主体也必将千奇百异——"一国两制"已启示了这种自治多样化的方向。这样一个由民族国家演变为全球多层次复合管理结构的过程，当然是政治家和政治学家的业务，完全超出了我的知识范围。我就不操这份心吧。我只是对这一过程中的价值脉跳稍有兴趣,比如白永瑞由“东亚共同体”言及对韩国境内非法移民深表同情的时候,言及狭隘韩国利益应让位于宽阔亚洲情怀的时候,我感到了一种温暖,并正是循着这一线温暖进入了他的理论。

“东亚”意味着东亚人共同惦记着散布各地的中国非法移民,惦记着日本的地震和酸雨,惦记着朝鲜的饥饿和韩国的币值,惦记着俄罗斯远东的森林和狩猎人的歌谣……带着这种东亚的温暖回国,我在机场候机厅看到电视里中国五十周年庆典的游行场面。美国 CNN 对这一庆典的报道照例不会太多,除了给漂亮的红衣女兵较多性感镜头,反复展示的是中国 DF－31 远程导弹通过天安门广场。记者和客座评论员的声音一次次出现:“这是可以打到美国的导弹”,“这是可以打到美国的导弹”,“这是可以打到美……”而中央电视台四频道则在播放观众们的兴奋之态,至少有不下三个中国人在受访时冲着镜头断言:“下一个世纪一定是我们中国人的世纪!”

这两种电视节目真是很有意思的对比。美国人的戒意当然可以理解,因为导弹毕竟不是一瓶瓶巨型的茅台酒。中国人的自豪当然也可以理解,在积弱几个世纪之后,一个民族的复兴前景无法不令人激动。但仅仅这样就够了么?美国人如果不能把中国的成就看成是全人类的成就,如果不能由衷地为之喜悦和欣慰,这样的美国人是不是让人遗憾?中国人如果只是想开创一个“中国人的世纪”,而无意让这一个世纪也成为希腊人的世纪、越南人的世纪、印度人的世纪、南非人的世纪、巴西人的世纪,以及——美国人的世纪,这样的中国人是不是让人恐惧?

在境外观看有关中国的电视，每个人大概都会有别样的感受。

1999 年 10 月[①]

① 最初发表于 1999 年《天涯》杂志，已译成韩文。

完美的假定

一

回顾一下三十年代，也许很多人会大为惊讶。那是史学家命名的“红色三十年代”，批判资本体制的文学，“劳工神圣”的口号，贫穷而热情的俄罗斯赤卫队员，不能提供一分钱利润，却居然成了人们的希望，居然引导了知识界以及一般上流开明人士的思想时尚。不管是用选票还是用武装暴动的方式，左派组织在全世界快速繁殖，日渐坐大，眼看着国家政权唾手可得。布莱希特、A. 勃勒东、阿拉贡、加缪、德莱赛、瞿秋白、聂鲁达、罗曼・罗兰、芥川龙之介以及时间稍后一些的毕加索和萨特……一大批重要知识分子的履历中，无不具有参加共产党或者自称社会主义者的记录。

六十年代，又发了一次全球性的左派烧。中国的“文革”不用说，法国的“红五月”也惊天动地，红皮语录本在地球的那一边也被青年们挥动。勃列日涅夫在苏联上台向左转，太平洋彼岸的黑人运动和学生运动也交相辉映，在白宫前炮打司令部。不仅是广获同情的越南和古巴，多数从殖民统治下解放出来的亚非拉弱小民族，竟相把“社会主义”和“国有化”当作救国的良方。不仅是格瓦拉、德钦丹东和阿拉法特，一切穷苦人和受难者的造反领袖，在全世界任何地方都差不多成了众多青年学子耀眼的时代明星，成了偶像和传说。

这些离我们并不遥远。

二

同样并不遥远的，是潮起潮落，是每一次左向转折之后，都似乎紧接着向右的反复和循环。左派的理想，左派在这个时代的诸多含义：国有化，计划经济，阶级斗争，均贫富，打破国际垄断资本等等，从来没有得到历史的偏宠，在实践中并非能够无往不胜。

变化周期似乎总在十年到二十年之间。

三十年代以后是五十年代，是匈牙利事变，南斯拉夫的自由化转向，中国的夏季鸣放和庐山诤谏，苏共的二十大反“左”报告以及社会的全面“解冻”，欧美各个共产党的纷纷萎缩或溃散，加上美国的麦卡锡主义反共恐怖插曲。对于左翼阵营来说，一个云雾低迷和寒气暗生之秋已经来临。红色政权即便可以用武装平息内乱，用政治高压给经济运行的钟表再紧一把发条，但发条上得再紧，很多零件已经出现的锈蚀和裂痕却无法消除，故障噪声已经嘎嘎渐强。

六十年代的狂热一旦落幕，历史的重心再一次向右偏移。共产主义的行情走低，在八十年代一路破底。一夜之间，柏林墙推倒了，革命导师的塑像锯倒了，前苏联和东欧国家纷纷易帜，贫穷而愤激的人们成群结队越过边界，投奔西方，寻找面包、暖气、摇滚乐、丰田汽车、言论自由、绿卡以及同情的目光，甚至在凯旋门下或自由女神像下热泪盈眶。在很多地方,“左”已经成了十恶不赦的贬词。众多知识分子对自己在三十年代和六十年代的经历深表忏悔和羞愧,至少也是闪烁其词,或者三缄其口。相反,重新认识西方的管理体制和技术成就,重新评价个人主义的价值观念,成为了全球性知识界流行话题,成了现代人开明形象的文化徽章。

私有化一化到底,已经“化”了的地方也还嫌化得不够,撒切尔主义和里根主义接连出台,向自家园子里的经济国有成分和社会福利政策下刀,竟没有太多的反对派胆敢多嘴。

一个西方记者说,眼下除了梵蒂冈教皇和朝鲜,再没有人批评资本主义了。这个话当然夸大不实。但从全球的范围来看,现在还有多少共产党人或社会党人在继续憎恶利润和资本?还有多少听众会从这些政党的背影汲取自己生存的信心呢?也许,这是一个左翼人士不愿正视的问题,却是他们不得不面对的现实处境。

事情已经大变。对变化的过程,当然还需要由历史学家做出更周详更精确更清晰的描述。一个基本的现象,却不难在我们粗略的回顾中浮现,不难成为我们的视角之一:经过一个短短的周期,历史似乎又回到了原点——六十年代再版了三十年代,八十年代则是以西方一片炫目的现代化昌荣,使五十年代得到了追认和复活。

下一个十年,会怎么样?

再下一个十年或二十年,又会怎么样?

我听到未来正在一步步悄然而近。三十年河东,三十年河西;物极必反,阴尽阳还;风水轮流转;七八年再来一次……中国人对历史演变规律的朴素把握,杂有过多神秘的揣测,两分模式也显得过于粗糙。我对此不感兴趣。我感兴趣的是，历史是被什么样的一只手在操纵？我感兴趣的是，不管是左还是右，一种思想是如何由兴到亡？一种体制是如何由盛及衰？它们是如何产生、然后耗竭了自己的思想活力和体制优势？如何获取、然后丧失了自我调整自我批判自我革新的机能？如何汇聚、然后流散了自己的民意资源和道义光辉从而滑向了困局——乃至冷酷无情的大限？

想一想这些问题，似乎显得有些傻。

三

切，是南美洲穷苦人民对格瓦拉简短的昵称，也几乎成了相当时期内在他们之间秘密流传的神圣暗语。

这个神圣的暗语生于一九二八年，是西班牙人和爱尔兰人的后裔，年轻时就习惯于独身徒步长旅，结识和了解社会最底层的卑贱者。他所献身的革命游击战在古巴获胜之后，这位卡斯特罗的密友，这位全国土地革命委员会主席和国家银行行长，因为失望于胜利以后的现实，突然从所有公众场合销声匿迹。

一九六五年的十月，卡斯特罗公布他留下来的一封信，信中只是说："因为其他国家需要我微薄力量的帮助"，他决定去那些国家重新开始斗争。这位命中注定的"国际公民"，这位被哲学家萨特称为"我们时代完美的人"，后来在刚果和玻利维亚等地的故事，我是从一部录像带里看到的。录像带有些陈旧模糊，制作者显然是一个西方主流派的文化人。在他的镜头下，格瓦拉消瘦苍白，冷漠无情，偏执甚至有些神经质，是一个使观众感到压抑和不安的游击战狂人。即便如此,狂人在雨夜丛林中的饥饿,在群山峻岭中衣衫褴褛的跋涉,在战火中的身先士卒以及最后捐躯时的从容——还有孤独,仍然深深烙印在我的记忆里。

他流在陌生异乡的鲜血,他被当局砍下来然后送去验证指纹的双手,无疑是照亮那个年代的理想主义闪电——尽管关于他的录像带,眼下是最滞销的之一,最没有人要看的之一。租带店的青年这样告诉我。

与格瓦拉同时代的吉拉斯,则是另一种类型的理想者。与前者不同的是,吉拉斯不是选择了更左的道路,而是从右的方向开始了新的生命——当时他同样官阶显赫位极人臣,一九五三年出任南斯拉夫的副总统、国会议长,是铁托最为器重的同志和兄弟。他的第一本书传入中国,是六十年代中期在部分红卫兵中偷偷翻印和传阅着的《新阶级》,与遇罗克的《出身论》同时不胫而走。在我读过的一本油印小册子上,作者当时的译名叫"德热拉斯"。读到他的第二本书则是八十年代了,《不完美的社会》讨论了宗教、帝国主义、现代科技、所有权多样化、暴力革命、民主、中产阶级等问题,给我的印象,作者对这个世界有清醒的现实感,拒绝相信任何"完美"的社会模式。他描绘了资本主义正在汲收社会主义(比方社会福利政策),称社会主义也必须汲收资本主义(比方市场经济)。他的很多观点,无异于后来大规模改革的理论导引。

因为发表这些文章,加上因为公开在西方报刊撰文同情匈牙利事变等等,他不但被剥夺了一切职务,而且三度入狱,被指责为革命的罪人。他不是没有预料到这样的后果,不,他是自己选择了通向地狱之路。当他打算与同僚们分道，他满心哀伤和留恋，也不无临难的恐惧。《不完美的社会》中很多论述我已经记不大清楚了，但有一段描写历历在目：这是一个旧贵族留下的大别墅里，灯光辉煌，丰盛的晚宴如常进行，留声机里播送着假日音乐。在一群快乐的党政要人里，只有吉拉斯在灯光照不到的暗角里，像突然发作了热病。他看到革命前为贵族当侍者的老人，眼下在为他的同僚们当侍者。他看到革命前为贵族拉货或站岗的青年，现在仍然在风雪中饥饿地哆嗦。唯一变化了的，是别墅主人的面孔。他突然发现自己面对着一个刺心的问题：胜利的意义在哪里？

就是在这个夜晚，他来回踱步整整一个夜晚。家人不知道他在想什么，他也不愿用他的想法惊扰家人。但他决定了，决定了自己无可返程的启程。如果他一直犹豫着，该不该放弃自己的高位，该不该公示自己的批判，那么在天将拂晓的那一刻，全部勇敢和果决，注入了他平静的双眼。

欧洲一个极为普通的长夜。

这个长夜是一个无可争辩的证明：同情心，责任感，亲切的回忆，挑战自己的大义大勇，不独为左派专有。这个长夜使所有经过了那个年代的我们羞愧，使我们太多的日子显得空洞而苍白。

四

吉拉斯的理论深度不够我解渴，某些看法也可存疑。但这并不妨碍我的感动。

我庆幸自己还有感动的能力，还能发现感动的亮点，并把它与重要或不重要的观念剥离。我经历大学的动荡,文场的纠纷,商海的操练,在诸多人事之后终于有了中年的成熟。其中最重要的心得就是:不再在乎观念,不再以观念取人。因此,我讨厌无聊的同道,敬仰优美的敌手,蔑视贫乏的正确,同情天真而热情的错误。我希望能够以此保护自己的敏感和宽容。从这个意义上来说,吉拉斯的理论是不太重要的,与格瓦拉的区别是不太重要的,与甘地、鲁迅、林肯、白求恩、屈原、谭嗣同、托尔斯泰、布鲁诺以及更多不知名的热血之躯的区别,同样是不太重要的。他们来自不同的历史处境,可以有不同乃至对立的政治立场,有不同乃至对立的宗教观、审美观、学术观、伦理观……一句话,有不同乃至对立的意识形态。但这些多样的意识形态后面,透出了他们彼此相通的情怀,透出了一种共同的温暖,悄悄潜入我们的心灵。他们的立场可以是激进主义也可以是保守主义,可以是权威主义也可以是民主主义,可以是暴力主义也可以是和平主义,可以是悲观主义也可以是乐观主义,但这并不妨碍他们呈现出同一种血质,组成同一个族类,拥有同一个姓名:理想者。

历史一页页翻去,他们留下来了。各种学说和事件不断远退,他们凝定成记忆。后人去理解他们,总是滤取他们的人格,不自觉地忽略了他们身上的意识形态残痕。他们似乎是各种不同的乐器,演奏了同一曲旋律;是不同轨迹和去向的天体,辉耀着同样的星光。

于是,他们的理想超越具体的目的,而是一个过程;不再是名词,更像一个动词。

他们也是人，当然也有俗念和俗为，不可能没有意识形态局限，难免利益集团的背景和现实功利的定位。挑剔他们的不足、失误乃至荒唐可笑，不是什么特别困难的事。在当今一些批评家那里，即便再强健再精美的意识形态，都经受着怀疑主义的高温高压，也面临着消解和崩溃的危险，何况其他。随便拈一句话，都可以揭破其中逻辑的脆弱，词语的遮蔽，任何命题的测不准性质，于是任何肖像都可以迅速变成鬼脸。问题在于，把一个个主义投入检疫和消毒的流水线，是重要而必要的；但任何主义都是人的主义，辨析主义坐标下的人生状态，辨析思想赖以发育和生长的精神基质和智慧含量，常常是更重要的批判，也是更有现实性的批判，是理论返回生命和世界的入口。

意识形态不是人性的唯一剖面。格瓦拉可以过时，吉拉斯也可以被消解，但他们与仿格瓦拉和伪吉拉斯永远不是一回事。他们的存在，使以后所有的日子里，永远有了崇高和庸俗的区别。

这不是什么理论，不需要什么知识和智商，只是一种最简单最简单的常识，一个无须教授也无须副教授无须研究生也无须本科生就能理解的东西：

美的选择。

年轻的时候读过一篇课文，《对丑的情欲》(*Libido for Ugly*)，一个西方记者写的。文章指出实利主义的追求，使人们总是不由自主地爱上丑物丑态，不失为一篇幽默可心警意凌厉的妙文。很长时间内，我也在实利中挣扎和追逐，渐入美的忘却。平宁而富庶的小日子正在兴致勃勃地开始，忘却是我们现代人的心灵安全设备。

我们开始习惯这样的政治:一个丛林里的“红色高棉”,第二职业是为政府军打工。我们开始习惯这样的宗教:一个讲堂上仙风道骨的空门大师,另一项方便法门是房地产投机的盘算。我们开始习惯这样的文化多元:在北京的派别纷争可以闹到沸反喧天不共戴天的程度,但纷争双方的有些人,一旦到了深圳或香港,就完全可能说同样的话,做同样的事,设同样的宰客骗局,享受同样的异性按摩,使人没法对他们昨日的纷争较真。我们开始习惯西方资本主义的语言强制,interest(利益)与interest(兴趣)同义,business(生意)与business(正事)同义,这样的语言逻辑十分顺耳。我们习惯越来越多名誉化的教授,名誉化的官员,名誉化的记者,名誉化的慈善家和革命党,其实质可一个“利”字了结。总之,我们习惯了宽容这些并不违法的体制化庸俗。我们已经习惯把“崇高”一类词语,当作战争或灾难关头的特定文物,让可笑的怀旧者们去珍藏。

我们只有在猛然回头的时候,偶尔面对那些曾经感动过我们的人,才会发现我们少了点什么。不,我们似乎什么也没有少,甚至比以前更加自由和丰富,但我们最终没法回避一个明显的事实:我们的内心已经空洞,我们的理想已经泛滥成流行歌台上的挤眉弄眼,却不再是我们的生命。

没有理想的自由,只是千差万别的行尸走肉。没有理想的文化多元,只是服装优美设备精良的诸多球赛,一场场看去却没有及格的水准,没有稍稍让人亮眼的精神记录。

五

理想从来没有高纯度的范本。它只是一种完美的假定——有点像数学中的虚数，比如$\sqrt{-1}$。这个数没有实际的外物可以对应，而且完全违反常理，但它常常成为运算长链中不可或缺的重要支撑和重要引导。它的出现，是心智对物界和实证的超越，是数学之镜中一次美丽的日出。

严格地说，精神的$\sqrt{-1}$还有“自由”、“虚无”、“人性”、“自我”、“真实”等等。只要没有丧失经验的常识，谁会相信现实中的人可以拥有完全绝对的“自由”？可以修炼出完全绝对的“虚无”？可以找到完全抽象的“人性”？可以裸示完全独立的“真实自我”？……但是，如果因而取消这一类概念，取消这些有益的假定，我们很难想象人类迄今为止的历史是什么样子。

比较起来，在很多人那里，理解“理想”比理解其他假定要困难得多，总是让人大皱眉头，不管加上多少限定成分的作料，配上多少美言名言格言的开胃酒水，还是咽不下这一个词。这并不妨碍他们正在努力——也在要求人们努力——理解世俗，理解唯利是图，理解摧眉折腰和卖友告密，理解三陪小姐和红灯区，理解用红包买来的文学研讨会，理解十万元养一条狗，理解中国人对中国人偏偏不讲中国话。

理解是个意义含混的词。理解不等于赞同。理解加激赏算是理解，理解但有所保留算不算理解？理解但提出异议算不算理解？提出异议但并没有要求政府禁止没有设冤狱也没有搞打砸抢，为什么就要被指责为白痴或暴徒式的“不理解”？驳杂万端的世俗确实是不可能定于一格的，需要人们有更多的理解力，这个要求一点也不过分。问题的另一方面是：中产阶级是世俗，远没有中产起来的更多退休工和打工仔也是世俗；星级宾馆里的欲望是世俗，穷乡僻壤里的朴实、忠厚、贫困甚至永远搭不上现代化快车的可能也是世俗；商品经济使这里富民强国是世俗，从全球的范围来看，商品经济造成贫富差别、环境污染、文化危机等等弊端也是世俗，对后者保持距离给予批判的人，其优劣长短生老病死，本身同样是不折不扣的斯世斯俗，是不是也需要理解？“世俗”什么时候成了一部分人而且是一小部分人的会员制俱乐部？

滥用“理解”、“世俗”一类的词，是一些朋友的盲目和糊涂，在另一些人那里则是文字障眼术，是不便明言的背弃，周到设防的勾搭，早已踩进去了一脚，却继续保持局外者的公允和超然，操作能进能退的优越。这些人精神失节的过程，也是越来越怯于把话说个明白的过程。

其实，真正的理想者不需要理解，甚至压根儿不在乎理解。恰恰相反，如果他每天都要吮着理解的奶瓶，都要躺入理解的按摩床，千方百计索取理解的回报，如果他对误解的处境焦急和愤懑，对掉头而去的人渐生仇恨乃至报复之心，失去了笑容和平常心，那么他就早已离理想十万八千里，早已成为自己所反对的人。理想的核心是利他，而利他须以他人的利己为条件，为着落——绝不是把利益视为一种邪恶然后强加于人。光明不是黑暗，但光明以黑暗为前提，理想者以自己并不一定赞同的众多异类作为永远忠诚奉献的对象。他们不会一般化地反对自利，只是反对那种靠权势榨取人们奴隶式利他行为的自利。而刻意倡导利他的人，有时候恰恰会是这些人——当他们手里拿着奴隶主的鞭子。理想者也不会一般化地反对庸俗，只是反对那种吸食了他人血肉以后立刻嘲笑崇高并且用“潇洒”、“率真”一类现代油彩打扮自己的庸俗。而刻意歌颂崇高的人，有时候恰恰会是这些人——此时的他们可能正在叩门求助，引诱他人再一次放血。

从这个意义上来说，理想最不能容忍的倒不是非理想，而是非理想的极端化、恶质化、强权化——其中包括随机实用以巧取豪夺他人利益的伪理想。

六

历史上，暴君肆虐、外敌入侵或者天灾降临之际，大多数人须依靠整体行动才能抵抗威胁，理想便成为了万众追随的旗帜，成为一幕幕历史壮剧的脚本。对于理想者来说，这是一个理解丰收的时代。但好心人不必因此自慰，不必在意哲学家关于“人性趋上”的种种喜报。事实上，特定条件下的利义统一，作为理想畅行一时的基础，不可能恒久不变。

理想者更多理解稀缺的时代。在人们的利益更多来自个人奋斗的时候，社会提供一种利益分割、贫富有别、鼓励竞争的格局。这时的理想无助于一己的增利，反而意味着利益他移，于是成为很多人的沉重负担，成为额外的无限捐税，无异于对欲望的压迫和侵夺。他们即便对崇高保持惯性的客套，内心的怀疑、抗拒、嘲弄以及为我所用的曲解冲动却一天天燃烧如炽。这没有什么。好心人不必因此悲哀，不必在意哲学家关于“人性趋下”的诊断。事实上，特定条件下的利义分离，作为理想一时冷落的主要原因，同样不会恒久不易。

舍利取义是群体自保的需要，却不是个体的必然。宗教有一种梦想：使大众统统成为义士和圣徒。每一种教义无不谴责和警戒利欲，无不指示逃离世俗的光明天国，而且奇迹般地获得过成千上万的信众，成了一支支现实的强大力量，成为历史暗夜里一代一代的精神传灯。不幸的是，宗教一旦体制化，一旦大规模地扩张并且掌握政权，不是毁灭于自己的内部，滋生数不胜数的伪行和腐败；就是毁灭于外部，用十字军东征一类的圣战，用宗教法庭对待科学的火刑，染上满身鲜血，浮现出狰狞面孔。

左派的"文革"是一种仿宗教运动，曾有改造大众的宏伟构思。他们用世界大同的美景，用大公无私的操行律令，用一个接一个交心自省活动，用清除一切资产阶级文化的大查禁大扫荡大批判，力图在无菌式环境里训练出一个没有任何低级趣味的民族。这场运动得助于它的道义光环，曾鼓动人们的激情，甚至使很多运动对象都放弃心理抵抗，由此多少掩盖了运动当局在政治、经济等方面的种种不智。但一场以精神净化为目标的运动，最终通向了世界上巨大的精神垃圾场。比较来说，当时的人们还能忍受贫穷——生活毕竟比战争年代要好很多，人们在那个时候没有失去对革命的信任。人们最无法容忍的是满世界的假话和空话，是遍布国家的残暴和人人自危的恐怖，是权贵奢华生活的真相大白。

并不是所有的人都经历了当年，都有铭心的记忆。时间流逝，常常使以往的日子变得熠熠闪光引人怀恋。某些左派寻求理想梦幻的时候，可能情不自禁地举起怀旧射镜，投向当年一张张单纯的面孔。是的,那个时候路不拾遗,夜不闭户,贫有所怜,弱有所助,那个时候很少妓女和吸毒和官倒,那个时候犯罪率很低很低,但这都说明不了什么问题。即便说明当时的人们较为淡泊钱财,问题还是没有解决。淡泊钱财没有什么了不起,钱财只是利益的形态之一。原始人也不在乎钱财,但可能毫不含糊地争夺赖以生存的神佑和人肉。下一个世纪的人也不一定在乎钱财,但可能毫不含糊地争夺信息、知识、清洁的空气或者季风。我们无须幼稚到这种地步,在这个园子里争夺萝卜的时候,就羡慕那个园子里的萝卜无人问津,以为那些人对白菜的争夺,是四海之内皆兄弟的拥抱。

“文革”当中,利欲同样在翻腾着,同样推动无义的争夺——只是它更多以政治安全、政治权势、政治荣誉为战利品,隐蔽了对住房、职业、级别、女色的诸多机心。那时候的告密、揭发和效忠的劲头,一点也不比后来人们争夺原始股票的劲头小到哪里去。那时候很多人对抗恶义举的胆怯和躲避,也一点不逊于后来很多人对公益事业的旁观袖手。我清楚地记得,当时我参加过很多下厂下乡的义务劳动,向最穷的农民捐钱,培养自己的革命感情。但为了在谁最“革命”的问题上争个水落石出,同学中的两派可以互相抡大棒扔手榴弹,可以把住进了医院的伤员再拖出来痛打。我还记得,因为父母的政治问题,我被众多的亲人和熟人疏远。我后来也同样对很多有政治问题的人,或者父母有政治问题的人,小心地保持疏远,甚至积极参与对他们的监视和批斗——无论他们怎样帮助过我,善待过我。

正是那一段段经历,留下了我对人性最初的痛感。

那是一个理想被万众高歌的时代，是理想被体制化的强权推行天下武装亿万群众的时代。但那些光彩夺目的理想之果，无一不能被人们品尝出虚伪和专制的苦涩。

那是一次理想最大的胜利，也是理想的毁灭和冷却。

七

都林的一条大街上，一个马夫用鞭子猛抽一匹瘦马，哲学家尼采突然冲上去，忘情地抱住马头，抚着一条条鞭痕失声痛哭，让街上所有的人都不知所措。

从这一天起，他疯了。

格瓦拉会不会疯呢？——如果他病得最重的时候，战友偷偷离他而去；如果他拼到最后一颗子弹的时候，他的赞美者早已撤到了射程之外；如果他走向刑场的时候，才知道根本没有人打算来营救，而且正是他曾省下口粮救活的饥民，充当了置他于死地的政府军的线人。

吉拉斯会不会疯呢？——如果他发现自己倡导的改革，不过是把南斯拉夫引入了一场时旷日久的血腥内战；如果他记忆中当侍者的老人，后来不过是沦为老板一脚踢出门外的难民；如果他思念中的拉货或站岗的青年，后来成为了腰缠万贯的巨商，呵斥着一大群卖笑为生的妓女，而那些妓女，一边点着闪光的小费一边大骂吉拉斯“傻帽”。

理想者最可能疯狂。理想是激情，激情容易导致疯狂（比如诗痴）；理想是美丽，美丽容易导致疯狂（比如爱痴）；理想是自由，自由容易导致疯狂(疯者最大的特点是失去约束和规范)。理想者的疯狂通常以两种形态出现:一是“文革”,二是尼采。“文革”是强者的疯狂,要把人民造就成神,最后导致了全民族的疯狂。尼采是弱者的疯狂,把人民视为魔,最后逼得自己疯狂。“他们想亲近你的皮和血”,“他们多于恒河沙数”,“你的命运不是蝇拍!”……尼采用了最尖刻的语言来诅咒自己的同类。这种狂傲和阴冷,后来被欧洲法西斯主义引申为镇压人民的哲学,当然事出有因。

尼采毫不缺少泪水,毫不缺少温柔和仁厚,但他从不把泪水抛向人间,宁可让一匹陌生的马来倾听自己的号啕。我也许很难知道,他对人民的绝望,出自怎样的人生体验。以他高拔而陡峭的精神历险,他得到的理解断不会多,得到的冷落,叛卖,讥嘲,曲解,陷害,也许超出了我们的想象。他最后只能把全部泪水倾洒于一匹街头瘦马,也许有我们难以了解的酸楚。马是他的一个假定,一个精神的 $\sqrt{-1}$,也是他全部理想的接纳和安息之地。他疯狂是因为他无法在现实中存在下去,无法再与人类友好地重逢。

他终究让我惋惜。孤独的愤怒者不再是孤独,博大的悲寂者不再是博大,崇高的绝望者不再是崇高。如果他真正透看了他面前的世界,就应该明白理想的位置:理想是不能社会化的;反过来说,社会化正是理想的劫数。理想是诗歌,不是法律;可作修身的定向,不可作治世的蓝图;是十分个人化的选择,是不应该也不可能强求于众强加于众的社会体制。理想无望成为社会体制的命运,总是处于相对边缘的命运,总是显得相对幼小的命运,不是它的悲哀,恰恰是它的社会价值所在,恰恰是它永远与现实相距离并且指示和牵引一个无限过程的可贵前提。

在历史的很多岁月里，尤其是危机尚未震现的时候，理想者总是一个稀有工种，是习惯独行的人。一个关怀天下的心胸，受到一部分人乃至多数人乃至绝大多数人的漠视或恶视，在他所关怀的天下里孤立无援，四野空阔，恰恰是理想的应有之义。一个充满着漠视和恶视的时代，正是生长理想最好的土壤，是燃烧理想最好的暗夜，是理想者的幸福之源——主说：你们有福了。

美好的日子。

我呼吸着自由的空气，走入了熙熙攘攘的街市，走入了陌生的人流，走入了尼采永远不复存在的世纪之末。我走入了使周围的人影都突然变小了的热带阳光，记起了朋友的一句话：我要跳到阳光里去让你们永远也找不到我。我忘不了尼采遥远的哭泣。也许，理解他的疯狂不是一件容易的事情——这是理解人的宿命。理解他写下来但最终没有做下去的话，更是不容易的——那是理解人的全部可能性。

在《创造者的路》一文中，他说：他们扔给隐士的是不义和秽物，但是，我的兄弟，如果你想做一颗星星，你还得不念旧恶地照耀他们。

1995 年 10 月①

---

① 最初发表于 1996 年《天涯》杂志，后收入随笔集《完美的假定》。

强奸(的)学术

有一天,一个男人在某公共场所——比方说一个旅游区较为僻静的角落,强奸了一个女人,被游客或保安人员当场抓获扭送派出所。照理说,这桩案子有目共睹,证据确凿,事实清楚,法办就是了,没有什么可说的。简单如我这样的凡人,即便把事情想过来又想过去,即便有十个脑袋把天下的学问研过来又究过去,恐怕也不会觉得有别的什么结论。

其实,这便是我等的无知。

山外有山,天外有天,理外也有理。理非理,非理理也。谁说强奸者就必定无理呢?谁说一个流氓就不可能获得同情和辩解呢?如若不信,且往下细看。

“动机免罪”法:女士们,先生们,同志们,朋友们,这位男人的行为从现象上看确实有所过失,但看问题必须看本质,考察一个人的行为必须同时考虑他的动机。很明显,他是要杀害这个女人吗?不是。他是要抢夺这个女人的财产吗?也不是。你们没有任何证据,证明这个男人对这个女人有什么恶意。恰恰相反,他不过是爱这个女人,一心想亲近这个女人,只不过是以一种可能不太恰当的方式表达了他的心愿。而一个人的爱,无论怎么说也不是罪过,反而是一种高尚动机,是我们这个时代和这个社会弥足珍贵的精神财富。一个医生也有可能因为不慎而出现手术事故，但这位医生是怀着高度的社会责任感和人道主义信念走进手术室的，你们能依据偶然一次事故的后果，给这位医生无情打击和残酷斗争吗？

“主流抵过”法：女士们，先生们，同志们，朋友们，这位男人今天来旅游，没有买门票吗？没有买车票吗？吃饭没有给钱吗？喝酒没有付账吗？违犯了交通规则吗？破坏了公共财物吗？阻碍了社会主义市场经济吗？他爬山，赏花，洗脸，买香烟，哼小调，上厕所，脱大衣，没有一件事有错，没有什么行为违法。他对那个女人的行为可说确实不妥，但不可否认的事实是：就是对这位女士，他也给予了热情的帮助，曾经为她赶走了可怕的狗，为她打开了汽水瓶盖，等等。我们看问题要看主流，要分清一个指头还是九个指头的问题。他在二十四小时内的二十三小时零五十分钟里都是一个无可指责的优秀公民，你们为什么无视主流抹煞主流而偏偏要揪住他那个不过十分钟的小节不放呢？你们把局部当全部，把支流当作主流，这对于一个人来说岂不是有欠公正和宽容？

“比下有理”法：毫无疑问，我也同你们一样，极端厌恶和反对一切粗暴行为，视公道和法律为自己的生命。但事情总要一分为二，就说强奸吧，当然不是好事，不过比较而言的话，强奸总比杀人好吧？（杀一个人也比杀十个人好吧？……此类推论暂且不提。）强奸也比“文革”冤狱密布冤案如山的政治恐怖要好吧？（“文革”政治恐怖比日本侵略者的“三光”政策要好吧？……此类推论也暂且不提。）我们首先应该弄清楚“延安”还是“西安”的问题，分清一个有错误的同志和敌人之间的界限，前进中的缺点和反动腐朽本质的界限。我感到奇怪的是，大敌当前，那么多杀人在逃犯你们不去抓不去管，那么多一心想恢复“文革”的极左势力你们不去与之抗争，你们的良知和勇气，就是抓住一个无权无势的小人物吵吵闹闹大做文章么？你们这样干的同时，放过了那些身居高位手握巨资而且比这个男人可恶百倍的更大流氓，这是何其势利！何其怯懦！窃国者侯，窃钩者诛。你们一心诛杀窃钩者，是不是要给普通劳动人民脸上抹黑？是不是要在公众中造成这样一种印象：那些权贵集团中的隐身流氓比小人物更有道德感？

“曲解套敌”法：很明显，这位男人刚才扑向那个女人，亲嘴、摸大腿、解衣扣，确属不雅动作。但是请注意：这不过是每一个成年男人都可能有过的行为，没有什么奇怪。他的所谓举止粗暴，从另一个方面来看，却正是坦白、率直、真性情的体现，没有伪君子和道学者们的人生假面。问题是，诸位先生如此道貌岸然，你们就没有过男女关系？就没有摸过女人的大腿？我就是说你，你不要躲！你刚才慷慨激昂了老半天，你不是也结过婚么？说不定还搞过婚外恋吧？你不摸女人的大腿，你身边这个小孩是如何生出来的？你说呵，说呵！你到底摸过没有？摸过？还是没摸过？好，既然你们一个个都不是耶稣，不是圣人，那还在这里装什么孙子？这年头谁不知道谁！你们自己心里也明白，你们比起你们抓住的这位先生来说，同样有一肚子不可告人的花花肠子，而这位先生不过是有勇气把你们隐秘的一闪念变成了行动。如此而已。你们有什么资格对他进行虚伪的指责？

“假题真做”法：女士们，先生们，同志们，朋友们，我同意你们把他带走，但还有一个问题必须弄清楚，不能是非不分真假颠倒遗祸社会。刚才是谁说的：以后要禁止单身男人旅游，要禁止单身女人抛头露面，起码也要禁止公园里一男一女的可疑接近。这是什么话？我要再问一句：这是什么话？那位先生你不要狡辩，这就是你刚才说的，就是你们这一伙的意思！我不是傻子，不会听不懂。你们大家都想一想吧，已经是二十世纪九十年代了，还有人居然如此无视人权，居然要剥夺所有单身男人和单身女人的旅游权以及恋爱权，这种对人性的残暴扼杀，难道不是比一两件性骚扰案件更可恶？难道不是更具有危险性么？说这种话的人，到底要把我们的民族和社会带到一个什么地方去？他们是在打击什么强奸吗？不，事实很清楚，他们动不动就要告官的真实目的，是要召回专制封建主义的幽灵，重建一个禁锢人性的社会，取消我们每一个人最基本也是最神圣的自由。我们能答应吗？对，你们说得对：我们一千个一万个不答应！

“构陷封口”法：当然，我还要指出一点，这位被你们视为受害者的女人，很有意思的是，为什么今天一个人出现在这里？旅游区的女人这么多，为什么这件事不发生在张三的身上，不发生在李四的身上，不发生在你们这么多可敬女士们的头上，却偏偏发生在她的头上？你们看看，她浓涂艳抹，花枝招展，还长得这么丰满，不，是这么性感，这一切还不意味深长耐人寻味吗？她几乎天天来这里一个人游荡——这不是我说的，是刚才两位先生说的。她几乎总是对所有的单身男人都目送秋波，拉拉扯扯——这也不是我说的，是刚才两位女士说的。你们不信的话就去问他们（可惜他们已经走了)。我们大家也可以对这些事情展开调查和讨论。事情只有深入地调查和讨论才会真相大白。这位女士,你有胆量接受大家的调查吗?你为什么一个人来到这里?你结婚没有?离过婚没有?在婚前和婚后你同多少男人有过亲密的关系?大家不要笑,我在问她呢。你为什么总是在这一带对男人……真是奇怪,你做的事刚才大家全都一目了然你为什么没有勇气承认(已经走了的"他们"现在变成了"大家")?你如果不是心里有鬼的话,怎么可以回避事实?

"君子无争"法:女士们,先生们,同志们,朋友们,事情到了这一步,当然已经真相大白。我并没有袒护谁的意思,不,我对任何女人和任何男人的违法行为都极其反感,包括反感你们抓住的这个男人。也许他确实像你们证实的那样无耻和下流,既然如此,那他就是一个十足的小人。不过我还是觉得:同小人纠缠有什么劲?是不是太把他当回事了?是不是太抬高他了?这件事很无聊,掺和无聊的事本身就是无聊。这件事很恶劣,对恶劣的事情兴致勃勃穷追不舍,本身也是一种恶劣。这样的小人什么时候都会有,但他们从来不在正人君子的视野之内,不会让正人君子过分认真。你们什么时候见过李叔同先生与小人纠缠呢?什么时候见过钱钟书先生、朱光潜先生、沈从文先生与小人纠缠呢?真正得道的人,无念无为,六根清净。有知识、有教养、有阔大胸怀的人,不会花费工夫去同世界上数不胜数的小人们斤斤计较以至吵吵闹闹推推攘攘地恶相百出。这实在太没意思了。群众的眼睛从来都是雪亮的,历史从来都是公正的。假的真不了,真的假不了。公道自在人

心。任何小人最终都要被抛进历史的垃圾堆。如果我们有自信心的话，如果我们相信历史的话，那么就不必依靠派出所而让历史来做出应有结论吧。

……

这“法”那“法”都用过以后，事情会怎么样呢？强奸嫌疑犯会不会被送到派出所去给予法办呢？我难以预料，也暂且按下不表。我要说的是：如果一桩简简单单的强奸案都可以说出个翻云覆雨天昏地暗，那么真碰上一些大问题或者大学问的时候，比方什么

“人文”呵，什么“存在”呵，什么“美学”呵，什么“现代”呵，什么姓“社”还是姓“资”呵……道理还简单得了吗？“共识”和“公论”一类美妙之物还可以通过大交流、大讨论、大辩论来获得吗？即使这个世界上的人统统成了文凭闪闪职称赫赫并且学富五车满嘴格言的知识阶级，即使我们可以天天夹着精装书学术来学术去的，我们就离真理更近了吗？

依我看：难。

实在太难。

诗曰：

现代前难后亦难，
话语争霸百家残。
死的说活言无尽，
圆的说扁舌未干。
学问易改性难改，
掩卷应觉人境寒。
书山此去多歧路，
世间悲喜从头看。

1997 年 5 月①

① 最初发表于 1997 年《青年文学》杂志，后收入随笔集《性而上的迷失》。

熟悉的陌生人

一

那一天下雨，他对巴黎的雨天和林荫道由衷赞美，于是相信中国的幼儿园大多在贩婴和杀婴，相信中国的瓜果统统污染含毒，相信中国即将经济崩溃而且根本不可能有历史和哲学，即使有的话，只可能是赝品。他比我所见到的任何西方人都要厌恶中国，虽然他侨居十载还说不好法语，只能在华人区混生活。

我理解这样的谈话。他必须夸张，必须在我这个同胞面前夸张，否则他怎么能为自己十年穷困漂泊做出解释？怎么能为自己放弃专业前景找一个合适理由？

我对中国的很多事情也极不满意，甚至怒火冲天，但不愿意迁就谣言。我不愿意把谣言当批评，也不愿意用同样夸张的手法为中国争体面，以便让自己也沾沾光，使自己在国内的日子变得顺理成章一些。用背景给演员加分，把自我价值的暗暗竞胜，延伸成一场关于居住地的评比活动，毕竟没有多少意思。

更重要的，我明白他的表达并不是他的全部。我完全可以想象得到，当白人警官对他结结巴巴的外语勃然大怒，当白人雇主把他的中国文凭不屑一顾摔出桌外，当那些贩婴杀婴和污染含毒一类传闻不是被他描述而是在白人们的报纸上爆炒，并且引来他们对所有黄脸人无比怜悯和惊疑（这样的时候即便不多但一定会有），他一点也高兴不起来。他已经取得了绿卡，但那一个小本还未烙上他的深度情感，并不能让他的生命从头再来。他也许会在恼怒自己一身黄皮的同时，鬼使神差地对巴黎富人区吐口水，在白人同事那里瞎吹中国人的气功、美食、孙子兵法，在电视机前为中国运动员任何一次夺冠大叫大喊，甚至还会为孩子压根儿不愿说中文或者不愿听父亲说中文而暴跳如雷，在房间里为伟大的中文走来走去一泄胸中恶气。

在那样的时候，他是谁？

二

文化 Identity，即文化认同，或者文化身份的确定，也许是一个来源于移民的问题，是文化交汇和融合所带来的困惑。当异域在船头的海平面浮现，当超音飞机呼啸着大大略去了空间距离，文化与地域、种族以及肤色的传统链接，立刻出现了动摇。人们走出乡，走出县，走出省，走出国界，越来越习惯把童年和祖母的方言留在远方。几乎没有一种文化还能纯粹，也没有任何一个人还能固守自己纯粹的文化之根。传教士、商人、黑奴、远征军、难民、留学生、旅游者、跨国公司……他们一直在或深或浅地率先接受文化嫁接，或多或少地改变着一片片文化环境。

移民在剧增，随着经济和文化的全球化，未来无疑更是一个大移民世纪，是一个路上人多拥挤和行色匆匆的世纪，是生活不断从登机口和候车室开始的世纪。文化认同正成为一个时代的政治事件，正成为旅途上一件越来越沉重的心理行装。即便没有移民局官员作身份甄别，很多人也会在心中升起一个恍恍惚惚的疑问：我是谁？

欧美主流文化崇尚个人至上，却一个劲时兴着类属认同，即划线站队的 Identity，当然很有意思。这不是什么庸人自扰的怪念头。同样作为分类学的爱好者，中国人也把“不伦不类”、“非驴非马”一类用作贬义词，显示出对混杂状态的普遍性恐惧，显示出对某种本原和单质的习惯性爱好。你不可能什么都是，没有权利什么都是。冷战结束后的民族主义冲突，更使一些学人找到了新的营生和新的题材，更愿意把一场文化差异的大清查当作新兴知识产业，强迫人们在分类目录面前自报出身和接受检查，非此即彼地选择自己的归属——这种热闹事态的背景，是美国学者亨廷顿著名的“文明冲突论”，是德、英等西方国家排斥和限制外来移民的喧嚣，连法国这样的人权思想原产地，中左力量也无法阻止国会通过歧视移民的最新法案。

困难在于：文化差异是存在的，也不应该轻易化约，但文化身份被太当成一回事的时候，也许就掩盖了另一个重要事实：当今之人已大多程度不同地进入了文化多重性状态。一个人，可能是语言上的塞尔维亚人，却是血缘上的克罗地亚人；是宗教上的阿拉伯人，却是生意上的以色列人；是衣着上的北爱尔兰人，却是文学上的英格兰人；是家庭伦理上的中国人，却是爱情法则上的法国人；是饮食上的日本人，却是足球上的阿根廷人；是聊天时的四川人，却是购物时的香港人;是政治生活中的北京人,却是影视消费上的洛杉矶人;甚至是这间房里的这一个人却是那间房里的另一个人,是这个小时的这个人却是下一个小时的另一个人……这一个个多边形和多面体,这些数不胜数的文化混血杂种,怎样划线站队?即便这杂种与那杂种之间还有很多差别,但不论强国的民族主义还是弱国的民族主义,派发标签的出身政审意味是否有些草率不智?

L.托马斯是美国著名生物学家。在《水母与蜗牛》这本书里,他嘲笑精神病医生们把一个人的多个“自我”当作精神分裂症特征。在他看来,一个人如果有七八个自我,也只是一个合情合理的小数目。多个自我共存并不是病态。如果说这种情况与精神分裂症有区别的话,那么唯一的区别在于,精神病人的多个自我总是一拥而上,乱成一团,不能像正常人做到的那样交接有序和按部就班,如此而已。托马斯的这一说法,也许可以帮助我们来理解人的文化多重性的状态。我那位巴黎熟人面对白人和面对同胞的不同文化反应,其实不是什么反常,将其看作不同自我的随机转换,大体符合托马斯笔下的健康人标准,并无出格和危险之处。

从某种意义上来说,每一个人都是自己“熟悉的陌生人”,我既是我,也是你,也是他,甚至是一切人称谓格,是一个复数化存在。如佛祖曰:众生即我,我即众生。

除了地理意义上的移民,隐喻化的“移民”大概是我们每一个人的命运。这里有时间的“移民”:一般来说,年轻人容易激进,只是当更年轻一代在身后咄咄逼人地成长起来以后,他们曾百般轻蔑和攻击过的卫道保守,很可能逐渐移入他们多皱的面庞和四方八正的步态,包括性欲减退之后,其性解放躁动很可能易为对情义的持守。这叫作此一时也,彼一时也,不过是人格在岁月航程中停靠在不同港湾。每想到这一点,我就不会过于认真地对待年长型的傲慢,总是想象他们在更年长的一代面前,对同类傲慢的不满可能不会比我更少。我也不愿过于认真对待年少型的轻狂,总是想象他们在更年少的一代面前,很快就会失去轻狂的本钱,也许将很快在时间魔术之下重返平实。一切适龄性的心理表情,即便不是虚假,也不是真实的全部。

还有知识的"移民"。一个求知者可能要读很多书,在知识版图上频繁流浪。特别是在资讯发达和文化多元的时代,知识爆炸总是在人们心中过多累积和叠加文本,在人们情感和思想的面前设置出过于混乱和歧异的路标,让人有点无所适从。于是,我们常看到这种情况:昨天还是坚定的国粹派,今天就变成了激烈的西化派;今天是振振有词的经验主义者,明天可能成了口若悬河的理想主义者。这种变化,可能是对现实演变的及时回应或者智力发育过程中的合理更新,但事情在很多情况下并没有我们想象的那么复杂。有时候一个知识者赞成什么,仅仅取决于他能够说上些什么,取决于他碰巧读了个什么学位或者近来偶尔读到一本什么书。如同他哼哼哟哟地生出什么病,取决于街头出售什么药片。他们不是什么现代派,只是"读书现代派";他们不是新儒家,只是"信息新儒家"。他们是一些现买现卖的知识贩子,因此很难保证他们不在另一种时兴药片的吸引之下,很快折腾出另一副病容。

还有地位以及各种利益区位的"移民"。人非圣人,只要活着便有利欲不绝,故社会存在制约社会意识,人在利益分配格局里的偶然定位,常常成为情感和思想的重要牵引。一个人在单位受宠,可能会当秩序党;到社会上受压,则可能参加造反派,“文革”中诸多“内保外造”或“内造外保”的现象就是这样产生的。供职于电厂的人可能盼望电力涨价,供职于铁路行业的人可能对高电价愤愤不已,这也是生活中的寻常。屁股指挥脑袋,什么藤上结什么瓜,什么阶级说什么话,虽然这种描述曾被机械运用,虽然这种逻辑在阶级之外也适用于行业、民族、性别等其他领域,然而作为或然性社会规律之一,其合理内核大概不应被我们盲视。当法国学者 M.福柯在话语和权利之间建立一种相关性,在很多人看来,他不过是在一个更广大的范围内,重申了对知识中立性、客观性、普适性的怀疑,复活了人们对利益的敏锐嗅觉。我们无须承认利益决定一切,但如果嗅不出各种学术和知识的人间烟火味,就不免失之天真。很多人的立场变化,就是这样发生的。比方说,一旦发现我们正在理解自己曾经不能理解的东西(如官僚的专横),正在热衷自己曾经不愿热衷的东西(如流氓的玩世),正在嫌恶自己曾经不会嫌恶的东西(如进城农民工的土气或者归国学子的洋气),我们是否应该萌生一种警觉,把这一切疑为我们利益区位变更的结果?也就是说,我凭什么可以把这种变更看作自由独立的抉择,而不是整个社会利益变局对我做出的一次临时性抛掷?

事实上,我们并没有恒定的自我,我们的自我也决非意守丹田时体内的一片澄明。我们像一些棋盘上的棋子,行游不定,动如参商,但我们常常在一些临时性抛掷落点停下来,然后断言这就是我，是自己的本原和终极。

三

很久以来，我困惑于无法了解自己和他人。热情而浪漫的八十年代一眨眼就结束了，很多人的救世诗情一旦受挫，一旦发现自己投身的改革不是明星速成班，不是周末欢乐派对，很快就聪明地掉头而去。九十年代的实用风尚几乎捣毁了一切人生信条，灵魂在物质生存的底片上曝光，人性在无神无圣的时代加速器里裂变。于是刚在广场上缠布条喊口号的民主青年，转眼就敲开了高官的后门，用谄笑和红包来换取特权批文，以便自己赚一笔大钱。他知道口号和利润应该分别安放在什么地方。另一个刚刚在讲坛上悲容满面痛斥世俗的诗人，转眼就为一次偶然的误会而痛苦失眠。这次误会不过是：一个陌生人把他当作电工吆喝了一声，居然不知道他是堂皇诗人，理应加以膜拜。比起他所轻蔑的众多俗人来说，他还要难侍候百倍。

当"精神"需要侍候，当"民主"成为表演，到了这一步，还有什么不可能发生呢？一个个新派人物刚刚"人道"过，"启蒙"过，"存在主义"过，只要初涉商海，初尝老总的美味，就可以技巧纯熟地欺压雇员并且公开宣布自己就是向往"希特勒"——比他们抗议过的官场腐败还要腐败得更彻底、更直露、更迅速。

每一次社会动荡之潮冲刷过去，总有一些对人性的诘问沉淀下来，像零零星星的海贝，在寂寞暗夜里闪光。一位作家说过，一个刚愎自用的共产主义者，最容易成为一个刚愎自用的反共产主义者。这种政见易改而本性难移的感想，也许就是很多人面对社会的变化，不愿意轻易许诺和轻易欢呼的原因。与此相反，一切急功近利者更愿意谈制度和主义，更注重观点和立场，包括用“阶级”、“民族”、“宗教”、“文化认同”一类大标签，在人群中进行分门别类。翻翻手边各种词典、教材以及百科全书，无论其编撰者是中共党史专家还是英国牛津教授，他们给历史人物词条的注释大多是这样一些话：叛徒，总统，公爵，左派，福特公司的首创者，第八届中央委员，一九六四年普利策奖得主，指挥过北非战役，著名的工联主义活动家，如此等等。在这样的历史文本里，人只是政治和经济的符号，伟业的工具，他或者她是否“刚愎自用”的问题，纯属无谓小节，几乎就像一个人是否牙痛和便秘的闲话，必须被“历史”视而不见。

捷克作家昆德拉《生命中不能承受之轻》中的男主人公面临着另一种历史：他的儿子带来了一位民主斗士，把一张呼吁释放政治犯的联名信放在他面前，希望他勇敢地签名。他当然赞成这种呼吁的内容。他因反抗入侵当局已经丢了饭碗，也不可能还有什么更坏的结果。但他断然拒绝：“我不签。”导致这一拒绝的只是一个小节：对方的胁迫姿态就像当时墙上的一幅宣传画，上面画着一个士兵直愣愣地瞪着观众，严厉地向观众伸出食指。一九六八年捷克诸多自由人士发起“两千人上书”的改革造势，就用了这张画，题为“你还没有在两千人上书中签名吗？”具有讽刺意味的是，一年后前苏联军队入侵，当局清查和迫害这些自由人士，同样是用了这张画，满街都张贴着逼向人们的目光和食指，连标题也差不多：“你在两千人上书中签过名吗?”

如果历史学家们来描述这件事,很可能只会注意联名信上的字迹,那里没有这位主人公的位置,而这个空白当然是一种耻辱。但这位主人公宁愿放弃所谓大义,宁愿被同胞们目为怯懦和附逆,也不愿在这样的指头下签名——何况这种签名明摆着不会有任何实际效果。他看不出以指相逼的专制当局和同样以指相逼的民主斗士有什么不同。

那个小小的指头无法进入历史,却无法被昆德拉忘记。作为一位读者,我同样无法忘记的问题是:谄媚在广场和谄媚在官府有太大的不同吗?虚荣的诗人和虚荣的商人有太大的不同吗?轻浮的左派和轻浮的右派有太大的不同吗?矫情的前卫和矫情的复古有太大的不同吗?……一个有起码生活经验的人,不会不明白制度和主义的重要,但也不应忘记制度和主义皆因人而生,由人而行,因此可能被人性的弱点所侵蚀。一个有起码生活经验的人,也不会不经常在盟友那里感受到震惊和失望,如果他愿意的话,也不会不经常在敌营那里发现意外的温暖,包括在某一个表情和某一个动作中相互会心的可能。

这样的经验渐渐多了以后,我不再有划线站队的兴趣。我赞成过文化“寻根”,但不愿意当“寻根派”;我赞成过文学“先锋”,但不愿意当“先锋派”;我一直赞成“民主”,但总觉得“民主派”的说法十分刺耳;我一直主张世俗生活中不能没有“人文精神”,但总觉得“人文精神”如果成为口号,如果带来某种串通纠合和党同伐异,那么不是幼稚可笑就是居心不良。我从不怀疑,一旦人们喜滋滋地穿上了派别的整齐制服开始齐步走，人的复杂性就会成为盲区——这样的派别检阅只能走向危险的历史谎言。

四

“马太效应”是经济学家们的术语，典出基督教的《马太福音》，指越是穷人越少挣钱的机会，越是富人就越有生财的空间，两方面都呈极化发展。其实，这种极化或者极端化现象并不限于经济活动。一个说话风趣的人，总是得到更多喝彩鼓励，得到更多大家出让的说话机会，于是一张嘴越说越顺溜，越顺溜就越可能风趣。一个左派人士，总会有很多同道者为伍，形成一个信息共享网络，左派观点所需要的现实根据和理论资源也就源源不断。一旦这个网络出现了对外屏蔽，局中人不左得登峰造极，倒会成为反常结果。

极端化的逆过程是匀质化——这种现象其实也不少见。一个高明的创意产生了，一定会有很多人的模仿和学习，直到最后大家终于千部一腔共同平庸。一个人若表现出特别的才华，也可能引来周围人的红眼病，群起而攻，群起而毁，最后是出头的椽子先烂，直到大家放心地彼此彼此一拉平。还有暴力带来暴力的报复，阴谋带来阴谋的抵抗，其起因虽可另说，但以毒攻毒和以牙还牙的结果，常常是冲突双方的手段和风格越来越趋同，即便其中一方曾经代表正义，但也在相互复制的过程中，与自己的敌手越来越像一回事。

极端化也好，匀质化也好，悄悄改变着我们而不为人所察。而这两种过程常常互为因果，互为表里，成为人们复杂的互动轨迹，交织出一幕幕令人眼花缭乱的人间悲喜剧。特别重要的是,这两种过程都显示出人的社会性:人不是孤立的个人,人性不是个人的自由选择。十八世纪科学家D.霍夫斯塔特通过对一些蚁群兴衰的研究,用他那令人目眩的"蚂蚁赋格曲",揭示出一只单独的蚂蚁,与生活在蚁群中的同一只蚂蚁,完全不是一回事,其属性和功能有极大的差别。整体不等于局部之和,整体也使各个局部深刻地异变。这就是具有哲学革命意义的"整体效应"说和"大数规则"说——可惜还被很多人文学者漠视。一个与世隔绝的人,与一个同他者发生关系的人,处于人群整体和人群大数中的人,完全不可同日而语。前者没有文明,后者会有文明,因此文明只是社会的增生物。我们即便在一个最自由的社会里天马行空,也没法成为一枚绝缘棋盘的棋子,逃脱社会对我们的塑造。我们这些人形蚂蚁生息在家庭、公司、社区、种族、阶级、国家以及各种共同体"大数"里,与他人相分而极端化,与他人相同而匀质化,碌碌乎而不知所终,却有了文明的收益和代价。

说到这一点,是因为八十年代以来个人主义在中国复兴,作为对"文革"噩梦的报复,权威专制所取消的个人欲望和个人差异,重新受到了人们的重视。这种鲜血换来的解放至今使我们受益。个人首先回到了诗歌里,然后回到了辞职书上,回到了旅行袋中,回到了如火如荼的私营企业那里。当然,个人有时候也会成为过于时髦的宣言。一个作家在会上说:"艺术家的眼里从来没有社会,我只写我自己。"另一个评论家说:"除了我的真实,难道还有别的什么真实?"

我猜测这些人们争相独立的解散口令只是一种情绪，只是情绪之下的词不达意，不必过于认真地对待——这种连自由派主将哈耶克也力图避开的“原子”个人主义并不让我失望，我失望的只是这些人如果不借助一些花哨修辞，常常在三句话以后就没法往下说——而我一次次等待着他们的下回分解。作家要写真实，写个人，写欲望，这都很对，但有一个也许很傻的问题：写哪一种欲望？哪一种欲望才算得上真实和个人？才算得上毫无社会污染的绝对天然？这种态度，起码无法区分原始人乱伦而文明人敬亲的欲望，无法区分唐代人乐肥而宋代人好瘦的欲望，无法区分有些人吸毒而有些人品茗的欲望，无法区分有些人田园渔樵而有些人功名将相的欲望。所有这些区别是与生俱来的生物本能，还是文化训练和社会塑造的结果？

在另一方面，个人的千差万别，可以证明权威专制的不合法，却不能证明人的社会性是一种虚构，不能证明这些差别是取决于基因或天意的某种神物。因为这些差别不是整体解散的结果，恰恰相反，是整体组合的产物，是整体充满着活力的证明。任何物质在非组织状态下只可能松散、匀质、彼此雷同，整齐划一，如同月球表面的景观，而生物多样性正好是它们被组织在某个统一系统里的特征，是诸多个体互相滋养、互相激发、互相支撑、互相塑造的水到渠成。事实上，对个人差别的尊重和保护，不是一个人在月球上的自我折腾，恰恰相反，它明白无误地受动于社会并且反过来参与社会。在这个意义上，整体性意味着个人活在整体之中，不仅表现为旗帜、口令以及队列，更重要的，它只有通过造就个体差异才得以体现；个别性则意味着整体活在个人之中，不仅表现为有些人的遗世独立，悲泪独饮，玄机独悟（包括触摸自己的皮囊对社会概念百般迷惑），更重要的，它的丰富内涵只有随着人们从中破译出种种社会密码，才可能一步步相对显现。在那个时候，作为棋盘上的一枚棋子，“我”是这一个马而不是那一个象的建制化过程，才可以被真正地谈论，而不是自恋者的神话。

五

葡萄牙诗人佩索阿差不多是一位个人主义者。他是里斯本的一个小职员，终身孤绝和木讷，甚至不愿意外出旅游，用他的话来说，“不动的旅游”，即躺在椅子里面向夕阳的幻想，对于他来说已经足够。他在半个世纪以前去世，生前写过一些诗歌和散文。但他最重要的作品直到八十年代才被欧洲人发现，并且引起关注和热烈的讨论。

他对群体行动充满着怀疑，曾在《惶然录》里说：“革命者和改革者都犯了一个同样的错误。他们缺乏力量来主宰和改变自己对待生活的态度——这是他们的一切，或者缺乏力量来主宰和改变他们自己的生命存在——这几乎是他们的一切。他们逃避到改变他人和外部世界的向往中去。”“如果一个人真正敏感而且有真正的理由，感到要关切世界的邪恶和非义，那么他自然要在这些东西最先显现并且最接近根源的地方，来寻求对它们的纠正，这个地方就是他自己的存在。”

用中国的话来说，他似乎注重独善而轻忽兼利，在今人看来似不无偏见。我翻译的时候差一点想把这一段话漏掉，以防这种看法对中国的改革紧迫性给予抹煞，对中国众多改革者有所伤害。我最终没有那样做，不仅仅是尊重原作，而且因为文字删除并不意味着问题的消失。他的忧虑其实也是狄更斯、雨果、托尔斯泰、萨特、鲁迅等等有识之士的一贯忧虑。他们总是在维新、造反、政变、革命那里看到肮脏浮渣，字里行间难免一声叹息。很自然，在某些人眼里，他们如果不是天真的理想主义者，就是阶级觉悟或者民族觉悟不够高的个人主义者，是一些站在时代之外的可笑书生。连鲁迅也被很多左派的“奴隶总管”们鞭打，是众所周知的事实。

但是我很怀疑，某些个人主义者高兴得不是地方，可能把佩索阿错认为同道。这些人也在嘲笑改革和革命，但他们与佩索阿相差太远。最本质的差别在于：他们的嘲笑是因为那些社会运动对他们的个人利欲没法满足或满足得不够，而佩索阿的怀疑则是因为那些运动不能，或者不足以警戒人们的个人利欲。换一句话说，他们的个人主义是一种向外贪求，佩索阿的个人主义（如果这个命名是合适的话）则是一种自我承担。毫无疑问，在佩索阿看来，那些成天眼睛红红觉得天下人都欠了他一笔的人，那些自己从无快乐而只能对外索取利益的人，正是他笔下可疑的形象，那种人间邪恶的“根源”所在。

道理很简单：自我承担纯属个人事务。只有向他人争夺和宣战的癖好，才需要联合乃至勾结，才需要组织乃至帮派，才需要权威乃至专制，才需要集体主义的热情动员乃至国家主义、民族主义——乃至法西斯主义——的意识形态。在这样一个过程中，集体不是个人的对立物，而是个人的相加和放大，是个人利欲的最佳面具。如果这一过程得不到理性控制，如果个人利欲得不到制度化的合理安排和疏导，那么事情的结果就只能是：少数人将以“集体”名义中饱私囊，并且必然大力展开对“个人”的无情剿杀——如果那些人拒绝臣服于这个“集体”的掠夺。

这是一种从劣质个人主义到冒牌集体主义的逻辑过程，是革命和改革中常见的阴影——但利欲恰恰是这一阴影的源头。在这个意义上，与其说佩索阿在怀疑改革和革命，不如说他在怀疑逃避个人承担和各种打伙求财——不论它是否打着改革或革命的旗号。

我很遗憾，从佩索阿引出的这个关于私欲的话题，在当今有点不合时宜。佩索阿早就死了，从狄更斯到鲁迅的思考也早已烟消。不知从什么时候开始，人们已经逐渐学会迁就现实，不再苛求社会变革既能除制度之弊，还能除人心之恶。变革就是变革，只能做它能做的事。变革无须把大家带入君子国。在冷战结束以后，全球都是发展优先和利益优先，很多人更愿意把变革看作单纯的利益重新分配，看作“一切向钱看”的现实操作。作为相应的知识生产，人文教育和人文学科也一直在变化，比方“精神”、“灵魂”、“道义”乃至“社会公正”一类词语日渐稀少——有一位美国学者甚至对我说，“精神”这个词太有法西斯味道，充其量也只能让浪漫的法国人或者神秘的中国人去玩玩，进入美国学术主流一定是会让人怪异。这样，主宰现代教育和学术的雅皮们，通常是一些领带打得很好的人，薪水很高而且周末旅游很开心的人，夹着精装书兴趣广泛但表情持重而且很有分寸感的人。他们如果没有受雇于政治或商业机构,便身居深深校园,慎谈主义,尤其慎谈精神。他们只谈问题,特别是逻辑和功能的问题,总是把问题作实证主义和技术主义的处理。“价值中立”的超然态度成了科学正统风范,成了主流知识分子的文明标志。在他们的推动之下,不仅精神被划入心理咨询和医学的业务范围,不仅自然科学和社会科学在技术化和工具化,连文学艺术也开始时兴“价值退场”的空虚和“感情零度”的冷漠——作者们常常用“无奈”呵、“多元化”呵、“面对现实”呵这些含混的词,来消解和搅和一切可能的愤怒和热爱、抗拒与妥协。各种文本游戏散发出机械部件的寒光。

也许,我们并没做错什么。既然科学在精神难题方面力不从心,我们就只能在精神问题悬置的前提下来谈一谈为哲学的哲学、为经济的经济、为艺术的艺术、为性的性——何况这些 no heart(无心灵)的技术工作也能惠及于人。我们避免了往日理想主义者可能的退避(理想破灭时)或者强制(推行理想时),成为一些称职能干的知识职员,至少也可以成为一些潇洒自得的知识玩家。

当然,精神问题还被人谈着,只是被另外一些人来谈而已。政客把精神当作效忠的纪律,奸商把精神当作公关的窍门。更重要的是,当科学不能为人们提供理想的时候,邪教就会来提供幻象;当知识分子不能为现实提供诗情的时候,各种江湖骗子就会来提供癫狂。“人民圣殿派”、“奥姆真理教”一类组织乘虚而入,接管了学者和作家曾经管理着的领地,在辽阔的民间开始为精神立法。连中国的气功和商品传销这些日常世俗活动,也在迅速重建道德教条的权威，弥漫出宗教仪规和宗教组织的气息，让人们觉得“文革”式的造神热浪一不小心就可以卷土重来。这当然是一个讽刺：一个科学随着航天飞机君临一切的时代，居然也成了各种迷信“大师”和“圣父”来启导人生的时代，成了他们生逢其时大显身手的年月。

我无意苛求科学。我只是想知道，科学在有些人那里怎样变得没心没肺，然后怎样逐渐弱化乃至取消了直指人心的批判。我只是想知道，这种技术意识形态怎样与江湖骗子们的大举重返民间实现共谋。

六

当年很多烈士正被众多后人在茶余饭后讪笑，而死者中的他似乎更有可笑的理由。他是一个有钱人，因为新派儿子的影响，因为尖锐社会危机的触动，他决意向自己所属的阶级挑战。他把自己的好马、烟土、田地以及所有家产拿出来分配给穷人，捐赠给革命军队，成为了自己熟悉的陌生人。

但是他得到的回报竟是一些造反农民把他当作劣绅，当作革命的对象，给了他一颗子弹。在那个混乱年代，这类事故没法完全避免。

不明不白的死，使他成了人们的一个禁忌，连亲人都不愿多谈这件事，而历史更有理由把他忽略。但他在遗言中还嘱咐儿子继续站在穷人一边，并且在我的想象中远望河流和山峰，远望秋日里枯黄色草坡，流下了一滴清泪。枪声响了，很快就淹没在漫长的寂静之中。他一头栽入土坑的时候,他所热爱着的人们终究没来帮上他多少忙,没有为他树碑、立传、追封或者给予特别的思念,因此他这一段故事完全成了个人私事,是完全个人性的选择。

他是一个果断消灭自己既得利益的富翁,是一个决然背弃了另一个自我的自我,完全违反了某些常理。就像老人能够理解青年目无祖制的激进,国学家能够欣赏西学家鸣鼓而攻的智慧,一个行业的人能够同情另一个行业的艰辛,一个民族的人能够欢呼另一个民族的幸福,他完全摆脱了人在利益格局中的惯性和定势,成了一个带血的异数。他的生和死,证明了个人的自由选择权利。

自由是对制约的超越,特别是对利益制约的超越,是生物进化过程中高级群类的神圣标志。我经常想起电视片《动物世界》中令人惊心的一幕:一只幼豹闯入了野牛群,咬住了其中的一只,数以千计的野牛居然带着它们的利角一哄而散纷纷逃窜,其中当然有那垂死生命的父母和兄弟。它们不明白把牛角集中起来足以驱杀入侵者,也压根儿没打算这么去做。在这种下贱的逃亡面前,我不能不向遍体血痕却仍然狂奔救子的犬类致敬,不能不向断手残足却仍然舍身护家猛扑敌阵的蜂群和蚁群致敬,不能不向刚刚倒在枪声中的那个人致敬——他是人,属于进化高端的群居智能生物。当他所告别的财富和他所撞上的枪口都只准他那样,而他偏偏可以这样;当身边的一切关系和理解都驱使他那样,而他偏偏可以这样;在这一刻,生命体的低级法则瓦解了,社会这个庞然大物也黯然失色了——谁还能阻挡这样的个人?谁能阻挡他的自由?

我遥遥地打量这个无名的前辈,打量我在乡下得来的这一段故事，也许得感谢人类社会在造就庸常的同时，也造就了奇迹，在危机的时刻照亮长夜，使我们不安和惊悸。我们知道他不是天外来客，只是一个普通人，仍然受到种种社会制约——不过是在社会需要大义的时候，需要英雄的时候，需要忘我者来慨然救赎的时候。这种时候是人类理想的复活节。和很多人一样，他的个人化精神高蹈，不过是整体利益所需的一种社会自救行动，与自私一样同属自然现象。生物学家们说，有利他行为的生命物种更能承受危机，更有强势发展的可能。生物学家们还说，一个生命系统通常具有自我修复机能，比如人体在生理失衡之时，会出现白血球的突然增生，直到它的数目达到健康所必需的标准——那么众多烈士莫非就是人类这一生命体所需的白血球？

对于个人来说，生命只有一次。对于一个共同体来说，大局转危为安常常需要局部牺牲。这是一种残酷。但是如果没有这种残酷，如果社会自我修复机能因这种或那种原因而消失，到了那时候，人类这个盘踞于地球或聚或散或伸或缩或闹或静并且已经向太空伸出了触须的庞大生命体，就只有无可避免地崩塌和腐烂。

正因为这一点，面对当年的一声枪响，我决不会参加茶余饭后的哄笑。

我平庸岁月里的耳膜在久久寻找那一声枪响的余音。

1998 年 4 月①

---

① 最初发表于 1998 年《天涯》杂志，后收入随笔集《性而上的迷失》。

民主:抒情诗与施工图

“民主”仍是一个敏感的词,被有些人说得吞吞吐吐——只有美国总统布什这样的人才把“民主价值”和“民主联盟”当一碗饭,走到哪里就说到哪里。

这也难怪,民主的概念与体制本是西方所产,从游牧时代一直延伸到工业化和信息化时代。那里的民主虽一度与古代的奴隶制相配套,一度与现代的殖民主义相组合,但毒副作用大多由民主圈之外的弱势阶级(如奴隶)或弱势民族(如殖民地人民)消化,圈内很多人感受不会太强烈。他们即便也痛苦过、危机过、反抗过,但堤内损失堤外补,圈外收益多少可有助于减灾止损。就一般情况而言,他们更多的印象来自官吏廉能、言论自由、社会稳定、经济发展等圈内的民主红利,有足够理由为民主而骄傲。有机构宣布:世界上前十位最廉政国家中有九个实行民主制。仅此一条,就不难使民主成为很多人的终极信仰乃至圣战目标——十字军刀剑入库以后,民主义军的炸弹不时倾泻于外。

后发展国家似乎有点不一样。它们移植民主既缺乏传统依托,也没有役奴和殖民等外部收益以作冲突的回旋余地,各方一较上劲就只能死嗑。一旦法制秩序、道德风尚、财政支持、教育基础等条件不到位,民主大跃进很可能加剧争夺而不是促进分享。小魔头纷起取代大魔头,持久的部落屠杀、军阀割据、政党恶斗、国家解体和管治崩溃,成了这些地方的常见景观。迄今为止,二十世纪一百多个"民主转型"国家中的绝大多数,一直在民选制和军政府之间来回折腾,在稳定与民主面前难以两全,前景仍不明朗。自以为民主了的俄罗斯、新加坡等不入西方政界法眼,蒙受一次次打假声讨。靠全民直选上台的巴勒斯坦哈马斯政府更被视为恐怖主义。中国一九一一年至一九一三年的民主,引发了时旷日久的混乱与分裂,后来靠多年铁血征战才得以恢复稳定和统一国家。一九六六至一九六八年的红色民主同样导致灾难,最后借助全面军管和反复整肃才收拾残局。毫无疑问,很多过来人对此心存余悸,对民主化的性价比暗自生疑。民主教练们虽然硬在一张嘴,硬在台面上,实际上也经常无所适从。美国就支持过皮诺切特(智利)、苏哈托(印尼)、马科斯(菲律宾)、佛朗哥(西班牙)、索莫查(尼加拉瓜)等多个独裁者。据前不久《国际先驱导报》报导:当伊拉克的爆炸此起彼伏,美国纽约大学全球事务中心的智囊们立刻向政府建言:必须在伊拉克建立独裁。

大多后发展国家似乎一直是民主培训班的劣等生和留级生?是这些地方的专制势力过于强大和顽固吗?是这些地方缺少足够的物质资源和杰出的民主领袖?抑或这些野蛮人从来就缺少民主的文化遗传乃至生理基因?……

这些问题都提出过的,是可以讨论的,然而误解民主也可能是原因之一。

误解源自无知,源自操作经验太少,源自很多人只是在影视、报纸、教科书、道听途说中遥望梦中天国，对具体实践十分隔膜。这些误解者最可能把民主当成一首抒情诗而不是一张施工图，缺乏施工者的务实态度、审慎研究、精确权衡、不断总结经验的能力，还有因地制宜除弊兴利的创造性思考。一般来说，抒情诗多发生在大街和广场，具有爆发力和观赏性，最合适拍电视片，但诗情冷却之后可能一切如旧。与此不同，施工图没有多少大众美学价值，不能给媒体提供什么猛料，让三流演艺明星和半吊子记者使不上什么劲。它当然意味着勇敢和顽强的战斗，但更意味着点点滴滴和不屈不挠的工作，牵涉繁多工序、材料以及手艺活，任何一个细节都不容人们马虎——否则某根大梁的倾斜，一批钢材或水泥的伪劣，可能导致整个工程前功尽弃。

成熟施工者们还必明白物性万殊和物各有长的道理，不会用电锯来紧固螺丝，不会将水泥当作油漆，更不会坐在沙滩上坐想高楼。这就是说，他们知道民主应该干什么，能够干什么，知其短故能用其长。

作为管理公共事务的现有民主，其实也有力所不及之处，有一用就可能出错的地方：

涉外事务——用民主治理内部事务大多有效，反腐除贪、擢贤选能、伸张民意等是人们常见的好处。但一个企业决议产品涨价，民主时往往不顾及顾客的钱包。一个地区决议建水坝，民主时往往不顾及邻区的航运和灌溉。一个个国家的民选议会还经常支持不义的对外扩张和战争。对印地安人的种族灭绝就曾打上入侵者或宗主国的民主烙印。二十世纪的两次世界大战也曾得到民主声浪的催产:一旦议员们乃至公民们群情激奋,本国利益最大化顺理成章,一些绥靖主义或扩张主义的议案就得以顺利通过民主程序,让国际正义原则一再削弱,为战争机器发动引擎。其实,这一切并非偶然事故,与其归因于小人操纵民意,毋宁说是制度缺陷的常例。民主者,民众做主也,意指利益相关者平等参与公共事务的管理。如果这一界定大体不错,那么以企业、地区、民族国家等等为单元的民主,在处理涉外事务方面从一开始就违背这个原则:外部民众是明显的利益相关者,却无缘参与决策,毫无发言权与表决权。这算什么民主?或者说这种民主是否有重大设计缺陷?即便在最好的情况下,这种半聋半瞎的民主是否也可能内善而外恶?

涉远事务——群体如个人,追求自身利益最大化,经常表现于追求现时利益最大化,对远期利益不一定顾得上,也不一定看得明白。俄国的休克疗法方案,印度的锁国经济政策,都曾是民主的一时利益近视,所谓远得不如现得,锅里有不如碗里有,只是时间长了才显现为令人遗憾的自伤疤痕。美国一九九七年拒签联合国《京都协议书》,就是以为气候灾难与生态危机还十分遥远,至少离美国还十分遥远。美国长期以来鼓励高能耗生活消费,也就是以为全球能源枯竭不过是明日的滔天洪水。较之这些远事,现时的经济繁荣似乎更重要,支持社会福利的税收增长似乎更重要。但这个民主国家的政府、议会以及主流民众考虑到十年、二十年、三十年以后的美国了吗?——那时候的美国民意于此刻尚待初孕。考虑到美国的子孙后代了吗?——那时候的美国人在眼下更不可能到场。于是,又是一大批利益相关者缺席,接下来却无辜承担另一些人短期行为的代价，再次暴露出民主与民本并不是准确对接。正是为了抗议这一点，一些生态环境保护会议的组织者最喜欢找一些儿童来诵诗、唱歌、发表宣言、制定决议。从某种意义上说，这种象征性的儿童参政不过是预报未来民意的存在，警示民主重近而轻远的功能偏失。

涉专事务——民众常有利益判断盲区，就算是民意代表都高学历化了，要看懂几本财政预算书也并非易事，更遑论其他。真理常常掌握在少数人手里，远见卓识者在选票上并不占有优势，特别是在一些涉及专业知识的话题上，如果不辅以知识教育与宣传的强力机制，那么民主决策就是听凭一群外行来打印象分，摸脑袋拍板，跟着感觉走。由广场民众来决定哲学家苏格拉底的功罪，由苏维埃代表来决定沙皇和地主的生死，由议会来决定是否修一座水坝或是否大规模开发生物能源，这样的决策并无多少理性可言，不过是独裁者瞎整的音量放大。不久前，中国一次“超女”选秀大赛引起轰动，被一些外国观察家誉为“中国民主的预演”。有意思的是，能花钱和愿花钱的投票者能否代表民众，在多大程度上代表民众，并非不成为一个问题。更重要的是，对文艺实行“海选”式大民主，很可能降低社会审美标准，错乱甚至倒置文明的追求方向。文艺如同学术、教育、金融、法律、水利或能源的技术，有很强的专业性，虽然也要适度民主，但民主的范围和方式应有所变通。对业内很多重大事务（自娱性群众文艺活动一类除外）的机构集权似不可少——由专家委员会而不是由群众来评奖、评职称、评审项目，就是通常的做法；用对话协商而不是投票的方式来处理某些专业问题，也是必要的选项。专家诚然应尊重群众意见，应接受民众监督机制，但如果放弃对民众必要的引导和教育，人民就可能异变为“庸众”（鲁迅语），民意就不是时时值得信任。否则孔子就会不敌超女，《红楼梦》就会被变形金刚覆盖，色情和迷信网站就可能呼风唤雨为害天下。也许经历过不少痛苦经验，柏拉图一直主张“哲学家治国”，在《理想国》一书中认定民主只会带来大众腐败，带来“彻底的价值虚无”（no one of any value left）。《论语》中的孔子强调“上智下愚”，与商鞅“民不可与虑始而可与乐成”一说相近，把希望仅仅寄托于贤儒圣主。他们的精英傲慢令人反感，天真构想不无可疑，但他们承认民众弱点的态度却不失几分片面的诚实，至少在涉专事务范围内可资参考。人们在“文革”期间质疑工宣队和农宣队全面接管上层建筑，在市场化时代质疑用市场（包括部分工农兵在内的消费者）来决定一切，特别是决定人文与科学的价值选择。他们只是受制于某种时代思想风尚，不敢像古人那样把零散心得做成理论，说得那么生猛和刺耳。

按照现代的某种标准，柏拉图和孔子是严重的“政治不正确”。新加坡李光耀先生主张“精英加权制”（一人五票或十票）同样是严重的“政治不正确”。这样私下想一想尚可，说出口就是愚蠢，就是自绝于时代——不拍民众的马屁，岂不是自己制造票箱毒药？一个公众人物的政治表态如何能这样业余和菜鸟？贵族统治时代早已成为过去，思维与言说的安全标准须随之改变。眼下无论左翼或右翼的现代领袖，无论他们是高喊“人民万岁”还是高喊“民主万岁”，其实都是挑人多的地方站，自居民众公仆的角色，确证自己权力的合法性。这当然没错。民众利益确实是不可动摇的普世价值基点,是文明政治的宗旨所系,是一切恶政和暴政终遭天怨人怒的裁判标尺。但有一些他们经常含糊其辞的话题还需要提出:

民众利益与民众意见是不是一回事?

民主所释放的民众意见又是不是可靠的民众意见?或者怎样才能成为可靠的民众意见?

这是一些基础性的哲学问题,民主的施工者们无法止步绕行。

美国前副总统戈尔算得上一个政坛老手。在不久前出版的《对理性的侵犯》一书中,他指出“铅字共和国”正在被“电视帝国”侵略和占领,电子媒体已可以成功对民众洗脑,“被统治者的同意”正逐渐成为一种商品,谁出价最高,谁就可以购买。据他回忆,他的竞选班子曾建议投放一批电视政治广告,并预计这笔钱花出去以后,他的支持率可以提高几个百分点。他开始根本不相信这种计算,但叫人大跌眼镜的是,有钱能使鬼推磨,后来的事实完全证明了他是错的而助手们是对的——一张张支票开出去以后,支持率不多不少果然准确上升到了预估点位,民众的理性竟然如期被逐一套购。人们不难看出,这个时代已用电视取代了竹简,已用光缆取代了驿道,很多人的大脑不过是一些电子声色容器,民意的原生性和独立性易遭削弱,民意的依附性与可塑性却正在增强。在很多时候,政治就是媒体政治,民意可以强加给民众,由权力和金钱支配的媒体正在成为庞大的民意制造机,“可以在两周之内改变政治潮流”(戈尔语)。不仅如此,组织集会造势是要花钱的,雇请公关公司是要花钱的,“洌楼”(港台语)拜票是要花钱的,延揽高人来设计候选人的语言、服装、动作、政策卖点等等也是要花钱的……美国总统竞选人都必须是抓钱能手,必须得到财团、权贵、部分中产阶级等有效出资者的支持,手里若没有一亿美元的竞选资金,就只能死在预选门槛之外。一个中国的贪官也看懂了其中门道,因此贪污千万却一直省吃俭用家贫如洗。据他向检察机构交代:他积攒巨资的目的就是为了有朝一日投入竞选(见海南省戚火贵案相关报道)。可以想象,如此高瞻远瞩的贪官在中国何止一二?他们都已明白:只要大家都爱钱,烧钱就是购买民主的硬道理。在一个社会资源分配不均的情况下,在专制者几乎都转型为资产者的情况下,"一人一票"的民主原教旨已变成"N元一票"的民主新工艺。

政教合一结束以后,不幸有金权合一来暗中补位。选民们放弃投票的无奈和冷漠流行病一般蔓延,是这一事态的自然结果。

人们就不能采取更积极一些的反抗么?比方说用立法来限制各种政治、资本、宗教势力对媒体的控制?比方说限制主流媒体的股权结构和收入结构,从而确保它们尽可能摆脱金钱支配、尽可能体现出公共性和公平性?……再不济,用古希腊亚里士多德最为赞赏的"抽签制"(某些基层社区已经用这种方式来产生维权民意代表)来替代选举制,是否也能多少稀释和避开一点劣质民主之害?

遗憾的是,现代社会殚精竭虑与时俱进,不断改进对金融、贸易、生态、交通、玩具、化妆品、宠物食品的管理,MBA大师满街走,法规文本车载斗量,但不论是民主行家还是民主新手,在政治制度创新方面都经常裹足不前和麻木不仁。一般来说，找一个万能的道德解释，视结果顺心的民主为“真民主”，视结果不顺心的民主为“假民主”，成为很多人最懒惰也最便利的流行判断，差不多是一脑子糨糊的忽热忽冷。权势者更不愿意展开相关的制度反思和政治辩论——因为这只能使貌似合理的现存秩序破绽毕露，使权力合法性动摇，危及他们的控制。他们更愿意在“民众神圣”一类慰问甜点大派送之下，继续各种熟练的黑箱游戏。

民众并不是神，并无天生的大爱无私和全知全能。因此理性的民意需要培育和保护，需要反误导、反遮蔽、反压制、反滥用的综合制度保障，才能使民主不被扭曲，从而表现出相对于专制的效益优势：贪腐更少而不是更多，社会更安而不是更乱，经济更旺而不是更衰，人权更能得到保护而不是暴力横行性命难保……特别是在涉外、涉远、涉专等上述事故多发地带，原版民主的制度修补不容轻忽。从更高标准来看，一个企业光有董事会民主和股东会民主是远远不够的。更合格的企业民主一定还包括员工民主（工会和职工代表大会）、顾客民主（价格听证与监管制度）、社区民主（环境听证与监管制度）等各个层面，包括这个丰富民主构架下所有利益相关者权力与责任的合理分配，以防“血泪企业”、“霸王企业”、“毒魔企业”在民主名义下合法化。《公司法》等法规在这方面还过于粗陋。一个民族国家光有内部民主也是有隐患的。考虑到经贸、技术、信息、生态安全等方面的全球化现实，更充分的民主一定要照顾到“他者”，要包括睦邻和利他的制度设计——就像欧盟的试验一样，把涉外的一部分外交、国防、金融、财政权力从民族国家剥离，交给一个超国家的民主机构，以兼顾和协调各方利益，消除民族主义的利益盲区，减少国与国之间冲突的可能性。至于欧盟与"×盟"之间更高层级的民主共营构架，虽然面临着宗教、文化、经济等令人头痛的鸿沟，但只要当事各方有足够的诚愿和理性，也不是不可以进入想象。

可以预见，如果人类有出息的话，新的民主经验还将层出不穷。一种以分类立制、多重主体、统分结合为特点的创新型民主，一种参与面与受益面更广大的复合式民主，不管在基层还是全球的范围内都可以期待。作为一项远未完成的事业，民主面临着新的探索旅程。

中国是一个集权专制传统深厚的国家，百年来在体制变革方面寻寻觅觅进退两难，既受过专制僵化症之祸，又吃过民主幼稚病的亏——后者用民主之短不少，用民主之长不多，有时未得民主之利，先得民主之弊，最终结果是损害民主的声誉，动摇人们的民主信心，窒息人们对民主的深度思考，为集权专制的复位铺垫了舆论压力。中国一九一一至一九一三年与一九六六至一九六八年的民主，就是这样分别使军人铁腕成为了当时的民心所向。从这一点看，专制僵化症与民主幼稚病是一体两面，共同阻滞了政治改革，使各种山大王和家长制至今积习难除。

丘吉尔有名言：民主是"坏体制中的最好体制"。尽管集权乃至专制也能带来社会稳定，也能支持经济发展①，但至少在现代社会条件下，没有民主的繁荣如同白血球不足的肥体，缺乏发展的可持续性。现代社会的复杂程度和管理量与日俱增，需要更灵便、更周密的信息传感系统和调控反应系统。一个官吏体系掌控着越来越多的国家财富和财政资源，如无民众全方位的监督和制约，必滋生很多自肥性利益集团，无异于定时炸弹遍布各处，造成"矿难恐怖主义"、"药价恐怖主义"、"污染恐怖主义"一类让人应接不暇，也使体制内忙碌的消防队成为杯水车薪。另一方面，身处一个因特网和高速公路的时代，民众的知情触角已无所不及，根本不需要什么黑客手段，就能轻易穿透任何铁幕，其相应的参与、分享、当家做主等要求如未及时导入建设性的政治管网，不满情绪一旦积聚为心理高压，就可能酿成破坏性的政治风暴。事实多次证明，任何一个再成功的现代君王也总是危险四伏。当年发展经济和改善福利并不算太差劲的罗马尼亚齐奥塞斯库君，刚被英国女王授了勋章，刚被国际社会誉为改革模范，马上就死在本国同胞的乱枪之下，不能不令人深思。

只是丘吉尔的名言还可补充，即民主不仅是"坏体制中的最好体制"，而且民主本身还有问题，至少还可以更好，还需要换代升级，在一个动态过程中实现民主功能的更完善，在一个复杂世界里实现民主形态的更多样和更合用。以民主进程中后来者的身份，

---

① 很多资本主义国家或地区在新兴时期或困难时期都曾借助集权或威权管制手段，如二十世纪后半期的"亚洲四小虎"，又如克伦威尔时期的英国，拿破仑时期的法国，卑斯麦时期的普鲁士等。

后发展国家缺乏传统依托，却也没有传统负担，完全可以利用后发优势，不仅参考借鉴西方的普选制、代议制、多党制、三权制等管理经验，还可以博采本土的一切制度资源，比如君权时代的“禅让”制、“谏官”制、“揭贴”制、“封驳”权等，比如革命时代的“群众路线”、“多党参议”、“民主生活会”、“职工代表大会”等，比如改革时代的“法案公议”、“问卷民调”、“网上论坛”、“NGO参与”、“消费者维权”……这一切或多或少含有民主元素的做法，一切有助于善政的举措，都可以通过去芜存菁而得到整合与汲收，从而让人们真正放开眼界解放思想，培育出民主的本土根系，解决所谓民主“水土不服”的难题；同时也丰富和扩展民主内涵，走出有中国特色和开拓意义的民主道路，为人类政治文明建设做出独特贡献——一个文明复兴大国在追求富强的进程中理应有此抱负和责任，不可缺失制度创新的智慧。

几年前，笔者遇到一位瑞典籍学者兼欧盟官员。他说民主不仅仅是一种政体，更是一种交往习俗和生活方式。他引导笔者走进一座旧楼，参观他们主办的妇女手工活培训班，职工读书沙龙，还有社区青年的环保画展，说这都是很重要的民主。因为分裂而孤独的个人“原子”状态就正是专制的理想条件，人们只有经常在一个共同体内交流、参与以及分享，才可能增强民主的意识与能力，才可能有民意的形成、成熟以及表达，包括尽可能消解某些误导性宣传。在他看来，欧盟民主的希望与其说在于电视里某些政治秀，不如说更在于这些老百姓脸上越来越开朗而且自信的表情——他和他的同道正为此争取更多的预算、义工以及跨国性

讨论。

这是一个满头银发的长者。

可惜我的几个中国同行者听不懂他的话，对劳什子手工活一类完全不感兴趣，一个个东张西望哈欠滚滚，只想早一点返回宾馆。连译员也把“民主”一词译得犹犹豫豫，好像老头说跑了题，好像自己耳朵听错了话——这些鸡毛蒜皮与伟大的democracy能有什么关系呢？也许在他们看来，只有大街和广场上的激情才够得上民主的劲道。

我也曾举着标语牌走向中国和他国的大街广场，但我知道，民主要比这多得多，要繁重得深广得多。

此时的银发长者有点沮丧，已不知道该说什么好。

正是这尴尬一刻，成为了本文的缘起。

2007 年 9 月[①]

① 最初发表于 2007 年《天涯》杂志，已译为英文发表。

人情超级大国

一

走进中国的很多传统民居，如同走进一种血缘关系的示意图。东西两厢，前后三进，父子兄弟各得其所，分列有序，脉络分明，气氛肃然，一对姑嫂或两个妯娌，其各自地位以及交往姿态，也在这格局里暗暗预设。在这里的一张八仙大桌前端坐，目光从中堂向四周徐徐延展，咳嗽一声，回声四应，余音绕梁，一种家族情感和孝悌伦理油然而生。

中国文化就是在这样的民居里活了数千年。这些宅院繁殖出更庞大的村落：高家庄、李家村、王家寨等等，一住就是十几代或几十代人。即便偶尔有杂姓移入，外来人一旦落户也热土难离，于是香火不断子孙满堂的景观也寻常可见。生活在这里的人们，秉承明确的血缘定位，保持上下左右的亲缘网络，叔、伯、姑、婶、舅、姨、侄、甥等称谓不胜其繁，常令西方人一头雾水。英文里的亲戚称谓要少得多，于是嫂子和小姨都是“法律上的姐妹（sister in law）”，姐夫和小叔都是“法律上的兄弟（brother in law）”，如此等等。似乎很多亲戚已人影模糊，其身份有赖法律确认，有一点法律至上和“N亲不认”的劲头。

农耕定居才有家族体制的完整和延续。“父母在,不远游”;即便游了,也有“游子悲乡”的伤感情怀,有“落叶归根”的回迁冲动,显示出祖居地的强大磁吸效用,人生之路总是指向家园——这个农耕文明的特有价值重心。海南省的儋州人曾说,他们先辈的远游极限是家乡山头在地平线消失之处,一旦看不见那个山尖尖,就得止步或返回。相比较而言,游牧民族是“马背上的民族”,逐水草而居,习惯于浪迹天涯,“家园”概念要宽泛和模糊得多。一个纯粹的游牧人,常常是母亲怀他在一个地方,生他在另一个地方,抚育他在更遥远的地方,他能把哪里视为家园?一条草原小路通向地平线的尽头,一曲牧歌在蓝天白云间飘散,他能在什么地方回到家族的怀抱?

定居者的世界,通常是相对窄小的世界。两亩土地一头牛,老婆孩子热炕头,亲戚的墙垣或者邻家的屋檐,还有一片森林或一道山梁,常常挡住了他们的目光。因此他们是多虑近而少虑远的,或者说是近事重于远事的。亲情治近,理法治远,亲情重于理法就是他们自然的文化选择。有一个人曾经对孔子说,他家乡有个正直的人,发现父亲偷了羊就去告发。孔子对此不以为然,说我们家乡的人有另一种正直,父亲替儿子隐瞒,儿子替父亲隐瞒,正直就表现在这里面。这是《论语》里的一则故事,以证“法不灭亲”之理。《孟子》里也有一个故事,更凸现古人对人际距离的敏感。孟子说,如果同屋人相互斗殴,你应该去制止,即便弄得披头散发衣冠不整也可在所不惜;如果是街坊邻居在门外斗殴,你同样披头散发衣冠不整地去干预,那就是个糊涂人。关上门户,其实也就够了。在这里，近则舍身干预，远则闭门回避，对待同一事态可有两种反应。孟子的生存经验无非是：同情心标尺可随关系远近而悄悄变易，“情不及外”是之谓也。

孔子和孟子后来都成了政治家和社会理论家，其实是不能不虑远的，不能不忧国忧天下的。“老吾老以及人之老，幼吾幼以及人之幼”，循着这一思维轨道，他们以“国”为“家”的放大，以“忠”为“孝”的延伸，由近及远，由亲及疏，由里及外，编织出儒家的政治和伦理。但无论他们如何规划天下，上述两则故事仍泄露出中国式理法体系的亲情之源和亲情之核，留下了农耕定居社会的文化胎记。中国人常说“合情合理”，“情”字在先，就是这个道理。

同样是因为近事重于远事，实用济近，公理济远，实用重于公理自然也成了中国人的另一项文化选择。儒学前辈们“不语怪力乱神”，又称“不知生焉知死”，搁置鬼迹神踪和生前死后，于是中国几千年文化主流一直与宗教隔膜。与犹太教、婆罗门教、基督教、伊斯兰教等文明地区不同，中国的知识精英队伍从来不是以教士为主体，而以世俗性的儒士为主体，大多只关心吃饭穿衣和齐家治国一类俗事，即“人情”所延伸出的“事情”。汉区的多数道士和佛僧，虽有过探寻宇宙哲学的形而上趋向，仍缺乏足够的理论远行，在整个社会实用氛围的习染之下，论着论着就实惠起来。道学多沦为丹药、风水、命相、气功一类方术，佛门也多成为善男信女们求子、求财、求寿、求安的投资场所，成为一些从事利益交易的教门连锁店。一六二〇年，英国哲学家弗兰西斯·培根写道：“印刷术、火药和磁铁，这三大发明首先是在文学方面，其次是在战争方面，随后是在航海方面,改变了整个世界很多事物的面貌和状态,并引起无数变化,以至似乎没有任何帝国、派别、星球能比这些技术发明对人类事务产生更大的动力和影响。”培根提到的三项最伟大技术,无一不是来源于中国。但中国的技术大多不通向科学,仅止于实用,缺乏古希腊从赫拉克利图、德谟克里特一直到亚里士多德的“公理化”知识传统——这个传统既是欧洲宗教的基石,欲穷精神之理;也是欧洲科学的基石,欲穷物质之理。就大体而言,中国缺乏求“真”优于求“善”的文化特性,也就失去了工具理性发育的足够动力,只能眼睁睁看着西方在数学、物理、化学、生物学、航海学、地理学、天文学等方面后来居上,直到工业化的遥遥领先。

这是现代中国人的一桩遗憾,但不一定是古代儒生们的遗憾。对于一个习惯于子孙绕膝丰衣足食终老桑梓的民族,一个从不用长途迁徙到处飘泊四海为家并且苦斗于草原、高原和海岸线的民族,它有什么必要一定得去管天下那么多闲事?包括去逐一发现普适宇宙的终极性真理?——那时候,鸦片战争的炮火还没灼烤得他们坐立不安。

中国古人习惯于沉醉在现实感里。所谓现实,就是近切的物象和事象,而不是抽象的公理。当中国古人重在“格物致知”的时候,欧洲古人却重在“格理致知”。当中国古人的知识重点是从修身和齐家开始的时候,欧洲古人却展开了神的眼界,一步跃入世界万物背后的终极之 being——他们一直在马背上不安地漂泊和游荡,并且在匆匆扫描大地的过程中,习惯于抽象逻辑的远程布控,一直到他们扑向更为宽广的蓝色草原——大海。那是另一个故事的开端。

二

烧烤的面包和牛排，能使我们想象游牧人篝火前的野炊。餐桌上的刀子和叉子，能使我们想象游牧人假猎具取食的方便。人声鼎沸的马戏、斗牛、舞蹈，能使我们想象游牧人的闲暇娱乐。奶酪、黄油、皮革、毛呢、羊皮书一类珍品，更无一不是游牧人的特有物产。还有骑士阶层，放血医术，奥林匹克运动，动不动就拔剑相向的决斗，自然都充满着草原上流动、自由、剽悍生活的痕迹。这可能是欧洲人留给一个中国观察者的最初印象。统计资料说，现代美国白人平均五年就要搬一次家，这种好动喜迁的习性，似乎也暗涌着他们血脉中游牧先民的岁月。

当然，古欧洲人不光有游牧。他们虽然没有东亚地区那么足够的雨水和温暖，却也有过葡萄、橄榄、小麦以及黑麦，有过农业的繁荣。只是他们的农耕文明并非主流。相比之下，中国虽然也曾遭北方游牧民族侵迫，甚至有过元朝和清朝的非汉族主政，但农耕文明的深广基础数千年来一直岿然不动，而且反过来一次次同化了异族统治者，实为世界上罕见的例外。直到二十世纪前夕，中国仍是全球范围内一只罕见的农耕文明大恐龙，其历史只有“绵延”而没有“进步”（钱穆语）。了解这只高龄恐龙，不能不了解文明源头的差异。如果这个差异不是造成当今文明交流和文明冲突的全部原因，甚至不是最主要原因，但起码不应成为人们的盲点。

一个游牧人，显然比一个农耕人有更广阔的活动空间，必须习惯在陌生的地方同陌生的人们交道,包括进行利益方面的争夺和妥协。在这个时候,人群整合通常缺乏血缘关系和家族体制,亲情不存,辈分失效,年长并不自动意味着权威。加上人们都以马背为家,远道驮来的物品十分有限,彼此富不了多少也穷不了多少,个人财富也就不易成为权力的来源和基础。那么谁能成为老大?显而易见,一种因应公共生活和平等身份的决策方式,一种无亲可认和无情可讲的权力产生方式,在这里无可避免。

武力曾是最原始的权威筹码。古希腊在荷马时代产生的"军事民主制"就是刀光剑影下的政治成果之一。现在西方普遍实行的"三权分立"在那时已有蓝本:斯巴达城邦里国王、议会、监察官的功能渐趋成熟。现代西方普遍实行的议会"两院制"在那时亦见雏形。"长老院"senate 至今还是拉丁语系里"参议院"一词的源头。当时的民众会议即后来的 public 握有实权,由全体成年男子平等组成,以投票选举方式产生首领,一般都是能征善战的英雄。而缺乏武力的女人,还有外来人所组成的奴隶,虽然占人口的90%却不可能有投票权。这当然没什么奇怪。女人无法力制男人,奴隶已经降于主子,希腊式民主一开始就并非全民做主,不过是武力竞斗中少数胜出者的一席政治盛宴,弱败者不可入席。

随着城邦的建立和财富的积聚,长老院后来有了更大影响力。随着越洋拓殖和商业繁荣,中产阶级的市民逐渐取武士而代之,成为民主的主体。随着世界大战中劳动力的奇缺和妇女就业浪潮,还有工人反抗运动和社会福利保障政策的出现,妇女、工人、黑人及其他弱势群体也有了更多民主权利……这就是民主的逐步发育过程。可以肯定,面对投资和贸易全球化的大潮,要处理贫困、环境、恐怖主义一类全球联动式的挑战,以民族国家为利益单元的民主已力不从心,民主的内容和形式还将有后续发展。如果没有更为开放和包容的“欧盟”、“亚盟”、“非盟”一类机制,如果没有全球性的权利分享和权利制衡,所谓全球化就将是一个巨型多头怪兽,一身而数心,身同而心异,将永远困于自我纷争和自我伤害。这是一个新的难题。

但民主不管走到哪一步,都是一种与血缘亲情格格不入的社会组织方式,意味着不徇私情的人际交往习俗。在这个意义上来说,民主是一种制度,更是一种文化。一个观察台湾民主选举的丁学良教授写道:八十年代台湾贿选盛行,一万新台币可买得一张选票,但人们曾乐观地预言:随着经济繁荣和生活富裕,如此贿选将逐步消失。出人意料的是,这位教授十多年后再去台湾,发现贿选不仅没有消失,反而变本加厉,“拜票”之风甚至到了见多不怪的程度。人们确实富裕了,不在乎区区几张纸币,但人们要的是情面,是计较别人“拜票”而你不“拜票”的亲疏之别和敬怠之殊。可以想见,这种人情风所到之处,选举的公正性当然大打折扣。

在很多异域人眼里,中国是一个人情味很浓的民族,一个“和为贵”的民族。中国人总是以家族关系为一切社会关系的母本,即便进入现代工业社会,即便在一个高度流动和完全生疏的社会里,人们也常常不耐人情淡薄的心理缺氧,总是在新环境里迅速复制仿家族和准血缘的人际关系——领袖是“毛爷爷”和“毛爹爹”,官员是“父母”,下属是“子弟”,朋友和熟人成了“弟兄们”,关系再近一步则成了“铁哥”“铁姐”。这种现象在军队、工厂、乡村、官场以及黑社会皆习以为常。从蒋介石先生开始，就有“章子不如条子，条子不如面子”一类苦恼：公章代表公权和法度，但没有私下写“条”或亲自见“面”的一脉人情，没有称兄道弟的客套和请客送礼的氛围，就经常不太管用。公事常常需要私办，合理先得合情。一份人情，一份延伸人情的义气，总是使民主变得面目全非。这样看来，中国茶楼酒馆里永远旺盛的吃喝风，醉翁之意其实不在肠胃，而在文化心结的恒久发作，是家族亲情在餐桌前的虚构和重建。中国式的有情有义，意味着有饭同饱，有酒同醉，亲如一家，情同手足；同时也常常意味着有话打住，有事带过，笔下留情，刀下留情，知错不言，知罪不究，以维护既有的亲缘等级（讳长者或讳尊者）与和睦关系（讳友人或讳熟人）。一位警察曾对我说，很多司法机关之所以结案率低，很重要的原因就是取证难。好些中国人只要与嫌犯稍沾一点关系，甚至算不上亲属，也开口就是伪证，没几句真话。这种“见熟就护”往往导致司法机构在财力、物力、人力方面不胜其累，还有悬案和死案的大量积压。

民主与法制都需要成本，光人情成本一项，一旦大到社会不堪承受，人们就完全可能避难就易，转而怀念集权专制的简易。既然民主都是投一些“人情票”，既然法制都是办一些“人情案”，那么人们还凭什么要玩这种好看不好用的政治游戏？解决纠纷时，宁走“黑道”不走“白道”，就成了很多人的无奈选择。显而易见，这是欧式民主与欧式法制植入中土后的机能不适，是制度手术后的文化排异。

我们很难知道这种排异阵痛还要持续多久。从历史上看，中国人曾创造了十几个世纪的绩优农业，直到十八世纪初还有强劲的“中国风”吹往西方，中国的瓷器、丝绸以及茶叶风靡一时，令欧洲的贵族趋之若鹜。中国人也曾创造了十几个世纪的绩优政治，包括排除世袭的开科取士，避免封建的官僚政府，直到十八世纪还启发着欧洲的政治精英，并且成为赫赫《拿破仑法典》制订时的重要参考。在这十几个世纪之中，大体而言，一份人情不是也没怎么坏事么？但工业化和都市化的到来，瓦解了农耕定居的生活方式。以家庭关系经验来应对公共生活现实，以“人情票”和“人情案”来处理大规模和高强度的公共管理事务，一定会造成巨大的混乱灾难。当然，这并不是说人情应到此为止。作为一种传统文化资源，亲缘方式不适合大企业，但用于小企业常有佳效。至少在一定时间内，认人、认情、认面子，足以使有些小团队团结如钢所向无敌，有些“父子档”、“夫妻店”、“兄弟公司”也创下了经济奇迹。又比如说，人情不利于明确产权和鼓励竞争，但一旦社会遇到危机，人情又可支撑重要的生存安全网，让有些弱者渡过难关。有些下岗失业者拿不到社会救济，但能吃父母的，吃兄弟的，吃亲戚的，甚至吃朋友熟人的，反正天无绝人之路，七拉八扯也能混个日子，说不定还能买彩电或搓麻将，靠的不正是这一份人情？这种民间的财富自动调节，拿到美国行得通么？很多美国人连亲人聚餐也得 AA 制，还能容忍人情大盗们打家劫舍？

很多观察家凭着一大堆数据，一次次宣布中国即将崩溃或中国即将霸权，但后来又一次次困惑地发现，事情常在他们意料之外。这里的原因之一，就是他们忘了中国是中国。他们拿不准中国的脉，可能把中国的难事当作了想当然的易事，又可能把中国的易事当作了想当然的难事。

比方说，中国要实行欧式的民主和法制，缺乏相应的文化传统资源，实是一件难事；但承受经济危机倒不缺文化传统资源，算不上什么难事。

三

西方的知识专家们大多有“公理化”的大雄心，一个理论管天下，上穷普适的宗教之理，下穷普适的科学之法。不似中国传统知识“无法无天”，弱于科学（法）亦淡于宗教（天），但求合理处置人事，即合理处置“人情”与“事情”。

先秦诸子百家里，多是有益世道人心的“善言”，不大倚重客观实证的“真理”——善在真之上。除墨家、名家、道家有一点抽象玄思，其余只算得上政治和伦理的实践心得汇编。少公理，多政策；少逻辑，多经验；有大体原则，多灵活变通——孔子谓之曰“权”，为治学的最高境界。农耕定居者们面对一个亲情网织的群体环境，处置人事少不得内方外圆，方方面面都得兼顾，因此实用优先于理法，实用也就是最大的理法。

多权变，难免中庸和中和，一般不会接受极端和绝对。“物极必反”、“否极泰来”、“过犹不及”、“相反相成”、“因是因非”、“有理让三分”、“风水轮流转”、“退一步海阔天空”……这些成语和俗语，都表现出避免极端和绝对的心态。墨子倡“兼爱”之公心，杨子倡“为我”之私心，都嫌说过了，涉嫌极端和绝对，所以只能热闹一阵，很快退出知识主流，或被知识主流汲收掉。与此相适应，中国传统的各种政治、经济、社会安排也从来都是混合形态，或者说是和合形态。几千年的历史上，没有出现过标准的奴隶制社会，有记载的奴婢数量最多时也只占人口的1/30（据钱穆）。没有出现过标准的封建社会，中央政府至弱之时，郡县官僚制也从未解体，采邑割据形不成大势。更没出现过标准的资本主义社会，尽管明清两代的商业繁荣曾雄视全球，但“红顶商人”们亦官亦儒亦侠，怎么看也不像是欧洲的中产阶级。这样数下来，欧洲知识界有关社会进步的四阶或五阶模式，没有一顶帽子适合中国这个脑袋，于是马克思只好留下一个“亚细亚生产方式”存而不论，算是留下余地，不知为不知。

说到制度模式，中国似乎只有“自耕小农/官僚国家”的一份模糊，既无纯粹的公产制，也无纯粹的私产制，与欧洲人走的从来不是一路。从春秋时代的“井田制”开始，历经汉代的“限田法”、北魏的“均田法”等等，私田都是“王田”（王莽语），“王田”也多是私田，基本上是一种统分结合的公私共权。小农从政府那里授田，缴什一税，宽松时则三十税一，差不多是“责任制承包经营”，遇人口资源情况巨变或者兼并积蔽严重，就得接受政府的调整，重新计口派田，再来一次发包，没有什么私权的“神圣不可侵犯”。后来孙中山、毛泽东、邓小平的土地改革政策，也大都是国家导控之下“耕者有其田”这一均产传统的延续。

很多学者不大习惯这种非“公”非“私”的中和，甚至不大愿意了解这一盆不三不四的制度糨糊。特别是在十六世纪以后，欧洲的工业革命风云激荡，资本主义结下了甜果也结下了苦果，知识精英们自然分化出两大流派，分别探寻各自的制度公理，以规制人间越来越多的财富。

流派之一，是以“公产制”救世，这符合基督教、伊斯兰教——尤其符合犹太教的教义。作为西方主要教派，它们都曾提倡“教友皆兄弟姐妹”的教内财产共有，闪烁着下层贫民的理想之光。欧洲早期社会主义者康帕内拉、圣西门、傅立叶等，不过是把这种公产制由宗教移向世俗，其中很多人本身就是教士。接下来，犹太人马克思不过是再把它从世俗伦理变成了批判的政治经济学。显而易见，共产主义不是天上掉下来的，在某种意义上只是欧洲文化几千年修炼的终成正果，对于缺乏宗教传统的中国人来说当然有些陌生。公产制在表面词义上能与中国的“公天下”接轨，正如“自由”、“民主”、“科学”、“法制”等也都能在中国找到近义词，但作为具体制度而不是情感标签的公产制一旦实施，连激进的毛泽东也暗生疑窦。针对苏联的国有化和计划经济，他在《政治经济学笔记》一文中曾多次提出中国还得保留“商品”和“商品关系”，并且给农民留下一块自留地和一个自由市场，留下一线公中容私的遗脉。刘少奇等中共高层人士虽然也曾膜拜过公产制教条，但遇到实际问题，还是软磨硬抗地抵制“共产风”，一直到八十年代后推广责任田，重启本土传统制度的思路，被知识界誉之为“拨乱反正”。

流派之二，是以“私产制”救世，这同样是欧洲文化几千年修炼的终成正果。游牧群落长于竞斗，重视个人，优胜劣汰乃至弱肉强食几乎顺理成章。在世俗领域里,不仅土地和财富可以私有,连人也可以私有——这就是奴隶制的逻辑(直到美国工业化初期还广获认可),也是蓄奴领地、封建采邑、资本公司等一系列欧式制度后面的文化背景。这种文化以"私"为基,既没有印度与俄国的村社制之小"公",也没有中国郡县制国家和康有为《大同书》之大"公"。可以想象,这种文化一旦与工业化相结合,自然会催生亚当·斯密和哈耶克一类学人,形成成熟的资本主义理论。与此相异的是,中国人有"均富"的传统,"通财货"的传统,"不患寡而患不均"的传统,最善于削藩、抑富、反兼并——开明皇帝和造反农民都会干这种事。董仲舒说:"大富则骄,大贫则忧。忧则为盗,骄则为暴。此众人之情。圣者使富者足以示贵而不至于骄,使贫者足以养生而不至于忧。"董仲舒在这里强调"众人之情",差不多是个半社会主义者,但求一个社会的均衡的安定:贫富有别但不得超出限度,私财可积但不可为祸弱小。在这样一个社会里,"中和"精神重于"零和"规则,私中寓公,以公限私,其制度也往往有一些特色,比如乡村的田土公私共权,表土为私有,底土为公有,国家永远持有"均田"的调剂权利,实际上是一种有限的土地私有制,较为接近当今的土地责任承包制。需要指出的是,这种制度可能不是实现生产集约化和规模经济的最佳安排,但它的社会效益和经济效益能花开别处:第一,使暂时无法得到社保福利的农民有了基本生存保障;第二,进城的农民工有了回旋余地,一旦遭遇经济萧条,撤回乡村便是,与欧洲当年失地入城的无产阶级有了巨大区别,不至于导致太大的社会动荡。在九十年代的亚洲金融风暴期间,很多中国的企业订单大减，但正是这种土地制度为中国减震减压，大大增强了农民工的抗风险能力，非某些学者精英所能体会。

由此看来，“共产风”曾经短命，“私有化”一再难产，这就是中国。中国的优势或劣势可能都在于此。中国知识界曾师从苏联，后来也曾师从美国，到底将走出一条什么道路，眼下还难以预料。但有一点可以肯定，中国以其独特的历史传统和文化资源，以其独特的资源和人口国情，不可能完全重复苏联或美国的道路，不可能在“姓社”还是“姓资”这个二元死局里憋死。如果说欧洲代表了人类的第一阶现代化，苏联和美国代表了人类的第二阶现代化，那么假使让中国及其他发展中国家成功进入第三阶现代化，中国一定会以思想创新和制度创新，向世人展示出较为陌生的面目。

四

从十四世纪到十六世纪，大明中国的航海活动领先全球。郑和七下西洋，航线一直深入到太平洋和印度洋，其规模浩大、技术精良几乎都远在同时代的哥伦布探险之上。首次远航，人员竟有两万八千人之多，乘船竟有六十二艘之众，简直是一个小国家出海，一直航行到爪哇、锡南及卡利卡特，并且在苏门答腊等地悉歼海盗船队。后来的几次出航的线路更远，曾西抵非洲东海岸、波斯湾和红海海口，登陆印度洋上三十多个港口。而这一切发生时，葡萄牙人刚刚才沿非洲海岸摸索着前进，直到一四四五年才到达佛得角。

不过，与欧洲航海探险家的姿态不同，郑和舰队不管到了什么地方，不是去寻找黄金和宝石，不是去掠取财富回运，而是一心把财富送出去，携金带玉大包小裹去拜会当地领袖，向他们宣扬中国皇帝的仁厚关怀，劝说他们承认中国的宗主地位。原来，他们只是去拉拉人情关系，来一把公关活动和微笑外交。出于农耕定居者们的想象，这个世界的统一当然只能以人情关系为基础，只能以“王道”而不是“霸道”为手段。

这种越洋外交后来突然中止，原因不详。历史学家们猜测，朝廷财政紧张应该是主要原因。于是中国人只好撤离大海，把无边海洋空荡荡地留给了欧洲人。意大利教士利玛窦曾对此百思不解。在纽约出版的《利玛窦日记》称：“在一个几乎可以说疆域广阔无边、人口不计其数、物产丰富多样的王国里，尽管他们有装备精良、强大无敌的陆军和海军，但无论是国王还是人民，从未想到要发动一场侵略战争。他们完全满足于自己所拥有的东西，并不热求征服。在这方面，他们截然不同于欧洲人；欧洲人常常对自己的政府不满，垂涎于他人所享有的东西。”

但这个世界没有多少人领中国这一份情。

这样的教训多了，中国的文化自信不免陷入危机，包括绝情无义就成了很多人的最新信念。尽管中国人说“事情”、“情况”、“情形”、“酌情处理”等等，仍有“情”字打底，仍有“情”字贯串，但这些都只是文字化石，已不再有太多现实意义。很多中国人开始学会无情：革命革得无情，便出现了六十年代的红色恐怖；赚钱赚得无情，便出现八十年代以后太多的贪官、奸商、刁民以及悍匪。某个非法传销组织的宣传品上这样说：“行骗要先易后难，首先要骗熟人、朋友、亲戚……”这与“文革”中很多人首先从熟人、朋友、亲戚中开始揭发举报一样，实有异曲同工之妙。传销组织的万众狂热和呼声雷动，也让人觉得时光倒退，恍若又一场“文革”正被金钞引爆。在这里，中国传统文化最核心的部位，正在政治暴力或经济暴力之下承受重击。人们不得不问：中国还是一个富有人情味的民族吗？当然，同一事物也可引出相反的问题：“吃熟”和“宰熟”之风如此盛行，是不是反而证明了中国还有太多人情资源可供利用？

所谓改革，既不是顺从现实，也不是剪除现实，正如跳高不是屈就重力但也不是奢望一步跳上月球。因此，整合本土与外来的各种文化资源，找到一种既避人情之短又能用人情之长的新型社会组织方案，就成了接下来的重大课题。

往远里说，这一课题还关联到现代化的价值选择，正如爱因斯坦所说：“光有知识与科技并不能使人类过上幸福而优裕的生活，人类有充分理由把高尚的道德准则和价值观念置于对客观真理的发现之上。人类从佛陀、摩西以及耶稣这些伟人身上得到的教益，就我来说要比所有的研究成果以及建设性的见解更为重要。”这句话表现出言者对现代化的及时反省和热切期盼。

事情已经很明白，一个不光拥有技术和财富的现代化，一个更“善”的现代化，即更亲切、更和合、更富有人情味的现代世界，是爱因斯坦心目中更重要的目标。如果这种现代世界是可能的话，那么它最不应该与中国擦肩而过。

2001 年 9 月[1]

---

① 最初发表于 2001 年《读书》杂志，后收入随笔集《性而上的迷失》。

性而上的迷失

一

有些事情如俗话说的:你越把它当回事它就越是回事。所谓“性”就是这样一种东西。

性算不上人的专利,是一种遍及生物界的现象,一种使禽兽草木生生不息的自然力。不,甚至不仅仅是一种生物现象,很可能也是一种物理现象,比如是电磁场中同性相排斥异性相吸引的常见景观,没有什么奇怪。谁会对好些哆哆嗦嗦乱窜的小铁屑赋予罪恶感或神圣感呢?谁会对它们痛心疾首或含泪欢呼呢?事情差不多就是这样,一种类同于氨基丙苯的化学物质,其中包括新肾上腺素、多巴胺,尤其是苯乙胺,在情人的身体内燃烧,使他们两颊绯红,呼吸急促,眼睛发亮,生殖器官充血和勃动,面对自己的性对象晕头晕脑地呆笑。他们这些哆哆嗦嗦的小铁屑在上帝眼里一次次实现着自然的预谋。

问题当然没有如此简单。性的浪漫化也是一笔文化遗产,始于裤子及文明对性的禁忌,始于人们对私有财产、家庭体制、人力资源等务实性需求。性的浪漫化刚好是它被羞耻化和神秘化之后一种必然的精神酿制和幻化,放射出五彩十色的灵光,照亮了男人和女人的双眸。直到这个世纪的一九六八年，时间已经很晚了，传统规范才受到最猛烈动摇。美国好莱坞首次实行电影分级制度，×级的色情电影合法上映令正人君子们目瞪口呆。一个警察说，当时一个矮小的老太太如果想买一份《纽约时报》，就得爬过三排《操×》杂志才能拿到。

避孕术造成了性与生殖分离的可能，使苯乙胺呼啸着从生殖义务中突围而去，旋起一场场快乐的风暴。其实，突围一直在进行，通奸与婚姻伴生，淫乱与贞节影随，而下流话历来是各民族语言中生气勃勃的野生物，通常在人们最高兴或最痛苦的时候脱口而出，泄漏出情感和思想中性的基因。即使在礼教最为苛刻和严格的民族，人们也可以从音乐、舞蹈、文学、服饰之类中辨出性的诱惑，而一个个名目各异的民间节庆，常在道德和法律的默许之下，让浪漫情调暖暖融融弥漫于月色火光之中，大多数都少不了自由男女之间性致盎然和性味无穷的交往和游戏，对歌，协舞，赠礼，追打笑闹，乃至幽会野合。这种节庆狂欢不拘礼法，作为礼法的休息日，是文明禁忌对苯乙胺的短暂性假释。

从某种特定意义上说，种种狂欢节是人类性亢奋的文化象征。民俗学家们直到现在也不难考察到那些狂欢节目中性的遗痕。

始于西方的性解放，不过是把隐秘在狂欢节里的人性密码，译解成了宣言、游行、比基尼、国家法律、色情杂志、教授的著作、换妻俱乐部等等，使之成为一种显学，堂而皇之进入了人类的理智层面。

它会使每一天都成为狂欢节么？

二

禁限是一种很有意味的东西。礼教从不禁限人们大汗淋漓地为公众干活和为政权牺牲，可见禁限之物总是人们私心向往之物——否则就没有必要禁限。再往下说，禁限的心理效应往往强化而不是削弱这种向往，使突破禁限的冒险变得更加刺激，更加稀罕，更加激动人心。设想要是人们以前从未设禁，性交可以像大街上握手一样随便，那也就索然无味，没有什么说头了。

因此，正是传统礼教的压抑，蓄聚了强大的纵欲势能，一旦社会管制稍有松懈，便洪流滚滚势不可挡地群“情”激荡举国变“色”。性文学也总是在性蒙昧灾区成为一个隐性的持久热点，成为很多正人君子一种病态的津津乐道和没完没了的打听癖、窥视癖。道德以前太把它当回事，它就真成一回事了。纵欲作为对禁欲的补偿和报复，常常成为社会开放初期一种心理高烧。高烧者为了获得义理上的安全感，会要说出一些深刻的话，让自己放心的话。他们中间的某些人，如果吃饱喝足又有太多闲暇，如果他们本就缺乏热情和能力关注世界上更多刺心的难题，那么性解放就是他们最高和最后的深刻，是他们文化态度中唯一的激情之源。他们几乎干不了别的什么。

这些人作为礼教的倒影，同样是一种文化。他们的夸大其辞，可能使刚有的坦诚失鲜得太快，可能把真理弄得脏兮兮的让人掉头而去。他们用清教专制兑换享乐专制，轻率地把性解放描绘成最高的政治，最高的宗教，最高的艺术，就像以前的伪道学把性压抑说成最高的政治，最高的宗教，最高的艺术。他们解除了礼教强加于性的种种罪恶性意义之后，必须对性强加上种种神圣性意义，不由分说地要别人对他们的性交表示尊敬和高兴。他们指责那些没有步调一致来加入淫乱大赛的人是伪君子，是辫子军，是废物。这样做当然简单易行——“富贵生淫欲”这句民间大俗话一旦现代起来就成了精装本。

这些文学脱星或学术脱星，把上帝给人穿的裤子脱了下来，然后要求人们承认生殖器就是新任上帝，春宫画就是最流行的现代《圣经》。他们最痛恶圣徒但自己不能没有圣徒慷慨悲歌的面孔。

这当然是有点东方特色的一种现代神话，最容易在清教国家或后清教国家获得信徒们的喝彩。相反，在性解放洪潮过去的地方，X级影院里通常破旧而肮脏，只有寥落几个满身虱子和酒气的流浪汉昏昏瞌睡，不再被公众视为可以获得人生启迪的圣殿。性解放并没有降低都市男女的孤独指数和苦闷指数，并没有缓解"文明病"。作为最早的性解放先锋，舞蹈家邓肯女士后来也生活极其恶化，肥胖臃肿，经常酗酒，胡吵乱闹，不大像一个幸福的退休教母。及时行乐一旦失度，还可能稀释快乐的质量，毁灭家庭的安全，面临冷漠、厌倦、体弱、早衰、吸毒、艾滋病、性变态、无家可归之类可能的苦果。如果有人去红灯区宣言，说只要敢脱就获取了天堂入场券，就可以一劳永逸地解除性苦恼，进而达到人生幸福至境，这种神经病肯定半个美元也赚不着。

自由是一种风险投资。社会对婚姻问题的开明，提供了改正错误的自由也提供了增加错误的自由。解放者从今往后必须孤立无援地对付自己的性，一切后果自己承担，没法向礼教或社会当局赖账。我们可以为勇敢破禁欢呼。但勇敢就是勇敢，勇敢不是包赚不赔的特别股权。美国的一九六八并不是幸运保险单的号码。倒是破禁者们揣着自己有限的苯乙胺，面对着前后两茫茫的自由，是不是要倒抽一口冷气？

三

对理论常常不能太认真。

一个女子找到了一个她的意中人，如果受到对方婉言拒绝，就可能断言对方在压抑自己：你怎么活得这么虚伪呢？你太理智了，你不觉得理智是最可恶的东西，是最压抑人性的东西？世事无常，生命苦短，人生能有几时醉？……

这个女子开导完了，出门碰到一个使她极其恶心的男人，如果被对方纠缠不休，就可能说出另外一些理论：你怎么这样不克制自己呢？怎么这样缺乏理智呢？你只能让我恶心，我从没有见过像你这样无耻的人……

这个女子的理智论和反理智论兼备，只是根据情况随时各派其用。你能说她是"理智派"还是"感情派"？同样，如果她心爱的丈夫另有新欢，要抛弃她了，她可能大谈婚姻的神圣性；时隔不久如果是她瞄上了人家的丈夫，婚姻的荒谬性肯定就会脱口而出。你能说她是卫道士还是第三者乱党？

理论、观念、概念一类，一到实际生活中总是为利欲所用。尤其在最虚无又最实用的现代，在我们这些凡夫俗子中间，理论通常只是某种利欲格局的体现，标示出理论者在这个格局中的方位和行动态势。一般来说，每一个人在这个利欲格局中都是强者又都是弱者——只是相对于不同的方面而言。因此每一个人都万法皆备于我，都是潜在的理论全息体，从原则上说，是可以接受任何理论的，是需要任何理论的。用这一种而不用那一种，基本上取决于利欲的牵引。但这决不妨碍对付格局中的其他方面的时候，或者在整个格局发生变化的时候，人们及时呈现出完全不同的理论面目。比如一个大街上的革新派，完全可能是家里的保守派；一个下级面前的集权派，完全可能是上级面前的民主派。

这种情形难免使人沮丧：你能打起精神来与这些堂而皇之的理论较个真吗？

纵欲论在实际生活那里，通常是求爱术的演习，到时候与自述不幸、喟叹人生、操弄格言、请吃请喝、看手相、下跪、强迫等等手法合用，也有点像征服大战时的劝降书。若碰上恶心的纠缠者，他们东张西望决不会说得这么滔滔不绝。他们求爱难而拒爱易，习惯于珍视自己的欲望而漠视他人的欲望，满脑子都是美事，因此较为偏好纵欲说。就像一些初入商界的毛头小子，只算收入不算支出，怎么算都是赚大钱，不大准备破产时的说辞和安身之处。

他们中的一些人通常不喜欢读书这一类累人的活，瞟一瞟电视翻翻序跋当然也足够开侃。所以他们的宣言总是繁复而混乱，尤其不适宜有些呆人来逐字逐句较真。比如他们好谈弗洛伊德，从他的"里比多"满足原理中来汲取自己偷情的勇气，他们不知道或不愿意知道，正是这个弗洛伊德强调性欲压抑才能产生心理能量的升华，才得以创造科学和艺术，使人类脱离原始和物质的状态。他们也好谈罗兰·巴特、德里达以及后现代主义，用"延异"、"解构"、"颠覆"等等字眼来威慑听众，大力标榜自己的自然状态。他们不知道或不愿意知道，罗兰·巴特们的文化分析正是从"自然原态"下刀，其理论基点就是揭示"自然原态"的欺骗性和虚妄性，拒绝这一种统治人类太久的神话。一切都是文本，人的一切都难逃文化浸染。他们正是从这一点开始与传统的人本主义和人道主义割席，开始了天才性的叛逆。用他们来申张"自然原态"或"人之本性"，哪儿跟哪儿？

有些人从不注意弗洛伊德和罗兰·巴特的差别,不注意尼采和萨特的差别,不注意孔子和庄子的差别,最大的本领只是注意名人和非名人的差别,时髦与不时髦的差别。他们擅长把一切时髦术语搜罗起来,一股脑儿地用上。就像一个乡下姑娘闯进大都市之后,把商店里一切好看的化妆品都抹在自己脸上。这倒是一种pastiche——拼凑,杂拌,瞎搅和,颇有后现代风味,把一张五颜六色的脸作为时代标准像。

四

一直有人尝试办专供妇女看的色情杂志,但屡屡失败,顾客寥落。不能说男性的身体天生丑陋不堪入目,也不能说妇女还缺乏足够的勇气冲破礼教——某些西方女子裸泳裸舞裸行都不怕了,还怕一本杂志么?这都不是原因,至少不是最重要的原因。这个现象只是证明:身体不太被女性看重,没有出版商想象的那种诱惑力。女性对男体来者不拒,常常是男作家在通俗杂志里自我满足的夸张,是一种对女性的训练。

在这一点上,女人与男人并不一样。

有些专家一般性地认为,男性天生地有多恋倾向,女性天生地有独恋倾向,很多流行小册子都作如是说。多恋使人想到兽,似乎男人多兽性,常常适合"兽性发作"之类的描述。独恋使人想到很多鸟,似乎女人多鸟性,"小鸟依人"之类的形容就顺理成章。这种看法其实并不可靠。女性来自人类进化的统一过程,不是另走捷径直接从天上飞临地面的鸟人。进入工业社会之后,如果让妻子少一点对丈夫的经济依附性，多一点走出家门与更多异性交往的机会，她们也能朝秦暮楚地“小蜜”“小情”起来，不会比男人更呆。

女性与男性的不同，在于她们无论独恋还是多恋，只要不是卖笑卖身，对男人的挑选还是要审慎得多，苛刻得多。大多男人在寻找性对象时重在外表姿色，尤其猎色过多时最害怕投入感情，对方要死要活卿卿我我的缠绵只会使他们感到多余，琐屑，沉重，累人，吃不消。但大多女人在寻找性对象时重在内质，重在心智，能力，气度和品德——尽管不同文化态度的女人们标准不一，有些人可能会追随时风，采用金钱、权势、学位之类简易尺度，但她们总是挑选尺度上的较高值，作为对男人的要求，看重内质与其他女人没什么两样。俗话说“男子无丑相”，女性多把相貌作为次等要求，一心要寻求内质优秀的男人来点燃自己的情感。明白此理的男人，在正常情况下的求爱，总是要千方百计表现自己或是勇武，或是高尚，或是学贯中西，或是俏皮话满腹，如此等等，形成精神吸引，才能打动对方春心。经验每每证明，男子大多无情亦可欲，较为容易亢奋。而女人一般只有在精神之光的抚照下，在爱意浓厚情绪热烈之时，才能出现交合中的性高潮。

从这一点来看，男人性活动可说是“色欲主导”型，女人性活动可说是“情恋主导”型。男人重“欲”，嫖娼就不足为怪。女人重“情”，即便养面首也多是情人或准情人——在武则天、叶卡德琳娜一类宫廷“淫妖”的传说中，也总有情意绵绵甚至感天动地的情节，不似红灯区里的交换那么简单。男子的同性恋，多半有肉体关系。而女子的同性恋，多半只有精神交感。男子的征婚广告，常常会夸示自己的责任感和能力(以财产、学历等等为证),并常常自诩"酷爱文学和音乐"——他们知道女人需要什么。女子的征婚手段,常常是一张悦目的艳照足矣——她们知道男人需要什么。

这并非说女性都是柏拉图,尤其一些风尘女子被金钱或权势所迷,其市场业务不在我们讨论范围之内。"主导"也当然不是全部。女子的色欲也能强旺(多在青年以后),不过那种色欲往往是对情恋的确证和庆祝,是情恋的物化仪式。另一方面,男子也不乏情恋(多在中年以前),不过那种情恋往往是色欲的铺垫或余韵,是色欲的精神留影。丰繁复杂的文化积存,当然会改写很多人的本性,造成很多异变。一部两性互相渗透互相塑造的长长历史中,男女都可能会演变为对方的作品。两性冲突有时发生在两性之间,有时也可以发生在一个人身上——这需要我们在讨论时留有余地,不可滥用标签。

男性文化一直力图把女性塑造得感官化和媚女化。女子无才便是德,但三围定要合格,穿戴不可马虎,要秀色可餐妩媚动人甚至有些淫荡——众多电影、小说、广告、妇女商品都在作这种诱导。于是很多女子本不愿意妖媚的,是为了男人才学习妖媚的,搔首弄姿卖弄风情,不免显得有些装模作样。女性文化则一直力图把男性塑得道德化和英雄化。坐怀不乱真君子,男儿有泪不轻弹,德才兼备建功立业而且不弃糟糠——众多电影、小说、广告、男性商品都在作这种诱导。于是很多男子本不愿意当英雄的,是为了女人才争做英雄的,他们作深沉态作悲壮态作豪爽态的时候,不免也有些显得装模作样。

装模作样，证明了这种形象的后天性和人为性。只是习惯可成自然，经验可变本能，时间长了，有些人也就真成了英雄或媚女，让我们觉得这个世界多姿多彩，对装模作样不会过多挑剔。

五

黑格尔认为，道德是弱者用来制约强者的工具。女性相对于男性的体弱状态，决定了性道德的女性性别。在以前，承担道德使命的文化人多少都有一点女性化的文弱，艺术和美都有女神的别名。曹雪芹写《红楼梦》，认为女人是水，男人是泥，污浊的泥。川端康成坚决认为只有三种人才有美：少女，孩子以及垂死的男人——后两者意指男人只有在无性状态下才可能美好。与其说他们代表了东方男权社会的文化反省，毋宁说他们体现了当时弱者的道德战略，在文学中获得了战果。

工业和民主提供了女性在经济、政治、教育等方面的自主地位，就连在军事这种女性从来最难涉足的禁区，女性也开始让人刮目相看——海湾战争后一次次美国的模拟电子对抗战中，心灵手巧的女队也多次战胜男队。这正是女性进一步要求自尊的资本，进一步争取性爱自主性爱自由的前提。

奇怪的是，她们的呼声一开始就被男性借用和改造，最后几乎完全湮灭。旧道德的解除，似乎仅仅只是让女性更加色欲化，更加玩物化，更加为迎合男性而费尽心机。假胸假臀是为了给男人看的；耍小性子或故意痛恨算术公式以及认错国家首脑，是为了成为男人“可爱的小东西”和“小傻瓜”；商业广告教导女人如何更有女人味:“让你具有贵妃风采”,“摇动男人心旌的魔水”,“有它在手所向无敌”,如此等等。女性要按流行歌词的指导学会忍受孤寂,接受粗暴,被抛弃后也无悔无怨。“我明明知道你在骗我,也让我享受这短暂的一刻……”有一首歌就是这样为女人编出来的。

相反,英雄主义正在这个时代褪色,忠诚和真理成了过时的笑料,山盟海誓天长地久只不过是电视剧里假惺惺的演出,与卧室里的结局根本不一样。女人除了诅咒几句“男子汉死绝了”之外,对此毫无办法。有些女权主义者不得不愤愤指责,工业只是使这个社会的男权中心更加巩固,金钱和权利仍然掌握在男人手里,男性话语君临一切,女性心理仍然处于匿名状态,很难进入传媒。就像这个社会穷人是多数,但人们能听到多少穷人的声音?

对这些现象做出价值裁判,不是本文的目的。本文要指出的只是:所谓性解放非但没有缓释性的危机,从某种意义上来说,反倒使危机更加深重,或者说是使本就深重的危机暴露得更加充分。女人在寻找英雄,即便唾弃良家妇女的身份,也未尝不暗想有朝一日扮演红粉知己,但越来越多的物质化男人,充当英雄已力不从心,哪怕虎背熊腰其外,却有鸡肠小肚在内,不免令人失望。招致“负心汉”、“小男人”、“禽兽”之类的指责,就是常见的结果。男人在寻找媚女,但越来越多被文明史哺育出来的精神化女人,不愿接受简单的泄欲,高学历女子更易有视媚为俗的心理逆反,事事要插一嘴,事事要占个强,以刀马旦风格南征北战,也难免令男人烦恼,总是受到“冷感”、“寡欲”、“没女人味”之类的埋怨。影视剧里越来越多爱呵恋呵的时候,现实生活中的两性反倒越来越难以协调,越来越难以满足异性的期待。

女性的情恋解放在影视剧里,男性的色欲解放在床上。两种性解放的目标错位,交往几天或几周之后,就发现我们全都互相扑空。

捷克作家昆德拉在《生命中不能承受之轻》中表达了一种情欲分离观:男主人公与数不胜数的女人及时行乐,但并不妨碍他对女主人公有着忠实的(只是需要对忠实重新定义)爱情。对于前者,他只是有"珍奇收藏家"的爱好,对于后者,他才能真正地心心相印息息相通。如果女人们能够接受这一点,当然就好了。问题是昆德拉笔下的女主人公不能接受,对此不能不感到痛苦。解放对于多数女性来说,恰恰不是要求情与欲分离,而是要求情与欲的更加统一。她们的反叛,常常是力图冲决没有爱情的婚姻,抗拒某些金钱和权势的合法性强奸,像英国作家劳伦斯《查泰莱夫人的情人》中的女主人公。她们的反叛也一定心身同步,反叛得特别彻底,不像男子还可以维持肉体的敷衍。她们把解放视为欲对情的追踪,要把性做成抒情诗,而与此同时的众多男人,则把解放视为欲对情的逃离,想把性做成品种繁多的快食品,像速溶咖啡或方便面一样立等可取,几十分钟甚至几分钟就可以把事情搞定。

性解放运动一开始就这样充满着相互误会。

昆德拉能做出快食的抒情诗或者抒情的快食品么?像其他有些作家一样,他也只能对此沉默不语或含糊其辞,有时靠外加一些政治、偶然灾祸之类的惊险情节,使冲突看似有个过得去的结局,让事情不了了之。

先天不足的解放最容易草草收场。有些劲头十足的叛逆者一旦深入真实,就惶恐不安地发出“我想有个家”之类的悲音,含泪回望他们一度深恶痛绝的旧式婚姻,只要有个避风港可去,不管是否虚伪,是否压抑,是否麻木呆滞也顾不得了。从放纵无忌出发,以苟且凑合告终。如果不这样的话,他们也可以在情感日益稀薄的世纪末踽踽独行,越来越多抱怨,越来越习惯在电视机前拉长着脸,昏昏度日。这些孤独的人群,不交际时感到孤独,交际时感到更孤独,性爱对生活的镇痛效应越来越低。是自己的病越来越重呢,还是药质越来越差呢?他们不知道。他们下班后回到独居的公寓,常常感到自己身处巨大监狱里的单人囚室。

最后,同性恋就是对这种孤独一种畸变的安慰。与生理的同性恋不同,文化的同性恋是社会制度和社会风尚的产物——它意味着这个世界爱的盛夏一晃而过,寒冷的冬天已经来临。

六

在性的问题上,女性为什么多有不同于男性的态度?其原因在于神意?在于染色体的特殊配置?或在于别的什么?也许女人并非天然的精神良种。哺育孩子的天职,使她们产生了对家庭、责任心、利他行为的渴求,那么一旦未来的科学使生育转为试管和生物工厂的常规业务之后,女性是否也会断然抛弃爱情这个古老的东西?如果说是社会生存中的弱者状态,使她们自然而然要用爱情来网结自己的安全掩体,那么随着更多女强人夺走社会治权,她们的精神需求是否会逐步减退,并且最终把爱情这个累心的活甩给男人们去干？

多少年来，大多女性隐在历史暗处，大脑并不长于形而上但心灵特别长于性而上。她们远离政坛商界的严酷战场（在这一点上也许该感谢男人），得以悠闲游赏于自己的情感家园。她们被男性目光改造得妩媚之后（在这一点上也许该再感谢男人），一心把美貌托付给美德。她们常常没有干成太多的大事，但她们用眼风、笑靥、唠叨及体态的线条，滋养了什么都能干的男人。她们创立的“爱情”这门学科，常常成为千万英雄真正的造就者，成为道义和智慧的源泉，成为一幕幕历史壮剧的匿名导演。她们做的事很简单，无需政权无需信用卡也无需冲锋枪，她们只需把那些内质恶劣的男人排除在自己的选择目光之外，这种淘汰就会驱动性欲力的转化和升华，驱使整个社会克己节欲和奋发图强，科学和艺术事业得到发展并且多一些情义。她们被男人改造出来以后反过来改造男人自己。她们似乎一直在操作一个极其困难的实验：在诱惑男人的同时又给男人文化去势。诱惑是为了得到对方，去势则是为了永久得到对方——更重要的是，使对方值得自己得到，成为一个在灿烂霞光里凯旋的神圣骑士，成为自己的梦想。

梦想是女人最重要的消费品，是对那些文治武功战天斗地出生入死的男人们最为昂贵的定情索礼。

在这里，“女性”这个词已很大程度上与“灵性”或“神性”的词义重叠。在性的问题上，历史似乎让灵性或神性更多地向女性汇集，作为对弱者的某种补偿。因此，女权运动从本质上来说，是心界对物界的征服，精神对肉体的抗争，爱情对色欲的平衡——一切对物欲化人生的拒绝，无论出自男女，都是这场运动的体现。至于它的女性性别，只能说是历史遗留下来的一个不太恰当的标签。它的胜利也绝不仅仅取决于女性的努力，更不取决于某些词不达意胡乱作秀的女权闹腾。

七

人在上天的安排之下获得了性快感，获得了对生命的鼓励和乐观启示，获得了两性之间甜蜜的整合。上帝也安排了两性之间不同理想的尖锐冲突，如经纬交织出了人的窘境。上帝不是幸福的免费赞助商。上帝指示了幸福的目标但要求人们为此付出代价，这就是说，电磁场上这些激动得哆哆嗦嗦的小铁屑，为了得到性的美好，还须一次次穿越两相对视之间的漫漫长途。

人既不可能完全神化，也不可能完全兽化，只能在灵肉两极之间巨大的张力中燃烧和舞蹈。“人性趋上”的时风，经常会养育一些功成名就律身苛严的君子淑女；“人性趋下”的时风，会播种一些百无聊赖极欲穷欢的浪子荡妇。他们通常从两个不同的极端，都感受到阳痿、阴冷等等病变，陷入肉体退化和自然力衰竭的苦恼。这些灭种的警报总是成为时风求变的某种生理潜因，显示出文化人改变自然人的大限。

简单地指责女式的性而上或者男式的性而下，都是没有意义的，消除它们更是困难——至少几千年的文明史在这方面尚未提供终极解决。有意义的首先是揭示出有些人对这种现状的盲目和束手无策，少一些无视窘境的欺骗。这是解放的真正起点。

解放者最大的敌人是自己,是特别乐意对自己进行的欺骗——这些欺骗在当代像可口可乐一样廉价和畅销,闪耀着诱人光芒。

1993 年 8 月[①]

① 最初发表于 1994 年《读书》杂志,后收入随笔集《性而上的迷失》,已译成英文。

张家与李家的故事

从前有一个张家，时运不济，父亲早故，又遭火烧与水淹，家里穷得叮当响。这一家有三个儿子，都长得虎头虎脑，眨巴着可爱的大眼睛。但母亲掐指一算，全家收入只够一个人上学，于是狠狠心，将机会给了老大。

“你记住，”母亲在村口送别老大时说，“全家勒紧肚皮供了你一个。你在城里好好读书，若有出头之日，不要忘了两个兄弟。”

老大咬住嘴唇，点了点头。

留下来的老二、老三虽然有些失落感，偷偷叹一口气，但也没有多言。他们觉得事情别无选择，于是按母亲的安排，一个去种地，一个去砍柴烧炭，都干得十分卖力。他们知道，只有多挣钱，让大哥学业有成，才能带回全家的希望。

如果这个村子里人都穷，大家会觉得这事顺理成章。不巧的是，这村居然还有个李家，牛肥马壮，地广田多，还开了榨房和染房，高门大宅里经常飘出肉香。他家三个儿子都在城里上学，遇到学校放假，便穿着皮鞋、戴着墨镜、哼着小曲回了村。这就有了点麻烦。比方，他们会对张家的老二、老三说：“你们只有老大去读书，这事通过了民主程序吗？”

张家两个娃娃茫然不知，面面相觑。

"你们愚蠢吗？不是。你们懒惰吗？也不是。你们是来历不明的野种吗？更不是。人生而平等。为什么只有你家老大读书，而你们在这里做牛做马？多不公平呵。"

张家老二说："我们家没那么多钱……"

"没钱不讲民主了？没钱就不讲人权了？没钱就不讲普世价值了？天外奇谈，是可忍孰不可忍。要是把你家老大读书的钱拿来平分，你们至少都可以穿上皮鞋。"

张家老三说："妈说，皮鞋没有布鞋好……"

"愚民，愚民政策！"

"我家与你家不同……"

"是不同，但最大的不同，是你们缺乏独立思考，总觉得爹妈放屁也是香的。就凭这一条，你们一辈子活该受穷。"

启蒙者恨铁不成钢，摇头叹气地走了。

张家老二倒没什么，只当一阵风过耳。倒是老三对新名词有点动心。虽不懂什么民主、人权、普世价值，但他一直暗中羡慕李家少爷们的皮鞋。想到这里，想到伤心处，他不好好砍柴烧炭了，不但对母亲拒交炭款，而且成天闹着要支钱，要查账，要分家散伙，还有宁做李家犬不做张家人一类恶语，气得母亲火冒三丈扇了他一耳光。事情到这一步，他悲屈得更有根据了，捂着脸去李家诉苦时，启蒙者看看他脸上的红肿，都十分同情和愤慨："太专制了吧？太暴力了吧？什么人家呢！"

他们对张家远远投去鄙夷的目光。

一晃好些年过去了。张家老大学业有成，果然有出息，在江湖上打下一片天地,连李家人也刮目相看,想同他联手做生意,经常请他吃吃饭,喝喝茶。但老大没忘记已故母亲的嘱托,把两个兄弟接到城里,陆续为他们找到生计,还分别盖上了房子。老二很感激,抓住老大的手忍不住一阵鼻酸:“兄弟没出息,如今只能借你的光,惭愧呵惭愧。”

老大也有些鼻酸:“什么话呢?当年不是你们流血汗,我也不可能有今日。我欠你们的太多。”

此时只有老三嘟嘟哝哝,对房子并不满意。在他看来,房子不够大也不够高,特别是式样不时髦,没用上琉璃瓦和大理石板。何况过去的时光不可追回,一座房子能抵消他多年来砍柴烧炭的委屈和痛苦吗?能抚平他内心中累累伤痕吗?他相信,如果当年母亲是送他读书,眼下他肯定比老大更威猛,别说几座房子,就是整个老皇宫或整个金融区,他肯定也可以买下来的。

“好日子你一直过着,大好人这下你也做了。”老三对老大冷笑一声,“你又有钱财又有善名,左右逢源,好处占尽呵。”

老大听出话中有音,说不出什么,闷闷地走了。

老大在街上遇到李家三兄弟,黑黑的脸色引起了对方注意,在一再追问之下,只好道出原委。三位老校友都同情他,大有天下精英是一家的深情厚谊。其中一位大声说:“你怎么这样脑残呢?以前我邀你来入股,你不入,要省钱,原来就是要做这些傻事呵?凭什么说你欠他们的?当初你妈让你读书,肯定是你读得好,他们读得赖。退一万步——他们为什么不能自学成才?”

老大支吾:“当年我是读得好一点,但话不能这样说……”

“还能怎样说？人生而自由，自由就是优胜劣汰。谁落后，谁活该。谁受穷，谁狗熊。”

“你言重了，老三今天只是对房子不太满意……”

“那是仇富，想吃大锅饭。”

“我去想办法把房子再做好一点就是，他不就是要琉璃瓦么……”

“可怜人自有可恶之处，你连这个道理都不懂呵？你这是保护落后，鼓励懒惰，支持腐败！”

“……”

李家三兄弟还说了一大堆，包括人情网、大锅饭、道德理想主义十恶不赦，祸国殃民，完全违反普世价值等等。这些话听上去不无道理，让老大思前想后，几天来无心茶饭。

李家人这样说说也罢了，要命的是张家老大有一个儿子，还未学成立业，就在歌舞厅同李家三位爷混出一个熟，听来听去也动了心，每次回家就埋怨父亲是木瓜脑子，跟不上时代潮流。这儿子早就不喜欢两个叔叔，觉得这两个臭乡巴佬，特土气，特笨蛋，特不要脸，简直是血吸虫。如果不是给他们找生计盖房子，父亲对儿子何至于这样出手小气？别说名牌的球鞋和手表，恐怕早给他一台红色法拉利的车钥匙了吧？

他把李家的说辞照搬一大堆，见父亲仍默然无语不为所动，便跺着脚威胁：“那好，你既无情，我就不义。你把银行存折交出来，我同你分家，从此井水不犯河水。”

“你反了你？”

“你心里没我这个儿子，我心里就没你这个爹。”

“你姓张，你是张家人，这是你的家！”

“我爱这个家，可谁爱我呢？实话同你说，我明天就到李家做儿子去！”

父亲脸色大变，一时胸堵气结，扇了儿子一耳光，把他煽到墙角去了。事情到这一步，儿子当然悲屈得更有理由了。他捂着脸去李家诉苦时，李家三兄弟看看他脸上的红肿，再次表示同情和愤慨。“太专制了吧？太暴力了吧？什么人家呢！”

他们再次对张家远远投去鄙夷的目光。

就这样，张家多年来不平静，似乎永远是个问题家庭。即使张家人后来都富裕了，体面了，出人头地了，但好吃好喝有说有笑也无法使这一家洗脱历史污名。连张家一代代后人回忆往事，也觉得脸上无光，也承认往事不堪回首，比方扇耳光肯定是不文明和反人性的吧——丢人，实在丢人呵。可耻，实在可耻呵。

至于李家以后的情况，我不知道，只能按下不表。我当然希望李家不要出现夭折，不要出现火灾和水灾，不要遭遇癌症和瘫痪，不要有人吸毒与坐牢……总之，我希望这一家诸事顺遂，洪福齐天，财务状况永远良好，千万不要出现多个孩子只有一份学费的现象，否则我不知该对他们怎么说了，更不知张家人反过来对此会怎样启蒙和拯救了。

2009 年 3 月[①]

---

① 最初发表于 2009 年《天涯》杂志。

重说道德

一

很长一段时间里,“道德”一词似已不合时宜,遇到实在不好回避的时候,以“文化”或“心理”来含糊其辞,便是时下很多理论家的行规。在他们看来,道德是一件锈痕斑驳的旧物,一张过于严肃的面孔,只能使人联想到赎罪门槛、贞节牌坊、督战队的枪口、批斗会上事关几颗土豆的狂怒声浪。因此,道德无异于压迫人性的苛税与酷刑,“文以载道”之类纯属胡扯。与之相反,文学告别道德,加上哲学、史学、经济学、自然科学等纷纷感情零度地 no heart(无心肝),才是现代人自由解放的正途。

柏拉图书里就出现过“强者无需道德”(语出《理想国》)一语。现代人应该永远是强者吧?永远在自由竞争中胜券在握吧?现代人似乎永远不会衰老、不会病倒、不会被抛弃、不会受欺压而且是终身持卡定座的 VIP。因此谁在现代人面前说教道德,那他不是伪君子,就是神经病,甚至是精神恐怖主义嫌犯,应立即拿下并向公众举报。上个世纪九十年代针对“道德理想主义”的舆论围剿,不就在中国不少官方报刊上热闹一时?

奇怪的是,这种“去道德化”大潮之后,道德指控非但没有减少,反而成了流行口水。道德并没有退役,不过是悄悄换岗,比如解脱了自我却仍在严管他人,特别是敌人。美国白宫创造的“邪恶国家”概念,就出自一种主教的口吻,具有强烈的道德意味。很多过来人把“文革”总结为“疯狂十年”,更是摆出了审判者和小羔羊的姿态,不但把政治问题道德化,而且将道德问题黑箱化。在他们看来,邪恶者和疯狂者,一群魔头而已,天生为恶和一心作恶之徒而已,不是什么理性的常人。如果把他们视为常人,视为我们可能的邻居、亲友乃至自己,同样施以政治、经济、文化、资源等方面的条件分析和原因梳理,那几乎是令人惊骇的无耻辩护,让正人君子无法容忍。在这里,“去道德化”遭遇禁行,在现实和历史的重大事务面前失效——哪怕它正广泛运用于对贪欲、诈骗、吸毒、性变态、杀人狂的行为分析,让文科才子们忙个不停。在一种双重标准下,“邪恶国家”和“疯狂十年”(——更不要说希特勒)这一类议题似乎必须道德化,甚至极端道德化。很多人相信:把敌人妖魔化就是批判的前提,甚至就是够劲儿的批判本身。

这种看似省事和快意的口水是否伏下了危险?是否会使我们的批判变得空洞、混乱、粗糙、弱智从而失去真正的力量?倒越来越像“邪恶国家”和“疯狂十年”那里不时入耳的嘶吼?

二

敌人是一回事,主顾当然是另一回事。当很多理论家面对权力、资本,以及媒体受众,话不要说得太刺耳,就是必要的服务规则了。道德问题被软化为文化学或心理学的问题,绕开了善恶这种痛点以及责任这种难事;如果可能的话,不妨进一步纳入医学事务,从而让烦心事统统躺入病床去接受仁慈的治疗。一个美国人曾告诉我:在他们那里,一个阔太太如果也想要个文凭,最常见的就是心理学文凭了。心理门诊正成为火爆产业,几乎接管了此前牧师和政委的职能,正在流行"情商"或"逆商"一类时鲜话题,通常是大众不大明白的话题。

据说中国未成年人的精神障碍患病率高达21.6% ~32%(2008年10月7日《文汇报》),而最近12年里,中国抑郁症和焦虑症的患者数分别翻了一番多和近一番(2009年9月22日《文汇报》)。如此惊人趋势面前,人们不大去追究这后面的深层原因,比方说分析一下,"情商"或"逆商"到底是怎么回事,到底有多少精神病属实如常,而另一些不过是"社会病",是制度扭曲、文化误导、道德定力丧失的病理表现。病情似乎只能这样处理:道德已让人难以启齿,社会什么的又庞大和复杂得让人望而却步,那么在一个高技术时代,让现代的牧师和政委都穿上白大褂,开一点药方,摆弄一些仪表,也许更能赢得大家的信任,当然也更让不少当权大人物宽心:他们是很关爱你们的,但他们毕竟不是医生,因此对你们的抑郁、焦虑、狂躁、强迫、自闭之类无权干预,对写字楼综合征、中年综合征、电脑综合征、长假综合征、手机依赖综合征、移民综合征、注意力缺乏综合征、阿斯伯格综合征等等爱莫能助。你们是病人,对不起,请为自己的病情付费。

并非24小时内的一切都相关道德,都需要拉长一张脸来讨论。很多牧师和政委架上道德有色眼镜,其越位和专制不但无助于新民，反而构成了社会生活中腐败和混乱的一部分，也一直在诱发“去道德化”的民意反弹。对同性恋的歧视，把心理甚至生理差异当作正邪之争，就是历史上众多假案之一例。此类例子不胜枚举。不过，颁布精神大赦，取消道德戒严，广泛解放异端，让很多无辜或大体无辜的同性恋者、堕胎者、抹口红者、语多怪诞者、离婚再嫁者、非礼犯上者、斗鸡走狗者、当众响亮打嗝者或喝汤者都享受自由阳光，并不意味着这个世界不再有恶，不意味着所有的精神事故都像小肠炎，可以回避价值判断，只有物质化、技术化、医案化的解决之法。最近，已有专家在研究“道德的基因密码”，宣称至少有20%的个人品德是由基因决定(2010 年 6 月 14 日俄罗斯《火星》周刊)，又宣称懒惰完全可以用基因药物治愈(2010 年 9 月 4 日英国《每日快报》)，更有专家宣称政治信仰一半以上取决于人的遗传基因(2010 年《美国心理学家》杂志)。如果让上述文章中那些英国人、俄国人、美国人、瑞典人、以色列人研究下去，我们也许还能发现极权主义的单细胞，或民主主义的神经元？能发明让人一吃就忠诚的药丸，一打就勇敢的针剂，一练就慷慨的气功，一插就热情万丈的生物芯片？能发明克服华尔街贪欲之患的化学方程式？……即便这些研究不无道理，与古代术士们对血型、体液、面相、骨骼的人生解读不可同日而语，但人们仍有理由怀疑：无论科技发展到哪一步，实验室都无法冒充上帝。

否则，制毒犯也可获一小份科技进步奖了——他们也是一伙发明家，也是一些现代术士，也在寻找快乐和幸福的秘方，只是苦于项目经费不足，技术进步不够，药物的毒副作用未获足够的控制,可卡因和 K 粉就过早推向了市场。

事情是这样吗?

三

道德的核心内容是价值观,是义与利的关系。其实,义也是利,没有那么虚玄,不过是受惠范围稍大的利。弟弟帮哥哥与邻居打架,在邻居看来是争利,在老哥看来是可歌可泣的仗义。民族冲突时的举国奋争,对国族之外是争利,在国族之内是慷慨悲歌的举义。义与利是一回事,也不是一回事,只是取决于不同的观察视角。

一个高尚者还可能大爱无疆,爱及人类之外的动物、植物、微生物以及整个银河星系,把小资听众感动得热泪盈眶。但从另一角度看,如此大爱其实也是放大了的自利,无非是把天下万物视为人类家园,打理家园是确保主人的安乐。如果有人爱到了这种地步:主张人类都死光算了,以此阻止海王星地质结构恶化,那他肯定被视为神经病,比邪教还邪教,其高尚一文不值且不可思议。正是在这个意义上,道德其实很世俗,充满人间烟火味,不过是一种福利分配方案,一种让更多人活下去或活得好的较大方案。一个人有饭吃了,也让父母吃一口,也让儿女吃一口,就算得上一位符合最低纲领的道德义士——虽然在一个网络、飞机、比基尼、语言哲学、联合国维和警察所组成的时代,并非每个人都能做好这一点。

作为历史上宏伟的道德工程之一,犹太—基督教曾提交了最为普惠性的福利分配方案。“爱你的邻居!”《旧约》这样训喻。耶和华在《以赛亚书》里把“穷人”视若宠儿,一心让陌生人受到欢迎,让饥民吃饱肚子。他在同一本书里还讨厌燔祭和集会,却要求信奉者“寻求公平,解放受欺压者,给孤儿伸冤,为寡妇辩屈”。圣保罗在《哥林多书》中也强调:“世上的神,选择了最软弱的,叫那强壮的羞愧。”这种视天下受苦人为自家骨肉的情怀,以及相应的慈善制度,既是一种伦理,差不多也是一种政纲。这与儒家常有的圣王一体,与亚里士多德将伦理与政治混为一谈,都甚为接近;与后来某些宗教更醉心于永恒(道教)、智慧(佛教)、成功(福音派)等等,则形成了侧重点的差别。

在这一方面,中国古代也不乏西哲的同道。《尚书》称:“天视自我民视,天听自我民听”。《管子》称:“王者以民为天”。《左传》称:“夫民,神之主也”。而《孟子》的“民贵君轻”说也明显含有关切民众的天道观。稍有区别的是,中国先贤们不语“怪力乱神”,不大习惯人格化、传奇化、神话化的赎救故事,因此最终没有走向神学。虽然也有“不愧屋漏”或“举头神明”(见《诗经》等)之类玄语,但对人们头顶上的天意、天命、天道一直语焉不详,或搁置不论。在这里,如果说西方的“天赋人权”具有神学背景,是宗教化的;中国的“奉民若天”则是玄学话语,具有半宗教、软宗教的品格。但不管怎么样,它们都有一个共同点,即置最广大人民群众的利益于道德核心,其“上帝”也好,“天道”也好,与“人民”均为一体两面,不过是道德的神学符号或玄学符号,是精神工程的形象标识,一种方便于流传和教化的代指。

想想看，在没有现代科学和教育普及的时代，他们的大众传播事业又能有什么招？

四

“上帝死了”，是尼采在十九世纪的判断。但上帝这一符号所聚含的人民情怀，在神学动摇之后并未立即断流，而是进入一种隐形的延续。如果人们注意到早期空想社会主义者多出自僧侣群体，然后从卢梭的“公民宗教”中体会出宗教的世俗化转向，再从马克思的“共产主义”构想中听到“天国”的意味，从“无产阶级”礼赞中读到“弥赛亚”“特选子民”的意味，甚至从“各尽所能、按需分配”制度蓝图，嗅出教堂里平均分配的面包香和菜汤香，嗅出土地和商社的教产公有制，大概都不足为怪。这与毛泽东强调“为人民服务”，宣称“这个上帝不是别人，就是全中国的人民大众”（见《毛泽东选集》），同样具有历史性——毛及其同辈志士不过是“奉民若天”这一古老道统的现代传人。

这样，尼采说的上帝之死，其实只死了一半。换句话说，只要“人民”未死，只要“人民”“穷人”“无产者”这些概念还闪耀神圣光辉，世界上就仍有潜在的大价值和大理想，传统道德就保住了基本盘，至多是改换了一下包装，比方由一种前科学的“上帝”或“天道”，通过一系列语词转换，蜕变为后神学或后玄学的共产主义理论。事实上，共产主义早期事业一直是充满道德激情，甚至是宗教感的，曾展现出一幅幅圣战的图景。团结起来投入“最后的斗争”，《国际歌》里的这一句相当于《圣经》里 Last Day（最后的日子），进放着大同世界已近在咫尺的感觉,苦难史将一去不复返的感觉。很多后人难以想象的那些赴汤蹈火、舍身就义、出生入死、同甘共苦、先人后己、道不拾遗,并非完全来自虚构,而是一两代人入骨的亲历性记忆。他们内心中燃烧的道德理想,来自几千年历史深处的雅典、耶路撒冷以及丰镐和洛邑,曾经一度沉寂和蓄藏,但凭借现代人对理性和科学的自信,居然复活为一种政治狂飙,从十九世纪到二十世纪呼啸了百多年,大概是历史上少见的一幕。

问题是:“人民”是否也会走下神坛?或者说,人民之死是否才是上帝之死的最终完成?或者说,人民之死是否才是福柯“人之死(Man is dead)”一语所不曾揭破和说透的最重要真相?冷战结束,标举“人民”利益的社会主义阵营遭遇重挫,柏林墙后面的残暴、虚伪、贫穷、混乱等内情震惊世人,使十九世纪以来流行的“人民”“人民性”“人民民主”一类词蒙上阴影——上帝的红色代用品开始贬值。“为人民服务”变成“为人民币服务”,是后来的一种粗俗说法。温雅的理论家们却也有权质疑“人民”这种大词,这种整体性、本质性、神圣性、政治性的概念,是否真有依据?就拿工人阶级来说,家居别墅的高级技工与出入棚户的码头苦力是一回事?摩门教的银行金领与什叶派的山区奴工很像同一个“阶级”?特别在革命退潮之后,当行业冲突、地区冲突、民族冲突、宗教冲突升温,工人与工人之间几乎可以不共戴天。一旦遇上全球化,全世界的资产阶级富得一个样,全世界的无产阶级穷得不一个样;全世界的资产阶级无国界地发财,全世界的无产阶级有国界地打工;于是发达国家与后发展国家的工会组织,更容易为争夺饭碗而怒目相向,隔空交战，成为国际对抗的重要推手。在这种情况下，你说的“人民”“穷人”“无产者”到底是哪一伙或者是哪几伙？前不久，澳大利亚总理陆克文也遭遇一次尴尬：他力主向大矿业主加税，相信这种保护社会中下层利益的义举，肯定获得选民的支持。让他大跌眼镜的是，恰好是选民通过民调结果把他哄下了台，其主要原因，是很多中下层人士即便不靠矿业取薪，也通过股票等等与大矿业主发生了利益关联，或通过媒体鼓动与大矿业主发生了虚幻的利益关联，足以使工党的传统政治算式出错。

“人民”正在被“股民”“基民”“彩民”“纳税人”“消费群体”“劳力资源”“利益关联圈”等概念取代。除了战争或灾害等特殊时期，在一个过分崇拜私有化、市场化、金钱化的竞争社会，群体不过是沙化个体的临时相加和局部聚合。换句话说，人民已经开始解体。特别是对于人文工作者来说，这些越来越丧失群体情感、共同目标、利益共享机制的人民也大大变质，迥异于启蒙和革命小说里的形象，比方说托尔斯泰笔下的形象。你不得不承认：在眼下，极端民族主义的喧嚣比理性外交更火爆。地摊上的色情和暴力比经典作品更畅销。在很多时候和很多地方，不知是大众文化给大众洗了脑，还是大众使大众文化失了身，用遥控器一路按下去，很少有几个电视台不在油腔滑调、胡言乱语、拜金纵欲、附势趋炎，靠文化露阴癖打天下。在所谓人民付出的人民币面前，在收视率、票房额、排行榜、人气指数的压力之下，文化的总体品质一步步下行，正在与“芙蓉姐姐”（中国）或“脱衣大赛”（日本）拉近距离。身逢此时，一个心理脆弱的文化精英，夹着两本哲学或艺术史，看到贫民区里太多挺着大肚腩、说着粗痞话、吃着垃圾食品、看着八卦新闻、随时可能犯罪和吸毒的冷漠男女，联想到苏格拉底是再自然不过的：如果赋予民众司法权，一阵广场上的吆喝之下，哲人们都会小命不保吧？

这当然是一个严重的时刻。

上帝死了，是一个现代的事件。

人民死了，是一个后现代的事件。

至少对很多人来说是这样。

五

上帝退场以后仍然不乏道德支撑。比如有一种低阶道德，即以私利为出发点的道德布局，意在维持公共生活的安全运转，使无家可归的心灵暂得栖居。商人们和长官们不是愤青，不会永远把“自我”或者“叛逆”当饭吃。相反，他们必须交际和组织，到了一定的时候，就不能没有社会视野和声誉意识，因此会把公共关系做得十分温馨，把合作共赢讲得十分动人，甚至在环保、慈善等方面一掷千金，成为频频出镜的爱心模范，不时在粉色小散文或烫金大宝典那里想象自己的人格增高术——可见道德还是人见人爱的可心之物。应运而生的大众文化明星或民间神婆巫汉，也会热情推出“心灵鸡汤（包括心灵野鸡汤）”，炖上四书五经或雷公电母，说不定再加一点好莱坞温情大片的甜料，让人们喝得浑身冒汗气血通畅茅塞顿开，明白利他才能利己的大道理，差不多是吃小亏才能占大便宜的算计——也可以说是理性。

不否定自私，但自私必须君子化。不否定贪欲，但贪欲必须绅士化。理性的个人主义，或者说可持续、更有效、特文明的高级个人主义，就是善于交易和互惠的无利不起早。这有什么不好吗？考虑到“上帝”和“人民”的联手远去，放低一点身段，把减法做成了加法，把道义从目的变为手段，不也能及时给社会补充温暖，不也能缓释一些社会矛盾，而且是一种最便于民众接受的心理疏导？当一些人士因此而慈眉善目，和颜悦色，道德发情能力大增，包括对小天鹅深情献诗或对小兰花音乐慰问，我们没有理由不为之感动。起码一条，相对于流氓和酷吏的耍横，相对于很多文化精英在道德问题上的逃离弃守和自废武功，包括后现代主义才子们精神追求的神秘化（诗化哲学），碎片化（文化研究），技术化（语言分析），虚无化（解构主义等），文化明星与神汉巫婆还算务实有为，至少是差强人意的替补吧。他们多拿几个钱于理不亏。

很多高薪的才子并没有成天闲着。他们对道德的失语，其实出自一种真实的苦恼——或者说更多是逻辑和义理上的苦恼。说善心不一定出善行，这当然很对。说善行不一定结善果，这当然也很对。说恶是文明动力，说道德的历史化演变，再说到善恶相生和善恶难辨因此道德无定规，这在某一角度和某一层面来看，无疑更是大智慧，比“心灵鸡汤”更有学术含量和精英品味（坦白地说，我也受益不少）。不过，用诗化哲学、文化研究、语言分析、解构主义等等把道德讨论搅成一盆糨糊以后，才子们总还是要走出书房的，还是要吃饭穿衣的。书房里的神驰万里，无法代替现实生存的每分每秒。比方说，一位才子喝下毒奶粉，会觉得这是善还是恶？会不会把毒奶粉照例解构成好奶粉？会不会把奶粉写入论文然后宣称道德仍是假命题？会不会重申幸福不过是一种纯粹主观的意见和叙事法，因此喝下毒奶粉也同样可以怡然自得？……书本上被他们争相禁用的二元独断论，在此时此刻却变得无法回避。套用莎士比亚的话来说：

喝，还是不喝，是一个问题。

生气，还是不生气，是后现代主义无法绕过的学术大考。

独断论确实应予慎用。人间事千差万别，一把非此即彼的二元尺子显然量不过来。稍有生活经验的人都知道，面子对有些人而言是利益，对另一些人而言不是利益。交响乐是有些人生命的所在，在另一些人那里却不值一提。由己推人不等于认可一厢情愿，有些人对宗教徒的关怀也实属形善实恶：把寺庙改成超市，说面纱不如露背装，强迫斋戒者赴饕餮大宴，都可能引起强烈仇恨，构成文化误解的重大事故。在特定情况下，有些人还完全可以把豪宅当作地狱，把自由视为灾难，把女士优先看成男性霸权的阴谋……但是，无论利益可以怎样多样化、主观化以及感觉化，无论文化可以怎样五花八门千奇百怪，只要人还是人，还需要基本的生存权和尊严权，酷刑和饿毙在任何语境里也不会成为美事，鲁迅笔下的阿Q把挨打当胜利，也永远不会有合法性。这就是说，“由己推人”向文化的多样性开放，却向自然的同一性聚结；向善行方式的多样性开放，却向善愿动力的同一性聚结——多样性中寓含着同一性。对当代哲学深为不满的法国人阿兰·巴丢，将这种道德必不可少的普世标准和客观通则，称之为“一个做出决定的固定点”和“无条件的原则”(见《哲学与欲望》)。他必定痛切地知道:离开了这一点,世界上的所有利他行为统统失去前提,于是任何仁慈都涉嫌强加于人的胡来,而任何卑劣也都疑似不无可能的恩惠。同样,离开了这一点,本能的恻隐,宗教的信仰,理性规划和统计的公益,都成了无事生非。

事情若真到了这种糨糊状态,毒奶粉也就不妨亦善亦恶了——不过这就是某些哲学书虫要干的事?就是他们忙着戴方帽、写专著、大皱眉头的职责所系?就是他们飞来飞去衣冠楚楚投入各种学术研讨会和评审会的专业成果?他们专司“差异”擅长“多元”,发誓要与普遍性、本质性、客观性过不去,诚然干出了一些漂亮活,包括冲着各种意识形态一路下来去魅毁神。但如果他们从过敏和多疑滑向道德虚无论,在一袋毒奶粉面前居然不敢生气,或生气之前必先冻结满脑子学术,那么这些限于书房专用的宝贝,离社会现实也实在太远。学术的好处,一定是使问题更容易发现和解决,而不是使问题更难于发现和解决;一定是使人更善于行动,而不使人在行动时更迟钝、更累赘、更茫然、更心虚胆怯,否则就只能活活印证“多方丧生”这一中国成语了:理论家的药方太多,无一不是妙方,最终倒让患者无所适从,只能眼睁睁地死去。

不用说,现代主流哲学自己倒是应接受重症监护了。

六

一种低阶、低调、低难度的道德,或者说以私利为圆心的关切半径,往往是承平之世的寻常,不见得是坏事。俗话说,乱世出英雄,国家不幸英雄幸,这已经道出了历史真相:崇高英雄辈出之日,一定是天灾、战祸、社会危机深重之时,必有饿殍遍地、血流成河、官贪匪悍、山河破碎的惨状,有人民群众承担的巨大代价。当年耶稣肯定面对过这样的情景,肯定经历太多精神煎熬,才走上了政治犯和布道者的长途——这种履历几乎用不着去考证。大勇,大智,大悲,大美,不过是危机社会的自我修补手段。耶稣(以及准耶稣们)只可能是苦难的产物,就像医生只可能是病患的产物,医术之高与病例之多往往成正比。

为了培养名医,不惜让更多人患病,这是否有些残忍?为了唤回小说和电影里的崇高,暗暗希望社会早点溃乱和多点溃乱,是否纯属缺德?与其这样,人们倒不妨庆幸一下英雄稀缺的时代了。就总体而言,英雄的职能就是要打造安康;然而社会安康总是会令人遗憾地造成社会平庸——这没有办法,几乎没有办法。我们没法让丰衣足食甚至灯红酒绿的男女天天绷紧英雄的神经,争相申请去卧薪尝胆,过上英雄们赢来的好日子又心怀惭愧地拒绝这种日子,享受英雄们缔造的安乐窝又百般厌恶地诅咒这种安乐。这与寒带居民大举栽培热带植物,几乎是同样困难,也不大合乎情理。

至于下面的话,当然是可说也可不说的:事情当然不会止于平庸。如果没有遇上神迹天佑,平庸将几无例外地滋生和加剧危机,而危机无可避免地将再次批量造就英雄……如此西西弗斯似的循环故事不免乏味。

高级的个人主义,差不多是初级的群体主义——两相交集不易区分的状态,不仅是承平之世的寻常,对于中国人来说还有熟悉之便。这话的意思是:源自雅典和耶路撒冷的道德是理想化、法理化、均等化的,不爱则已,一爱便遍及陌生人,就可远渡重洋千辛万苦地去异国他乡济困扶危。Idealism,欧式理想主义或者说理念主义,常伴随这种刚性划一的行事风格。这种爱,接近中国古代墨家的"兼爱",是儒家颇有保留的高调伦理。与此相区别,中国古人大多习惯于社会的"差序格局"(见费孝通的《乡土中国》),分亲疏,别远近,划等级,是一种重现实、重人情、重差序的爱,其道德半径由多个同心圆组成,波纹式地渐次推广和渐次酌减(后一点小声说说也罢)。《孟子》称:"墨氏兼爱,是无父也"(见《滕文公下》)。还指出:如果同屋人斗殴,你应该去制止,即便弄得披头散发衣冠不整也可在所不惜;如果街坊邻居在门外斗殴,你同样披头散发衣冠不整地去干预,那就是个糊涂人了。关上门户,其实也就够了(见《离娄下》)。后人若要理解何谓"差序格局",不妨注意一下这个小故事。

中国人深谙人情或说人之常情,因此一般不习惯走极端。除非特殊的情况,儒家说"成已成物",佛家说"自渡渡他",常常是公中有私,群中有己,有随机进退的弹性,讲一份圆融和若干分寸,既少见"爱你的敌人"(基督教名言)那种高强度博爱,也没有"他人即地狱"(存在主义名言)那种绝对化孤怨,避免了西方式的心理宽幅震荡。这一种"中和之道"相对缺少激情,不怎么亮眼和传奇,却有一种多功能:往正面说是较为经久耐用,总是给人际交往留几分暖色;往负面说却是便于各取所需,很容易成为苟且营私的伪装。这样的多义性被更多引入当代国人的道德观也不难理解——大家眼下似乎都落在一个犹疑不定的暧昧里,说不清自己到底想要什么。

不过,有一点不同的是,中国先贤在圆滑(通)之外也有不圆滑(通),在放行大众的庸常之外,对社会精英人士另有一套明确的精神纪律,几乎断然剥夺了他们的部分权益。《论语》称:“小人喻于利,君子喻于义”;又说君子“谋道不谋食”“忧道不忧贫”。《孟子》强调“为仁不富”,提倡“富贵不能淫,贫贱不能移,威武不能屈”的“大丈夫”品格,指出君子须承担重大责任义务,如果只是谋食,那当然也可以,但只能去做“抱关击柝”(打更)的小吏(见《万章下》等)。柏拉图在《理想国》中似乎更为苛刻,颇有侵犯人权之嫌,其主张是一般大众不妨去谋财,但哲学家就是哲学家,不得有房子、土地及任何财物,连儿女也不得家养私有,还应天天吃在“公共食堂(all eat together)”——这差不多是派苦差和上大刑,肯定会吓晕当今世界所有的哲学系。哪个哲学系真要这么干,师生们肯定会愤愤联想到纳粹集中营和中国“文革”的“改造思想”,然后一哄而散,甚至喷泪狂逃。

显然,中外先贤的经验是“抓小放大”和“抓上放下”,营构一种平衡的精神生态结构。他们差一点说明白了的是:道德责任不应平均分配,精英们既享受良好教育资源,就不可将自己等同于一般老百姓,因此必须克己,必须节欲,必须先忧后乐,办事时必取道德同心圆中的相对外圆直至最大圆——此为社会等级制的重要一义。这个最大圆叫“人民”或“天下”或“大家伙”都行,叫什么并不重要,重要的是得有部分人,哪怕是少数人,来承担导向性的高阶道德，与低阶道德形成配套和互补，以尽可能平衡社会的堕落势能，延缓危机的到来。不无讽刺的是，一直追求平等目标的现代人类，历经多次启蒙和革命，至今未能实际上取消权力和资本的等级制，却首先打掉了道德责任等级制。一直勤奋好学酷爱文明的现代人类，在百般崇敬中外先贤之后，对他们的重要忠告却悄悄闪过。对自我道德要求的狂踩和群殴，首先来自政治、经济、文化的精英领域而不是底层民间，成为不太久之前媒体上的真实故事。法制也使精英们更多受惠。在法律面前人人平等的口号下，他们终于得见天日，解除了柏拉图、孔子那一类糟老头强加的额外义务，“砖（专）家”和“教兽（授）”——特别是戴上官帽和握有股权的一窝蜂抢先致富，而且更有条件去调动司法资源，为自己的恶行免责；也有更多的话语资源，把自己的恶行洗白。

这才是人们忧心于道德重建的主要现实背景。

七

利己是动物学的一条硬道理——承认这一点无需太多智慧。同样需要一点智慧的提醒是：人类是一种特殊动物，一旦有了文化和文明，就有了个体和群体的双重性。拉丁词 persona（人），其字面原意是“传声”“声向”，已标注了人的互联特征，甚至半社会主义的倾向。离群索居的成长，对于乌龟或狗熊或有可能，对于人却不可能。这用不着危机下团结奋争的场景来证明，想一想无时不在的语言文字就够了——没有这一公共成果，一个野人更接近于猴子。

个体——这东西有形、易见、好懂，而群体性则有点抽象，就像砖瓦什么的好懂，房屋结构原理却不大好懂。但如果世界上没有房子，砖瓦就只会是泥土，永远不会成为砖瓦。这里有一个整体大于部分之和的道理，整体使 n 型部分（比如泥土）演变为 N 型部分（比如砖瓦）的道理。人们总是太依赖直观，容易看到有形物而忽略其他，因此惦记一下群体关系，惦记一下义，并非特别容易。把中东人肉炸弹和贵州失学少年想象成自己的家事，更是让很多人觉得不可思议。历史上一次次出现的价值观迷茫，即荀子说的“利克义者为乱世”，差不多就是一种人类紧急解散的状态，一种砖瓦们齐刷刷要求从房屋退回泥土的冲动，每个人从 N 型部分退回 n 型部分的冲动。

有些问题很朴素：为什么不能当犹大？为什么不能当希特勒？为什么当权者不能家天下？为什么不能弱肉强食欺男霸女？为什么需要人权、公正、自由、平等以及社会福利？为什么不能做假药、毒酒、细菌弹、文凭工厂、人肉馒头以及儿童色情片？……如果利己成为唯一兴奋点，如果“利益最大化”无所限制，那么这一切其实不值得大惊小怪，在某个夜深人静之时，击破很多人的难为情或者脑缺弦，是迟早的事。并没有特别坚实的理由来支持否定性结论，来推论你必须这样而不能那样——这是理性主义的最大系统漏洞，逻辑帮不上忙的地方。

接下来的事情是，如果大家都不再难为情和脑缺弦，如果人们都把自身“利益最大化”这一人生真谛看了个底儿透，这个世界会怎么样？考虑到法治体系并非由机器人组成，心乱势必带来世乱，一旦精神自净装置弃用，社会凝结机能减弱，每个人对每个人的隐形世界大战就开始了,直至官贪民刁而且越来越多的身份高危化——从矿工到乘客,从食客到医生,从裁判到交警,从乞丐到富翁,从税务局到幼儿园。这样的事情难道不是已在发生?同时发生的事情,是左派或右派的政策主张也不是由火星人来推行的,大家一同陷入道德泥沼的结果,只能是轮番登台后轮番失灵,与民众的政治“闪婚”频破,没几个不灰头土脸。有时候,即便经济形势还不错,比三百年、五百年前更是强多了,但官民矛盾、劳资纠纷、民族或宗教冲突等仍然四处冒烟地高压化,一再滑向极端主义和暴力主义。人们很难找到一种精神的最大公约数,来超越不同的利益,给这个易爆的世界降温。

到了这个时候,文明发育动力的减弱也难以避免。理解这一点,需要知道科学和艺术虽贵为社会公器,却也常常靠逐利行为来推动,与个人名望、王室赏赐、公司利润、绝色佳人等密切相关,于是“包荒含秽”(程颐语)是为人道——这并没有错。不过,包荒含秽并不是只有荒秽,更不是唯荒秽独贵。即便是就事功而言,某些清高者一事无成,不意味着成事者都是掘金佬,一个比一个更会掐指算钱。特别是在实用技术领域以外,在探求真理最高端而又最基础的某些前沿,很多伟大艺术是“没有用”的——想一想那么多差一点饿死的画家和诗人;很多科学也是“没有用”的——想一想那些尚未转化或无望转化为产业技术的重大发现,比如大数学家希尔伯特所公布的 23 个难题,还有陈景润那迷宫和绝路般的(1+1)。公元前 500 年左右的文明大爆炸,至今让后人受惠和妒羡的思想界群星灿烂,包括古希腊和古中国的百家并起,恰恰是无利或微利的作为，以至苏格拉底孑然就戮，孔子形如“丧家犬”。十六世纪以后的又一次全球性文明大跨越，时值欧洲大学尚未脱胎于神学经院，距后来的世俗化运动还十分遥远。出入这里的牛顿、莱布尼兹、伽利略等西方现代科学奠基人，恪守诫命，习惯于祈祷和忏悔，从未享受过发明专利，不过是醉心于寒窗之下的胡思乱想，追求一种思维美学和发现快感而已，堪称“正其宜而不谋其利，明其道而不急其功”（董仲舒语）的西方版。

人类史上一座座宏伟的文明高峰已多次证明：小真理是“术”，多为常人所求；大真理涉“道”，多为高士所赴。大真理如阳光和空

气，几乎惠及世界上所有的人，惠及人类至大、至深、至广、至久却是无形无迹的方面，乃至在常人眼里显得可有可无，因此并无特定的受益对象，难以产生交换与权益，至少不是在俗利意义上的“有用”。不难理解，寻求这种大真理往往更需要苦行、勇敢、诚恳、虚怀从善等人格条件，需要价值观的暖暖血温。高处不胜寒，当事人不但少利而且多苦，只能是非淡泊者不入，非担当者不谋，非献身者不恒，差不多是一些不擅逐利的呆子。

一个呆子太少的时代，一个术盛而道衰的时代，我们对如火如荼的知识经济又能抱多大希望？“为什么没有出现大师？”不久前一位著名物理学家临终前的悬问，是提给中国的，也不仅仅是提给中国的吧？

八

结论是：一种缺失了“上帝”和“人民”的道德信仰是否需要、该如何建立？或者说新的“上帝”观和新的“人民”观是否需要、该如何建立？——显然，如果文明可能绝处逢生，那么这一逼问就绕不过去。

悠悠万事，唯世道人心为大。

2010 年 8 月①

---

① 最初发表于 2010 年《天涯》杂志。